徳間文庫

目撃

深谷忠記

徳間書店

目次

記憶は暗示というクレヨンをやすやすと受け取り、
暗い過去の片隅で色塗りをする。

エリザベス・F・ロフタス

序章

包丁を手にした母が、茶ノ間の入口に立っている。髪を振り乱して何やら叫んでいる。怒りよりも、深い悲しみを湛《たた》えた絶望したような顔で。一升瓶を持って母の前に立った父の大きな背中。父のまわりには、四本の脚を上に向けた丸い卓袱台《ちゃぶだい》、座布団、新聞、小鉢、コップなどが散乱し、いたるところに塩豆の白い粒がころがっている。父が一升瓶から酒をラッパ飲みし、フンと鼻先で笑った。母が包丁の柄を握った右手に左手を添え、刃先を父に向けて構える。父が一升瓶を少し離れた畳の上にどんと置き、怒鳴った。母が父に突きかかっていった。父が体をかわし、左手の甲で母の顔面を打った。母がのけぞった。父がすかさず母の右腕をつかみ、包丁を奪い取ろうとした。母は包丁を左手に移し、父の手から遠ざける。父が母の右腕を背中に回し、ねじ上げる。痛みに耐える母の苦痛に歪《ゆが》んだ顔。一方の父は赤鬼のようだ。母の腕をさらに痛めつけながら、もう一方の手で包丁を奪おうとする。母も必死に奪われまいとする。激しく争う二人……。と、父が放したのか、母が外したのか、母の右腕が背中から離れた。父が大声で何やら喚《わめ》き、母を殴りつけた。よろめく母。が、母はすぐに体勢を立てなおした。包丁を胸の前に構え、身体ごと父にぶつかっていく。瞬間、驚愕《きょうがく》と恐怖のために大きく見開かれた父の目。刃先が父の胸に達した。それは一瞬のきらめきを残し、父の身体に埋まった。母が父の上に重なり、二人は一体になって倒れていった。

＊

私は答えたくないという意思を示すために唇を固く結び、羽生田《はにゅうだ》の顔から視線を下へ逸《そ》らした。彼と私を隔てているのは一目で安物とわかるデコラ張りのテーブルだけ。その表面は色褪《いろあ》せ、木目状の模様の上には釘《くぎ》で引っ掻《か》いたような疵《きず》が無数に散っていた。取調室は矩形《くけい》の狭い部屋だった。入口のスチールドアと鉄棒の嵌《はま》った汚れた窓、何の装飾もない壁。息の詰まった被疑者が一刻も早く外の空気を吸いたいと思い、あったことなかったことを刑事の求めるがままに喋《しゃべ》ってしまうように造られているらしい。

「話したくないというんなら話さなくたっていい。こっちはいっこうに困らない」

羽生田が、鼓膜に砂をこすりつけるような不快な声で言う。私には彼がいまどんな顔をしているのかはわからないが、底意地の悪そうな目付きをした小柄な男である。頭頂だけ極端に薄くなった髪、横に裂けたような口……と、初めて会ったとき私は河童《かっぱ》を連想した。歳は、私より二つ三つ上の四十前後だろうか。さっきから私の後ろを動物園の熊のように行ったり来たりしている谷本という若い刑事は「係長」と呼んでいるが、書記役の刑事は「警部」と言っていたから、テレビドラマのコロンボ警部と同じ階級らしい。

「とはいっても、このままじゃ、埒《らち》が明かない。お互い、腹を割って話し合おうじゃないか」

羽生田が言葉を継いだ。話さなくてもいっこうに困らないと言った舌の根も乾かぬうちに。それにしても、お互い……とは笑止だった。

「どうだ、そろそろ本当のことを話さんか」

やはり、羽生田は自分の腹を割るつもりはないらしい。「本当のことを話せば、あんたも楽になると思うんだがね」

「私はこれまで、ずっと本当のことを話しています」

私は彼のほうへ目を上げた。

「いや、あんたはずっと嘘をついている。嘘をつき通している」

穴から首を覗《のぞ》かせた獲物をすかさず捕らえるように羽生田が断定した。

それほど自信があるなら、聞く必要などないではないかと私は反撥《はんぱつ》を感じたが、黙っていた。

「何度も言っているように、犯行時刻の前後に笠松《かさまつ》公園の近くであんたを見たという人間がいるんだよ」

初めは「あんたに似た人」「あんたと思われる女」と言っていたのに、いまや「あんた」という断定に変わっていた。

「人違いです。これまでも私は何度も言っているじゃありませんか。七日の夜十時頃なら私は渋谷《しぶや》にいたんです。買い物をして映画を見て、道玄坂《どうげんざか》下を駅へ向かって歩いていたんです。それなのに、同じ時刻に笠松公園へ行けるわけがありません。渋谷から小岩まで電車で約四十分、小岩駅から笠松公園までタクシーに乗っても四、五分はかかります。乗り換え時間や待ち時間は入れずに。ですから、あの晩、私がうちへ帰ったのは十二時近くだったんです」

私は、これまでの説明を繰り返した。自宅近くの区立公園で夫が毒物を飲んで死亡した十時頃、道玄坂下を渋谷駅へ向かって歩いていた、というのは嘘である。が、その頃渋谷にいたのは事実だった。

「人違いとは考えられん。見たのが一人ならその可能性もないではないが、目撃者は二人いるんだ」

羽生田に聞かされている説明によれば、笠松公園の前で私と擦れ違った者が一人と、私が公園から出てきたときにぶつかりそうになった者が一人だ、という。二人とも、私と同年配の女性を写した複数の写真の中から自分の見た人間として私の写真を選んだだけではない。一昨日、透視鏡《マジックミラー》を嵌《は》めた小窓から部屋の中に座らされていた私を見て、「この人に間違いない」と断言したのだという。

馬鹿な！　と私は叫び出しそうになる。私が行ってもいない場所で、どうしたら私を見られるのか。だいたい、夜、擦れ違うか瞬間的に顔を合わせただけの相手を、どうしてそれほどはっきりと覚えているのか。近くに街灯があったとしても、おかしい。どう考えったっておかしい。

これは警察の罠《わな》ではないか。羽生田たちは私を罠に掛けようとしているのではないか。

しかし、そう考えても、わからない。彼らの狙いが読めない。巧く私を罠にはめて、彼らの望むような「自白」に追い込んだとしても、それからどうするつもりなのか。偽の目撃者を二人も作れば、彼らこそ破綻《はたん》するはずなのに。それとも、彼らには破綻しない道があるのだろうか。見つけたのだろうか。それを見つけたからこそこの方法を採った、とも考えられるが……。

どちらにしても、私は彼らの罠になんか掛からない。絶対に。

いや、そう思っても、絶対に掛からないという保証はない。罠には、まだ見えていない巧妙な仕掛けが施されているかもしれないのだから。

私があらためて強い不安に襲われていると、羽生田が言葉を継いだ。

「もし、あんたがその頃、渋谷にいたというのが事実なら、どうして初めからそう言わなかった？　なぜ、横浜の友達の家へ行っていたなどと嘘をつき、友達に口裏を合わせてくれと頼んだ？」

これも蒸し返しだった。

「そのことなら私は何度も謝り、説明したはずです。渋谷の街を一人で歩いていたと言っても信じてもらえないと思ったからです。それで、つい……軽い気持ちで友達にあんなことを頼んでしまったんです」

「軽い気持ちだと？」

「はい」

「嘘をつけ！」

「本当です」

「だが、あんたは、われわれがあんたを疑う前に友達の家云々《うんぬん》と言ったんだよ。それは、ダンナを殺《や》っていたからじゃないのか。ダンナを殺したんで、友達に偽証を頼み、アリバイを用意したんじゃないのか」

「違います！」

「信じられんな」

「私は主人を殺してなんかいません！」

私は叫んだ。「信じてください。どうか信じてください。あの晩、私は本当に、本当に渋谷へ行っていたんです」

十月七日、笠松公園で夫が死んだ頃、私は渋谷にいた——。

これは、百万遍だって言える正真正銘の事実だ。

あの夜の出来事なら、私ははっきりと覚えている。こんなことになって、生涯忘れられないだろう。

あの晩、私の携帯電話《ケータイ》にあの人から電話がかかってきたのは九時過ぎだった。先に渋谷のホテルに着いていた私はすでにシャワーを浴び、身も心もあの人に抱かれるばかりになっていた。そこに、突然、急用ができたので行かれなくなったという連絡が入ったのだ。私は、火照《ほて》った身体に衣服をつけてホテルを出たものの、下腹が疼《うず》いてどうにもならなかった。時々、私は、自分の性欲は異常なのではないかと思うほど無性に男が欲しくなるときがあった。その晩もそうだった。だから、私の目は雄を求めて血走り、全身からフェロモンのようなものでも出していたのかもしれない。センター街の近くまで来たとき、前から来た男に、「ねえ、おれと寝ない？」といきなり声をかけられた。私は足を止めて声の主を見た。三十代半ばぐらいのサラリーマン風の男だった。ふだんのときなら、無視するか、「ふざけないで！」とでも言って振り切っていただろう。しかし、そのときの私は違った。「いいわよ」と答え、会ったばかりの見ず知らずの男について道玄坂を登って行った。そして、自宅近くの区立公園で夫が死亡した頃は、坂の中途にあるラブホテルのベッドで男と裸で抱き合っていたのだった。

だから、そのときの男を見つけ出しさえすれば、私のアリバイは完璧《かんぺき》になる。が、私は、男の住所、勤め先はおろか、名前さえ知らない。私も名乗らなかった。ただ飢えた二匹の雄と雌として、一時間半ほど互いの肉体をむさぼり合っただけだった。

名前や住所がわからなくても、警察がその気になって捜せば、男は見つかるかもしれない。男が私の窮状を知って、名乗り出てくれれば、の話だが。

しかし、私がこの話をしたところで、羽生田たちは、渋谷の街を一人で歩いていたという話以上に信じないだろう。私がまた嘘をついていると疑い、本気で男を捜しはしないだろう。

私が笠松公園へ夫を呼び出して殺したと思い込んでいる彼らのこと、そう考えて間違いない。

それなら、行きずりの男と寝た話などはしないほうがいい。ねじ曲げて解釈され、不利な材料にされないともかぎらない。渋谷へ行ったそもそもの目的を追及されても、あの人との関係を明かすわけにはいかないのだから。名前を出しても、あの人は許してくれるかもしれない。事情が事情なので、きっと許してくれるだろう。が、それは、あの人の地位を危うくするだけではすまない。私にとっても非常に不利な事態を招くおそれがある。あの人との関係は、私の夫殺しの動機……それも主要な動機の一つに数えられ、私の犯行の証拠にされるだろうから。

夫を殺害した容疑で逮捕されて、今日で八日だった。この間、死んだ夫を悼む気持ちは全然と言ってもいいぐらい起きなかったが、一人娘の美香だけは気になった。どうしているだろうかと心配だった。私の実家で暮らしているのはわかっているが、あれこれ想像すると胸が痛み、乱れた。ともすると弱気になり、挫《くじ》けそうになった。だから、私は、美香のことはできるだけ意識から追い出し、代わりにあの人の顔を思い浮かべた。あの人の声を思い出し、あの人のことだけを考えようと努めてきた。あの人の太い腕と厚い胸に抱かれている自分……ここを出て自由になればすぐにもそうなるはずの自分を想像し、厳しい取り調べに負けそうになる自らの心を励ました。そうやって、夜ごと襲いかかってくる強い不安や恐怖と闘ってきた。

私は信じていた。刑事たちの罠にさえ掛からなければ、必ずここから解放され、自由の身になれるだろうと。たとえ起訴されたとしても、無罪の判決が出るだろうと。夫を笠松公園へ呼び出して毒薬入りのビールを飲ませたと警察が見ている女は絶対に私ではないのだから。

「奥さん」

羽生田が少しあらたまった調子で呼びかけた。

私は俯《うつむ》けていた顔を起こした。

「こう毎日毎日、同じ話を繰り返していたんでは時間の無駄だから、そろそろ先へ進まないかね。そのほうが奥さんのためだと思うんだがね」

羽生田はこれまでも何度か似た言い方をした。だから、彼の狙いはわかっている。もちろん、私のためなんかではない。

それなら、私をここから出してください、何もしていない私を自由にしてください、そうすれば先へ進みます。私はそう言ってやりたかった。だが、そんなことを言っても無益だし、相手の攻撃を誘うだけである。それがわかっていたので、私はできるだけ悲しげな表情を作り、訴えるような目で――もちろん自分には見えないが――黙って相手を見つめていた。

「おい、何とか言わんか！」

背後に動きを止めていた「熊」が、頭の上で吠《ほ》えた。

私は思わず首を縮め、肩を震わせた。

「貴様、俺たちを嘗《な》めとるのか！」

谷本の長身が現われ、ヤツデのような大きな手がテーブルをバンと叩《たた》いた。「女だと思って手加減していれば、いい気になって……」

「まあまあ……」

と、羽生田が唇に作り笑いを浮かべ、若い部下を制した。

事前に打ち合わせているのか、経験から会得した呼吸なのか、なかなか巧い。初めはわからなかったが、それぞれの役割を意識した掛け合いなのだ。

「どうやら、奥さんは、われわれが奥さんのためを思って言っているのがわかっていないらしい」

羽生田が心持ち私のほうへ首を突き出し、ざらざらな声とは不調和なねっとりとした視線を向けてきた。

私はぞっとして、目を逸らした。

「何度も言っているように、奥さんがいくら否認したって結果は同じだ。有罪判決が出ることは間違いない。すでに証拠はそろっているんだから」

私が夫を殺した証拠はそろっている？　そんな証拠がどこにあるというのか。殺してもいないのに。

「ただ、同じ有罪判決でも量刑は様々だ。自分の犯した罪を正直に認めて改悛《かいしゅん》の情を示すのと、あくまでもシラを切り通すのとでは、天と地ほどに違ってくる」

私が黙っていると、羽生田がつづけた。「いや、違いは量刑だけじゃない。そこには仮釈放の問題も絡んでくる。懲役刑や禁固刑の場合、量刑の三分の一を過ぎれば仮釈の希望が出てくるが、そこでも、罪を認めた者と否認している者とでは違ってくる。自分の過去の行ないを悔いて素直にお勤めした者に比べ、そうでない者の仮釈の可能性は非常に低いのが実状だ。たいがいは満期か満期近くまで勤め上げている。つまり、同じ罪を犯しても、本人のその後の心がけ次第で、娑婆《しゃば》の自由な空気を吸えるまでの期間が五年も六年も……ときには十年以上違ってくる場合だってある。奥さんはまだ三十八だろう。ここで素直に罪を認めて、もし三年で娑婆へ出てくれれば四十一、四年で出てきたとしても四十二じゃないか。女の平均寿命はいまや八十三か四だから、まだ半分残っている。充分、やりなおしが利く。それを、あくまでも否認し通して十年以上の刑を食らい、満期まで勤めてみろ。へたすりゃ五十を超してしまう。そのときは世の中も大きく変わっているだろうし、働き口を見つけるのだって苦労するはずだ。それでもあんたがいい、かまわないというなら、俺はもう何も言わんがね」

私だって、その計算はしなかったわけではない。考えた。迷った。羽生田たちの描いた筋書きが出鱈目《でたらめ》でも、それを認め、「はい、私が殺《や》りました。私が犯人です」と言ってしまおうか、と。そのほうが得かもしれない、と。もし私が彼らの筋書きを認めれば、これ以上怒鳴られたり侮蔑《ぶべつ》的な言葉を浴びせられることもなくなるだろうし。

しかし、私は思いとどまった。いっときの辛《つら》さに負けて刑事たちに迎合したら大変なことになる、と三橋《みつはし》弁護士に言われていたから。あなたがやったのなら仕方がないが、やっていないのなら頑張る以外にない、一度自白したら、後で「あれは嘘でした」と主張しても、裁判官にそれを信じさせるのは駱駝《らくだ》が針の孔《あな》を通るのよりも難しくなる、と。三橋澄《すみ》夫《お》は、父の知人に紹介された弁護士である。歳は六十二、三。穏やかそうな人柄が少し頼りない感じがしたが、私の話をよく聞いて、それなら無実、無罪を主張して闘おうと言ってくれたのだった。

「どうかね、奥さん、ここらで腹にあるものをみんな吐き出してみては」

と、羽生田が私の返答を促した。「そうすれば、すっきりとして、ずいぶん楽になると思うんだがね」

「腹になんか何もありません」

と、私は答えた。

「そうかね？　あんただって、いろいろ言いたいことがあるんじゃないのか。われわれにも、あんたに同情する気持ちがないわけじゃない。だから、あんたが正直に話してくれれば、悪いようにはしないつもりだ」

そんな言葉には騙《だま》されない。

「仏さんの悪口は言いたくないが、あんたが飲んだくれのダンナを持って苦労していたのはわかっている」

「私はそんなに苦労なんかしていません」

「ま、それならそれでいいが……」

羽生田の顔がふっと強張《こわば》り、

「ということは――」

と、横から谷本が上司の言葉を引き継いだ。「おまえはただただ己れの都合から保険金ほしさにダンナを殺した、そういうわけだな」

「私は主人を殺していません！」

私は生意気な刑事を睨《にら》みつけた。

「あんたでなかったら、誰が殺したんだ？」

谷本が怒鳴った。

「わかりません。私にわかるわけがありません」

「あくまでもシラを切ろうっていうのか。目撃者が二人もいるというのに。ま、それも、いまのうちだが……」

意味ありげに言ったが、どうせ脅しだろう。

「間もなくダンナの飲んだ毒物の鑑定結果が出るから、言い逃れは利かなくなる」

谷本がつづけた。

「毒物がはっきりすれば、逆に私は犯人じゃないとわかるはずです。私はどこからも、どんな毒物も盗んでいませんから」

「看護婦のあんたなら、たいがいの薬品は簡単に手に入ったはずだ」

「看護婦だって、そんなこと無理です。できません」

「とにかく、ダンナを殺す動機を持った人間はあんたしかいないんだよ。ダンナが死ねば三千万の保険金が転がり込むことになっていた……これほどの動機があった者はね」

「生命保険は、主人が自分から入ってくれたんです。万一のことがあったらと、私と娘の将来を心配して」

「ほう、優しいダンナだな」

羽生田が目に薄ら笑いをにじませ、話を引き取った。「われわれの調べたところでは、アルコール依存症で、働き口も探さず、酒を飲んではあんたに暴力をふるっていたという話だが」

「主人が朝から酒を飲んで私に暴力をふるうようになったのは、ここ一年ほどです。生命保険に加入したのはそれより前、働く意欲をまだ持っていた一昨年の夏でした。電子部品会社に就職が決まり、今度こそうまくいきそうだと上機嫌でビールを飲んでいたとき、主人のほうから言い出したんです」

嘘ではない。夫がそう言い出すように半ばは私が仕向けたのだが。

「すると、かつては優しかったダンナが豹変《ひょうへん》したというわけだな」

それは言える。夫は無口でおとなしい、真面目を絵に描いたような人間だった。酒は元々好きだったが、臆病《おくびょう》で小心なためか、度を過ごすことはなかった。ところが、三年前、二十年以上勤めた工作機械メーカーを解雇《リストラ》され、再就職した倉庫会社にも馴染《なじ》めずに十カ月ほどで辞めると、人が変わり始めた。その後はどこに勤めてもうまくいかず、いつしか酒に溺《おぼ》れ、私に暴力をふるうようになり、同時に勤労意欲もなくしていった。

「そして、あんたにはダンナを殺す動機が生まれた」

私が黙っていると、羽生田がつづけた。「働かずに暴力をふるうダンナがいなくなって、ほっとすることはあっても、看護婦のあんたが困ることはない。しかも、ダンナが死ねば、三千万円の保険金も入る。違うかね？」

「違います」

「どこがどう違う？」

「どこがって……全部違います」

「じゃ、あんたは、働きもしないアル中のダンナに暴力をふるわれても、何もせずに許していたというのか？」

「許していたわけではありませんが、それとこれとは問題が別です」

「別じゃない」

「別です」

「それなら、あんたの考えを聞かせてもらおう。ダンナを許していたわけではないあんたが、どうするつもりでいたのか。これからの長い人生、ずっと我慢するつもりだったわけじゃあるまい」

それは私だっていろいろ考えた。が、刑事になんか話したくない。

「どうなんだ？」

「答えたくありません」

「形勢が悪くなると黙るのか」

「そうじゃありません。私を頭から犯人だと決めつけている人に何を言っても無駄だからです」

「無駄かどうか……」

「黙秘します」

私は羽生田の言葉を遮った。黙秘権については知っていたし、話したくないことは話す必要がない、と三橋弁護士にも言われていたから。

羽生田の河童のような顔が青くなり、目に凶暴そうな光が浮かんだ。

「黙秘だと、貴様！」

谷本が私の耳元で怒鳴った。

私は身体を石のように固くした。

「人殺しのくせに、生意気な」

暴言を吐いた谷本を睨みつけた。

「こっちを見ろ！」

羽生田が声を荒らげた。

同時に私の顔は谷本のグローブのような手に挟まれ、ぐいと正面に向けられた。

全身が縮み上がった。思わず目を閉じた。できれば、耳も塞《ふさ》ぎたい。

「目を開け！」

私は、前に掛けたざらざら声の男を見た。男は、自由を奪った獲物をいたぶるサディストのように、内に快楽的な笑みを隠した凶暴な目つきをしていた。

私はまだ怖かったが、湧き起こった怒りが恐怖を多少やわらげてくれた。

負けるものか、と思う。こんな奴らの言いなりになってなるものか。絶対に屈するものか。頑張れ、と自らを励ました。夏美、負けるな！　頑張れ！　いましばらくこの辛さに耐えれば、またあの人に会えるのだから。またあの人の太い腕に抱かれて眠れるのだから。

そしてその先には、さらに大きな幸せが待っているのだから。

第一部　記憶

1

タクシーは、電車の線路を跨《また》いでいる陸橋を渡った。三、四百メートル走って右へ入り、時計回りに百八十度ねじれている坂道を一気に丘の上まで登った。丘の上は平地になっていて、駐車場の奥に二階建ての四角い建物が建っていた。壁は明るいベージュで、前に張り出した玄関の屋根だけがチョコレート色だ。特別養護老人ホーム「明光園」である。

タクシーが、ゆるいスロープになった玄関ポーチに頭を入れて停まった。曽我《そが》は料金を払って降りた。最寄りのJR駅から七百四十円だった。

ガラスの自動ドアを入ると、左側が受付窓口のある事務室である。タクシーが着いたのを中から見ていたのだろう、曽我が声をかけるより先に職員の一人がにこにこしながら立ってきた。名前は知らないが、叔父《おじ》が入所した二年前からいる中年の女性だ。

「菊村です。お世話になっております」

曽我は頭を下げた。

「ご苦労さま」

女性が応《こた》え、後ろで机に向かっている他の職員も笑顔を向けてきた。

介護スタッフの若い男性と女性、看護婦、それに事務職員と、概して感じが好《よ》い。毎日相当きつい勤務のはずなのに、痴呆《ちほう》老人に対してもけっしておざなりな対応をしない。たまに来る曽我に見えているのは彼らの仕事のほんの一部だろうが、来訪者がいるときだけ取りつくろおうとしても無理が生じるはずだから、たぶんいつもそうなのだと思う。そうした職員に交じって、時々見るからにやる気のなさそうな実習生も働いているが……。おそらく彼らは、来年（二〇〇〇年）の四月から介護保険法が施行されるので、就職に有利な介護福祉士の資格でも一応取っておこうか、そんなつもりなのだろう。

曽我は、窓口の内側に立ててある来所者名簿を抜き取った。三月二十六日（金曜日）と書かれたページを開き、入所者氏名・来所者氏名・続柄・人数の欄に、それぞれ〈菊村幸二〉〈曽我英紀《ひでき》〉〈甥《おい》〉〈1〉と必要事項を記入した。

曽我は、多少は名を知られた小説家だった。が、ここの職員は誰も知らないようだ。その点、少し残念な気がしないでもないが、知られると面倒なこともあるので、かえって気が楽だとも言えた。

「菊村さん、この前ちょっと風邪をひいたけど、お元気ですよ」

曽我が名簿から顔を上げるのを待って、女性が言った。

ここでは、相手がどんなに痴呆の程度が進んでいようと歳取っていようと、みな必ず姓か名に「さん」を付けて呼んでいる。当たり前といえば当たり前だが、施設によっては――自分たちは親しみを込めているつもりなのだろうが――まるで幼児に対するように、こうじちゃんとか、かずこちゃんとか、「ちゃん」付けで呼んでいるところもあるらしい。そうした話を聞くと、曽我は、かつて叔父が、訪問看護婦に二言目には「おじいちゃん」と言われ、抗議こそしなかったものの不快そうな顔をしていたのを思い出し、ここでよかったと思う。

曽我は、女性に名簿を返して窓口を離れると、靴をスリッパに履き替えた。電話や予備の車椅子などが置かれたロビーを抜け、内側からは壁の高いところに付いたボタンを押さないと開かないガラスドアで仕切られた大広間《ホール》へ入って行った。

ホールには、テーブルと椅子の他にソファ、寝台、大型テレビ、ピアノなどが置かれ、横に職員の詰め所と処置室、トイレなどが付いていた。寝たきりの者を除いた入所者の大半が、朝ベッドを離れてから夜ベッドへ戻るまで過ごす居間兼食堂である。昼の間だけこの施設で暮らすデイサービスの人もいるので、曽我が来たときはたいてい四、五十人の姿があった。時刻は一時半を回ったところ。しばらく前に昼食が終わり、体操とおやつの時間までにはまだ間のある、昼下がりのひとときである。曜日によってはボランティアの人たちが来て踊りを披露したり、ピアノを弾いて一緒に歌ったりしているが、今日はそうした予定がないらしい。ソファや長椅子で煙草を吸ったり談笑したりしている者、自分の席で週刊誌を開いている者、何を言っているのか聞き取れない大声を発している者、テーブルを叩《たた》いて職員を呼んでいる者、ホールの隅から隅へ行ったり来たりしている者……と様々だったが、半数ぐらいの者はとろんとした眠そうな目をしているか、車椅子や窓際の寝台で眠っていた。

叔父の席は奥から二列目のテーブルの手前側だった。食事のとき以外は適当に移動してもいいのだが、叔父は自分の意思で動くことはほとんどない。そのため、今日も、車椅子に半ば埋まるようにして掛けている後ろ姿はすぐに見つかった。

曽我は、詰め所の職員に挨拶《あいさつ》してから叔父に近づいて行った。一斉に曽我に目を向けてきたまわりの老人たちにも目顔で挨拶し、叔父の横に回る。腰を落として、前から叔父の顔を見上げ、

「叔父さん」

と呼びかけた。

叔父がゆっくりと曽我のほうへ顔を動かした。が、何の反応も見られない。目が曽我を見ているのは確かだが、無表情だ。

「叔父さん、英紀だよ」

腿《もも》に置かれた叔父の手に自分の手を重ねて、曽我はさらに言う。「叔父さんに会いに来たよ」

「菊村さん、甥御さんが面会に来てくださったのよ」

近くにいた女性職員も反対側から叔父に顔を近づけ、呼びかけてくれた。

それでも叔父の表情は変わらなかった。どこか悲しげな、どこか戸惑ったような顔をして――叔父の脳の中で感情を司《つかさど》る部位が働いているのかいないのか想像がつかなかったが――じっと曽我を見つめていた。

このような叔父を初めて〝体験〟したときは、曽我はショックだった。だが、いまは慣れた。叔父の記憶の中から曽我が完全に消えてしまったわけではない、とわかっていたし。いわゆる〝まだら呆《ぼ》け〟というやつらしく、ときにはこちらが驚くほどしっかりした受け答えをする。この前も、曽我が「英紀だよ、英紀、わかるか？」と問いかけると、当たり前じゃないか、馬鹿にするな、と言わんばかりの顔をして、「わかっているよ」と語気を強めて言い返したのだった。

「今日は暖かいから、庭へ出てみようか」

曽我は腰を起こし、殊更に明るい調子で言った。

こういうときは太陽の下へ連れ出すにかぎる。これは経験から学んだことだった。外へ出て、車椅子を押しながらいろいろ話しかけていると、叔父の意識が突然しっかりし、記憶も鮮明になることが何度かあった。

曽我は、叔父の背中へ回って車椅子のブレーキを解き、向きを変えた。それじゃ、ちょっと庭を散歩してきますから、と職員にことわり、ゆっくりと押し始めた。

庭へはホールから直接出られるようになっていた。ガラス戸を開けると、半透明の庇《ひさし》が付いた広いバルコニーがあり、そのつづきが芝生の庭だった。広さは都会の小さな公園ぐらいはある。痴呆が進んでも脚の達者な者もいて危険だからだろう、周囲には金網のフェンスが築かれていた。

曽我は、芝生の中に設けられた車椅子用の通路を通り、バルコニーとは反対側の端まで歩いて行った。

高台なので眺めがよい。

彼方《かなた》に、白く光る印旛沼《いんばぬま》が見えた。

このあたりは下総《しもうさ》台地と呼ばれる畑作地帯らしいが、一段低くなった沼の周辺だけは水田が広がっていた。

明光園が建っているのは、その水田地帯より二十メートルほど高くなった丘陵の南の端だった。

台地の上は、かつては松や雑木の林がほとんどで、人家も耕地も少なかったらしい。だが、いまは、木が伐《き》られて丘が崩され、広い道路と団地ができていた。地元の訛《なま》りがある若い男性職員の話では、現在、水田地帯の縁に沿って延びている元の町より団地の人口のほうが多いのではないかという。

「いい眺めだね」

曽我は叔父に話しかけた。答えがなくても聞いているはずなので、できるだけ言葉をかける。その大切さもここへ来るようになって学んだことだった。

「いまは見えないけど、空気の澄んだ冬の朝や夕方には富士山も見えるらしいよ」

「見た」

と、叔父が言った。今日、曽我が来てから初めて口にした言葉だ。

「見たって、富士山を？」

曽我はさらに腰を落として、叔父の顔に問いかけた。

「わからない」

「でも、いま、見たって……」

叔父が首をかしげる。さっきの無表情ではない。本当にわからなくて、困惑している顔だ。

「俺、馬鹿になっちゃったから」

叔父がちょっと悲しげに言う。痴呆が進んでから時々口にする言葉だ。ただ、それを口にするときの叔父は、かなりしっかりした状態のときだったが。

曽我は叔父の心の内を想像し、胸が詰まった。正確なところはわからないが、叔父は頭の中にあるこんがらかった糸玉を懸命にほぐそうとしているような気がした。しかし、どこからどう手をつけたらいいのか見当さえつかず、糸の塊を前に途方に暮れている……。

「叔父さん、馬鹿になんかなってないよ」

曽我は語調を強めた。「きっと、ここから富士山を見たんだよ」

「よくわからない」

「叔父さん、寒くない？」

曽我は話を変えた。日射しが暖かいので、うっかりしていたが、まだ三月である。高台で風を遮るものがないため、長くじっとしていると体温を奪われるおそれがあった。

「ちょっと……」

と、叔父が答えた。

「ちょっと寒い？」

叔父がうなずいた。

「ごめん。じゃ、帰ろうか」

「おまえが良ければ」

叔父はよくこういう言い方をする。昔から他人のことを思いやる人だったから、呆けてもそうした性格が出るのかもしれない。

「俺はかまわないよ」

曽我は車椅子の向きを変えた。この次は妻の容子と一緒に来るから……と話しかけながら、来たときとは反対側の縁を歩き出した。

「伯母《おば》さんや重雄さんは、よく来てくれるの？」

叔父が首をかしげる。

来るかどうかわからないのか、それとも自分の姉と姉の長男である甥のことが思い出せないのか……。

叔父にもっとも近い血縁である姉・篠崎八重の一家は、ここから車で二十分ほど行った隣りの成西市《なりにし》に住んでいた。曽我の従兄《いとこ》である重雄は市役所の水道課長だが、水田と畑もあり、兼業農家だ。八重は八十二歳。十年ほど前に夫を亡くしたものの、本人はいたって元気で、いまでも畑仕事をしている。

一方、叔父の幸二は現在七十五歳だが、五、六年前から異常に物忘れがひどくなり出し、病院で診てもらったところ、「脳血管性痴呆の初期」と言われた。叔父は結婚しなかったので、当時、東京葛西《かさい》のマンションで独り暮らし。武蔵野《むさしの》市に住んでいる曽我が時々様子を見に行き、さらにはヘルパーや訪問看護婦の手配をしてやった。痴呆にはアルツハイマー型痴呆と脳血管性痴呆とがあり、アルツハイマー型痴呆が脳の全般的な萎縮《いしゅく》によって起るのに対し、脳血管性痴呆は脳の局所的な血流障害によって起こる、そのため脳血管性痴呆には「まだら呆け」の症状が出る――。曽我はにわか勉強でこうした知識を仕入れたものの、叔父の痴呆の進行を食い止めるには何の役にも立たなかった。やがて叔父は、外出するとどこにいるのかわからなくなり出し、主に黄昏《たそがれ》時や夜、幻覚や妄想の症状が出始めた。曽我が安否を気づかって電話をすると、いま、そこに兄貴が立っていたとか、英坊はどこへ行ったんだ？　とか言うのだ（兄貴とは曽我の父親のことで、英坊とは曽我のことである）。それでも、曽我が一週間に一度泊まりに行って、半年ぐらいは何とかしていた。が、夕方頻繁に外出してその都度保護されるようになったため、これ以上の独り暮しは無理と判断。伯母の一家が引き取った。そして、一年余り、老人保健施設を利用しながら特別養護老人ホームの順番待ちをし、二年前にこの明光園へ入所させたのである。

以来、曽我は、よほど急ぎの仕事が詰まってでもいないかぎり――彼の場合、長編の書き下ろしを中心にした仕事をしていたので、そうしたことは滅多になかった――月に一度はここを訪れていた。

というのは、ある事情から八歳のときに前後して両親を亡くした曽我にとって、叔父は父親のような存在だったからだ。

両親が死んだ後、曽我は母方の祖父母の養子になった。姓が菊村から曽我に変わっただけでなく、それまで両親と住んでいた埼玉県の浦和市を離れ、長野県二科町《にしな》の祖父母の家へ引き取られた。が、養父つまり祖父——厳しかったが、父の死後、誰に対しても心を開かず、ほとんど口をきかない少年になっていた曽我をもっとも理解してくれていたように思う——は、彼が中学へ進む直前、風邪をこじらせて肺炎になり、あっけなく死んでしまった。そのため、以後は、年に数回東京から訪ねてくる叔父だけが、曽我が心から頼れるおとなの男になった。そして、独身の叔父のほうも……うまく説明できないが、そうした曽我の気持ちに応《こた》えてくれていたような気がするのである。

それだけではない。叔父は経済的にも父親の代わりを務めてくれたのだった。

祖父が死んだ後、祖母は曽我を高校だけでなく大学まで行かせてくれた。四年かかって高校を卒業した後、三年間の浪人生活まで許して。それができるのは、営林署に勤めていた祖父の年金だけでなく、彼の遺《のこ》したまとまった預金があるからだと聞かされていた。そして曽我はずっとそう信じていた。ところが、十三年前、祖母は死ぬ直前、〈祖父の遺産は家屋敷と少しの畑以外にはなく、曽我の学費の大半は叔父の援助によるものだった〉と明かしたのである。叔父に口止めされていたのでこれまで話さなかったが、自分が死んでしまったら、曽我が事実を知る機会がなくなってしまうから、と。

祖母が死んだ後、曽我は叔父に確かめなかった。確かめる必要がなかった。そんなことをしなくても、事実だと確信できたから。叔父が陰で自分を助けてくれていた。そう考えると、これまで何となくよくわからなかった事柄が、例えば、高校卒業後の曽我がいままで言う引き籠《こ》もりに近い状態を長い間つづけていても焦る必要はないと言ってくれたことなどがすっきりしたし。

曽我はあらためて叔父に感謝した。そして、叔父が歳を取ったらできるかぎり恩返しをしよう、と思ったのだった。

妻も子もいなかった叔父は、もしかしたら、甥の曽我を可愛がり、曽我のためにいろいろしてやることによって、幸せを感じていたのかもしれない。が、それならそれで、もちろんかまわなかった。叔父の気持ち、思惑がいかなるものであれ、曽我がいまあるのは叔父の有形無形の援助によるところが大きいのだから。


叔父が不意に、もそもそと何か言った。首を動かさずに。

曽我は車椅子を止め、

「なに？」

と、叔父に顔を近づけた。

「今日はお祭りだろう」

叔父が曽我を見た。

「お祭り？」

「そうじゃないか」

「ああ、そうだね。で、叔父さん、お御輿《みこし》でも担ぐの？」

曽我は話を合わせた。

だが、叔父は、おまえ、何をとんちんかんなこと言っているのだ、といった目で曽我を見ている。

「違うの？」

「お御輿なんかないだろう」

「お御輿もないお祭りって……」

「お祭りだから、姉さんと英坊が来た」

「英坊なら、俺だよ」

曽我は自分の顔を指差して見せ、

「じゃ、姉さんて、八重伯母さんのことじゃなく、俺の母さんのこと？」

わかっていたが聞いた。叔父は、頭がしっかりしていた頃、実姉の八重のことは「姉ちゃん」あるいは「姉貴」と呼んでいたから。

叔父はじっと曽我の顔を見つめていた。曽我が何を言っているのかわからないようだ。

この夏には四十八歳になろうという現在の曽我と、英坊と呼ばれていた幼年時代の曽我が重ならないらしい。

「英紀ならわかるだろう？」

「わかる」

「だから、俺が英紀、英坊だよ」

叔父は何も言わない。目は曽我の言葉を認めていないことを示していた。

「じゃ、それはいいとして、義姉《ねえ》さんと英坊はどこへ来たの？」

叔父がわずかに首をかしげた。

「俺の母さんが生きていた頃なら、叔父さんが住んでいた大宮の銀行の寮かな？」

曽我は、叔父が住んでいた町の祭りに母と一緒に行ったことがあるような気がしないでもない。そして、縁日の露店を覗《のぞ》いて歩いたような……。

「大宮……」

叔父の顔に反応が現われた。何かを思い出したような目だ。

「叔父さん、大宮には五年以上住んでいたんじゃないかな。その頃、俺たちは浦和に住んでいて、叔父さん、よくうちへ遊びに来たじゃないか」

それは、いまから四十年も昔の話である。当時、曽我は両親と一緒に浦和市の西の外れ、荒川に近い下川辺《しもかわべ》という地区に住んでいた。曽我が小学校へ入学した昭和三十三年（一九五八年）、東京赤羽《あかばね》のアパートから引っ越したのだ。いまではすっかり変わっているだろうが、その頃は畑と田圃《たんぼ》しかない田舎である。曽我たちの移り住んだ借家も、周りを畑に囲まれた小さな集落の中の一軒だった。正確な間取りは忘れたが、古い平屋で、曽我たちは玄関の土間に近い六畳の茶ノ間でいつも食事をしていた。木製の丸い卓袱台《ちゃぶだい》を囲んで。曽我の記憶に残っているその部屋のたたずまいと夕食どきの光景の中に、叔父《おじ》の姿もあるのだ。もちろん、いつもというわけではなかったが……。当時、酒を飲んでは母に暴力をふるっていた父も、自分の弟である叔父が来たときは比較的機嫌が良かったように思う。気にいらないことがあると、叔父の前でも平気で母を殴り、足蹴《あしげ》にしたが、それでも親子三人のときよりは少なかった。だから、曽我は、叔父が来るのをいつも心待ちにしていたのだった。

「浦和……」

叔父がまたつぶやいた。

「大宮の隣りだよ。その頃、叔父さんは、四つ葉銀行の大宮支店に勤めていたんだ」

「……銀行？」

「四つ葉銀行。大学を出た後、叔父さんは定年までその銀行に勤めていたんだよ」

「よくわからない。俺、馬鹿になっちゃったから」

「叔父さんは馬鹿になったわけじゃないけど、思い出せないんなら、いいよ。無理に思い出さなくたって。ごめん」

「財布は？」

話が突然飛んだ。

「誰の財布？」

「俺の財布だよ」

叔父の手が財布を捜すように腰のあたりへ動く。

「叔父さんの財布なら、大丈夫。ちゃんと家に置いてあるから」

「でも、切符を買わないと」

「切符なら、もう買ったよ」

「俺のは？」

「叔父さんのも買ったよ」

「俺、よくわかんないけど、切符がないと、帰れないだろう」

「大丈夫。心配しなくたっていいよ。叔父さんの切符も俺が買って、持っているから」

「なくさないように、ちゃんと持っててもらわないと」

「ちゃんと持っているよ」

「俺、わからないから」

「わからなくても、安心していいよ」

「でも、俺、金も切符もないし……」

「大丈夫。本当に大丈夫だから、安心して」

曽我は、叔父の不安を取り除くために、手の甲を何度も軽く叩《たた》いた。

それでも、曽我に向けられた叔父の目は不安そうだった。退職した後まったく車の運転をせず、どこへ行くにも電車を利用していたからか、曽我が来るとよく切符を買わなければ……と言い出すのだ。職員の話によると、「これから行かなければならない」と言うときのほうが多いらしいが。それも決まって夕方。職員がどこへ行くのかと問うと、銀行だと答え、「今日は重要な会議があるから顔を出さないわけにはいかないのだ」などと言うらしい。こうした、かつての仕事に関係した妄想は、叔父に特有なわけではなく、男性の痴呆老人に少なからず見られる現象なのだという（因みに、女性の痴呆老人には金《かね》や指輪などを盗《と》られたと騒ぎ出す「物盗られ妄想」が圧倒的に多いらしい）。

それにしても……と曽我は脳の複雑さ、不可思議さに思いをめぐらす。叔父を訪ねるたびに感じることだが、人間の脳というのはいったいどうなっているのだろう、と思う。最近は、どこの部位がどういう認知機能を担っているのかという脳内マップ作りはかなり進んでいるらしい。とはいえ、そのメカニズムとなると、まだほとんど謎のままのようだ。

曽我は、もう一度、心配しなくても大丈夫だからと繰り返してから、腰を起こした。叔父の後ろに回り、車椅子を押し始めた。

バルコニーを通ってホールへ戻ると、体操が始まっていた。

職員の一人が叔父に笑いかけながら「菊村さんも一緒に」と声をかけてくれたので、曽我たちも加わった。叔父の腕を取って、前に伸ばしたり上にあげたり、さらには叔父を促して、指を開いたり閉じたり……。

体操が終わると、おやつの時間だった。

曽我は、叔父の前のテーブルにカステラと紅茶が配られるまで待ってタクシーを呼び、駅へ戻った。

駅は、旧《ふる》い町からも新興の団地からも離れているらしい。近くにあるのは不動産屋が一軒とあとは駐輪場だけ。時間帯のせいか、車の動きも少なく、綺麗《きれい》に整備された広場はがらんとしていた。

曽我は、去年の夏、軒下にツバメが巣を作っていた木造の小さな駅舎に入り、時刻表を見た。上りの電車は二十分以上待たないと来なかった。先にやってくる下りに乗って二駅行けば伯母《おば》の住んでいる成西市だが、訪ねる予定はない。正月に行っていたし、今日はこれから友人と会う約束になっていたから。

曽我は喉《のど》が渇いたので、自動販売機でウーロン茶を買い、座布団の敷かれた木のベンチに掛けた。

少し疲れ、そしてほっとしていた。叔父を訪ねた帰りはいつもそうした状態になる。身体も心も弛緩《しかん》したような。曽我は、義理や義務で叔父を見舞っているわけではない。少なくともそんな意識はないし、叔父の存在をけっして重荷に感じているわけでもない。それなのに、タクシーで駅まで来ると、何となく今月の務めを果たしたような……そんな気分になるのだ。

プルトップを引き開け、冷たいウーロン茶を半分ほど一気に飲んだ。

いま別れてきた叔父の姿が浮かび、叔父の言葉が思い出される。そこに、元気な頃の叔父の姿が重なる。人間というのは悲しいな、と思う。現在の日本人は、戦争や餓えで死ぬことはほとんどない。この地球上には、戦争や餓えで絶えず死の危険にさらされている人々が億単位で存在するというのに。それらの人々から見れば、これほど恵まれている国民はないだろうし、戦争の時代を生きてきた世代から見れば、これほど恵まれている時代はないと言ってもいいだろう。そう考えると、自分の感慨はなんて贅沢《ぜいたく》な……とも思うが、どんなに恵まれていようと、人間が生きるというのはやはり悲しい。老いて呆《ほ》けた叔父の姿が曽我の内にこうした思いを引き起こしたのは事実だが、必ずしも、老いるから死ぬから、というわけではない。では、何が悲しいのか、なぜ悲しいのか？　よくわからない。よくわからないが、人間が生まれ、生きていくのは辛く悲しい、と思う。もしかしたら、これは曽我の特異な体験と境遇に関係しているのかもしれないが……。

手前のホームに下りの電車が着き、高校生が大勢降りてきた。ホームは跨線橋《こせんきょう》を挟んで二本あったが、電車が交換するとき以外は改札口のあるこちら側のホームしかつかわないらしい。

曽我は、高校生たちの殊更に誇張された濁声《だみごえ》や黄色い声が遠のいてから腰を上げ、駅舎の外へ出た。金網のゴミ籠《かご》にウーロン茶の空き缶を捨て、ツバメの巣があったあたりを見上げた。

半分壊れた泥の巣がまだ残っていた。去年、梅雨の頃、その巣には三羽の雛鳥《ひなどり》がいて、母親か父親か知らないが、親鳥が虫をくわえてくると、自分の頭が入るほどの口を開けて一斉にピーピー鳴いていたのだった。間もなく初夏の訪れとともに、ツバメは今年も来るのだろうか。そして新しい巣を作り、また雛を育てるのだろうか。

改札が始まったので、曽我は切符を買ってホームへ出た。電車からはまた高校生が沢山降りたが、乗ったのは曽我を含めて十人前後だった。

途中で一度乗り換え、終点の上野《うえの》に着いたのは四時少し前。

御徒町《おかちまち》の韓国料理店で友人の高泰淳《コウテスン》と待ち合わせたのは五時半なので、曽我は東京駅まで行き、八重洲《やえす》ブックセンターで本を二冊買って戻った。

早く着いた曽我が、茶を飲みながら、買ってきた本をパラパラやっていると、約束の時刻を六、七分過ぎて高が来た。二階の板敷きの席だ。高泰淳は頬骨の出た、男っぽい精悍《せいかん》な顔立ちをしている。身長が百八十二、三センチあり、首と肩のあたりがとりわけがっしりしているので、プロレスラーだと言っても通るかもしれない。それほど会うわけではないが、会ったときはいつもその大きな身体からエネルギーが溢《あふ》れているように感じられた。

しかし、一年数カ月振りで顔を合わせた今日の彼は少し印象が違う。焼肉のコンロがセットされたテーブルを挟んで、脂の染み込んだ座布団の上にどっかと腰を下ろしたとき、心持ちやつれたように見えた。

「呼び出して、悪かったな。忙しいんだろう？」

運ばれてきたおしぼりで顔と手を拭《ふ》き、茶を一口飲んでから、高があらためて曽我に顔を向けた。

「悪くなんかない。電話で言ったように、叔父を見舞った帰りだし」

高から、相談に乗ってもらいたいことがあるんだが会えないかという電話がかかってきたのは十日ほど前だった。彼は南千住《みなみせんじゅ》で小さな会社を経営していたから、それなら叔父を見舞った帰りにでも……と曽我が言うと、知り合いがやっているという御徒町のこの店を挙げたのである。

「叔父さん、どうだ？」

「まあ、相変わらずだな」

「曽我の顔はわかるんだろう？」

「わかる。だが、昔の英坊といまの俺は重ならないらしい」

「そうか……」

と、高がちょっと遠くを見る目をした。

高も幸二叔父とは三、四回は会っていた。ただ、それは高が小学生か中学生、叔父がばりばりの銀行マンだった昔の話だが。

曽我が高泰淳と知り合ったのは、高がまだ高島泰男と名乗っていた頃だった。曽我が浦和から信州の小学校に転校した、三年生になったばかりの四月、同じクラスになったのだ。曽我が引き取られた祖父母の家は松本盆地のほぼ中央に位置する二科町の外れ――その数年前、二科町と合併するまでは小さな村だったところ――にあった。小学校は一学年一学級しかない小さな学校だったので、高とはそれから卒業までの四年間、同じ教室で机を並べて過ごした。町の中心にある中学校へ進んでからは同じクラスになったのは二年生のときだけだが、二科町時代の曽我にとって友達と呼べるのは高泰淳一人だけだったと言ってよい。もし高と出会わなかったら、曽我はいま生きていたかどうか……。これはけっして誇張ではない。たとえ死ななかったとしても、学校へ行かなくなっていたのは確実だし、その後の人生もかなり違ったものになっていたのは間違いない。

祖父母の家へ引き取られてしばらく、曽我は誰とも口をきかなかった。祖父とも祖母とも。後で思えば、きかなかったのではなく、きけなかったのだが。曽我から言葉を奪ったのは、彼の見た〝父の死の光景〟だったのか、それともそれを刑事の前で証言したという事実だったのか、どちらだったのかはいまでもわからない。

それはさておき、こんな少年が、外部からほとんど入ってくる者のいないムラの小学校へ転校して行ったのだから、いじめられないわけがない。生徒たちだけでなく、担任の教師――五十代の女の教師だった――にも疎んじられた。担任教師は表立っていじめたわけではないものの、何を尋ねても返事らしい返事をせず、自分に心を開こうとしない曽我を嫌い、差別し、他の子供たちが彼をいじめるのを黙認した。そんな中で、高泰淳だけは曽我をかばい、曽我をいじめている者を見ると殴りつけ、追い払ってくれた。その頃の高は特に大柄というわけではなかったが、乱暴で、腕力だけはクラスの誰にも負けなかった。高はけっして正義漢ではない。いろいろ悪さもしたし、ときには弱い者いじめもした。それなのに、なぜか曽我だけはかばってくれた。後で高に聞いても、「さあ、どうしてだったのかな、自分にもよくわからない」という返事だったが、曽我は差別に対する憤りではなかったかと思っている。なぜなら、高の家は貧乏なだけでなく、集落のおとなからも子供からも二言目には「朝鮮人」と呼ばれ、いわれない差別を受けていたから。そして曽我も……小さなムラでは隠そうとしても隠しようがなく、「人殺しの子」と囁《ささや》かれ、子供たちの口からは直接その言葉を投げつけられることもあったのだ。

　中学へ進む頃には、曽我は教師とも級友たちとも必要な言葉は交わすようになっていた。とはいえ、心を開いた相手は、祖父母と叔父を除くと高泰淳だけだったような気がする。

　町の中学へ通い出すと、曽我と高に対する新たな差別といじめが待っていた。入学して三カ月ほどした頃、三年生まで支配していた二年生の番長を高が叩《たた》きのめしてから、表立ってのいじめは影を潜めたものの、そのぶん、番長グループの高に対する嫌がらせ、報復がひどくなった。通学に使用していた自転車――廃品回収業をしていた高の父親が壊れた古自転車の部品を利用して組み立てた――のタイヤが裂かれたりハンドルが盗まれたりなどというのは序の口で、帰り道、しばしばグループの待ち伏せや襲撃を受けた。その都度、高は護身用に持ち歩いていた鉄棒を振り回して応戦したものの、ときには袋叩きに遭い、全身血まみれになることもあった。それでも高が屈服しないと見るや、番長グループは高の家まで襲った。高一家が留守のときを狙い、仕分けして積んであった回収品を庭中にばらまき、高たちの住んでいた倉庫の羽目板をめちゃめちゃに叩き壊したのである。高の父親は激怒して中学校へ怒鳴り込み、警察にも被害届けを出したが、学校も警察も誰がやったか特定のしようがないと言って動かなかった。それからしばらくして番長が松本で他校生に対する傷害事件を起こして警察に捕まり、学校へ来なくなったので――施設に送られたという噂だった――高に対するグループの報復はなくなったが。

当時、高の一家は崖下《がけした》の空き地に建てられた、かつては薪や肥料などを入れていたらしい古い倉庫を借りて住んでいた。中の一角を仕切って四畳半ほどの部屋を作り、土間に置いた石油コンロで煮炊きして。母親は高が小学校へ入学した年に死んだとかで、家族は父親と高泰淳、それに高と四つ違いの弟の三人。父親が廃品回収業をしているといっても、中古の三輪トラック一台あるわけでなく、リヤカーを引いて鉄くずや古雑誌などを集めて歩き、それを選別して問屋のような業者に渡していたらしい。庭や軒下に積まれた廃品の山は、曽我たち子供にとってはまさに宝の山。曽我は高兄弟と一緒に何やらの滑車、歯車、バネなどを探しては玩具《おもちゃ》を作ったり、古い漫画本を読んだりして遊んだ。大雨や雪の日には高の父親も仕事を休み、醬油《しょうゆ》と唐辛子で煮たホッケのそぼろ——高はそれをよく御飯に載せて美味《うま》そうに食べていた——やキムチを肴《さかな》に焼酎《しょうちゅう》を飲みながら、曽我たちの相手をした。高の父親は現在の高のように大柄で、赤銅色をした一見怖い顔をしていた。だが、曽我には優しく、太平洋戦争中、三つ違いの兄と朝鮮半島から日本へ働きに来たときの話などをしてくれた。

高と、そして高一家とのこうした交流があったから曽我は小学・中学時代を何とか生きられた、と言っても過言ではない。だから、中学を卒業して高泰淳が近くにいなくなってからの曽我は、日々生きていく気力を生み出すのに苦労した。四年かかって高校を卒業したものの友達はできず、半分ぐらいは学校へ行かなかった。松本の高校へ進学した後も、本気で大学進学を考え始めるまでの二年半余りはほとんど家に閉じ籠《こ》もり——表向きは受験浪人ということになっていたが——毎日、本を読み、死を考えて過ごした。

一方、高泰淳は、中学を卒業すると東京大田区にある製菓会社に高島泰男として就職。翌年の正月には、自宅と曽我に自社製の洋菓子を土産に帰郷した。しかし、間もなく彼は会社を辞めて寮を出たらしく、曽我の出した手紙は宛先人不明で戻ってきた。それから一度だけ、会社を替わって元気にやっているという手紙がきたが、三月《みつき》ばかりでその会社も辞め、あとは音沙汰《おとさた》なし。父親に聞いても、どこで何をしているのかわからない、という。のちに高から聞いた話では、毎日生きていくのに精いっぱいで他人のことなど考えている余裕がなかった、いや、父親と弟のことはいつも気になっていたが、いまの自分を見たら二人ともさぞがっかりするにちがいない、そう思うと、連絡できなかった――。

曽我が高泰淳と再会したのは、大学へ入って東京へ出てきてからだった。高が背広にネクタイといった〝ぱりっとした格好〟で郷里へ帰り、祖母に曽我の住所を聞いて連絡してきたのだ。そのとき、高は高島泰男から高泰淳になり、「同胞のやっている貿易の仕事を手伝っている」と言った。

大学在学中、曽我は高泰淳と何度か会ったが、その後、高が関西へ行き、曽我も繊維会社に就職して忙しくなった事情もあり、交際が途絶えた。だから、それから三たび交際が始まるまでの高については、大阪と神戸で友人と様々な商売をしていたと後で聞いただけである。ただ、その十年ほどの間に高は朝鮮籍から韓国籍に替わり――その話を聞くまで高が朝鮮籍だった事実さえ曽我は知らなかった――在日韓国人二世の女性と結婚して女の子を一人もうけていた。

交流が復活したのは十二年前、曽我がある出版社の募集した懸賞小説に入選したとき。高が東京へ戻り、信州から上京した弟と力を合わせて、韓国から朝鮮料理の材料を輸入して販売する有限会社を設立して間もない頃である。刊行された曽我の本の広告を見て、高が電話してきたのだった。

それからは時々電話で話し、年に一度ぐらいは会って酒を酌み交わしていた。

「なんだか少し疲れているみたいだけど、無理しているんじゃないのか？」

生ビールの他に焼肉と野菜を適当に注文してから、曽我は心配して聞いた。

高泰淳が「疲れてなんかいない」と否定したが、表情は相変わらず冴《さ》えない。

「それならいいが……ところで、俺に相談て、何だ？」

曽我が聞いたとき、ころころと肥った丸顔の娘が生ビールを運んできた。

高が笑いながら娘に韓国語で話しかけた。と、二人の前にジョッキを置いた娘が赤い頬をさらに赤らめ、やはり韓国語で二言三言答え、逃げるように去って行った。

「何て言ったんだ？」

「綺麗《きれい》になったが恋人でもできたのか、とちょっとからかったのさ」

「知っている娘さんか？」

「顔だけはね。それより、乾杯しよう」

高がジョッキに手を伸ばしたので、曽我もジョッキを取った。それを顔の前に上げ、ビールを飲んだ。喉《のど》が渇いていたので、ビールは美味かった。

「田舎へ帰ることはあるか？」

と、高がジョッキを置いて聞いた。

去年、祖母の十三回忌で行っただけだ、と曽我は答えた。

「俺は、親父やお袋の墓があるわけじゃないし、行くことはないな」

高にとって二科町は生まれた地だし、曽我にとっても第二の故郷だが、互いに良い思い出のある場所ではない。

「伯父《おじ》さん捜しはどうなっている？」

「韓国へ行くたびにいろいろ当たっているが、まだ何の手掛かりもない」

「生きていれば、七十……？」

「七十八のはずだ」

高の伯父については、曽我は高の父親からよく聞いていた。日本が太平洋戦争に負けた翌年（一九四六年）、別れ別れになったのだ、と。高の父親の話によると、戦争中、日本の植民地だった朝鮮半島から日本本土へ来ていた人々は、およそ二百万人。強制連行されてきた者と高兄弟のように自分から職を求めたりしてきた者との比がどれぐらいかはわからないが、日本の敗戦によって約七割の百四十万人が朝鮮半島へ帰った。そのとき、高の父親も兄と一緒に郷里――南の光州《クァンジュ》に近い村――へ帰るつもりでいた。が、帰ったところで両親はもういないし、日本へ来るときに家を処分してしまったので住むところもない。

もちろん、仕事の当てもなかった。一方、日本にとどまれば、何とか食べていくのだけはできそうだった。嘘か本当か、朝鮮半島ではコレラで大勢の人が死んでいるという噂も伝わってきたし、高の父親は次第に帰ることに消極的になり出した。その結果が兄との喧嘩《けんか》である。祖国の独立のために働きたいと思っていた兄に罵倒《ばとう》され、殴られた。「臆病者《おくびょうもの》、勝手にしろ！」「ああ、勝手にする」「もう、おまえとは兄でも弟でもない」「こっちだって望むところだ、コレラで死んだって墓参りに行ってやるものか」売り言葉に買い言葉、彼は、当時兄と一緒に暮らしていた大阪堺《さかい》市のバラックを飛び出し、知り合いを頼って京都へ行った。そして、半年ほどして堺へ帰ってみると、すでに兄はおらず、知り合いから帰国したと知らされた。高の父親は後悔した。ああ、喧嘩なんかしなければよかった、兄と一緒に帰ればよかった、と。だが、自分も帰ろうかどうしようかと迷っているうちに朝鮮半島には大韓民国（韓国）と朝鮮民主主義人民共和国（北朝鮮）と二つの国が建てられ、自由に帰ることができなくなった。間もなく朝鮮戦争が始まり、三年後に戦争が終わっても、日本と韓国、北朝鮮との国交は断絶したまま。一方、高の父親も日々食べていくのに精一杯で、いつしか帰国しようという意思を失っていた。その後、堺から京都へ、京都から名古屋へ、名古屋から二科町へと仕事を求めて移り住みながらも、何度か人伝《ひとづて》に兄の消息を探った。だが、兄は郷里の村には帰っておらず、北朝鮮の建国に参画して北へ行ったのか、韓国内に残ったのか……いや、生きているのかどうかさえわからなかった——。

曽我がそうした話を聞いたのは中学へ進んでからだから、一九六四年（昭和三十九年）の東京オリンピックの前後である。それからも、北朝鮮はもとより日韓基本条約が結ばれた韓国とさえ、二十年余り往来がままならない状態がつづいた。そのため、高の父親は、死ぬまでに兄にもう一目会いたい、兄に会って謝りたい、兄を捜しに祖国へ帰りたい、と息子たちに語りながらも、その願いを実現できないまま、ソウルオリンピックの前々年、一九八六年に亡くなったのだった。

「生きて見つかればいいが……」

と、曽我は言った。

「ああ」

「親父さんのたった一人の肉親なんだから、高だって会いたいだろう？」

「どうかな。伯父といったって、一度も会ったことも見たこともないんだから。会っても特別の感情が湧くかどうか……」

「会えば、きっと湧くよ」

「そうかな」

「そうさ」

「ま、俺の気持ちはともかく、親父が死ぬ間際まで望んでいたことだから、できれば捜し出して親父の気持ちを伝えてやりたいよ。もし死んでいれば、親父の代わりに墓参りしてやりたいし」

「うん」

曽我は高につづいてジョッキを取り、ビールを飲んだ。

「あ、そうだ、いつも本を送ってもらって、ありがとう」

と、高が思い出したように言った。

「いや」

「俺は本なんて滅多に読まないが、曽我の本だけは読ましてもらっている。もっとも、次のが送られてくる頃、前のがやっと読み終わるかどうかだが」

「忙しいのに、無理して読まなくたっていいよ」

「無理してるわけじゃないが、曽我も知ってのとおり、俺、学力優秀だったから、読むのに時間がかかるんだ。そうだ、前の前に出た本だったかな、『蒼《あお》の構図』というのは良かった。ありゃ、売れただろう？」

「あまり売れない」

「他のが悪いというわけじゃないが、俺はあの作品に一番感動した。冤罪《えんざい》の生まれる仕組みがわかったし、冤罪に苦しんでいる人の叫びが聞こえてくるようだった」

「ありがとう」

「評判はどうなんだ？」

「まあ、読んでくれた人は、きみのように言ってくれる人が少なくなかった」

「それなのに売れないのか？」

「ああ」

「どうしてだ？」

「はっきりしたことはわからないが、結局は、多くの読者を引きつけるだけの力、魅力が作品にない、ということだろうな」

「そうかな」

高が首をかしげた。

「他に考えられない」

「小説とか出版とかの世界にまるで疎い俺だけど、自分の扱っている商品、例えばこのキムチのことなら多少はわかるが、ちょっと違うような気もするな」

高が、さっきの娘が運んできたキムチを箸《はし》でつまみ上げた。キムチは、高が韓国から輸入販売している主力商品の一つだった。

曽我は、キムチ、ナムルと一緒に運ばれてきたカルビやロースを網に並べながら、高の話のつづきを待った。

「キムチは食品なので、一番肝腎《かんじん》なのは味だ。では、俺たちが『これは美味《うま》い、日本人の味覚にも合っているはずだ』と思って買い付けたものが必ず売れるかというと、そうじゃない。俺たちの判断が間違ったわけじゃなく、日本人の業者の多くもそう認めてくれているにもかかわらずだ。売れないときはさっぱり売れない。ところが、何かの拍子で……本当に何かの拍子としか言いようがないんだが、一度売れ出すと、こっちがもうびっくりするほど次から次に注文がくることがある。キムチと小説を一緒にしたら曽我は怒るかもしれないけど、多くの読者を引きつける力といっても、これと似たようなものじゃないのか。もちろん、不味《まず》いのはどうやったって売れないが」

「ありがとう、励ましてくれて」

「俺は曽我を励ましているわけじゃない。事実を言っているだけだ。商品が売れる売れないには、質以外の様々な要素が絡み合っている。だが、一言でいえば、運だな。要するに、曽我の小説があまり売れないからといって、読者を引きつける力がないわけじゃない。たまたま、運が少し離れているだけだよ」

曽我は、おやっと思った。高の言い方に、どこか自分自身に言い聞かせているような印象を受けたからだ。

運が少し離れている——。

もしかしたら、高の疲れたような感じと、さらには今日曽我を呼び出した件と、関係があるのではないか。

「おお、焼けたぞ。食おうぜ」

高が、タレにつけたカルビをサンチュに包んで頬張った。

だが、曽我は気になり、

「おい、俺に相談したいことって何だ？」

と、聞いた。

「ま、ま、食ってから、食ってから」

「食べながらでいいから話せよ」

「実はどうでもいいことだったんだ。本当は曽我と一杯やりたかったのさ」

「嘘つけ」

「本当だよ」

「高は昔から嘘が下手だから、すぐにわかる。もしかしたら、商売のほう、あまりうまくいってないんじゃないのか？」

曽我は自分の想像をぶつけた。

「そんなことはないさ」

強い語気の否定。が、曽我から逸《そ》らされた視線が言葉を裏切っていた。

「気になるな。それなら、何の相談なのか、話せよ。その気で来たんだろう」

「もういいって」

「水臭いな。俺じゃ、話しても何の役にも立たないというわけか」

「そうじゃない」

「だったら……」

「商売はいたって順調だし、困った問題なんか何一つない」

「それならいいけど……」

「嘘じゃない、本当だよ」

「わかった」

と、曽我はひとまず引いた。いまはこれ以上言っても無駄だったからだ。別れるまでに聞き出せばいい、そう思った。

しかし、その後、曽我が何度か切り出したにもかかわらず、高は最後まで肝腎の用件には触れなかった。曽我と喋《しゃべ》ったら気がすんだ、もういいんだ、と言って。

昔、番長グループの暴力にも教師の差別にもけっして屈することのなかった強い友人。学校で曽我の唯一の庇護者《ひごしゃ》だったと言ってもいい高泰淳。彼はいまも元気に陽気そうに大声で話している。だが、その浅黒い顔を時々暗い翳《かげ》がかすめる。笑顔の奥から、隠しても隠しきれない憂いが覗《のぞ》く。

曽我は、友のために何もしてやれない自分の無力を感じながら彼と一緒に御徒町駅まで歩き、別れた。

2

刑務官に伴われて現われた関山夏美は、下は黒いスパッツ、上は淡いピンクのブラウスに萌葱《もえぎ》色のカーディガンという……少しちぐはぐな感じがしないでもないが、春らしいこざっぱりした服装をしていた。待っていた朋子に、緊張した表情を崩さずに頭を下げ、前に腰を下ろした。拘置所の接見室なので、前といっても、弁護士の朋子と夏美との間には頑丈なアクリル板の壁があったが。

朋子は、女性の刑務官がドアの向こうに退くのを待って、

「身体の調子はどう？」

と、夏美に微笑みかけた。弁護人には、勾留《こうりゅう》（拘置）されている被疑者あるいは被告人と立会人なしで面会したり、書類や物の受け渡しをする権利が認められているのだ。

「変わりありません」

と、夏美が答えた。不安げな緊張した表情はそのままだった。

夏美は朋子より二つ下だから、六月の誕生日がくれば四十二歳になる。自由を奪われて三年半、朋子と最初に顔を合わせたときは小麦色だった肌は生白くなり、近視が進んで、書類などを見るときは眼鏡をかけるようになっていた。それでいて、特に老けたという感

じはしない。こうした生活を強いられると、髪が真っ白になり、実際の時の流れの二倍も三倍も歳取ってしまったように見える者も少なくないのだが、夏美の場合は――芯《しん》が強いのか、神経が太いのか――当てはまらなかった。卵形の顔に形のよい小さな鼻、大きな二重瞼《まぶた》の目と、男好きのする美形はそのままだったし、白い皮膚の下にはまだ充分に張りが残っているように感じられた。だから、いまは後ろで無造作に束ねているだけの髪を綺麗にセットしなおし、ちょっと化粧すれば、三十代前半だと言っても通るかもしれない。少なくとも、あまり化粧や服装に気をつかわない朋子よりは艶《つや》っぽく、若く見えるにちがいない。

「この前も言ったけど、いよいよ来週の火曜日、四月十三日から控訴審が始まるわ。私のほうは、もうあなたに言っておかなければならないことはないんだけど、あなたには私に話しておきたいことがあるかもしれないと思って……」

それで接見に来たのだ、と朋子は本題に入った。婉曲《えんきょく》な言い方をしたが、夏美には朋子が何を言いたいのか通じたはずである。

しかし、夏美は朋子の真意に気づかなげに、私にもありませんと答えた。

「そう」

朋子はわざと溜息《ためいき》まじりにうなずき、暗に夏美の非協力的な態度を責めた。

朋子は、夏美がいまだに自分に何かを隠しているような気がして仕方がない。明確な根拠があるわけでなく、何を隠しているのかという想像もつかないため、夏美が明かさない以上はどうにもならないのだが。

三年四カ月前――夏美が殺人と窃盗の罪で起訴されて間もない一九九五年十二月――朋子は三橋澄夫弁護士から夏美の弁護を引き継いだ。そして、〈夫の関山益男が自宅近くの公園で死亡した頃、行きずりの男と渋谷のラブホテルにいた〉という夏美の話を聞いたとき、彼女の無実を信じた。嘘をつくならもっと自然で本当らしい話がいくらでも作れるのに、そうしたありそうもない話をしたことに、逆に真実みを感じたのだ。もちろんそれだけではない。夫を自宅近くの公園で殺害すれば自分が真っ先に疑われるのが明らかなのにそんな稚拙な方法を採るだろうか、と思ったのも大きい。同じ毒を飲ませるにしても、遠くへ呼び出すだけではるかに安全になるのに。ただ、朋子は、夏美の話は本当らしいと思う一方で、彼女がすべての事情を話していないようにも感じた。朋子の質問に答えるときの微妙な表情の変化や、慎重に言葉を選んでいるような印象から。その後、朋子は幾度となく夏美に質《ただ》した。何か自分に隠していることはないか、事件に無関係だと思って話さないでいることはないか、と。すると夏美は、いまでこそためらいなく否定するが、初めのうちは迷いとも動揺ともつかない色を目に浮かべたのだった。

「いまの私は、ただもう先生に今度こそ私の無実を証明していただきたい、そう思っているだけです」

夏美が、訴え、縋《すが》りつくような視線をひたと朋子に当ててきた。

朋子は、自分の言葉を無視した夏美をちょっと苦々しく感じたものの、彼女の必死な気持ちはわかったので、

「この半年、私たちは全力を尽くしてきたわ。もちろん、これからだってそのつもりよ」

と、相手を励ますように言った。

去年の秋、夏美には一審の東京地方裁判所で有罪の判決が下され、彼女は直ちに控訴した。私たちというのは、その後、朋子は三人の若い弁護士に協力を要請し、弁護団を組んだからだ。

「はい。服部先生をはじめとする弁護士の先生方には本当に感謝しています。すばらしい控訴趣意書を作成していただきましたし」

控訴審は、控訴した側が提出する控訴趣意書――一審判決に納得できない点を具体的に指摘したもの――をもとに審理されるため、それをどう書くかはとりわけ重要なのだった。

「私たちに感謝なんて必要ないわ。無実の罪を着せられそうな人がいたら、それを晴らそうとするのは弁護士として当然の務めなんだから。それより、私はいま、何かやり残していることがあるんじゃないか、私たちにできることがまだあるんじゃないか、そんな気がして仕方がないの」

「このままでは今度の裁判にも勝てない、ということでしょうか？」

朋子を見つめている夏美の目に不安げな翳《かげ》がひろがった。

「そうじゃないわ。あなたの自白調書を証拠採用した誤りは明らかにできるし、笠松公園の近くであなたを見たという目撃者の証言がいかに信用性の薄いものであるかも証明できるから。でも、できれば、あと一つ……あと一つ、決定打がほしいのね」

夏美が視線を下向けた。

「それで、くどいようだけど、もう一度思い出してほしいの」

朋子はつづけた。思い出してほしいと言ったが、朋子は、夏美が忘れていると考えているわけではない。

「先生にそう言われて、私も何度も考えました。でも、先生に話していない事実なんてありません」

夏美が視線を朋子に戻した。

「一見、あなたにとって不利な事実のように思えても、有利な材料になる場合だって少なくないのよ。また、事件とは関係がないように見えても、あなたの無実を証明する重要な手掛かりになる場合だってあるわ。だから、後で悔やまないためにも……」

夏美の目がエッと驚いたように丸くなった。

朋子は語尾を呑《の》み込んだが、遅い。

「やっぱり、今度も危ないんですね」

夏美はショックを受けたらしく、顔が青ざめていた。

「そういうわけじゃないわ、そういうわけじゃないけど……ただ、できるかぎりの手は打っておきたいのよ」

朋子は慌てて否定した。注意していたつもりなのに、うっかり不用意な言葉を口にしてしまったのを後悔しつつ。

正直なところ、朋子は、無罪判決を勝ち取れるかどうかの確率は五分五分ではないかと思っている。が、自分はいったいどうなるのかと毎日強い不安に苛《さいな》まれているにちがいない夏美には、それは言わないできた。何の益にもならないだけでなく、不必要に不安を煽《あお》り、いっそう彼女を苦しめるだけだからだ。といって、絶対に勝てると気休めを言うわけにもいかないので、そうした予測はぼかしてきたのだった。

「先生、先生こそ、私に本当のことを話してください」

夏美が透明なアクリル板の向こうで上体を心持ち乗り出させた。視線は朋子の嘘を見逃すまいとするようにひたと朋子の目に当てられている。

「私はずっと本当のことを話しているわ」

朋子は夏美から目を逸《そ》らさずに答えた。

「それじゃ、勝てる可能性は何割くらいなんでしょうか？」

「何割なんて、私にもわからないわ。裁判官が曇りのない目で事実を見て、〝捜査段階におけるあなたの自白には任意性、信用性ともにない〟という公正な判断をすれば、必ず勝てる、とは思っているけど」

朋子としてはそう答える以外にない。

「今度の裁判官も、一審の裁判官と同じように、公正な判断をしないかもしれないわけですね。そして、私が刑事たちに無理やりさせられた自白を証拠として採用するかもしれないわけですね」

「私たちはそうならないように全力で闘うけど、そのおそれはゼロじゃないわ。だから、それを許さないために、新しい証拠がほしいの」

「これまで見つからなかったのに、いまになって新しい証拠が見つかるなんてことがあるんでしょうか？」

「新しい手掛かりが手に入れば、その可能性が出てくるわ。だから、話してほしいの。もう一度考えてほしいの」

「何度も言っているように……」

「関山さん」

朋子は少し強い調子で夏美の言葉を遮った。「私も何度も言っているわね。弁護士法というのがあって、弁護士には、職務上知り得た秘密を保持する権利と義務がある、つまり守秘義務がある、というお話。だから、安心して話してほしいの、弁護士である私たちにだけは何でも」

さもないと、これも「弁護士倫理」という決まりで義務づけられている〝被告人のための最善の弁護活動〟ができないから――と朋子は訴えた。

しかし、夏美の態度はこれまでと変わらなかった。私はすべて話している、朋子には何も隠していない、と繰り返した。

朋子は仕方なく「そう……」と引いたが、納得したわけではない。夏美が否定すればするほど、かえって疑いは強まった。夏美は何かを隠しているにちがいない、と思った。

それにしても、夏美は何を隠しているのだろう。明かせば自分をより不利な立場に追い込むと思っている事実だろうか。それとも、誰かのプライバシーに関わることだろうか。

そう考えてもすっきりしない。夏美は殺人と窃盗の罪に問われ、すでに一審で懲役十年の有罪判決が下されている。そしていま、無実、無罪を主張して控訴審に臨もうとしている。それなのに、弁護士の朋子が冤罪を晴らす手掛かりになるかもしれないのだからと言っても、明かそうとしない。

もしかしたら、夏美には隠していることなどないのかもしれない。朋子が勝手にそう思い込んでいるだけなのかもしれない。その可能性もないではない。朋子の疑いには証拠はないのだから。

いや、夏美はやはり何かを隠している、と朋子は思う。弁護士になって間もなく二十年……この間に多くの争いごとに関わり、様々な人間を、また一人の人間の様々な側面を、見てきた。だから、たぶん、この判断に間違いはない。

ただ、朋子の観察、判断が正しかったとしても、夏美の隠していることが彼女の無実を証明する手掛かりになるものなのかどうかはわからない。少なくとも、夏美自身は手掛かりにならないと思っているから明かさないのだろうし。

朋子は、来週の火曜日、公判の前に裁判所の接見室でもう一度話すからそれまでによく考えておいてほしいと言い、開いていた小型ノートを閉じた。


朋子は東京拘置所の横門を出ると、長い塀づたいに小菅《こすげ》駅まで五分ほど歩き、東武線の電車に乗った。生憎《あいにく》、地下鉄日比谷線直通の中目黒行きではなく、浅草行きだった。

電車はホームを出るとすぐに鉄橋を渡り始めた。朋子はドアの横に立ち、見るともなく窓の下に目をやりながら、関山夏美に会うためにこの荒川を何度渡っただろうか、とふと思った。

最初に夏美を訪ねたときのことは、はっきりと覚えている。四年前の十二月中旬だ。夏美が起訴され、新年早々に開かれる第一回公判の日時も決まってからであった。

それまで夏美には三橋という弁護士が付いていた。温厚で良心的だが、押しが強そうには見えない初老の弁護士だ。夏美の中では裁判が近づくにつれて不安がふくらんでいった。

三橋で裁判に勝てるのだろうか、と。そうしたとき、彼女はたまたま朋子の存在を知り、父親に相談して――三橋も諒解《りょうかい》のうえで――朋子に依頼してきたのである。

朋子はここ十年ほど、主に性差別の問題に取り組んできた。ジェンダーフリーを標榜《ひょうぼう》し、夫婦別姓にすべきだという考えを様々な場で機会あるごとに表明してきた。また、職場におけるセクハラ事件、夫によるドメスティックバイオレンス事件、夫の度重なる暴力に耐えきれなくなった妻の傷害事件など、女性が被害者あるいは加害者になった事件に数多く関わってきた。

夏美は、朋子のそうした経歴を週刊誌で知り、朋子なら自分を助けてくれる、と思ったのだという。朋子の扱った事件はかなりの高率で勝訴かそれに近い結果になったため、朋子は「有能な弁護士」「力強い女性の味方」としてマスコミにも時々登場するようになっていた。もっとも、そうした評判には異論があり、「たまたま運が良かっただけさ」とか「性差別撤廃を言いながら自分は〝女〟を売り物にしているんじゃないか」とか、やっかみ半分に言っている男性同業者の声も聞こえてくるが。

朋子自身、自分がかなり運に助けられたのは認める。が、運を呼び寄せるために最大限の努力もしたと思う。〝女〟を売り物云々は論外である。自分はたいした努力もせず、そうしたことをこそこそ陰で言うことしかできない男など、相手にする気はない。

それはともかく、朋子はそのとき初めて夏美に面会して彼女の話を聞き――その時点で夏美の無実を百パーセント信じたわけではないが——彼女の依頼を引き受けた。だから、それからおよそ三年と四カ月（弁護人が替わったため、決まっていた第一回公判は約一カ月延期になった）、朋子は夏美に会うために少なくとも月に一回はこの荒川を渡ったのだった。

朋子を夏美に引き会わせ、現在も夏美に関わらせている事件——。

それは、夏美の夫・関山益男が彼女の勤務していた市川台中央病院から盗まれた薬物によって殺害された、という事件である。

事件は、四年前の十月七日（土曜日）の夜に起きた。現場は東京都江戸川区東小岩二、笠松公園。当時、夏美が夫と娘と三人で住んでいたマンションから三百メートルと離れていないところにある、広さ五百坪ほどの区立公園だ。

警察が事件の発生を知ったのは死体発見の通報を受けてからである。時刻は同日午後十一時半頃。発見者は、笠松公園に近い柴又《しばまた》街道沿いでラーメン店を開いている君塚勇という四十七歳の男である。

君塚の店は午前零時を過ぎた頃に来客の小さなピークがくるので、彼はたいていその前にひと休みする。といっても、柴又街道から百メートルほど東へ引っ込んだところにある公園まで行くときは多くない。たまに気が向いたとき近くを少し歩き、公園のベンチで煙草を吸ってくる。

暑くも寒くもないその晩も、彼は何となく外の空気が吸いたくなり、十二時には戻るからと妻に言いおいて店を出た。そして、公園の東側、東南の角に近いところに開いた車止めの付いた出入口――対角の位置に人ひとり通れるだけの狭い口がもう一つ開いていた――まで五、六分かけて歩き、人の気配のしないひっそりとした公園へ入って行った。

公園の周りにはおとなの腰の高さほどの生け垣がめぐらされ、中にはトイレ、ベンチ、ブランコ、滑り台、鉄棒、砂場などがあった。樹木は広場の中央に桜の古木が一本と、西の端に銀杏《いちょう》の木が数本。他に紫陽花《あじさい》とツツジの植え込みがトイレと砂場のそばに配されていた。

君塚は、二カ所あるベンチのうち広場の北側にあるベンチへ向かった。植え込みの陰にでも人が潜んでいないかと、注意しながら。外灯があるので真っ暗ではないが、黒っぽい服装をした人間だと少し離れたらわからないからだ。若い頃プロボクサーを目指したぐらいなので喧嘩《けんか》には自信があったが、ナイフかバットを持った奴に突然襲いかかられたら対抗しきれない。いまの世の中、オヤジ狩りなどと称して中年男性を狙う少年犯罪も増えていたし。

君塚は、ブランコと滑り台の間を通り、鉄棒の奥にあるベンチまで行った。

いや、ベンチの斜め前、四、五メートルのところまで行ったとき、おやっと思い、足を止めた。二つ並んだベンチの一方の手前、座った人間の足の先になるあたりに黒っぽい大きな塊が見えたのだ。

一瞬、大きな犬でも寝そべっているのかと思ったが、犬にしては、人が近づいたというのに動きもしなければ吠《ほ》えもしない。

目を凝らすと、人間のようだ。

しかし、ホームレスが寝ているにしてはおかしい。ベンチの上ならともかく、地べたに横になっているとは。格好も、少し身体を丸め、うつぶせになっているようだ。

もしかしたら病気かもしれない、と君塚は思う。できれば関わりたくなかったが、病気なら放っておくわけにもいかず、仕方なく「もしもし」と声をかけた。

が、返答がない。

そばに近寄りながら繰り返したが、ぴくりとも動かない。

――もしかしたら……！

彼はこれまで以上の緊張にとらえられた。もしかしたら、死んでいるのではないか。

思い切って肩のあたりに手をかけ、「おい、どうかしたのか？」と揺すった。

それでも、おとなの男と思われる人間は何の反応も示さなかった。

君塚はベンチで一服するどころではなくなった。持っていた携帯電話をつかって一一〇番を呼び出し、公園に人が倒れている、はっきりしないが、もしかしたら死んでいるかもしれない、と伝えた。

それからベンチの前を離れ、帰るのが少し遅れるからと妻に電話をかけた。ブランコのそばに立って、パトカーが到着するまで煙草を吸いつづけた。

これが、朋子が所轄・江戸川警察署の刑事と君塚から聞いた死体発見時の模様である。

ただ、この段階では男の死はまだ確認されていないし、死亡が判明した後も、すぐに殺人と判断されたわけではない。死者の口からアルコールの臭いがし、身体に創傷や打撲の痕《あと》が認められなかったため、病死、事故死などのセンも考えられた。検死をした監察医は酒と一緒に毒物を飲んでいる可能性があると指摘したが。

事件性が明確でなかったため、遺体は司法解剖ではなく、都の監察医務院へ運ばれ、行政解剖に付された。その結果、何らかの薬物中毒で死亡した疑いがいっそう強まったものの、毒物の特定と正確な死因は薬化学的な検査を待たなければならなかった。

ただ、そこに一つの事実が明らかになった。死体から一メートルと離れていない地面に染み込んでいた液体が吐瀉物《としゃぶつ》ではないビールと判明したにもかかわらず、近くにビールの缶も瓶もなく、その後公園内を隈無《くまな》く捜索しても死者の指紋が付いた空き缶、空き瓶は見つからなかった、という事実だ。これは、死者の飲んだビールの容器を誰かが持ち去ったことを意味していた。

誰か――?

後から公園へ入ってきた者ではなく、死者と一緒にいた者だったと考えるのが妥当であろう。

ここに、男はビールに混入された毒物によって殺された可能性が高いと判断され、毒物は特定されないまま、殺人事件の捜査が始まったのだった。

薬化学的検査の最初の結果が出たのは事件発生の一週間後、十月十四日である。死者の胃の内容物からビールとアルカロイドが、血液中からアルコールとアルカロイドが、検出されたのだ。アルカロイドは植物塩基と言われるように植物に含まれる一群の天然物で、数百種以上が知られている。すべてが毒物ではないが、ニコチンやストリキニーネなど、一般に知られているものの中にも毒性の強い物質がかなりある。アルカロイドが検出されたといっても、物質名を特定するにはさらに詳しい検査が必要だったが、死者はそれをビールと一緒に飲んだために死亡したことがほぼ確定した。

それより前に、死者は東小岩一の×に住んでいる関山益男（四十三歳）と判明していた。死体が見つかった翌八日、益男の妻・夏美から、前夜から夫が帰らないがもしかしたら公園で死んでいたのは夫ではないかという届け出があり、警察が解剖の終わった遺体に対面させた結果、明らかになった。

夏美が言うには、前日の土曜日は中学二年生の一人娘・美香が夕方から泊まりがけで川崎の夏美の両親の家へ行っていたし、看護婦の自分も夕方五時に勤務が明けてからたまっていた雑用をこなし、自宅には帰らずに横浜の友達の家へ直行した。帰宅したのは午前零時近く。夫の姿が見えなかったが、前夜は短い仮眠を取っただけで眠かったので、シャワーを浴びて先に寝てしまった。夫は失業中で、家にぶらぶらしており、午前二時、三時まで酒を飲んでくることも珍しくなかったから、特に気にもかけずに。翌朝十時過ぎに起きたときも夫は帰っていなかったが、死んでいるなんて想像もしないので、心配しながらも、どこで酔いつぶれているのやら……と腹を立てていた。ところが、昼過ぎになっても夫は帰ってこないだけでなく、電話もない。そんなとき、廊下で顔を合わせた隣家の主婦から、昨夜、笠松公園で男の人が死んでいたらしいと聞き、急に心配になった。部屋へ戻って今朝の新聞を見ると、都内版の片隅に笠松公園で中年の男性が死んでいた、と小さく載っていた。たぶん違うだろう、夫であるわけがない、そう思ったものの、確かめないことには安心できない。そこで、警察に、夫ではないと思うが昨夜から帰っていないので念のために特徴を教えてほしい、と申し出た——。

死者の身元がわかったのに前後して、死亡推定時刻も七日午後十時頃（九時から十一時の間）と判明。警察は、その時刻に笠松公園へ出入りした者の目撃者捜しにいっそう力を入れた。

その結果、七日の晩、関山益男に似た男が笠松公園のほうへ歩いて行くのを見たという者が見つかった。場所は関山の住んでいるマンションと公園の間の道で、時刻は午後九時四十分頃。目撃者は関山と同じマンションに住んでいる石原研一という独身のサラリーマン。車で擦れ違っただけで顔をはっきり見たわけではないが、背格好や肩を上下に揺らす少しひょこひょこした歩き方から、マンションの玄関ホールなどで何度か会っている関山だとわかったのだという。

目撃の時刻、場所から見て、石原研一が擦れ違ったのは関山益男に間違いないと思われた。

ということは、関山は七日午後九時四十五分頃、笠松公園へ行った――。

関山益男の目撃につづいて、彼が笠松公園で死亡した十時前後に同じ公園内にいたと思われる女の目撃者が二人見つかった。

一人は、柴又街道沿いの停留所でバスを降りて東へ入り、自宅へ向かって歩いていた武藤早苗という二十四歳の会社員。時刻は、バスの着いた時刻から見て、九時半を回ったか回らないかという頃。彼女は笠松公園の南側の道を歩いてきて、公園の東南の角で北に折れた。左手（西側）が公園の入口という場所である。そのとき――公園の入口を過ぎて二十メートルほど行ったとき――前から歩いてきた女性と擦れ違ったのだという。

武藤早苗が言うには、女性は中肉中背で茶系統のワンピースを着ていたような気がする。道路脇に街灯が立っていたので、顔も見たように思う。が、もう一度会えば思い出すかもしれないが、いまは四十歳ぐらいだったかなと思うだけで、どういう顔をしていたか、よく覚えていない。何かバッグのようなものを持っていたような気もするが、それもはっきりしない。ただ、すぐ先で公園の反対側の道へ入るときに見やると、女性は公園へ入って行くところだった——。

もう一人の目撃者は、笠松公園から一キロほど離れた南小岩に住んでいる本間光俊という六十二歳の会社経営者である。本間が警察に情報を寄せたのは九日で、警察が武藤早苗から話を聞いたのより一日早い。彼はジョギング中に笠松公園の入口の前を通りがかり、車止めの間から小走りに出てきた女性とぶつかりそうになったのだという。女性がアッと小さな声を上げて足を止め、本間のほうも「す、すまん」と咄嗟《とっさ》に飛び退《の》いたので、互いの身体には触れなかったが、一瞬ながら間近に顔を合わせた。女性は慌てた感じで本間から顔を背けると、黙って頭を下げ、まるで逃げるように立ち去った。そのため、本間はちょっと怪訝《けげん》に思いながら女の後ろ姿を見送り、何かあったのかな……と、園内に目を移した。が、何も動くものは見えなかったし、物音も聞こえないので、再び走り出した。走り出す前に腕時計を見ると、十時を三、四分過ぎたところだった。本間の見た女性も中肉中背で、年齢は三、四十代。色ははっきりしないが長袖《ながそで》のワンピースを着て、手にバッグのようなものを持っていたような気がする、という。

笠松公園で関山益男が死亡したと思われる時刻、体付きだけでなく、年齢と服装まで似た女性が二人公園へ行っていた——。

その可能性は、ゼロではないにしても極めて低いと思われる。

とすれば、武藤早苗と本間光俊の見た女は同一人だったと見てほぼ間違いない。

つまり、女は九時半頃笠松公園へ入って行き、およそ三十分後の十時三、四分頃、慌てた様子で公園から走り出てきた。その間の九時四十五分頃、関山益男も公園へ行っていた可能性が高い。そして、彼は十時前後に公園内で死亡した――。

この時点で警察の見方は固まった。関山益男の死には武藤早苗と本間光俊の見た女・X子が重要な関わりを持っていたにちがいない、と。

警察は、X子の身元を突き止めることを捜査の最重点に据えた。関山益男とX子、どちらが呼び出したのかはわからないが、二人は笠松公園で会っていた可能性が高い。とすれば、二人の間には何らかの関係があったはずだ、と考えて。

しかし、二人の目撃者の言うX子に該当するような女性は、関山益男の現在と過去の交友関係のどこからも浮かんでこなかった。益男の妻・夏美を除いては。

いや、警察はそう言っているが、彼らは、死者の身元が判明し、毒殺の可能性が高いと判断されて間もなく夏美に的を絞ったのではないか、と朋子は考えている。なぜなら、事件の四日後の十月十一日から逮捕前日の十五日まで、夏美は連日、任意で事情聴取を受けていたから。

警察が早い段階から夏美に狙いを定めていたと疑う理由はそれだけではない。彼らは初めて事情聴取をした十一日に、保険金目当てに夫を殺したのだろう、だから友達に頼んで偽アリバイを用意したのだろう、と夏美を追及している。ということは、彼らは十日までには、〈益男に死亡時受け取り三千万円の生命保険がかけられていた事実〉〈夏美が横浜に住んでいる友人に、もし警察に聞かれたら七日の夜は遊びに来ていたことにしてくれと偽証を頼んでいた事実〉をつかんでいたわけである。

連日の事情聴取に対し、夏美は一貫して犯行を否認した。夫が笠松公園で死亡した頃は渋谷の街を歩いていた、生命保険は夫が自分と娘のことを考えて自ら入ったものである、友人に嘘の証言を頼んだのは無用な疑いをかけられたら嫌だと思ったからにすぎない、そう言って。

だが、警察は夏美の話を信じなかった。

益男は真面目でおとなしい男だったが、三年前、二十年以上勤めた工作機械メーカーを解雇されてから人が変わり始めた。どこに勤めてもうまくいかず、一年ほど前からは酒を飲んでは妻に暴力をふるうようになった。ここ半年ほどはまったく働く意欲をなくし、朝から酒浸りの生活をし、夏美が少しでも注意しようものなら殴る蹴《け》るの暴力をふるっていた――。益男と夏美の友人、知人、それに近所の人の話などからこうした事実が明らかになったことも、夏美にとっては不利な材料となった。働きもしないで暴力をふるう夫を夏美は憎んでいたにちがいない、そこで、生命保険金を手に入れる目的もあって殺したにちがいない。警察はそう疑い、他人の犯行に見せかけるために適当な口実を設けて益男を笠松公園へ呼び出し、毒物を混入させたビールを飲ませたのだろう、と夏美を責め立てた。

そうしたとき、関山益男の胃の内容物と血液中からアルカロイドが検出され、彼の死は殺人とほぼ確定。翌十五日には武藤早苗と本間光俊による夏美の面割りが行なわれた。イギリスやアメリカの面割りと違って、日本の場合、容疑者の写真だけ目撃者に見せるケースが少なくないが、捜査主任の羽生田警部は後で問題になるのを避けるためだろう、複数の人物の写真をつかった。夏美と、彼女と同年輩の女性五人を同じ条件で撮った写真――上半身を正面と右側から撮った写真――六組十二枚を目撃者に見せ、そこから事件の夜に見た女性を選ばせたのである。「この六人の中に事件の晩に見た女はいるか？」と。その結果は警察の望んだとおりだった。武藤早苗は「似ている」と言って、本間光俊は「この女に間違いない」と言って、ともに夏美の写真を選んだ。

二人の目撃証言を得て、警察が勢いづいたのは言うまでもない。つかわれた毒物が特定されていないにもかかわらず、翌十六日、夏美の逮捕に踏み切った。

関山益男の体内から検出されたアルカロイドは、元々は植物の中に存在していた物質である。ニコチンはタバコの葉に、ストリキニーネはマチンの種に、アコニチンはトリカブトの根に……というように。数年前、トリカブトの根をつかった殺人事件が世間を騒がせたこともあり、毒物がアルカロイドと判明したとき、警察は、自然界の植物を利用した可能性もある、と考えたようだ。夏美は山歩きが好きで、結婚前は奥多摩や丹沢など東京近郊の山にたびたび出かけていて植物にも詳しい、と聞いていたかららしい。とはいえ、それはあくまでも可能性であって、看護婦の彼女が犯人なら十中八九病院から盗み出しているはずだ、と見た。

夏美の勤務していた医療法人健養会・市川台中央病院は千葉県市川市国府台《こうのだい》にある、ベッド数が三百五十余りの総合病院である。院長は理事長でもある三枝《さえぐさ》昭。だが、彼は八十二歳と高齢のため、病院の実質的な管理・運営は理事で副院長の星野一行《かずゆき》（五十歳）と事務長の久保陽一郎（四十六歳）の二人に任されていた。

警察が星野副院長と久保事務長に聞いたかぎりでは、病院から医薬品、それも毒薬が盗まれたなどということはありえない、という。毒になる薬物は鍵《かぎ》の付いた保管庫に入れておくことが薬事法で義務づけられており、市川台中央病院ではそれを厳守している、というのだ。薬剤師や看護婦に当たっても、箝口令《かんこうれい》が敷かれたのか、自分には何もわからないという答えが返ってくるだけ。ところが、事件の起きる少し前に同病院を辞めた准看護士を探し出して聞いたところ、彼は次のように話した。長い間、薬剤の管理はずさんで、この七月、催眠剤が多量に紛失していた事実が発覚するまで――誰が催眠剤を持ち出していたのかは久保事務長が中心になって内々に調べたはずだが、犯人が特定できたかどうかはわからない――在庫管理簿さえ作られていなかった。その後、管理は確かに厳しくなったが、薬品保管庫の鍵は事務室の壁に掛かっているので、病院内部の者ならその鍵をつかって保管庫に侵入し、毒物を盗み出せないことはない――。

警察はこの話を久保事務長にぶつけ、事実かどうかを質《ただ》した。事務長は、〝以前は管理が多少ずさんだった〟と認めたものの、催眠剤は紛失したわけではなく、数量の記載のほうが間違っていたのだ、だから犯人などいない、と答えた。また、昼は事務室に必ず誰かいるし、夜はドアに鍵が掛かっているので、病院内部の者でも薬品保管庫の鍵を持ち出すことはできない、したがって、保管庫に侵入して毒物を盗み出すことは不可能である、と強調した。

警察は久保事務長の話を信じなかった。催眠剤紛失の件は三カ月も前の話だし、事件と直接の関係はなさそうなので、それ以上追及しなかったが、薬品保管庫に保管されていた毒物の持ち出しが可能か不可能かという点に関しては、「はい、そうですか」と簡単に引き下がるわけにはいかない。在庫管理簿に記載されている数量と現物の数量が合っているかどうか調べてほしい、と要請した。

久保事務長は、自分の一存では決められないから後で返事をすると答え、たぶん星野副院長と相談したのだろう、その日のうちに照合の件は諒解《りょうかい》したと電話してきた。

これは、警察が夏美を逮捕して四日目、二十日のことである。

それから六日後の二十六日、監察医務院から、

――関山益男の胃の内容物と血液中に含まれていたアルカロイドは、アトロピンとスコポラミンの二種類と見られる。

という薬化学的検査の結果が届いた。

アルカロイド毒物は毒性が非常に強く、微量で致死量に達するため、死体の体液資料などからの鑑定は濃度的に困難な場合が多いらしい。だから、これは幸運な例だという。

それはともかく、殺人につかわれた毒物が二種類だったという事実は、当然一種類だろうと予想していた捜査陣を困惑させた。

アトロピンもスコポラミンも、元々はチョウセンアサガオの葉・種子・根、ハシリドコロの根（ロート根）などから分離されたアルカロイドである。現在、薬剤はそれぞれ硫酸アトロピン、臭化水素酸スコポラミンとして日本薬局方に収載されている。ともに劇薬指定で、性質は似ており、抗コリン作用、中枢神経作用などがあるため、鎮痙薬《ちんけいやく》（消化管・胆管・膀胱《ぼうこう》・気管支などの痛みの緩和）、腺《せん》分泌抑制薬（胃液分泌抑制・制汗）、瞳孔《どうこう》散大薬、前麻酔薬、抗パーキンソン薬として用いられている。硫酸アトロピン、臭化水素酸スコポラミンともに水、エタノールによく溶け、致死量はアトロピン〇・〇七グラム、スコポラミン〇・一グラム。中毒症状は咽喉《いんこう》の乾燥、嚥下《えんげ》困難、顔面紅潮、脈拍亢進《こうしん》、眼球突出、瞳孔散大、頭痛、目眩《めまい》、幻覚、譫言《うわごと》、狂躁《きょうそう》など。それらの症状は服用して数分で現われ、致死量以上を摂取した場合は昏眠《こんみん》から死に至る危険が大きい。

　このように、アトロピンとスコポラミンは非常に似ているが、別の物質である。それらがともに含まれている医薬品としてはロート根から製造されたロートエキスがあるが、混じりけのない純正ロートエキスであっても、そこに含まれているアトロピン、スコポラミンの量は精々一～二パーセント。致死量は四、五十グラムにもなる。それほど多量のロートエキスを混入したビールを相手が誰であれ、気づかせずに飲ませるのは不可能である。

　となると、関山益男の飲んだ毒物は、製剤の硫酸アトロピンと臭化水素酸スコポラミンを合わせたもの〇・二～〇・三グラム程度か、チョウセンアサガオの葉か種か根あるいはハシリドコロの根を煎《せん》じて煮詰めた致死量以上のアトロピン・スコポラミンを含んだ溶液――どちらかだった、ということになる（自然界の植物をつかったとすれば、アトロピン・スコポラミン以外の物質も微量含まれていたはずだが、そこまでの鑑定は不可能だったのだという）。

　もし前者だとすると、一種類の毒物で充分なのに二種類の毒物を合わせてつかった、という不自然さがある。たとえ、近くの棚にあった二種類の薬品を盗んだとしても、使用するときはより毒性の高い硫酸アトロピンを選ぶのが普通であろう。

　と考えると、後者、チョウセンアサガオの葉か種か根あるいはハシリドコロの根を煎じて煮詰めた溶液がつかわれた可能性が俄然《がぜん》高くなる。

そのため、警察は——毒物が夏美の勤務先から盗み出されたものとわかれば彼女の犯行を裏付ける重要な状況証拠になると期待していたので——毒物が二種類だと知らされ、困惑したのである。

だが、頭を切り替えて調べたところ、チョウセンアサガオの仲間であるヨウシュチョウセンアサガオは珍しい植物ではなく、野山に自生していることがわかった。根茎を牛蒡《ごぼう》と誤って食べ、食中毒を起こした事故も新聞に報じられていた。研究によると、体重五十キロの人がヨウシュチョウセンアサガオの葉を五枚食べると中毒症状があらわれ、三十枚から四十枚食べると死亡する危険が非常に高くなる、という。

そこで、彼らは次のように考えた。

夏美は、採取してきたヨウシュチョウセンアサガオの葉五、六十枚を電子レンジで乾燥させた（ちりちりになるまで乾燥すればたいした量ではない）。煎じて煮詰め、致死量のアトロピン・スコポラミンを含む濃縮溶液を作った。それを、噴き出すのを防ぐために凍る寸前まで冷やした缶ビールの底に微細な孔《あな》を開けて注ぎ入れ、孔は接着剤のようなもので固く塞《ふさ》いだ。こうして用意しておいた缶ビールを保冷袋に入れてバッグに収め、家を出ると、適当な口実を設けて夫の益男を笠松公園へ呼び出した。冷えたビールがあると言えば、アルコール依存症の益男は喜んで飲んだにちがいない。そして数分で苦しみ出し、ベンチから崩れ落ち、ビールの缶を地面に落とした。それを見て、夏美は証拠になる缶を拾って保冷袋に戻し、逃げ出した。だが、慌てていたのだろう、本間光俊がジョギングして近づいてくるのに気がつかなかった――。

ところが、彼ら警察にとって、再び予想外の事実が明らかになった。

監察医務院の薬化学的検査の結果が出た後、彼らは市川台中央病院に対して、アトロピンとスコポラミンだけ在庫管理簿と現物との照合を急いでくれと求めていた。その結果が届いたのだ。硫酸アトロピンと臭化水素酸スコポラミンの量が管理簿の記載よりともに一グラム前後少ない、という。

それは予想外の事実ではあったが、刑事たちを歓喜させた。誰が、いつ――七月に管理簿を作成した後であるのは間違いない――どうやって持ち出したのかは不明とはいえ、《容疑者の勤務していた病院で殺人に使用された二種類の毒物が同時に紛失していた》という事実の持つ意味は大きい。

犯人はなぜ二種類の薬を盗み出したのか、二種類の薬を盗み出しただけでなく、なぜ二種類の薬を犯行につかったのか、という疑問は残ったが、

――夏美が勤務先の病院から盗み出した毒薬をつかって夫を殺害したのは間違いない。

彼らはそう確信した。

とはいっても、夏美の犯行を裏付ける直接的な証拠はまだなかった。

夏美を逮捕した時点で、警察は彼女の自宅と病院のロッカーなどを捜索したが、使用さ

れたと思われる毒物――そのときはアルカロイドとしかわかっていなかった――は見つからなかったのだ。

家宅捜索したとき、冷蔵庫の庫内が綺麗《きれい》に掃除された形跡があったので、警察は証拠隠滅を謀ったのではないかと疑い、夏美を追及した。すると、掃除は、事件のあった日の午後、夏美の留守中に娘の美香が気を利かせてやったものだ、という意外な答えが返ってきた。

当然、警察は美香からも話を聞いた。父親が殺されて母親が逮捕された後、美香は学校へ行かずに祖父母の家に身を寄せていたので、刑事二人が川崎まで出向いて。

美香は中学二年生。母親に似た綺麗な顔立ちの少女だった。刑事が訪ねると、祖父母に呼ばれて玄関へ出てきたが、ほとんど喋《しゃべ》らなかった。血の気のない顔に怯《おび》えの色を浮かべて刑事を見ていた。刑事は話を聞き出すのに苦労したが、それでも、事件の日の午後、勝手に冷蔵庫を掃除したのだけは事実らしい、とわかった。美香によると、その数日前、〈冷蔵庫の中は黴《かび》と細菌の温床になっている、だから、夏だけでなく冬でも時々庫内のものを全部出して消毒用アルコールで拭《ふ》いたほうがよい〉と家庭科の授業で教えられた。お母さんが忙しかったら、あなたたちがやって上げなさい、と。それを土曜日の午後に思い出し、祖父母の家へ行くまでこれといってやることがなかったので、冷蔵庫の掃除をしたのだ、という。

刑事たちは、庫内に見慣れない瓶のようなものはなかったかと聞いた。美香はなかったと答えた。緊張しきっていたが、嘘をついているようには見えなかった。

事件に前後して冷蔵庫が掃除されていたので、証拠隠滅を疑ったが、考えてみれば、家族が自由に開けられる冷蔵庫は殺人につかう毒薬の保管場所として適当ではない。

刑事たちは、冷蔵庫の掃除は事件に関係なかったらしいと判断し、美香を解放した。

市川台中央病院から硫酸アトロピンと臭化水素酸スコポラミンが盗まれていたと判明する前、警察は目撃者による夏美の面通しを行なっていた。マジックミラーを通して武藤早苗と本間光俊に夏美を見せ、事件の晩に笠松公園のそばで会った女かどうかを問うたのだ。

二人の答えはともに、「間違いない、同一人である」というものだった。

この面通しのやり方には実は大きな問題があるのだが、警察は無視した。そして、殺人につかわれた毒物がアトロピンとスコポラミンと特定され、その製剤が夏美の勤務していた病院から紛失していたという事実が判明したとき、これだけの状況証拠がそろえば検事が起訴しても有罪判決は間違いない、と考えた。

いや、そう考える者と、やはり夏美の犯行を裏付ける直接的な証拠がほしい、それが残っていないのなら彼女から自白を引き出す必要がある、と主張する者がいたらしい。後者の中心者が捜査主任の羽生田警部だったようだ。彼は、夏美を逮捕した当初から一貫して強引に自白を迫る取調べ方をしてきたのだが、ここにきてさらに厳しく夏美を追及した。

夏美はなおも無実を叫びつづけた。自分はいかなる薬物も病院から盗み出していない、事件の晩に笠松公園へ行っていない、目撃者は人違いをしているのだ、と繰り返した。

ただ、彼女はここで、益男が笠松公園で死んだ十時頃の所在と行動について、次のように説明を変えた。渋谷にいたのは事実だが、道玄坂下を歩いていたのではなく、街で声をかけられた男と一緒に道玄坂の中途にあるラブホテルにいたのだ、と。

夏美の訂正は、刑事たちの目には悪あがきとしか映らなかったようだ。「出鱈目《でたらめ》を言うな！」と頭ごなしに怒鳴られたという。だが、夏美は怯《ひる》まなかった。見ず知らずの男とホテルへ行っていたなどと言っても到底信じてもらえないと思い、つい嘘をついてしまったが、今度こそ本当だ、と必死で訴えた。相手の名前や住所はわからないが、三十代半ばぐらいの背の高いサラリーマン風の男だった、どうか男を捜してほしい、またホテルの名前までは覚えていないが場所ならわかる、どうかホテルで聞いてほしい、と懇請した。

警察は男を捜したし、ラブホテルも聞き込んだ。どこまで本気だったかは疑問だが、一応やるべきことはやったらしい。結果は、夏美の言ったような男は見つからず、ラブホテルの従業員の答えも、客の顔を見ていないので夏美が来たかどうかわからない、というものだった。

夏美は納得できなかった。自分の話を信じて男を捜し出してほしい、ホテルの部屋の指紋を調べてほしい、と繰り返した。しかし、彼女の懇願は、さんざん捜してもそんな男はいなかったのだ、たとえホテルの部屋から夏美の指紋が検出されたとしても事件の晩にそこにいたという証拠にはならない、と撥《は》ねつけられた。そして、なおも食い下がろうとすると、怒りで顔を真っ赤にした羽生田に、「嘘を重ねるのもいい加減にしろ！」とものすごい声で怒鳴られ、同時に若い刑事に背中をどやしつけられた。息が詰まるほどの力で。

あとは、脅したりすかしたり……のいつ果てるともない取り調べ。休みはおろかトイレさえ満足に行かせてもらえない状態で、「本当のことを吐け、吐いて楽になれ」と自白を強要されつづけた。

その結果、夏美は精神的にも肉体的にも疲労困憊《こんぱい》し、意識が朦朧《もうろう》とした状態に陥った。そして、逮捕勾留《こうりゅう》されて十六日目――十月三十一日――もう後でどうなるかといったことなど考えられず、とにかくいま楽になりたいという一心から、「犯行」を自供した。羽生田に誘導されるまま、次のように。

硫酸アトロピンと臭化水素酸スコポラミンは、夜勤の晩、勤め先の市川台中央病院から盗み出した。薬品保管庫の鍵は、昼休み、事務室に人がいなくなったときに一時的に持ち出し、複製を作っておいた。「二種類の薬品」にそれほど深い意味はない。候補として考えていた薬品は四、五種類あり、そのうちの二つがたまたま棚に並んでいたので、つかわなければ捨てればいいと思い、盗み出した。二種類とも使用したのは、もし一方の毒性が薄れていたら……と危惧《きぐ》したからである。硫酸アトロピン、臭化水素酸スコポラミンともに致死量が非常に少量である点は調べてあった。それでも、夫が怪しまずにビールを全部飲むとはかぎらないので、三百五十ミリリットル缶の三分の一程度飲めば致死量に達するように、硫酸アトロピン・臭化水素酸スコポラミンともに約〇・二グラムずつ用いた。缶の底に小さな孔を穿《うが》ち、注射器でビールを抜き取って薬物を溶かし、再びそれを缶に戻しておいた。缶の孔は透明な接着剤で塞いだ。夫には、大事な相談がある、家で話すと喧嘩《けんか》になるので公園まで来てほしい、と外から電話した。夫はふざけるなと怒鳴ったが、ビールを買って先に行っているから……と一方的に言って電話を切った。予想どおり、夫はぶつくさ言いながらもやってきて、「おい、ビール」と真っ先に催促した。そこで、公園に誰もいないのを確認のうえ、保冷袋に入れて持ってきてあった毒入り缶ビールを渡した。夫はふてくされた顔で受け取り、すぐに飲み出したが、三分の二ぐらい飲んだと思われる頃、喉《のど》から胸のあたりを掻《か》きむしって苦しみ出した。ベンチから崩れ落ち、同時に缶も取り落とした。夫の苦しむ姿を見ているのは嫌だったが、助けを求める声に力がなくなるまで五分ほど待ち、中身がほとんど空になっていた缶を拾って、逃げ出した。すぐには家へ帰らず、小岩駅まで歩いて中野行きの電車に乗り、終点まで行ってきた。その間に、中野駅のホームに置かれた瓶缶専用のゴミ箱にビールの空き缶を捨てた——。

夏美は、以上のように「犯行」を自供したものの、少し落ち着くと、強い後悔に襲われた。翌日、羽生田たちにあれは嘘だったと言い、さらに検事にも、警察で話したことは出鱈目で自分は犯人ではない、と訴えた。

しかし、刑事たちだけでなく検事も、これだけ証拠がそろっているのに出鱈目であるわけがないだろうと取り合わなかった。

弁護士の三橋だけは夏美を信じ、公判で無罪を主張して闘いましょうと言ったが、すぐその後で、しかし弱りましたな……と困惑の色を隠さなかった。

夏美は、それまでも少し頼りなく感じていた三橋にこのときはっきりと不安を覚えた。といって、弁護士を替えるなどということは思いもつかない。そのまま殺人と窃盗の罪で起訴され、やがて第一回公判の日時も決まったのだが……日ごと、三橋で勝てるだろうかという不安が高まった。そんなとき、彼女は差し入れられた週刊誌で朋子の存在を知り、思い切って父親に相談したのだという。

こうして、朋子は夏美の弁護人になり、夏美が何かを隠しているように感じながらも、夫の関山益男が笠松公園で死亡した頃、渋谷のラブホテルで名前も知らない男と抱き合っていた、という話だけは信じた。

だから、東京地方裁判所で公判が始まると、捜査段階における夏美の自白は刑事の強要、誘導によるもので任意性がない、よって証拠能力はない、と主張した。また、仮に自白に証拠能力があったとしても、それ以外に夏美の犯行を証明するものは何もないのだから、どちらにしても無罪である、と弁じた。刑事訴訟法第三一九条には、憲法第三八条を受けて、〈強制、拷問又は脅迫による自白、不当に長く抑留又は拘禁された後の自白その他任意にされたものでない疑のある自白は、これを証拠とすることができない〉〈被告人は……その自白が自己に不利益な唯一の証拠である場合には、有罪とされない〉とあるからだ。

しかし、三人の裁判官は自白を証拠として採用。そこには犯人しか知りえない。〝秘密の暴露〟が見られないにもかかわらず、内容が具体的で信用性もある、とした。さらに、武藤早苗、本間光俊の目撃証拠も信用でき、犯行時に被告人が笠松公園へ行っていたのは明らかである、と断じた。そして、有罪の判決を下すと、被告人にはまったく改悛《かいしゅん》の情が見られないという理由を挙げ、殺人と窃盗の併合罪で懲役十年（求刑は十二年）という重い刑を科したのだった。


朋子は、北千住で地下鉄千代田線に乗り換えた。次の中目黒行きが来るのを待つより少し早かったからだ。

朋子が司法修習生時代の友人・浅川唯志と二人でやっている「浅川・服部法律事務所」は、市ケ谷駅から歩いて四、五分の千代田区五番町にある。だから、これから新御茶ノ水まで行き、中央・総武線に乗り換える（日比谷線の中目黒行きに乗っても秋葉原で総武線に乗り換えなければならない）。

事情を知らない者にはよく勘ぐられるが、朋子と浅川との間には仕事上のパートナー以上の関係はない。浅川は朋子もよく知っている女性と結婚して二人の子供がいたし、共同事務所を開いた十一年前には朋子も結婚していた。その後間もなく朋子は離婚し、去年、三年近く同棲《どうせい》していた七つ下の画家の卵とも別れたので、現在は独りだが。

朋子は空いていた座席に腰を下ろすと、鞄《かばん》が歩いているようだと時々浅川にからかわれる肩紐《かたひも》付きの大きなバッグを膝《ひざ》の上に置いた。いくつも付いている外側のポケットの一つから手帳を取り出し、今日はこれから何か予定があったかなと書き込み式のカレンダーを見た。

五時に知人の紹介を受けた相談者が事務所を訪ねてくることになっている以外には何の予定も入っていなかった。

朋子は手帳を閉じて元のポケットに戻し、目を閉じた。

しかし、すぐにまた目を開けた。何となく落ち着かない。不安が真綿のようにふわふわと胸のあたりを漂っている感じがする。理由はわかっていた。いま会ってきた夏美の件だ。

朋子にできるのは全力を尽くすことだけだが、裁判はスポーツではない。特に刑事事件の場合、力のかぎり闘って敗れたのだから仕方がない、ではすまない。被告の白《しろ》を信じた以上はどんなことがあっても勝たなければならないのだ。

真実は神のみぞ知るだが、朋子は夏美は無実だと考えている。いまだに何かを隠しているらしいことなど、朋子の中には夏美に対する不信感がないではないが、無実の感触は揺るがない。夏美の自白は刑事の不法、不当な取り調べの結果、つまり強要、誘導の結果であるのは間違いない。関山益男の飲んだ毒薬が市川台中央病院から盗まれていたという事実を、検事は夏美の犯行の有力な状況証拠の一つだと主張するが、朋子は逆だと思う。勤務先から盗んだ薬をつかえば疑われるのは火を見るより明らかなのに、誰がそんな馬鹿なことをするだろうか。他に殺害の方法がなかったのなら仕方がないが、そうは思えないのに。この一事を見ても、夏美の無実は明らかだろう。ただ、犯行になぜ夏美の勤務先から盗まれた毒薬がつかわれたのか――二種類とも一致しているので他の場所から手に入れた同種の薬物が使用された可能性はないと見ていいだろう――は、はっきりしない。真っ先に浮かぶ理由は、犯人が夏美に罪を被《かぶ》せようとしたということだが、そうした可能性のある人間はまったく浮かんでこなかったし……。

夏美はすでに殺人者の烙印《らくいん》を押され、自由を奪われている。もし今度の二審で控訴棄却の判断が下されれば、彼女の苦しみは何倍にもふくらみ、これからもつづくことになる。理不尽だった。許されざることである。しかし、そう思い、どんなに憤ってみても、朋子には夏美の無実を証明する決め手、夏美に言った〝決定打〟がない。だから、来週火曜日から始まる控訴審で、自白を証拠として採用した一審の誤りを論証し、目撃証言がいかにいい加減なものであるかということを示せたとしても、必ず無罪判決を勝ち取れるという保証はない。

決定打になりうるものは、いまや二つだけ。一つは、夏美以外の人間が市川台中央病院の薬品保管庫から硫酸アトロピンと臭化水素酸スコポラミンを盗み出した事実を示すことであり、もう一つは、関山益男を殺した真犯人と思われる、武藤早苗と本間光俊が見た四十歳前後の女を捜し出すこと、である。病院から毒物を盗み出した人間が益男を殺した犯人だろうから、最後にはそれらは一つになるはずだが……。

事件のすぐ後なら、夏美が渋谷のラブホテルに一緒に行った男を見つけ出す、という手段もあった。しかし、いまとなっては遅い。たとえその男が幸運にも見つかったとしても――四年前の暮れ、男にだけわかるチラシを渋谷の街で配り、新聞にも同様の広告を載せたが、男は名乗り出なかった――事件の晩、男と夏美が一緒にいた事実を示すものが残っている可能性はゼロに近いだろう。

夏美以外の人間が市川台中央病院から二種類の毒物を盗み出した事実を示すか、関山益男と笠松公園で会っていた四十歳前後の女を捜し出すか――以上の二点についても、夏美の弁護を引き受けた段階で朋子は追求している。サン探偵社の三宅竜二をつかって。

三宅は朋子の相棒・浅川と高校の同窓で、四十六歳。元国立大学工学部助教授という変わった経歴を持った探偵である。本人は話さないし、浅川も知らないと言うので、なぜ大学を辞めて私立探偵になったのかはわからないが、信用がおけたし、仕事が丁寧で遺漏がなかった。そのため、浅川も朋子も調査の大半を三宅に依頼した。

この関山事件についても、三宅は丁寧に仕事を進めた。薬剤盗難に関しては、市川台中央病院の複数の関係者に当たって言い渋る彼らから話を聞き、夏美に代わる容疑者の発見に関しては関山益男の交友関係を丹念に洗った。が、前者については、みな一様に、薬品保管庫から二種類の毒薬を盗んだ人間がいたなんてびっくりしている、不可能ではないにしても非常に難しかったはずだし、それにもまして危険なのに、誰がそんなことをしたのか想像がつかない、夏美がしたとも思えないがそうした行為をしそうな四十歳前後の女性職員なんていない、と答えた。また、夏美と比較的親しかったという看護婦は、次のようにも言った。病院内に夏美の夫と関わりのあった女性がいたなんて聞いたことがない、だから、病院内部の人間の犯行ではないのではないか、病院の事情を調べるかよく知っている外部の人間の仕業ではないか、といっても、具体的な犯人の心当たりはないが……。

後者についても、成果がなかったという点では同じだった。キーは〝市川台中央病院から毒物を盗み出せた四十歳前後の女〟だが、三宅は必ずしもそうした条件にとらわれずに調査を進めた。だが、関山益男の現在と過去いずれの交友関係からも――男であれ女であれ――彼を殺す動機を持っていそうな人間は浮かんでこなかったのだ。

関山益男は神奈川県の工業高校を卒業してから二十二年間――殺される三年前まで――東京墨田《すみだ》区にある中堅工作機械メーカーに勤めていた。ずっと製造部門の現場にいたのに、退職する直前、営業に回された。退職はリストラに遭って首を切られたのだが、表向きは自主退職。「自己都合による退職願い」を出さなければ解雇し退職金を出さない、と会社に脅されたらしい。会社には名前だけの労働組合しかなかったし、羊のように従順に働いてきた真面目一方の関山には、不当解雇だと労働基準監督署に訴えて闘おうとする意志も根性もなかった。彼と一緒に首を切られた者たちも、今後の生活のことで頭がいっぱいで、わずかではあっても退職金を手にして一日も早く次の職探しをしたほうがいいと考える者が大半だったらしい。そのため、みな強い怒りと不満を覚えながらも会社の言いなりになったようだ。

長年勤めた会社をそうした不本意なかたちで辞めざるをえなかった関山は、かなり大きな打撃を受けたようだが、それでも気持ちを切り替え、再就職先を探した。しかし、最初に勤めた倉庫会社に馴染《なじ》めずに十カ月ほどで辞めてからは、どこへ行ってもうまくいかず、三月《みつき》としないうちに自分から辞めるか辞めさせられた。人付き合いが悪く、融通が利かないからだった。次第に彼は人が変わり始め、以前は軽く晩酌する程度だったのに――元々酒好きではあったらしい――昼から酒を飲むようになった。転職を重ねるごとに希望する就職先の間口は狭くなり、そうなると勤労意欲も薄れた。やり場のない気持ちを紛らすためだろう、どんどん酒に溺《おぼ》れていき、妻の夏美がちょっとでも注意しようものなら殴る蹴るの暴力をふるい始めた。そして、事件の半年ほど前からはまったく就職活動をせず、朝から酒浸りの生活をするようになっていた。朝、夜勤を終えて帰ってきたらしい夏美に、浮気してきたんだろうと怒鳴り、罵《ののし》っているのをベランダ越しに聞いたことがある、と隣家の主婦が言うので、夏美に確かめたところ、彼女は一瞬驚いたように顔色を変えたが、確かにそう責められて暴力をふるわれたことは何度かある、と認めた。が、その後すぐに、浮気云々《うんぬん》は夫が邪推しただけで事実無根だ、と強い調子で付け加え、見ず知らずの男に誘われてホテルへ行ったのも事件の晩だけで、ああした経験は後にも先にもない、と言い訳した。「本当です。どうしてあんなことをしてしまったのか、いろいろ考えているんですが、わからないんです。夫と長いこと性的な触れ合いがなかったので、身体だけ私の心から離れて一時的に狂ってしまったのだろうか、そんなふうに思ったりもしているんですけど……」

どんなに性的に飢えても、自分は街で声をかけられた見ず知らずの男と寝ることはないだろう、と朋子は思う。が、同性として、夏美の生理がわからないではない。だから、男の刑事や検事たちには〝苦しまぎれに考え出された作り話〟としか思えなかったらしい夏美の話を、朋子は逆に信憑《しんぴょう》性あるものとして聞き、信じたのだった。

それはともかく、工作機械メーカーを解雇されるまでの関山益男は、家でも外でも真面目人間で通っていた。妻の夏美も、職場のかつての同僚たちも、彼が特定の女性と付き合っていたとは思えないし、そんな様子も見られなかった、と口をそろえた。その後転職したいくつかの会社で聞いても、また仕事が思うようにいかなくなってから時々飲みに行っていた近所の居酒屋で聞いても、返ってきたのは同様の答えだった。関山益男には親しい友達はいなかったらしいが、それでも、郷里の幼馴染み、中学・高校時代のクラスメート、工作機械メーカー時代の同僚など、二十人余りの男性とは毎年年賀状のやり取りをしていた。だから、彼らについては、益男との間に何らかの利害関係か確執が隠されていた可能性がないか、彼らの生活の周辺に年齢、容姿など犯人になりうる女性がいないか、といった観点からも三宅は調べた。

関山益男を殺す動機を持っていそうな者はどこからも浮かんでこなかった――というのは、そうした調査の結果だったのである。

だが、夏美が犯人でないなら、益男を殺した、彼女以外の犯人がいたのだ。彼を殺す動機を持った人間がどこかにいたはずなのだ。いまや、その動機は〈何らかの偶然から益男に重大な秘密を握られ、危険を感じたため〉といったセンぐらいしか考えられず、そこから犯人に迫るのはほとんど不可能に近かったが……。

とすれば、残る手掛かりは、犯人が市川台中央病院の内部の人間であれ、外部の人間であれ、《病院の薬品保管庫から硫酸アトロピンと臭化水素酸スコポラミンを盗み出すことのできた、年格好が夏美と似た女》

という点だけである。

これを手掛かりに夏美以外の人間が薬物を盗み出した事実を立証するのも、関山益男と笠松公園で会っていた犯人を突き止めるのも、非常に難しいだろう。これまで努力したにもかかわらず、どうにもならなかったのだから。しかし、夏美の無罪判決を確実にするためには、そのどちらかを為《す》る以外にない。少なくともいまの朋子には他の道は思い浮かばなかった。

電車が停まった。

朋子は首を回して、どこだろうと窓の外を見やった。

――新御茶ノ水。

朋子はバッグを抱えて慌てて立ち上がり、ドアが閉まる寸前、ホームへ飛び出した。

3

四月に入ってから半月余り、曽我は六月に刊行される新しい小説『虹《にじ》色の闇』の校正に没頭した。そして、今日二十日の午後、新宿の喫茶店で編集者に会い、赤字だらけになった初校ゲラを渡した。

ゴールデンウィークが過ぎて再校ゲラが上がってきたところでもう一度目を通すが、大きく直すことはない。だから、ここ一年近くかかりきりだった作品は、これで九割方は曽我の手を離れたことになる。

編集者と別れ、紀伊國屋《きのくにや》書店に寄った。ほっとすると同時に一つの仕事を仕上げた満足感、充足感があった。が、この満たされ、解放された気分はほんの一日、二日しかつづかない。いつものことなのでわかっているが、すぐ後に、どこで何をしていても落ち着かない、逃げ出しようのない日々……精神衛生上極めてよくないだろうと思われる時間が控えている。

一つの作品を書いているとき、次の作品の構想が生まれ、ある程度まで形ができることもないではない。しかし、曽我の場合、稀《まれ》だった。テーマだけは比較的早く決まる場合が多いが、斬新《ざんしん》で魅力的な（と自分に思われる）テーマが見つかっても、当然、それだけでは小説にならない。問題はそれからである。テーマにふさわしい登場人物や面白いストーリーを考え、他人に読んでもらえる一編の小説に仕上げるまでには、毎日うんうん苦しみながら幾多のハードルを越えなければならない。曽我は生き方だけでなく、すべてにおいて融通の利かない不器用な人間である。だから、作家として世に出て十二年……この間に十九冊の本を上梓《じょうし》した現在でも、一つの作品を生み出すまでの苦しみは初めの頃とほとんど変わらない。

では、なぜ、こうした苦しい仕事を選び、つづけているのか？　それは、創造の喜びがあるからである。矛盾した言い方かもしれないが、苦しいが楽しいのだ。それに、作品が完成したときの満足感は他の何物にも代え難い。さらには、編集者や評論家を含めた読者の反応も次の作品へ向かうエネルギーを与えてくれる。

いや、曽我が作家という職業を自ら望み、それをつづけている最大の理由は、そうしたことではないかもしれない。もしかしたら、他人とあまり交わらずにできる仕事だからかもしれない。両親が死んで、信州の祖父母の家に引き取られてからの曽我は人とうまくコミュニケーションをはかれなかった。それでも、小学校・中学校時代はそばに高泰淳がいたおかげで何とか学校へ行けたし、高や高の弟と一緒に遊ぶこともできた。だが、高が就職して東京へ行ってしまうと、曽我は他人と必要最低限の交わりしかしなくなった。松本市内にある進学校へ進んだものの友達はできず、ただ毎日学校へ行って教室に座っている、といった生活だった。級友たちは受験勉強に忙しく、中学のときのようには他人に関心を示さなかったので、曽我はいつしかいないも同然の存在になり、やがて実際に登校しなくなった。それから、一年落第して高校を卒業し、東京の大学へ入るまでの数年間は、ほとんど、いま言うところの「引き籠《こ》もり」の状態をつづけていたのだった。東京へ出てきて、何とか一人で生活できるようにはなったが、人間が変わったわけではない。相変わらず、他人と交わるのは苦手であり、苦痛でもあった。だから、大学を卒業して就職しても、取引き相手との交渉、上司や同僚との付き合いが嫌で嫌でたまらなかった。その点、小説家は、たまに編集者と会う以外は人と交わる必要がない。机の前に一人で座っていればすむ。これまできちんと考えたことはないが、曽我が学生時代に手を染めた小説を書いて懸賞に応募する気になったのも、運良くそれが当選した後、小説家をつづけているのも、一番の理由はそういうことかもしれない。

それはともかく、二、三日したらまた産みの苦しみが始まるのがわかっていたので、せめて今日ぐらいは……と、曽我は興味に任せて雑誌や画集、写真集などを見て歩いた。ちょっと興味を引かれたトルコの画家の画集を買い、地下の喫茶店へ降りてゆっくりと見なおしてから帰路についた。

五時を過ぎたせいか、地下道の人の流れは量と勢いを増していた。たまに賑《にぎ》やかな街に出た人間がぼんやり歩いていると、突き飛ばされそうだった。

JR駅の東口で地上へ出て中央線の下り電車に乗った。住居と仕事場は武蔵野市御殿山《ごてんやま》だった。吉祥寺《きちじょうじ》駅と二つ先の三鷹《みたか》駅からほぼ等距離のところに建つ九階建てのマンションである。六階の住まいは五年前に中古を購入したものだが、最上階にある仕事場はその前から借りていた。つまり、仕事場のあった建物に後から住まいを移したのだ。

吉祥寺で降り、公園口に出た。商店の並ぶ狭い通りは新宿に劣らず、人でいっぱいだった。七、八分歩き、吉祥寺通りが井《い》の頭《かしら》公園へ入り込む手前で西へ逸れた。南側は自然文化園の杜《もり》だ。マンションはその道を二、三百メートル行った北側である。道路から二十メートルほど引っ込んだ玄関を入り、集合ポストから三紙の夕刊と郵便物を取ってエレベーターで六階まで昇った。管理人は常駐しているが、出入りは自由だった。

鍵《かぎ》をつかって自宅のドアを開ける。玄関も廊下も薄暗かったが、居間からは明かりが漏れ、テレビの音がしていた。

曽我が仕切りのガラス戸を押すと、ソファの上で膝《ひざ》を抱えてテレビを見ていた長男の雅彦が、顔を振り向けた。

「ただいま」

雅彦が「お帰りなさい」と言うように口を動かしたが、すぐにテレビに目を戻してしまった。映っているのはいま人気の冒険アニメらしい。

「お母さんはまだ帰ってないのか？」

わかっていたが、曽我は聞いた。

「うん」

と、雅彦が父親のほうを見ずに答えた。

妻の容子は、去年の秋、前に住んでいた団地で一緒に生協活動をやっていた主婦二人と出資し合い、井の頭公園入口に、〝世界の紅茶と手作りケーキ〟を看板にした小さな喫茶店を開いた。そのため、毎日張り切っているのだが、今週は早番なので、間もなく帰るはずだった。

「お姉ちゃんは？」

「知らない」

「帰ってはいるんだろう」

「うん」

長女の有希は自分の部屋にいるらしい。小学三年生と中学一年生……それも男の子と女の子では、好みのテレビ番組が違うのだ。ただ、有希も勉強嫌いでは弟に引けを取らないから、きっと部屋で漫画でも読んでいるにちがいない。容子が帰ると勉強しろ勉強しろとうるさく言われるので、二人とも鬼の居ぬ間の何とやら、なのだろう。

曽我は、うがいをして手を洗ってから、有希の部屋を覗《のぞ》いた。案の定、有希はベッドに腰掛けて漫画を読んでいた。音楽でも聴いているのだろう、ヘッドホンを付けて。曽我は、他人の心を傷つけることさえしなければ好きにすればいい、と思っていたので、滅多に注意したり怒ったりしない。だから、有希は漫画本を隠さず、顔だけ振り向けて、「あれ、お父さん、今頃どうしたの？」と聞いた。曽我は、今日は出かけていていま帰ったのだと答え、ドアを閉めた。

曽我は、現在の雅彦と同じ小学校三年のとき、両親の死によって、いわゆる〝普通の家庭生活〟を断ち切られた。以後、父親には憎しみしか感じたことがないので、父親のモデルがなく、自分が父親になったときは戸惑った。子供に対してどのように振る舞ったらいいのか、よくわからなかった。が、結局は、良くも悪くも自分の生き方を飾らずに見せる以外にないという結論に達し、そのとおりにしてきた。その結果……というよりは容子の屈託のない性格によるところが大きいのかもしれないが、これまでのところ有希も雅彦も素直な良い子に育っている。親の欲目かもしれないが、曽我はそう思っていた。

彼は寝室へ行って着替えをし、居間へ戻った。お母さんが帰ったら仕事場にいると伝えるようにと雅彦に言い、テレビの甲高い声をあとにした。テーブルの上に置いておいた郵便物の束を持って。

さっき六階へ昇るエレベーターの中で見たときから、一通の封書が気にかかっていた。それは市販の白い封筒で、裏に書かれた女性名の差出し人に心当たりがなかったからだ。曽我には、作品を読んだという読者から手紙がくることもないではない。たいていは出版社気付だが、たまには文芸年鑑等で住所を調べたらしく、直接自宅へ。これも、たぶんそうした手紙だろうとは思うが、違うかもしれない。たとえ想像どおりだったとしても、何が書かれているか気になった。封筒は、六、七枚の便箋《びんせん》が入っているぐらいふくらんでいたし。

曽我は、九階の仕事場へ入ると、一緒に持ってきたダイレクトメールなどは机の上に置き、引き出しからハサミを取り出した。白い封筒の底を軽くとんとんと机に落としてから封を切った。

住まいは三LDKだが、仕事場は一LDKを改造した一《ワン》ルーム。主な備品としては大小二つの机と椅子、二台のパソコン（一台はデスクトップ型で一台はノートパソコン）、ファックス付きの電話機、疲れたときや本を読むとき横になるソファベッド、それに壁の二面を塞《ふさ》いでいるスライド式の本棚ぐらいである。

曽我は、封筒から中身――三つに折った便箋がやはり六枚入っていた――を取り出すと、机の前に立ったまま読み始めた。

が、途中で、これは落ち着いて読む必要があるなと思い、ソファベッドに移動し、腰を下ろしてつづきを読んだ。

それは、読者から届いた手紙ではなかった。いや、曽我の愛読者だという上松真一――曽我は知らない――に勧められて曽我の著書『蒼《あお》の構図』を拝読したと書いてあるから、広い意味では読者の手紙と言っても間違いではない。とはいっても、曽我の本を読んで感動したと書いてきた手紙でも、間違いを指摘してきた手紙でも、こんなことを書いてけしからんと文句をつけてきた手紙でもなかった。ぜひ曽我の力を貸してほしい、と彼に助けを求めている手紙であった。東京拘置所の中からきた――。

差出人の住所が東京都葛飾《かつしか》区小菅一ノ三十五ノ×となっていたし、中の便箋一枚ずつに、検閲済みであることを示しているらしい、桜の花びらの中に「東」の文字の入った青い小さな印が押されていたから、事情を知っている人には、どこからきた手紙かすぐにわかったろう。だが、曽我は、拘置所に入っている被告人や死刑囚と手紙のやり取りをしたことも、拘置所へ行った経験もない。これまでに法廷物を三作書いているので、弁護士の話を聞いたり裁判の傍聴はしているが、そのため、本文を読むまで、どこからきた手紙かわからなかったのだった。

曽我は、六枚目の最後まで読んでから、もう一度、綺麗《きれい》な女性文字で書かれたその手紙を読みなおした。


拝啓　曽我先生にはご健勝のことと拝察申し上げます。私は通称「関山事件」の被告、関山夏美と申します。どうか、突然お手紙を差し上げる失礼をお許しください。

先生のことは先生の作品の愛読者である東京豊島《としま》区在住の上松真一様よりご紹介いただき、ご著書『蒼の構図』を早速注文して取り寄せ、拝読いたしました。

ついては、先生が強いご正義の方であることを確信し、そのお力をぜひ貸していただきたく、失礼をも省みず、お手紙を差し上げた次第でございます。

新聞テレビ等でかなり大きく報道されましたので、もしかしたら先生のご記憶に残っておられるかもしれませんが、関山事件とは、四年前の一九九五年（平成七）十月七日の夜、東京江戸川区東小岩にある区立笠松公園内で、私の夫・関山益男が缶ビールに混入されていたと見られる毒物を飲んで死亡した事件です。

この事件では、江戸川警察署に置かれた警視庁の捜査本部は、夫益男が私を受取人にした死亡時三千万円の生命保険に入っていた事実を重視し、当初から私を「重要参考人」として捜査を進めました。そして、夫が死亡する直前、笠松公園で会っていたと見られる女性が私に似ているとの目撃証言を得て、九日後の十月十六日、私を逮捕しました。

しかし、私に似た女性が笠松公園へ入って行った頃も公園から出てきた頃も、私は電車で四十分以上もかかる渋谷にいたのです。ですから、人違いは明らかであり、いくら私を疑っている刑事さんでも、話せばわかってもらえるものと信じておりました。ところが、取調べの刑事は、目撃者が二人もいるのだから見間違いするわけがないと言って、私の話などまったく聞こうとしませんでした。実は、私は街で声をかけられた名前も住所も知らない男性とホテルにいたのですが、そんな話をすればそれこそ信じてもらえないと思い、つい、家へ帰るために渋谷駅へ向かって歩いていたと言ってしまったのです（恥ずかしいお話です。言い訳になりますが、後で考えると、どうしてそんなことをしてしまったのか自分にもよくわかりません）。もちろん、取調べの途中で私は事実を話しました。でも、刑事たちは鼻で笑って、取り合ってくれません。それまで以上に厳しく、本当のことを話せと迫りました。私がいくら本当のことを話していると言っても、もう証拠はそろっているのだから嘘を言っても無駄だ、おまえが他人の犯行に見せかけるために夫を公園に呼び出し、毒入りのビールを飲ませたのだ、早く認めてしまえ、と私を責めたてました。刑事たちの言う証拠とは、笠松公園のそばで私を見たという人の証言と毒物の入手先でした。どういうわけか理解できないのですが、夫が飲んだのと同じ毒物――硫酸アトロピンと臭化水素酸スコポラミンという麻酔の前などにつかわれる薬品――が、私が看護婦として勤務していた病院から盗まれていたのだそうです。もちろん私はそんなことをしていませんから、もっとよく調べてほしい、そうすれば誰が盗み出したのかわかるはずだ、と訴えました。しかし、刑事たちは、この期に及んでまだシラを切るのかと怒るばかり、殴りこそしませんでしたが、肩や腕をつかみ、本当のことを吐け、吐け、と繰り返しました。連日、八時間も九時間もです。私は身も心もへとへとになり、いま、この苦しみから逃れて休めるなら他のことはどうでもいい、と思い始めました。そして、朦朧《もうろう》とした意識のまま、刑事に誘導されるとおり、「笠松公園へ夫を呼び出し、病院から盗み出して缶ビールに混入しておいたアトロピンとスコポラミンを飲ませた」と嘘の自白をしてしまったのです（私は翌日すぐに自白を撤回したのですが、刑事たちは取り合ってくれませんでした）。

裁判が始まるや、私は自白を強いられたときの状況を説明し、血を吐く思いで真実を申し述べました。夫が笠松公園で殺された頃、私が渋谷で一緒にいた男性を捜してほしい、と訴えました。そうすれば私の無実が明らかになるから、と。しかし、検察側の証人として出廷した刑事は、自白を強要したことはないとうそぶき、私の言ったような男は捜したがいなかったのだ、と証言しました。弁護士さんの話によれば、一応捜すことは捜したようですが、通り一遍の捜し方だったようです。公判の始まる前、弁護士さんも、心当たりのある方は連絡してほしいとチラシと新聞広告で呼びかけてくださったのですが、結局、見つかりませんでした。チラシと新聞では、私の名はもとより事件にも触れていませんが、私が「事件の夜は渋谷にいた」というアリバイを主張していることはマスコミで報じられていました。ですから、私と一緒だった人がそれを見れば、ああ、あの事件だな、とすぐにピンときたはずです。それで――もちろんチラシや新聞広告を見なかった可能性もありますが――面倒に巻き込まれるのが嫌で無視したのかもしれません。

たとえ、男の人が見つからなくても、事件の晩、私は笠松公園へ行っていないのですから、そこで私を見られるわけがありません。目撃者は人違いをしているのです。それなのに、昨年九月、三人の裁判官は私の真実の訴えを退け、目撃は信用できるとしたのです。さらには、捜査段階における私の自白には任意性があると述べ、それを証拠として採用した結果、殺人と窃盗の併合罪で「懲役十年」という有罪判決を下したのです。私が夫を殺害したという証拠はもとより、私が病院から毒物を盗んだという証拠もなしに。

この不当な判決により、私は現在、東京拘置所に収監されております。判決の後、弁護士さんと相談して直ちに控訴し、自由を奪われながら、無実を訴えております。

控訴審の第一回公判は今月四月十三日に東京高裁で開かれ、弁護士さんが事前に申請していた心理学者の証人尋問――目撃証言の信用性を否定するための証人です――が許可されました。しかし、次回五月六日の第二回公判で、心理学者の先生から弁護士さんの狙いどおりの証言が得られたとしても、状況はけっして楽観を許しません。控訴棄却という誤った判断が再び下されるおそれが多分にあります。
東京高裁に良心ある公正な審理を進めさせ、控訴を棄却させないためには世論の声が大きい、と伺っています。この二月には守る会が結成され、動き出してくれていますが、まだまだ充分とは言えません。つきましては、真実を究明する闘いに、ぜひ先生のお力をお貸しいただけたらとお願い申し上げる次第です。先生の小説にありますように、私は「いわれのない無実の罪を着せられ、日々、怒りと悔しさで血の涙を流して」おります。お忙しい先生のお立場も考えず、迷惑で厚かましいお手紙を差し上げましたが、どうか、どうか、私の心中をお察しくださり、正義のお力添えをくださいますよう、重ねてお願い申し上げます。
なお、事件についての詳しい資料は左記の場所に取り揃えてあります。お読みいただければ、裁判の不当性がより納得していただけるかと思います。
〒212−0004　川崎市幸区小向西町三—×
関山夏美さんを守る会（代表　蓮田公夫）
TEL・FAX　044—5××—××××
ご面倒ながら、「守る会」にご一報賜りますれば幸甚に存じます。末筆ながら、先生のますますのご活躍をお祈り申し上げます。
敬具

一九九九年四月吉日
東京拘置所在監　関山夏美

曾我は、手紙から目を上げた。

四年前、東京小岩で起きた「看護婦の妻が保険金目当てに夫を毒殺した」とされた事件――。当時、結構騒がれたから、曾我もその事件については覚えていた。

とはいえ、曾我の知識は新聞に載っていた程度なので、被告人が容疑を否認しているのは知っていたが、その生《なま》の主張を聞いたのは初めてである。

もし、この手紙に書かれていることが事実なら、と曾我は思う。まったくもってひどい話だった。関山夏美は、やってもいない夫殺しの罪を着せられ、鉄格子の中に閉じ込められているのだから。

しかし、そう思う一方で曾我は困惑も感じていた。

彼の著書『蒼の構図』は、虚偽自白と冤罪《えんざい》をテーマにした小説である。

〈人はやってもいない罪を簡単に認めてしまうが、それはその人の意志が弱いせいではなく、密室における長時間の取調べや代用監獄制度などによって構造的に生み出されたものである。〉

〈取調べがどのようなものであれ、ひとたび自白したら、その内容がいかに矛盾に満ちていても検察べったりの裁判官が多い法廷で覆すのは非常に困難になる〉という事実を核にしたフィクションである。具体的には、ある殺人事件と一人の無実の被疑者——長時間の取調べによって意識が鈍麻していき、遂に嘘の自白をしてしまった男——の絶望感と怒りと悔しさを描くことによって、冤罪の恐ろしさを浮かび上がらせている。

といって、曽我は、警察の取調べ中になされた自白がすべて虚偽だと言っているわけではない。むしろ、自白の内容が真実である場合のほうがはるかに多いだろうと思っている。また、容疑を一貫して否認しているからといって、あるいは一度した自白を翻してその後は頑強に否認しているからといって、その人間が無実だとは言えないし、そう考えているわけでもない。

だから、関山夏美の手紙を読み、困惑を感じたのだった。彼女が「自分は無実だ、夫を殺していない」と言っても、それを事実だと信じるだけの材料が、曽我にはなかったから。関山夏美も頭から自分を信じてくれと言っているわけではない。「守る会」から資料を取り寄せて読んだうえで支援してほしい、そう求めていた。しかし、資料を読んでも、彼女が無実だと信じられるかどうかはわからなかった。

自分の考えた小説なら、主人公の白黒がはっきりしているから、安心して書き進められる。が、現実の事件ではそうはいかない。無実の可能性のほうが高いだろうと思ったとしても、そうでない可能性も残っている。そのとき、支援の行動をとれるかどうか。

そう思ったことも、曽我が困惑した理由の一つだった。

それからもう一点、たとえ関山夏美の無実を確信し、支援する気になったとしても、自分に何ができるか、という問題があった。集会などに顔を出すのは嫌だし、精々エッセイなどで事件に触れるぐらいだろう。だが、小説誌の片隅に一審判決の不当性について書いたところで、控訴審の行方に影響を与えられるとも思えない。

曽我は首を横に振り、手紙を元通りに畳んで封筒に戻した。いま、あれこれ考えたところで何も出てこなかったからだ。どうするかは資料を取り寄せて読んでから決めればいい、そう思い、封筒を手に立ち上がった。

4

翌日、曽我は関山夏美の手紙に書かれていた「守る会」に電話した。

が、応答したのは、

「瀬川・服部法律事務所でございます」

という、それほど若くない感じの女性の声だった。

曽我は戸惑い、そちらは関山夏美さんを守る会ではないのか、と聞いた。

「そうです。あ、いえ、関山さんを守る会は蓮田さんという方のご自宅に置かれているんですが、昼は誰もいないときが多いので、電話がこちらに転送されるようになっているんです」

事務員らしい女性の説明に、曽我は納得した。事務所に所属する弁護士の誰かが、関山夏美の弁護人をしているのであろう。

彼は関山夏美から手紙をもらった事情を話し、力になれるかどうかはわからないが、とにかく資料を読んでみたいので送ってほしい、と言った。

「ありがとうございます。それではご住所とお名前を教えていただけませんか」

曽我は住所・氏名、それに念のために仕事場の電話も伝えた。

と、相手が少し緊張した感じで、

「あの、失礼ですが、作家の曽我先生でいらっしゃいますか?」

と、聞いた。

「そうですが」

「では、うちの服部をご存じでは?」

「はあ?」

曽我には、相手がなぜそう言うのか、わからない。

「いま、八王子の裁判所へ行っていて留守ですが、弁護士の服部朋子です」

「はっとり、ともこ……？」

「法林大学の青門文学会というサークルで先生とご一緒だったと伺っていますが」

「えっ、あの服部さん！」

曽我は思い出した。驚いていた。

「現在、関山夏美さんの主任弁護人をしています」

「そうなんですか。服部さんが法学部だったのは覚えていますが、弁護士になっていると は知りませんでした」

「新聞やテレビで女性問題などについていろいろ発言しているんですが」

それなのに知らなかったのか、という意外感が声の響きから感じられた。

「そうですか……」

曽我は応《こた》えながら、一人の元気な女性の姿を思い出していた。もちろん、彼の知っている二十数年前の。そう、名前は朋子といった、と思う。きらきら光る目をした、見るからに利発そうな――実際利発だった――小柄な娘だった。ボーイッシュな髪をし、ミニスカートをはいて、いつも四谷《よつや》の法林大構内を弾むように歩いていたのが印象に残っている。曽我とは対照的に、両親のそろった明るい家庭で育ったらしく、苦労知らずの甘さはあったものの、率直で、誰に対しても偏見がなかった。歳は曽我より四つ下だったが、曽我は四年遅れていたので、大学入学は同期。入学して半年ほど経ってから曽我が思い切って……恐るおそる、青門文学会の薄暗い部屋を訪ねると、彼女はすでに入部していて、その日のうちに「曽我君、曽我君」と気安く呼びかけてきた。先輩部員にしても同期の部員たちにしても、陰気な顔をして暗い目をしていたにちがいない歳上の彼を、長い間敬遠し、できるだけ近寄らないようにしていたのに（それが曽我にはよくわかったし、後になって、「なんだか薄気味が悪かったんです、すみません」とコンパの席で告白した女性部員もいた）。

青門というのは、青く苔《こけ》むした法林大学の正門のことである。苔に覆われた古い石の門は緑色というよりは茶色に近かったが、かつては苔の色がもっと瑞々《みずみず》しかったのかもしれない。そのへんはよくわからないが、昔は緑を青と言うのが一般的だったので――赤門の東大、白門の中央大ほど有名ではなかったものの――青門というのは法林大学の代名詞になっていた。そのため、大学の文学サークルが青門文学会、会の出していた雑誌が「青門文芸」だったのである。

「曽我先生の『蒼の構図』、服部に勧められて拝読したんです」

女性が話を進めた。「とても面白く……感動いたしました」

「ありがとうございます」

曽我は素直に礼を言った。女性の言い方が外交辞令のようには聞こえなかったから。

「服部は、青門文学会時代から曽我先生の作品を高く評価していたんだそうですね」

そうだったかな……と、曽我は受話器を耳に当てたまま首をかしげた。覚えていない。というより、あの頃はみな己れを知らない小生意気な文学青年で、芥川賞を取って文壇に華々しくデビューする日を夢見ていたので、お互いの作品はいつもけなし合っていたような気がする。もっとも、槍玉《やりだま》に挙がるのは著名作家も同様で、雑誌や新聞がところかまわず積まれた物置のような部屋では、「大江はもうおしまいじゃないか」とか「安部公房の『箱男』は失敗作だな」といった会話が日常だったのだが。

服部朋子も例外ではなかったように思う。いや、いま思い出した。むしろ彼女は仲間の作品に対して誰よりも辛辣《しんらつ》だった。一年生のときから、四年生が書いた作品を歯に衣着せずに酷評した。が、一方で、自分が良いと思った作品を積極的に認めていたような気がしないでもない。だから、曽我の記憶にはないが、彼の作品を評価したこともあったのかもしれない。

といって、彼女の評が的を射ていたかどうかは別問題である。小説の批評にかぎらず、彼女の見方、考え方には翳《かげ》がなかった。たぶん、他人を疑う必要がない恵まれた環境で育ったせいだろう。良く言えば素直で、悪く言えば直線的、一面的だった。服部朋子が現在、弁護士をしていると思ったとき、曽我の胸にかすかな危惧《きぐ》の念が萌《きざ》した。

朋子は大学三年の秋頃から青門文学会に顔を出さなくなったから、曽我の知っているのはいるということで。

は十八歳から二十歳ぐらいまでの朋子だ。いまから二十年以上も前の朋子である。その後、曽我が変わったように、朋子も変わったにちがいない。いつ司法試験に合格し、弁護士になったのかは知らないが、この二十数年の間に様々な経験をし、そこから多くのことを学んだはずである。そして、人間や物事に対する見方、考え方も深まり、多面的になったにちがいない。

そう思う一方で、曽我は、人の核あるいは芯《しん》とでも言うべき部分はそれほど変わらないのではないかという気もしていた。核や芯の周囲にいろいろ新しいものが付き、一見別のものになったように見えても、三つ子の魂百までと昔の人が言ったように、幼少年時代に植え付けられた性格、物の見方感じ方などはあまり変わらないのではないか。たぶん、曽我自身があまり変わっていないように。

だから、現在の朋子の考え方が直線的、単眼的だとは言えないが、もしそうだったら……と、かなり僭越《せんえつ》で失礼な想像をしてしまったのである。

「もしかしたら、関山さんも、曽我先生の『蒼の構図』を読んで、先生にお手紙を差し上げたんでしょうか？」

女性が聞いた。

「手紙にはそう書いてありました。豊島区にお住まいの上松真一さんという方に勧められたんだそうです。ご存じですか？」

「いいえ、存じません。たぶん、守る会の方だとは思いますが」

「守る会の会員は大勢いるんですか？」

「さあ、私にはちょっと……。この二月に作られたばかりですし」

女性は知らないのではなく、少ないので言いにくい、そんな感じだった。

「すみません。余計なお喋《しゃべ》りをしてしまいまして」

曽我の質問から逃れるように、女性が語調を変えた。「蓮田さんに連絡して、早速資料をお送りするようにいたします」

お願いしますと言って、曽我は受話器を置いた。

何となく落ち着かない気分だった。

曽我には、大学時代の懐かしい思い出もなければ、卒業後付き合っている友人もいない。法林大学文学部に籍を置いていた四年間は、高校時代と違って講義だけは出席したし、青門文学会にも適当に顔を出した。が、恋人はもとより腹を割って語り合える友もできず、非常に印象の薄い時代である。両親にまつわる秘密が露顕するのをおそれ、いつもびくびくしていただけのような。だから、その後あまり思い出さなかったし、考えることもほとんどなかった。それが、突然、服部朋子という名とともに甦《よみがえ》ったのである。別に苦さはないし、厭《いと》わしいというのでもない。が、心が落ち着き場所を失って胸腔《きょうこう》の中をさまよっているとでも言ったらいいような、妙に不安定な気分だった。

そこには、かすかな後悔も交じっていた。関山夏美を守る会に電話しなければよかったという。相手が服部朋子であれ誰であれ、いまさら学生時代の仲間と関わりたくない。

しばらくして、曽我は別の電話をかけた。

――関山事件の資料を読んだからといって服部朋子と関わりを持たなければならないわけではない。

そう思い、気持ちを切り替えて。

呼び出し音が六、七回鳴り、留守かと思って受話器を耳から離しかけたとき、相手が「はい……」と出た。
二、三度会ったことのある高泰淳の妻だ。どこか堅く身構えるような声だったが、曽我が名乗ると、とたんに語調をやわらげ、ご無沙汰《ぶさた》しておりますと挨拶《あいさつ》した。
「主人は事務所なんですが……」

「かまいません」

と、曽我は応じた。かまわないというより、高が不在である可能性の高い時間を狙ったのだった。

「実は、今日は奥さんに尋ねたい件があったんです」

電話の向こうから緊張したような気配が伝わってきた。

「先月の末、僕は泰淳君と会ったんですが、聞いていますか？」

はい、と高の妻が答えた。

「そのとき、泰淳君の様子が何となく気になったものですから」

高の妻は、何でしょうかとも聞かずに黙っていた。

「僕の思い過ごしならいいんですが、もしかしたら、商売のほう、あまりうまくいっていないのではないかと……。どうなんでしょうか？」

「主人は曽我さんに何も……？」

高の妻が聞き返した。

「ええ。電話では相談したい件があると言っていたのに」

「そうだったんですか」

「やはり、何かあるんですね？」

「大きな見込み違いがあったみたいです」

「商売のほうで？」

「はい」

「どういう見込み違いでしょう？」

「私が聞くと、『心配ない、余計な口出しをするな』と怒るので、はっきりしたことはわからないのですが、何かを買い付け過ぎてしまったんだと思います。主人の弟が、このままでは会社も倉庫もパンクすると漏らしていましたから」

「そうですか」

曽我は生唾《なまつば》を呑《の》み込んだ。予想していた答えだったが、緊張した。

「主人はあんな性格ですから、私の前ではけっして弱音を吐きませんが、夜も眠れないようなんです」

高の妻の言葉には、曽我に助けてほしいという思いがにじんでいた。

曽我は、どれだけ役に立てるかわからなかったが、もとよりそのつもりだった。実は、その決心をつけるのに三週間余りの時間がかかったのだった。

彼は、自分から電話があったことを高には話さないでおいてくれと言い、受話器を置いた。夕方、妻の容子が帰ったら、高泰淳に五百万円貸してやりたいので諒解《りょうかい》してほしい、と話すつもりで。

高泰淳の商売の規模がさほど大きなものでないことは、曽我も知っている。それでも、五百万円程度では焼け石に水かもしれない。そう思ったが、様々な条件を考え合わせ、曽我にできるのはここまでなのだった。


その晩十二時近く、容子が風呂《ふろ》から上がってくるのを待って、

「ちょっと話があるんだが……」

と、曽我は言った。布団が並べて敷かれた夫婦の寝室である。彼はその一方にあぐらを

かいていた。

バスローブ姿の容子が、

「なーに、あらたまって？」

と、曽我の前に横座りした。髪をタオルで拭《ふ》きながら。

曽我は、うん……と曖昧《あいまい》にうなずき、

「実は、高泰淳に五百万円ほど融資してやりたいと思っているんだ」

できるだけ軽い調子で言った。

容子の手が止まり、身体の強張《こわば》るのがわかった。ピンクに染まっていた顔も心持ち白くなったように感じられた。

曽我は夕飯前にも話すつもりでいたのだが、こうした妻の反応が予想できたので、なかなか切り出せず、いまになってしまったのである。

容子は、曽我と八つ違いの四十歳。しょっちゅう電気器具のスイッチを入れっぱなしにしたり、失《な》くし物をしたりと、かなり慌て者で抜けたところがあるが、楽天的でおおらかな心の持ち主だった。それに優しく、明るかった。曽我がなぜ容子に恋したのかは定かではないが、この人と結婚したい、彼女なら自分のような者でも一緒にやっていけるかもしれない、そう思った最大の理由は彼女のそうした性格だったことは間違いない。そして結婚後、彼女の明るさ、細かいことにこだわらない屈託のなさは、実際にどんなに曽我を救ってくれたことか……。

だが、容子がいくらおおらかな性格だといっても、我が家の預金の半分以上を貸すとなれば話は別なようだ。これまで、曽我が何か新しい提案をしたときのように、

——そう、いいんじゃない。あなたがそう思うんなら、いいわ。

というようにはいかなかった。膝《ひざ》に置いたタオルを握りしめ、返事をしなかった。

「当然だけど、金は高にやるわけじゃない。いっとき貸すだけなんだ。だから、諒解してもらえないか」

曽我は言葉を継いだ。

「高さんがあなたの恩人だということは、よくわかっているわ」

曽我の顔をじっと見つめていた容子が、やっと口を開いた。「あなたから何度も聞いているから。でも、五百万円というのは、うちにとって大金過ぎるわ」

「返ってくるんだからいいじゃないか。当面大きな買い物をする予定はないし」

「もし返ってこなかったらどうするの?」

「必ず返ってくるよ。仕入れのために当座の金が必要なだけで、高の商売は極めて順調なんだから」

曽我は言ったが、金の戻ってくる可能性は五割以下ではないかと思っていた。そして、たとえ返ってこなかったとしてもやむをえない、と。曽我が高から受けた恩義は、どんな

高額な金にも代えられるものではなかったから。

「商売が順調だったら、銀行が喜んで融資するんじゃないかしら？」

「銀行の場合、ああだこうだと手続きがあるから、いますぐに現金を手にするというわけにはいかないらしいんだ」

「高さんに頼まれたの？」

「いや、違う」

と、曽我は強い調子で否定した。「高は俺に金を貸してくれなんて、一言も言っていない」

「だったら……」

「だから、逆に、俺は何とかしてやりたいんだ」

曽我は容子の言葉を遮った。「もし高がいなかったら、俺はいま生きていられたかどうかさえわからない。それなのに、俺はまだ高に何の恩返しもしていない。だから、せめてこんなときに彼の役に立ちたいんだ」

「そりゃ、私だって、できればあなたの言うとおりにさせてあげたいわ。でも、どう考えたって、五百万円は無理よ」

「無理じゃないだろう、あるんだから」

「あるといったって、ここのローンだってまだ半分以上残っているのよ。それに、これから、有希と雅彦が高校、大学と進めばどんどんお金がかかるようになるわ」

「有希が高校へ行く頃にはとっくに金は返っているよ」

「返らなかったらどうするの？」

「返ると言っているじゃないか」

「でも、万一ということだってあるでしょう。もし返らなかったら、どうするの？」

どうするのかと言われても、どうにもならない。もっと執筆量を増やし、収入を上げる以外にない。

しかし、曽我は喉《のど》まで出かかったそうした説明を呑み込み、

「本当に安心していいんだ。一時的に都合してやるだけなんだから」

と、嘘を重ねた。

「あなたには、自分の子供より高さんのほうが大事なのね」

容子は悲しげな目をし、顔を歪《ゆが》めた。

「そんなこと、あるわけがないだろう」

「だって、そうだわ。有希や雅彦の将来を考えて預金したお金を貸してしまおうっていうんですもの」

「だから、金は……」

「もう、いいわ」

容子が曽我の言葉を遮った。もちろん、本気でいいと言っている顔ではない。これ以上反対しても無駄だと諦《あきら》めたのだろう。

「いいって……」

「いいの」

容子が硬い声で繰り返した。「だから、あなたの好きにして」

「すまない、我《わ》が儘《まま》を言って」

「謝る必要なんかないわ」

「しかし、きみは怒っているんだろう」

「怒ってなんかいないわ。みんな、あなたが小説を書いて稼いだお金でしょう。あなたの自由にしたらいいのよ」

容子には珍しく皮肉な調子で言い、「それじゃ、私、寝《やす》むから」と立ち上がった。

曽我に背を向けてバスローブをパジャマに着替え、彼のほうを見ずに部屋の灯《あか》りを消した。

彼女が隣の布団に入ったらしい気配を感じて、曽我も横になった。

妻を騙《だま》し、後味が悪かった。心の内で詫《わ》びた。が、一方で、仕方がなかったのだとも思う。正直に、〝五百万円が戻ってくる可能性は二分の一以下である〟などと口にしたら、容子は泣き喚《わめ》き、話し合いは決裂していただろう。そして夫婦の間に決定的な溝ができていたかもしれない。狡《ずる》いかもしれないが、それは避けたかった。容子を失いたくなかった。

曽我の脳裏に容子と知り合ったときの光景が浮かんだ。十六年前、中央線の特急「あずさ」内でのことだった。曽我は大学を卒業して勤め出してからも、年に数回は二科町へ帰っていた。独り暮らしの祖母（養母）の様子を見に。容子と会ったのは、いつものように祖母のもとに一泊して力の要る雑事などをしてやり、日曜日の夕方、東京へ帰ろうとしていたときである。曽我が乗っていた自由席車両へ、清里《きよさと》か八ヶ岳へでも行ったらしい女性四人のグループが小淵沢《こぶちざわ》で乗り込んできた。紅葉のシーズンだったから、車内はかなり込んでいて、女性たちは座れない。荷物を何とか網棚に載せて、曽我の座席の近くに立った。神経質な曽我は、自分の頭の上に載せられたリュックが気になった。半分近く棚からはみ出し、いまにも落ちそうだったからだ。そのリュックを載せた丸顔の肥った女性――それが容子だった――に目をやり、それとなく注意を喚起しようとしたが、女性は気づかない。頓着《とんちゃく》していないらしく、仲間とのお喋《しゃべ》りに夢中。曽我は口に出せず、頭上を気にしつつも、読んでいた文庫本に意識を戻した。そして、いつしか本の中に引き込まれ、リュックの件など忘れていたとき、列車が大揺れし、曽我の危惧《きぐ》したとおりになった。丸顔の女性は平謝りに謝り、曽我の顔から血が出ているのに気づくと、「あっ、血……」と小さく叫ぶように言い、ウエストポーチからハンカチを取り出し……しかし、つかったハンカチでは失礼だと思ったのか、慌ててティッシュペーパーを出し直し、これで拭いてくださいと差し出した。リュックのどこかに付いた金具がこめかみに当たって引っ掻《か》いたらしいが、傷も出血もたいしたことはない。曽我はまわりじゅうから見られているようで、恥ずかしかった。できれば席を立って別の車両へ移りたいぐらい。だから、放っておいてもらいたいのに、女性は鈍いのか、彼の気持ちなど気づかない。肥った身体を縮めて、自分の不注意を申し訳なかったと謝罪の言葉を繰り返した。

このように、容子の第一印象はあまり好ましいものではなかった。だが、その年の暮れ、偶然地下鉄の中で再会したときは違った。ウィンドヤッケの替わりに赤いオーバーを着た彼女は、あの節は……とあらためて詫びた後で、「私、子供の頃からおっちょこちょいで、いつも失敗してはまわりの人に迷惑ばかりかけているんです」と自嘲《じちょう》気味に言い、悪戯《いたずら》っぽく笑った。美人ではないが、そのふっくらした顔を曽我は可愛いと感じた。

そのときは互いの名前、電話番号などを教え合っただけで別れたが、数日後、曽我は彼女に電話をかけ、食事に誘った。個人的な用件で若い女性に電話したのも、誰かを食事に誘ったのも初めての経験である。それからプロポーズするまでには二年近い歳月がかかった。他人に知られたくない過去を持つ曽我は、容子と知り合うまでは結婚する気がなかった。望んでもできないだろうと思っていた。生涯の伴侶《はんりょ》となる相手に実の両親の死んだ事情を話さないわけにはいかないし、話せば、たぶん相手は去って行くだろうから。が、曽我は容子が好きになり、悩みに悩んだ末、彼女に求婚した。付き合うほどに容子を失いたくない気持ちが募り、迷い、葛藤《かっとう》したが、重大な事実を隠して結婚するのは詐欺のようなものだと思い、誘惑を退けた。容子を愛しているなら騙すようなまねはできない、容子が自分の話を聞いて去って行くなら、それもやむをえない――そう覚悟を決め、父と母の死んだ事情を容子に明かした。〝自分が見た光景〟とそれに関わる件だけは除いて。

曽我が見た光景、そしてそれを二人の刑事に話してしまったという事実――。

このことは、曽我は誰にも話していなかった。祖父と叔父《おじ》は後で警察から聞いたかもしれないが、彼らにも高泰淳にも――。話すことができなかったのだ。もしそれを言葉に出せば、自分の心がずたずたに切り裂かれ、修復不可能になってしまうのではないか、という気がして。だから、これだけは容子にも話さないまま求婚し、話さないまま死んでも許されるだろう。そう思ったのである。

容子は曽我のプロポーズを断わらなかった。ショックだったはずなのに、「曽我さん、可哀想……」と涙を流しながら曽我の話を聞き、二つ返事で承諾してくれた。こうして、二人は結婚したのだった。山形の容子の両親には、二親とも相次いで病死したので祖父母に育てられた、ということにして。

――あれから十四年余り、暗い性格の俺は、おまえの明るい笑顔にどんなに救われ、感謝したことか……。

と、曽我は容子の背中に向かって胸の内でつぶやいた。もちろん、いまだって感謝し、愛している。だから、俺はおまえを失いたくないのだ。

おまえと有希と雅彦――。三人とも、俺にとってかけがえのない存在だ。両親のいない児《こ》として育った俺は、おまえたちのいる家庭を他の何よりも大事に思っている。おまえたちを護《まも》るためなら、命を投げ出したって惜しくない。本当だ。だが……だが、高泰淳も俺にとっては大切な友人であり、恩人なのだ。高の窮状を知りながら、見て見ぬ振りはできない。本当は銀行から融資を受けてでももう少し貸してやりたかったのだが、これでもおまえの気持ちを考え、妥協したつもりなのだ。だから、騙した俺をどうか許してほしい……。

曽我が心の中で容子に呼びかけていると、すーすーと寝息が聞こえてきた。布団の白い盛り上がりがかすかに見える暗闇の中で、曽我は苦笑いを浮かべると同時にほっとした。容子が本気で怒っていたら、すぐには眠れないはずだったから。

翌朝、曽我は、高泰淳を受取人にした五百万円の線引小切手を作り、もし必要ならつかってくれと書いた短い手紙と一緒に書留速達で高の自宅へ送った。

小切手を受け取ったという高からの電話は次の日にあった。彼はいつになく神妙、真剣な調子で、すまないと言った。

「すまない。できれば送り返したいんだが、今回は好意に甘えさせてもらうよ。どんなことがあったって金は必ず返すから、それだけは安心していてくれ」

高の電話があった翌々日、「関山夏美さんを守る会」から資料が届いた。

曽我は昼食に降りたとき玄関ポストからハトロン紙の封筒を取ってくると、午後、仕事場へ戻って開け、読んだ。

封筒に入っていたのは、関山夏美自身が「私は犯人じゃない！」と無実を訴えている、事件の概略とこれまでの経緯を記したチラシ、守る会ニュース第一号、殺人と窃盗という罪名の記された起訴状、東京地裁における第一審判決全文、被告人の夏美が東京高裁に出した控訴趣意書、四人の弁護士が連名で提出した控訴趣意書——他に控訴趣意補充書があるが今回は用意できなかったという送り人の断わり書きがあった——である。

このうち、もっとも重要な一審判決全文と弁護人の控訴趣意書は長かったし、一度読んだだけでは理解できない部分が少なくなかった。

曽我は、他の資料に目を通した後でコーヒーを淹《い》れてきて、それらをじっくりと読み直した。一審の裁判官たちの判断と、それに異議を唱えている弁護団の主張を対比させながら。

それでも……当然といえば当然かもしれないが、どちらの言っていることが正しいのか、つまり、関山夏美が勤務先の病院から二種類の毒物を盗み出し、それらをつかって夫の益男を殺した犯人か否か、の判断はつかなかった。明確な判断だけでなく、有罪・無罪どちらの心証も得られなかった。

ただ、夏美の窃盗・殺人の容疑を直接証明するものは捜査段階における彼女の自白以外にはない、ということだけはわかった。裁判官は、その夏美の自白に、〈殺人が行なわれた時刻の前後に笠松公園入口で彼女を見た〉という二人の目撃者の証言を加え、有罪の判決を下した――そう考えられた。

夏美にとって不利な状況としては、
①、被害者の胃の内容物と血液中からアトロピン、スコポラミンが検出され、夏美の勤務していた病院からそれらの製剤である硫酸アトロピンと臭化水素酸スコポラミンが紛失していた。
②、彼女なら、それらの毒物を盗み出すのが不可能ではなかった。
③、彼女は被害者に暴力をふるわれていたうえ、被害者が死亡すれば三千万円の生命保険金が手に入ることになっていた。
④、犯行時、行きずりの男と渋谷道玄坂のラブホテルにいた、という彼女のアリバイ主張は、証明されなかった。
などがある。

判決文の中では、当然そうした点にも言及されていた。が、これらの状況証拠だけだったら、おそらく有罪判決が出ることはなかっただろう。

刑事訴訟法には、「事実の認定は証拠による」（証拠裁判主義）、「証拠の証明力は裁判官の自由な判断に委《ゆだ》ねる」（自由心証主義）とある。つまり、事実を認定するには証拠が必要だが、その証拠の持っている力、価値をどう判断するかは裁判官に任されている。自由な判断といっても、当然ながら、一般に通用している経験法則や論理法則を無視して裁判官が勝手な判断をしていいというわけではない。だから、被告人の自白調書と目撃証言がなく、他の状況証拠だけだったら、有罪判決が下されることはなかっただろうと思われるのである。

ということは、すでに始まっている東京高裁の控訴審で、被告・弁護側が控訴趣意書で主張しているとおり、「捜査段階の被告の自白には任意性、信用性がなく、目撃証言の信《しん》憑《ぴょう》性も薄い」と判断されれば、原判決破棄の判決が出る可能性が高かった。つまり、控訴審の最大の争点はその二点であり、問題は判事たちがそれにどういう判断を下すか、であった。

《事実》と《裁判官の判断》は、符合しているのが理想である。つまり、被告人が犯人でないなら無罪になり、犯人なら有罪になるのが当然だし、好ましい。しかし、現実は、そうはなっていない場合が少なからずある。個々のケースの証明は不可能だが、そう思われる。だから、誤審による冤罪《えんざい》を避けるために、刑事裁判は「疑わしきは被告人の利益に」と言われているのだろう。つまり、被告人が犯人である可能性は充分考えられるが、犯人であるとの確信を裁判官が持ち得ない場合は無罪にすべきだ、という原則である。

一方、その原則に則《のっと》った判決により、凶悪な犯罪者が無罪になって街に放たれたら、どうするのか、それで新たな犯罪が起きたらどうするのか、という声もある。

確かに、これも大きな問題だった。

それでは、そうした危険を未然に防ぐためには、容疑者はみな有罪にして牢屋《ろうや》に繋《つな》いでおけばいいのか？

一部の、自分だけは間違っても無実の罪で捕まるなんてことはありえないと思い込んでいる無知で傲慢《ごうまん》な楽天家を除いては、そんなことはできないし、やってはならない、と言うだろう。

――しかし、困った。では、どうしたらいいのだろう？

と。

曽我にも、もちろんわからない。いや、どこにも完全無欠の解答などないのではないか。

人間は全知全能の神ではない。何が事実であり真実であるかを、常に正確に見抜くことなどできない。だから、長い歴史を経て、「疑わしきは被告人の利益に」といった原則が生まれたのではないか。不完全ではあっても、少なくとも、「疑わしい奴はみんな牢屋へ繋いでおけ」という原則よりは悲劇や弊害が少ないだろうと判断されて。

ところが、この原則が無視されたとしか思えないような判決が、これまでしばしば出されてきた。現代のこの日本で。

曽我は、自分の思考が少し逸《そ》れたのに気づき、控訴趣意書に目を戻した。

それによると、関山夏美の弁護団は、一審判決は「疑わしきは被告人の利益に」の原則に照らしておかしい、不当である、と言っているだけではなかった。それを一歩進め、本件はそもそも被告人を逮捕したことが不当であり、東京地裁が彼女に有罪の判決を下したのは完全な誤りである、と主張しているのだった。

――そうだろうか？

と、曽我は今度は判決文を繰った。関山夏美にはかなり怪しい点、疑われても仕方のない点があるではないか、と思った。弁護人の主張どおり、彼女の自白が刑事の不法不当な取調べの結果だったとしても。

「俺は弁護士でも裁判官でもない」

と、曽我はつぶやく。俺は、見ず知らずの女性から、自分は無実なので冤罪を晴らすために力を貸してくれという手紙をもらっただけの人間だ。裁判、法律といった側面から見た事件がどうあれ、つまり一審判決にいかなる疑義があれ、俺自身が被告人を信じられなければ、どうにもならない。「疑わしきは被告人の利益に」の原則は肯定しても、それは右と左の中間はありえない裁判という制度に関してである。俺個人にはいくらでも中間がある。だから、その原則に照らして判決がおかしいと思っただけでは、被告人に肩入れすることはできない。

俺が引っ掛かっている最大の点は、関山夏美の勤務していた病院から紛失した薬品と被害者の飲んだ毒物が同じだった、という事実である。その符合について何らかの合理的な説明がなされないかぎり、俺の気持ちは彼女の訴えに応えられないだろう。関山夏美が犯人でなかった場合、〈誰かが彼女に罪を被《かぶ》せるために病院から盗み出した毒物をつかって関山益男を殺した〉というのがもっともありそうな筋書きである。だが、それなら、病院から毒物を盗み出せる条件を具《そな》えた者の中に彼を殺す動機を持った人間がいなければならないのに、判決文には、そうした可能性のある者は警察の捜査でまったく浮かんでこなかった、と書かれている。俺にきた関山夏美の手紙にしても、毒物の符合については「どういうわけか理解できない」と書いてあるきりだし。

関山夏美の叫びは真実かもしれない。本当に彼女は無実の罪を着せられ、日々、怒りと悔しさで〝血の涙〟を流しているのかもしれない。俺に助けを請うたところで、ほとんど力にならないとわかっていながら、藁《わら》にも縋《すが》る思いで手紙をよこしたのかもしれない。としたら、俺の態度保留は彼女に対して残酷な「返答」になるだろう。

――しかし。

と、曽我は思う。それでも、いまの俺にはどうにもならない。逆の可能性、関山夏美の叫びは真実ではないかもしれない、という疑念も払拭《ふっしょく》できないのだから、判決文に書かれた一審判事たちの判断、控訴趣意書で展開されている被告弁護側の主張——それらを合わせ読んでも、どちらが事実に近いのか、俺には見極めがつかなかったのだから。

もし新しい事実が出てきて状況が変われば別だが、いまは静観しよう、曽我はそう結論した。関山夏美に対する返信には、「一日も早く真実が明らかになるように祈っています」とだけ書いて。

ところが、そう決めた翌日、彼が資料を読み終わるのを待っていたかのように、服部朋子から電話がかかってきた。関山事件について曽我の意見を聞きたい、できれば力を借りたい、だから会ってくれないか、と。

5

街路から土手上の道へ上がった。

風は結構強いが、日射しは暖かだ。
一、二歩遅れてついてきた関山美香も、朋子の斜め後ろに少し離れて足を止めた。
朋子は、土手下の緑の河川敷とその先の水の流れを、さらには高いマンションがそこここに積み木を立てたように建っている川向こうの街を見やった。

ゴールデンウィークも過ぎた五月八日の土曜日。午後になって空気が少し霞《かす》み始めたようだが、頭の上にはほとんど雲のない青空がひろがっていた。

前を流れているのは東京と神奈川を分けている多摩川である。このあたりは川幅が広く、四、五百メートルはありそうだった。それでも、対岸の河川敷でラグビーの練習をしている男たちの声が時々風に乗って運ばれてきた。遠くから見る花火とその爆裂音ほどの時間差はないが、彼らの動きからわずかに遅れて。

朋子は美香を振り返った。薄茶のサングラスをかけた、背のひょろりとした娘を。娘は長めの髪を左手で押さえ、顔を川のほうへ向けていた。が、何を見ているのかはわからない。

朋子はふと、自分にもこれぐらいの娘がいたとしてもおかしくないのだと思いながら、

「せっかくここまで来たんだから、川のそばまで降りてみようか？」

と、美香に微笑みかけた。

美香は、はいとも答えないかわり、いやだとも言わない。サングラスで半ば表情を隠した目をじっと朋子に向けているだけ。

「行くわよ」

朋子はゆっくりと足を踏み出した。疵《きず》だらけになった木製の杭《くい》の間を抜け、時々振り返

りながら砂利道を下り出すと、美香もついてきた。さっき、朋子が美香の家を訪ね、「お天気がいいし、たまにはお散歩に出ない？」と誘ったときも同じだった。同席していた美香の祖父母は喜んで、それはいい、行ってこい、と勧めたにもかかわらず、行くとも行かないとも答えなかった。だが、「じゃ、玄関で待っているから」と朋子が言い、祖父母と一緒に玄関へ出ていると、美香はいったん二階の自分の部屋へ行って降りてきた。ジーパンとTシャツは元のままだったが、薄地のウィンドブレーカーを羽織り、サングラスをかけて。そして、祖父母に見送られて玄関を出てからも、帰るとか帰りたいといった言葉は一度も口にせず、朋子に少し遅れてついてきた。朋子も、途中で帰られたのでは外へ誘い出した甲斐《かい》がないので、〝肝腎《かんじん》な質問〟を控えていたのだが……。

美香は、背丈だけは、小柄な朋子より頭半分以上高く、百七十センチ前後あった。が、体付きはほっそりとしていて、腕などは小枝のように細い。日光に当たらない生活をしているからだろう、肌は不健康な感じに生白かった。

四年前の十月、父親が殺され、容疑者として母親が逮捕されたとき、美香は中学二年生だった。それから三年半余り経ち、いまは十七歳。高校へ行っていれば、この四月から三年生になったはずである。しかし、事件の後、母方の祖父母のもとに引き取られてから学校へはほとんど行かず、担任教師の計らいで何とか卒業して定時制高校へ進んだものの、そこも二、三回顔を出しただけでやめてしまった（籍だけは一年近くあったようだが）。

そしてそれからはずっと引き籠《こ》もりの状態をつづけていた。

事件の後、夏美の両親はそれまで住んでいた川崎の市街地の家を売り払い、知った者のいない、多摩川を遡《さかのぼ》った市の外れに別の家を求めた。自分たちのためというよりは孫娘のために。だから、美香が祖父母の姓である増井と違うことは、近所の人は誰も知らない。美香が出歩いても、彼女が殺人事件の被告人の娘であると気づく者はいない。それでも、彼女は高校をやめた後、外へほとんど出ないのだった。

夏美の弁護を引き受けてから、朋子は何度も増井家に足を運んでいた。美香の様子……特に彼女が母親の夏美に会いに行こうとしないのが気になって。だが、理由を質《ただ》そうにも、美香は祖父母と必要最小限の言葉を交わす以外には他の誰とも口をきこうとしなかった。夏美が逮捕された直後、刑事の尋問に答えて以後は。

美香は、朋子と会うのは拒否しない。朋子が祖父母と先に話してから美香も同席するように求めると、彼女は祖母の横へ来て座り、朋子の話を聞いた。話しかけても何も答えなかったが。

朋子は、美香が心の奥に何かを閉じ込めているように感じた。事件に関係あるかどうかはわからないが、美香は母親あるいは父親について表に出したくない何かを知っているのではないか、それを誰にも明かせないために口をきかない……というより口をきこうにもきけないのではないか、そんな気もした。

しかし、これはあくまでも朋子の想像である。祖父母が精神科医に診せようとしても、美香が頑として応じないので、専門家の意見を聞いたわけではない。ただ、美香が心に大きな傷を負っているのだけは間違いないと思われた。朋子は事件のすぐ後の美香を見ていないが、父親の遺体に対面しても泣きも叫びもしなかったらしい。強すぎるショックのため、美香の脳は自分の身に何が起きたのか、とらえきれなかったのかもしれない。

朋子は、夏美の弁護人になって、美香と会うたびに考えた。父が殺され、母が容疑者として捕らえられた事件について、この娘はどう感じているのか、どう思っているのか、と。が、美香の顔は白い仮面を被っているかのようで、心の内を推し量るのは難しかった。彼女の表情は、母親の夏美は無実なのだと朋子が言っても変わらなかった。そして、夏美に会いに行こうと誘うと、黙って首を横に振った。お母さんはあなたのことを一番心配している、あなたに会いたがっている、お母さんに元気な顔を見せて安心させてやって、と朋子が繰り返し説得を試みても、美香の首を縦に振らせることはできなかった。

実は、夏美に関する朋子の言葉は正確ではない。夏美が美香の身を心配し、気づかっているのは事実だが、その気持ちはそれほど強いものではない。朋子にはそう感じられる。少なくとも、夏美の中では美香の問題は常に「自分の問題の次」であるかのように。朋子はこれまで様々な事件で子を持つ女たちの弁護をしてきたが、彼女たちの多くは己れの問題と同程度かそれ以上に子供のことを気にかけていた。自分の問題は問題として考えながら、子供が辛《つら》い目に遭っているのではないかと胸を痛め、中には身をよじらんばかりに泣き出す者もいた。逆に、子供のことなどまるで念頭にない女たちもいたが。夏美は、そのどちらでもなかった。夏美は美香のことを気にかけてはいる。だが、一人娘が家に引き籠もってほとんど誰とも口をきかないと聞いても――かなり深刻な状況のはずなのに――心配の仕方がどこか通り一遍の感じなのだ。クールとかドライというのとも違う。自分のことで頭がいっぱいで娘にまで気持ちがいかない、そんな印象だった。無実の罪を着せられて拘束されているのだから当然ではないかという見方もあるが、そうした事情を割り引いても、朋子は引っ掛かった。

夏美には、朋子に何かを隠しているように思える点など、自己本位の身勝手さを感じることがある。美香の件も、もしかしたら夏美のそうした性格からきているのかもしれなかった。

夏美のような人間が好きかと聞かれれば、朋子は返事を渋るだろう。が、夏美は友達ではなく、依頼人である。その態度に多少不信感を持っていても、彼女が夫を殺していないという話だけは信じている。彼女の無実を信じている。だから、朋子は、夏美の冤罪を晴らすために可能なかぎりの手を尽くそうとしているのだった。

その一つが、美香の話を聞くことだった。朋子の想像どおり、美香が心の奥に閉じ込めているものがあったとしても、またそれを聞き出せたとしても、裁判の役に立つかどうかはわからない。が、朋子は、どこかで事件に関係しているような気がしていた。少なくともその可能性はあった。けっして夏美に面会に行こうとしないことから考えると、美香が母親を恨むか憎んでいるのは確実なように思える。ただ、理由がはっきりしない。美香は、事件が起きるずっと前……中学二年生になった頃から夏美とあまり口をきかなくなり、何かと反抗的な態度をとるようになっていたというが、そうした態度が逮捕された母親に会いに行かない事情と直接関係しているとは思えない。としたら、美香は、母親が父親を殺したと思い込み、憎んでいるのだろうか。「お母さんは犯人じゃない、無実の罪を着せられて苦しんでいるのだ」と朋子が強調しても、美香の態度は変わらないから、その可能性はある。しかし、その場合、美香はなぜそれほど固く思い込み、考えを変えないのか、がわからない。それとも、美香は、自分の母親の言葉より警察や検察の主張のほうを信じているのだろうか。

もしそんな理由があるとしたら……と、朋子は想像する。

警察は、夏美の逮捕と同時に彼女の自宅マンションを捜索した。そのとき、冷蔵庫の中が綺麗《きれい》に掃除された形跡があったので、彼らは夏美が証拠隠滅を謀ったのではないかと疑った。だが、それは、事件の日の午後、美香が気を利かせて……というより閑《ひま》に任せて気紛れにやったものだ、と判明した。〈時々中のものを全部出して庫内を消毒用アルコールで拭《ふ》いたほうがよい〉と、以前、家庭科の授業で教えられていたとかで。そして、庫内に見慣れない瓶のようなものはなかったかという刑事の問いに、美香はなかったと答えた。

しかし、美香は見ていたのではないか。見慣れない瓶を。といっても、夏美は夫殺しの犯人ではないのだから、その瓶の中身は事件とは関係ないものだったはずである。ところが、美香は、もしかしたらあれでは……と思い、恐怖した。咄嗟《とっさ》に母を庇《かば》って何もなかったと刑事に答えた。そのため、事実が確かめられないままになり、美香はいまも母親を疑っているのではないだろうか。それを誰にも打ち明けられず、一人で苦しんでいるのではないだろうか。

これは、美香に夏美を疑う理由があったと仮定した場合の一つの想像である。当たっているかどうかはわからない。


朋子たちは土手を降りた。

下は芝生ではないが、芝生のように短く刈られた草原《くさはら》だった。

その一角、草のないところが駐車場になっていて、ワゴン車やランドクルーザーなどが二十台ほど駐《と》まっていた。

朋子は、家族連れや犬を連れた若いカップルなどが遊んでいるそばを通り、流れのすぐ手前まで歩いた。美香がついてきているのを確かめながら。

去年の夏、朋子が美香を散歩に連れ出すことを思いついてから、誘いが成功するまでに半年以上かかっていた。だから、美香と一緒に外へ出たのはこれで二回目である。前回は、誘いかけながらもまた駄目だろうと思っていたので、朋子に準備がなく、家の近くを二十分ほど歩いただけで帰った。が、今日は違う。うまく誘い出せたら、こうしようという考えがあった。多摩川まで足を延ばしたのもその考えのうちである。

朋子は、コンクリートで固められた川の縁まで行き、足を止めた。足元の三、四十センチ下、凹凸の滑り止めを施した斜面を小さな波が洗っていた。

「いい気持ちね」

と、美香のほうへ身体を向けた。

美香は何も応《こた》えず、今度も朋子から二メートルほど離れた斜め後ろに立っていた。まだ草地の中だ。

土手の上ほどではないが、風がある。

「寒くない？」

朋子が問いかけると、今度は美香がこっくりした。

朋子が散歩に誘い始めてしばらくした頃から、時々美香はこうした反応を示すようになっていた。

朋子は、もしかしたら美香から言葉を引き出せるかもしれないと期待しながら、彼女のそばまで足を戻した。

「外の気分はどうお？」

と問いかけたが、今度は無反応。

「いい気分でしょう？」

じっと朋子を見下ろしているサングラスの奥の目は、どことなく警戒しているようにも感じられる。

朋子は、性急に結果を求め過ぎてはいけない、と自戒した。いままで少しずつでも前進してきたのに、ここで焦って失敗したら、振り出しに戻ってしまう。いや、振り出しに戻るだけではすまず、やり直しは不可能になってしまうかもしれない。

しかし、そう思う一方で、今日何とかしなければという思いも強かった。

控訴審はすでに始まっており、時間があまりないからだ。

刑事訴訟法に規定された控訴理由は、①訴訟手続きの法令違反、②法令適用の誤り、③量刑不当、④事実誤認、⑤再審事由が存在する、⑥判決後に刑が廃止変更されたか大赦があった、以上の六点である。この六点のいずれかの理由がないかぎり控訴はできない。

このうち、関山夏美の控訴理由は、④の事実誤認である。つまり、朋子らは、被告人本人と弁護人がそれぞれが提出した控訴趣意書の中で、

《一審判決が関山夏美を勤務先の病院から二種類の薬品を盗み出して夫関山益男を毒殺した犯人としたのは事実誤認の結果であり、彼女は犯人ではなく、無罪である》

と主張した。そしてその主張の主な理由として、
一、夏美にはアリバイが存在する。
二、事件の晩、笠松公園入口で夏美に似た女性を見たという二人の目撃証言は信用性が薄い。
三、夏美には犯行につかわれた硫酸アトロピンと臭化水素酸スコポラミンを手に入れた事実がない。
四、捜査段階の夏美の自白には任意性及び信用性がない。

の四点を挙げた。

控訴審は、原則として、控訴趣意書に記載された事項についてのみ争われる。まず控訴の申立人（この場合は弁護人）が控訴趣意書に記載された控訴理由を述べ、それに関係した資料を挙げて主張を展開する。それに対し、相手方（この場合は検察官）が答弁書で答弁し、さらには口頭で反論する。双方とも、控訴趣意書の記載と関係ない新しい主張などはできない。つまり、控訴審では、控訴趣意書に指摘されていない事項は審理の対象とされない。

だから――以上はあくまでも原則で、刑訴法には別の規定もあるのだが――少数の例外

を除いては、控訴審は一審ほど長くかかることはない。たった一回の公判で結審になる場合も少なくないし、関山事件の場合も、裁判官はできるだけ早く……長くても五、六回で審理を終わらせようとしている節が窺《うかが》える。先月四月十三日に始まった公判は、一昨日五月六日に第二回が開かれ、次回は今月二十八日に予定されていた。このまま、控訴趣意書の主張を裏付ける新しい事実か証人でも出てこないと、裁判官たちが夏休みに入る八月前に結審、秋には判決、となる可能性が高い。その場合、八、九割の確率で控訴棄却（敗訴）という結果になるだろう。

夏美には言わないが、弁護団にはそうした悲観的な観測があった。しかも、その状況を打開する策が見つからない。そのため、朋子は焦りを感じていたのだった。何かを隠していると思われる夏美、心の奥に何かを閉じ込めているように感じられる美香。この母子の内にあるものを引き出せたとしても、おそらく夏美の無実を立証する直接の証拠にはならないだろう。が、それを見つけ出すための何らかの手掛かりにはなるかもしれない、少なくともその可能性はある。朋子はこれまでもずっとそう考えて、何とかして二人から話を聞き出そうとしてきた。しかし、それが叶《かな》わないまま今日まできてしまったのだった。

一昨日の午後に開かれた第二回公判では、弁護人の請求した鑑定証人の尋問が行なわれ、ほぼ狙いどおりにいった。野球なら、一、二塁間を抜くクリーンヒットとでも言えるだろうか。しかし、いまのままではそれが生かされず、走者は一塁残塁で終わってしまう。せっかくのヒットを生かし、逆転の走者をホームベースへ迎えるためには、どうしてももう一本、二塁打か三塁打——被告人の自白調書を証拠採用させないようなもの——がほしいのだった。

朋子は、一昨日の法廷の様子を思い起こした。鑑定証人は心理学者の田部井勝治。田部井は人間の記憶と目撃証言に関して専門家の立場から証言した。それは非常に明快で説得力があったと思う。三人の判事たちが終始、興味深げに熱心に聞き入っていた姿が朋子の脳裏に残っている。

田部井の作成した『目撃証人MとHの被告人識別供述の信用性に関する鑑定書』は、控訴趣意補充書に添付されていた。が、それだけでは鑑定書は証拠にならない。鑑定人が証人として尋問を受け、それが真正に作成されたものであることを証言したとき、初めて証拠として法廷に出せる。だから、弁護側の尋問の中心部分は、その鑑定書の内容に沿って行なわれた。

田部井勝治は五十四歳。長身で首が長く、その上に丸い縁なし眼鏡をかけた胡麻塩頭《ごましおあたま》が載っていた。声はやや低音で、語尾に東北訛《なま》りがあり、小さな目は穏和で知的な印象があった。慶名大学文学部心理学科の教授で、専門は認知心理学。記憶研究、目撃証言研究の世界的権威エリザベス・F・ロフタス、ロバート・K・ハンセン両博士と交友があり、特にハンセン博士とはイギリス留学時代に共同研究をした間柄。ハンセン博士の著書『危険な証言』の訳者でもある。

田部井に対する弁護側の尋問、つまり主尋問は朋子が行なった。

関山事件の弁護団は朋子、梶正継《かじまさつぐ》、石田小百合、寺久保奈緒と四人いるが、朋子を除いた三人は弁護士経験が五年未満の若手――他人の法律事務所に勤める居候弁護士、いわゆるイソ弁――だった。そのため、主任弁護人の朋子が名実ともに弁護団の中心で、法廷における証人尋問等はほとんど朋子の担当になっていた。公判にはできるかぎり全員が出席するようにしているものの、その日、弁護団席にいたのは朋子と寺久保奈緒の二人。みな別の仕事を抱えて忙しく、全員の予定が空いている日・時間は滅多にないのだ。それは公判の日時にかぎらない。弁護団会議についても同様で、いつも夜遅く浅川・服部法律事務所に集まって開いてきた。

朋子は、田部井の氏名、職業、専門、研究歴、発表した論文などを簡単に尋ねた後、人間の記憶とはいかなるものか、という点から質した。

それに対して田部井は、

《記憶は①記銘、②貯蔵（保持）、③再生（想起）の三つの要素から成り立っている》

と答え、さらに次のように説明した。
①の記銘は、目、耳、鼻、舌、皮膚という五官がとらえた五種類の感覚つまり外から入ってきた情報を脳に刻み込む仕組みである。といっても、すべての情報が刻み込まれるわ

けではなく――そんなことをしたら脳はパンクしてしまう――取捨選択したり、自分の都合がいいように加工、修正したりして刻み込む。
②の貯蔵（保持）は、脳に刻み込まれた情報を保存する仕組みである。これには、わずか十～二十秒で消えてしまう場合（短期記憶）と、消えずに長く保存される場合（長期記憶）とがある。長く消えずに残るのは刺激の強い情報、反復された情報、その人間にとって重要な情報、興味のある情報などで、それらは様々な方法によって分類され、組織化されて貯蔵される。長期記憶には、脳の大脳皮質、海馬が関わっている、今朝何を食べたといったような経験の記憶「エピソード記憶」、漢字や英単語の綴《つづ》り、数学の公式といった知識に関する記憶「意味記憶」と、小脳や線条体が関わっている、箸《はし》の持ち方、自転車の乗り方といったいわゆる身体で覚える記憶「手続き記憶」の三つがある。
③の再生（想起）は、様々な方法で分類され、組織化されて貯蔵されている情報を、いろいろなときに、いろいろな場所で引き出す仕組みである。
この《記銘―貯蔵―再生》という記憶の仕組みは、テープレコーダーやビデオテープレコーダーの仕組みと似ているが、それほど単純ではない。テープやビデオの場合、録音・録画された情報は、録音・録画されたまま保存されて、そのまま再生されるが、記憶は初めに記銘されたときのまま再生されるとはかぎらない。というか、そのまま再生される場合のほうが稀《まれ》である（ここで問題になっているのはエピソード記憶なので、以下、単に記

憶と言う場合、エピソード記憶を指すものとする）。

脳の中では、古い情報に新しい情報が順序よく継ぎ足されるのではない。新しく入ってきた情報が古い情報をどんどん修飾したり歪《ゆが》めたりし、その修飾・歪曲《わいきょく》されたものが貯蔵、再貯蔵、再々貯蔵される。さらには、それら貯蔵されていた情報が引き出されるとき、つまり再生されるときも姿や形を変えてしまう。そう考えられている。

要するに、記憶はけっして不変ではない。その人間が生きているかぎり、様々な要因によって様々な歪みを受け、成長し、変形する。記憶のメカニズムはそういうようにできている。だから、記憶のフィルターを通して見たとき、真実や現実と思われているものは客観的な事実ではなく、主観的に解釈された現実にすぎない、ということになる。

記憶を損なう大きな要因の一つは、原体験の後で外から入ってくる情報である。他人の話やマスコミの報道などだ。ある事件を体験した人の記憶に、新聞やテレビで知った事柄が無意識のうちに入り込み、原記憶を修正してしまうことは珍しくない。

ところが、多くの人は、そうした記憶のメカニズムを知らない。後から入ってきた情報等によって記憶が修飾されたり歪曲されたりしているという意識がない。そのため、自分の記憶は自分が見たり言ったり行動したりしたことそのものである、と思っている。記憶を構成している〈事実と虚構の混合〉を完全なる真実であると確信し、疑わない。

「ですから、本気で……もちろん意識して嘘を主張する人もいますが、多くの場合は本気で、相手を嘘つき呼ばわりして罵《のの》り合う〝言った言わないの争い〟が、昔から絶えないのです」

田部井が、記憶とはいかなるものかという点に関しての説明を締めくくった。

「よくわかりました。つまり、《人間の記憶というのは、当人がどう思っているかとは関係なく、誤っている場合が少なくない》そういうわけですね？」

朋子は田部井の説明を要約して繰り返し、人間の記憶がいかにいい加減なものであるかを裁判官に印象づけた。

「そうです」

と、証言台の椅子に背筋をぴんと伸ばして腰掛けた田部井が、長い首を朋子のほうへ回して答えた。

「となると、一人の人間の運命を左右しかねない目撃者の記憶、証言というのは、それが事実と合致しているかどうか、よくよく慎重に検討を加えないといけない、ということになりませんか？」

「当然そうなります。ハンセン博士は著書『危険な証言』の中で、〝一番の問題は多くの人が記憶を絶対的なもの、事実と等価のもの、と見ている点なので、その誤った認識をまず正す必要がある〟と述べています。そのうえで、先入観なしに目撃者の証言を検討する必要がある、と。同様の趣旨のことはロフタス博士も言っておられます」

「では、本事件に関係した二人の目撃証言についてお尋ねします」

と、朋子は尋問を進めた。

6

「本事件には、被害者・関山益男が笠松公園で死亡した前後に同一人と思われる女性を公園入口で見かけた、という目撃者が二人おります。《目撃証人MとHの被告人識別供述の信用性に関する鑑定書》を作成された証人はご存じの事柄ですが、二人の証言を基にそのときの状況を説明しますと――」

と、朋子は、まず武藤早苗が午後九時半頃、公園東側の道で擦れ違った女性が公園へ入って行くのを見たときの状況を、次いで本間光俊が十時三、四分頃、公園から小走りに出てきた女性とぶつかりそうになったときの状況を、簡単に説明した。

「事件の起きたのは十月七日の夜で、本間光俊が女性を見たと警察に通報したのが二日後の九日、警察が武藤早苗の話を聞き込んで本人に会って話を聞いたのは翌十日です。その後、警察は被害者の妻である被告人を容疑者と見て任意で……といっても連日呼び出して事情聴取をつづけ、被告人が容疑を否認しているにもかかわらず十六日に逮捕したわけですが、逮捕の前日・十五日に二人の目撃者に被告人の写真を見せ、面割りを行ないました。

証人もご存じのように、イギリスやアメリカと違って、日本の場合、いまもって容疑者の写真だけを単独で目撃者に見せる場合が少なくないのですが、このときは複数の写真が使われています。被告人と同年輩の女性五人の上半身を正面と右側から撮った写真、五組十枚に、同じ条件で被告人を写した写真を二枚混ぜ、二人の目撃者に見せたのです。被告人は、目撃者に写真を見てもらえば彼らの会ったのが自分ではないとわかると思い、写真撮影に進んで協力しました。しかし、結果は被告人の予想を裏切るものでした。この六人の中に事件の晩に見た女性はいるか、という捜査官の質問に対し、武藤早苗は『はっきりと同じ人だとは言い切れないが、この人が似ている』と言って被告人の写真を選び、本間光俊は『この女に間違いない』と言って、やはり被告人の写真を指したのです。こんなことが、なぜ起きたのでしょうか？　目撃者が被告人を見たと言う頃、被告人は笠松公園へ行っていないのに。答えは一つです。二人の目撃者は別の女性を被告人と間違えている、としか考えられません」

朋子は、一度言葉を切って裁判長を見やり、すぐにそれを証言台の田部井に戻してつづけた。

「ところが、武藤、本間の両目撃者の証言は、捜査官に写真を見せられたときにとどまりません。その後二度、写真ではなく、被告人本人を見て、同様の証言をしているのです。一度は、被告人が逮捕された後、江戸川署の取調室の椅子に掛けた被告人をマジックミラーを通して別室から見せられたときです。この面通しはもちろん二人の日撃者別々に行なわれたのですが、二人とも、事件の晩に見たのはあの女性に間違いないと証言しました。写真による面割りのときは〝はっきりとは言いきれないが……似ている〟という言い方だった武藤早苗も、このときはかなり断定的だったようです。次は、一審の公判の場においてです。二人の目撃者が前後して証人として出廷したとき、検察官が〝この法廷内に事件の晩に笠松公園入口で見た女性がいるかどうか教えてほしい〟と言うと、二人ともいると答え、〝それはどの人か？〟という問いに被告人を指差したのです」

朋子は再び言葉を休め、正面の判事たちに顔を向けた。朋子のいまの弁だけを取り出せば、検察官の尋問だと言ってもおかしくない。だからだろう、三人の判事たちは、どこか訝《いぶか》るような、それでいて興味深げな目で朋子を見返した。

「さて、それで、証人にお尋ねしたいのですが――」

と、朋子は核心に近づいていった。「先ほどの証人のお話によると、人間の記憶は非常にいい加減なものだということでしたが、本事件では、いま説明したように、二人の人間が三度までも同じ証言をしているわけです。それでも、彼らの目撃証言が誤りだった可能性はあるのでしょうか？」

「あります。伺ったような状況では、三度という回数は証言の信憑《しんぴょう》性を高めるために何ら寄与していません」

田部井はこれまでも別の事件で心理学鑑定をし、証人として出廷した経験があるからだろう、正面の裁判長のほうに顔を向けてきっぱりと答えた。

「証言の回数は、その信憑性を高めるために寄与していない！」

朋子はわざと意外そうに声を高め、「それはなぜでしょう？」

「後の二回の証言は、先ほど説明した記憶のメカニズムという観点から見て、フェアではないからです。これも外からの情報が記憶を歪める一つの例と言っていいと思いますが、人間の脳にはしばしば〝無意識的転移〟あるいは〝無意識の転移〟と言われている現象が起こるのです」

「ムイシキテキテンイ？　耳慣れない言葉ですが、どういう現象ですか？」

「ある場所で見た人を、別の場所で見たり会ったりした人と誤って想起する現象、あるいは両者を混同してしまうといった現象です。ある場所で見たというのを、以前写真で見たと言い換えてもかまいません。また、無意識的転移の一種として、異なった記憶が融合するといった現象もしばしばみられます。本事件の二回目、三回目の目撃証言がフェアでない点は、この〝記憶の融合〟で説明したほうがわかりやすいかもしれません」

「では、記憶の融合について説明していただけませんか」

「ある人が一度、Pという人間をAという事情に合致する人物であると判断した場合、Pなる人間とAなる事情はその人の記憶の中で融合し、切り離すのは非常に難しくなる――

という現象です。このことは、世界の少なからぬ研究者によって研究され、証明されています。アメリカで行なわれたある実験では、被験者に犯罪ドラマを見せた後、複数の写真を示して犯人を選ばせたところ、その写真の中に犯人がいないにもかかわらず、被験者たちはそれぞれ『犯人』を選びました。ここまでは単純に間違えただけで、記憶の融合と直接の関係はないのですが……。さて、数日後、今度は、前に犯人と間違われた人の写真と真犯人の写真を混ぜ、同じ被験者たちに見せて、前と同様に犯人を選ばせました。すると、今度はドラマで見た真犯人の写真が入っているにもかかわらず、半数近い四十四パーセントの被験者が、前に自分が犯人として選んだ人を再び犯人として選んだのです。これは、かなり多数の被験者の脳の中で、一度自分が犯人として選んだ顔が事件の犯人の顔と融合した結果だと考えられます」

「そうした現象と本事件のあとの二回の証言はどう関わるんでしょう?」

「二人の目撃証言は、初めの面割りとして、被告人の写真が入った六組十二枚の写真を警察官に見せられています。その中から、事件当夜に見た女性として被告人が写った二枚の写真を選んでいます。これで、目撃証人たちの脳の中では、二つの記憶――事件の晩に見た女性の記憶と被告人の記憶――が融合してしまった可能性が低くありません。となれば、マジックミラーを通して被告人を見せられた二人が、被告人を事件の晩に会った女性に間違いないと証言したとしても、それを言葉どおりにとるわけにはいかない、ということです。しかも、この場合、目撃証人が見せられたのは被告人一人であって、アメリカではラインナップ、イギリスではパレードと呼ばれている〈被疑者を含む複数の人間の中から目撃した人物を選ばせる〉という手続きが採られていません。たとえそうした手続きが踏まれていたとしても、写真による面割りを行なった後ではあまり意味がないわけですが……とにかく、本件の面通しは二重にアンフェアだったわけです。また、二人の目撃証人には、〝警察に逮捕された被告人は犯人にちがいない〟という思い込みがあったと考えられます。少なからぬマスコミは、被告人が犯人と確定したかのように報道しましたし。この無意識の思い込みも、事件の晩の原記憶を大きく歪めていたはずです。被告人が逮捕される前の面割りのときは多少自信なげだった武藤早苗さんが、二度目の証言のときはかなり断定的になっていたというのも、記憶の融合に思い込みが加わった結果だと思われます。次に三回目の法廷での証言ですが、これはまったく意味がありません。二回目の面通しと同じことを繰り返しただけですから。ただ、その繰り返し行為によって、二人の証言者の記憶が正否にかかわらずより確信的になっただろうことは容易に想像されます」

「面割り、面通しの回数を増やしたからといって目撃証言の信憑性を高めるためには何ら寄与していない、ということはよくわかりました。次は、写真をつかった初めの面割りについてお尋ねします」

朋子は尋問を進めた。

「先ほど説明したように、言い方の違いはあっても、武藤早苗、本間光俊の二人は最初の面割りで事件の晩に自分の見た女性は被告人だと証言しています。六組の写真の中から被告人の写真を選んでいます。これは、実際に二人の見たのが被告人だった場合は彼らの記憶が正しかったわけで、もしそうでなかった場合は記憶が間違っていたわけです。二人そろって間違うという可能性は、どの程度あるのでしょうか？」

「目撃の場所、照明の具合、目撃者と被目撃者の動き、目撃の角度や距離、目撃時間、さらには目撃者の観察力、記憶力といった条件によりますので、どの程度と言うことはできませんが、日本でも外国でも、複数の一致した目撃証言が間違いだったという例はけっして少なくありません。もちろん、ラインナップ、パレードといった手続きをきちんと踏んでもです。初めに申し上げたように、人間の記憶というのはそれぐらい不確かなものだということです。ですから、本件の場合も、二人の目撃者が単純に間違えたとしても私は驚きません。街灯が点いていたとはいっても、それほど明るくなかったと思われる夜間のことですし、一人は擦れ違っただけ、一人は公園から小走りに出てきた相手とぱっと顔を合わせただけ、という話ですから」

「二人の目撃者が、もし面割りの前に被告人本人を見るか被告人の写真を見ていたとしたら、どうでしょう、二人の証言に影響したと思われますか？」

いよいよ核心の質問だった。

「大いに影響したはずです」

と、田部井が朋子に合わせた。「二人の脳では先ほど言った無意識的転移が起きた可能性がありますから」

「実は、武藤早苗、本間光俊の二人とも、最初の面割りの前に被告人の写真を見ていた可能性が極めて高いのです。その根拠をお話しして、お尋ねする前に、無意識的転移について、もう一度詳しく説明していただけませんか」

「わかりました。先ほど、〈ある場所で見た人を別の場所で見たり会ったりした人と誤って想起する現象、あるいは両者を混同してしまう現象……ある場所で見たというのを以前写真で見たと言い換えてもかまわない〉と申し上げましたが、例を挙げて説明します。強盗に遭ったAは、Bが容疑者として捕まると、警察でBを含む複数の人物の写真を見せられました。そして、自分を襲ったのはこの人間に間違いないと言って、Bの写真を選びました。しかし、その後、Bは犯人ではなく、事件の晩、現場近くへ行っていないことが判明しました。では、Aは、なぜそんな誤りを犯したのでしょうか？　それは、AがアルバイトをしていたコンビニエンスストアにBが客として何度か来ていたからでした。つまり、Aは、複数の人物の写真を見せられたとき、Bの顔が見知った顔だったために混同してしまったのです。Aの頭の中でBがコンビニに来た客として正しく再生されず、自分を襲った強盗として誤って再生されてしまったのです。こうした現象を無意識的転移と言います」

「無意識的転移がいかなる現象かはわかりましたが、それは学問的に実証されているのですか?」

「されています。ロフタス博士やハンセン博士が現実の事件にあらわれたいくつもの目撃証言を通して証明していますし、研究室内の実験でも立証済みです。わたしも何度か実験し、確かめています」

「その現象はどれぐらいの頻度で起きるのでしょうか?」

「様々な条件によって左右されますので、一律に何パーセントとは言えません」

「研究室内の実験の場合はどれくらいですか?」

「研究室内の実験でも実験の仕方や条件によって違ってきます。ロフタス博士の実験では約六十パーセント、ハンセン博士の実験では約六十四パーセント、私の実験でも五十七パーセント強の人間が無意識的転移によるものとしか考えられない誤った識別をしました」

「どのような実験をされたんでしょう?」

「私の実験はロフタス博士の方法を少し変えただけなので、博士の実験について説明します」

田部井が説明に移った。

それによると——

ロフタス博士は、三十人の被験者に犯罪物語を聞かせ、六枚の写真を一枚ずつ見せていった。そして、四番目に見せた写真の人物が犯人で、他の五人は無実だ、と教えた。

三日後、博士は事前の説明なしに三十人の被験者を呼んだ。今度は、前の写真とは別の四人の写真と、前回見せた写真の中の無実の人物が写った写真一枚を見せ、この五枚の写真の中から三日前の物語の犯人を選べ、と言った。

「正解は、もちろん、『この中に犯人はいない』です」

田部井が説明を継いだ。「ところが、被験者の六十パーセント、十八人の人が、前回見た無実の人間が写った写真を犯人だと言って選んだのです。これは、一度、目にして記憶の底にあった人物が犯人として誤って再生された、つまり被験者たちの脳の中で無意識的転移が起きた、としか考えられません。因《ちな》みに正解者は七人、二十三パーセントにすぎませんでした」

「先ほど伺った記憶の融合の実験と似ていますね」

「似ています。さっきも言ったように、融合は無意識的転移の一種ですから。ただ、先ほどの実験は、一度ある人物を犯人と誤って選んだため、その顔と『事件の犯人』が融合してしまい、再度誤ったわけです。ですが、今度の実験では、この人物は犯人ではないとはっきり教えられていたにもかかわらず、六割もの被験者が、一度写真で見たことがあるというだけでその人物を犯人として選んだのです。こうした現象を無意識的転移と呼んでいます」

無意識的転移についてはよくわかったので、話を戻します、と朋子は言った。

「武藤早苗と本間光俊が、捜査官に面割り用の写真を示される前に被告人の写真を見ていた可能性が極めて高い、と申し上げた件です。証人にお尋ねする前にその根拠について説明いたします」

朋子の言葉を待って、左側の席から寺久保奈緒が立ち上がり、廷吏を介して、三人の裁判官、二人の検事、そして証言台の田部井にＡ４判の紙を一枚ずつ配った。

「その書面に事件の発生から被告人が逮捕されるまでの経緯を簡単に整理しておきましたので、まずはご覧ください」

○十月七日、事件発生。
○九日、本間光俊が、事件の晩笠松公園入口でぶつかりそうになった女性について警察に通報。
○十日、武藤早苗が、聞き込みに来た刑事に女性について話す。
○遅くとも十日までには、被害者が被告人を受取人にした死亡時三千万円の生命保険に入っていた事実を警察はつかんでいた。
○十二日発売の「週刊エポック」が事件の記事を掲載。記事は被告人による保険金殺人の疑いがあると臭わせていた。
○十一日、十二日、十三日、十四日、十五日と、警察は被告人から任意で事情聴取。
○十四日、被害者の飲んだ毒物がアルカロイドと判明。
○十五日、警察は武藤早苗と本間光俊に六組十二枚の女性の写真を示し、その中に事件の晩に見た女性がいるかどうかを質《ただ》す。武藤は「同じ人だとは言い切れないが、この人が似ている」と言って、本間は「この女に違いない」と言って、ともに被告人の写真を選ぶ。
○十六日、被告人、殺人容疑で逮捕。

田部井が書面から顔を上げたところで、「ご覧いただけましたか？」と朋子が問うと、彼がはいと答えた。

「それでは説明いたします」

朋子は裁判長に顔を向けて言った。「原審記録にあるとおり、武藤早苗と本間光俊の証人尋問のとき、私・弁護人が事件のことをいつ知ったのかと二人にそれぞれ尋ねたところ、二人とも事件の翌日八日だと答えました。事件現場の近くに住んでいる武藤早苗は、前夜パトカーの音は聞こえたが、ヘッドホンを付けて音楽を聴きながら寝てしまい、翌朝、母親に教えられた、一方、本間は朝刊のニュースで見て知った、という話でした。それでどうしたかと尋ねたところ、本間は、自分とぶつかりそうになった女性の姿が一瞬脳裏をかすめたが、まさか関係あるまいと思い、警察に知らせようかどうしようか迷っているうちに翌日になってしまった、武藤早苗は、事件の晩に擦れ違った女性が何となく気になって母親に話したところ、その話が近所に住む主婦を介して刑事の耳に入り、翌々日、会社から帰ると刑事が訪ねてきた、そういう話でした。警察に話した後、二人は、自分の会った女性が殺人犯人かもしれないと思うと薄気味悪くもあり、興味深くもありといった感じで……言葉は多少違いますが、二人ともそういうニュアンスの答え方をしています……事件に関する続報が出ないかと新聞やテレビを注意して見ていた、と言っています。そんな二人ですから、十二日の朝刊で週刊エポックの広告を見るや、すぐに買って、事件の記事を読みました。実は、その記事のタイトル横に、被害者の葬儀のときに無断で被告人を撮った写真が載せられていたのです。原審のときの私には、無意識的転移についての知識がなかったので、被告人の写真を見たかどうかまでは二人に尋ねていません。ですが、被告人に対する疑惑をほのめかした記事に、当の被告人の写真が載っていたのです。わざわざ週刊誌を買い求めてその記事を読んだ二人が……いまとなっては二人に尋ねても覚えていないかもしれませんが……写真を見ていない可能性はゼロに近いと思います。そのため、武藤、本間両目撃者は十五日の面割りの前に被告人の写真を見ていた可能性が極めて高い、と私は申し上げたのです」

朋子はそこで一度言葉を切ると、

「さて、それで証人にお尋ねしたいのですが、こうした場合も無意識的転移といった現象が起きるものでしょうか？」

と聞いた。答えはわかっていたが。

「もちろん起きます」

と、田部井が待っていたように答えた。「しかも、この場合、二人の目撃証人は単に面割りの前に被告人の写真を見ていただけではありません。週刊誌の記事によって〝被告人が犯人かもしれない〟という暗示を受けています。被告人が逮捕されてからの〝犯人にちがいない〟という思い込みよりは弱くても、こうした暗示、誘導によっても人間の記憶が大きな影響を受け、歪《ゆが》められることは、最初に説明したとおりです」

「そうしますと、武藤早苗、本間光俊の二人の目撃証人が、最初の面割りで、複数の写真の中から事件の晩に自分の見た女性として被告人を選んだからといって、それは必ずしも正しいとは言えない？」

「そうです」

「その信用性のパーセンテージはどれぐらいでしょうか？」

「数字で示すのは難しいですね。ただ、捜査の参考にするだけならともかく、裁判の証拠にできるほど信用性の高いものではない、ということだけは言えます」

その結論を引き出し、朋子は田部井に対する主尋問を終えた。

田部井の証言の説得力は検察官の反対尋問によっても減殺されることがなかった。——心理学は法廷の証拠になるほど完成された科学ではない、そう主張する心理学者もいる。

と田部井の口から引き出したものの、その後すぐに、次のように反撃されていたからだ。

——ですが、私が述べたように、記憶が様々なものによって影響を受けること、目撃証言が非常に誤り易いこと、これらの点を否定する心理学者はいないのではないかと思います。

公判が終わった後、朋子は、裁判所合同庁舎から歩いて二、三分の弁護士会館へ行き、地下の喫茶店で寺久保奈緒と話し合った。二人の見方は、判事たちは田部井勝治の証言を採ってくれるにちがいない、という点で一致した。次回、第三回公判は武藤早苗と本間光俊の証人尋問だが、あれだけ明快に二人の目撃証言が誤っていた可能性は低くないと田部井は説いたのだ。武藤早苗にしても本間光俊にしても、前の証言を簡単に撤回するとは思えないが、夏美を有罪とした一審の判決理由の一つは崩れた、と見ていいだろう。

とはいえ、それはすでに朋子の計算に入っていたことだったので——計算どおりにいったのはもちろん嬉《うれ》しいが——新たな加点にはならなかった。

この控訴審の勝敗を分けるのは夏美の自白だ、と朋子は考えている。一審と同様、捜査段階における夏美の自白が証拠として採用されたら、他に何があっても勝ち目は薄い。刑事訴訟法には、自白が被告人にとって唯一の不利な証拠であるときは有罪とされない、とある。つまり、裁判官が被告人の自白をもとに有罪判決を出すには、それを補強する証拠が必要とされる。一審の判決文の中では、自白を補強する証拠といった言い方はされていないが、武藤・本間の目撃証言が自白の有力な補強証拠だったことは疑いない。だから、それを崩したことは非常に大きいのだが、他にも補強証拠は存在する。補強証拠の範囲として、判例は、自白が架空ではないことを担保するものなら何でもいいとしているから、夏美の勤務していた市川台中央病院から硫酸アトロピンと臭化水素酸スコポラミンが盗み出されていた事実も、当然その範囲に入る。だから、逆転勝訴するためには目撃証言の信用性を減殺しただけでは足りず、自白調書を証拠として採用させないようにする必要があるのである。

しかし、いまのままではそれはかなり難しい。刑事の取り調べに問題があり、夏美の自白には任意性がない、という主張を繰り返すだけでは弱い。一審と同様に退けられる可能性が高かった。

裁判所と検察庁は互いに独立していなければ、公正な裁判は望めない。それなのに、二つの役所は人事交流などを通して密接に結びついている。そのうえ、判事たちは、被告人や弁護士の言よりも御上である警察や検察の主張を信用する傾向がある。となれば、検察側の主張に沿った判断、判決が多くなるのは当然の帰結だった（警察が容疑の濃い人間を逮捕し、検察がそれを起訴したという条件を考慮しても、有罪率が高すぎる）。

夏美の自白調書が一審で証拠として採用されたのも、そうした偏った判断の結果だ、と朋子は思っている。さもなければ、裁判官に、連日密室で厳しい取り調べを受ける被疑者の状況に対する想像力が欠けているか、人間の心理に関して彼らが無知なのか、どちらかであろう。

いずれにせよ、このままではまた自白が証拠として採用される危険が充分にあった。

では、それを阻止するにはどうしたらいいのか？

確実な方法は、自白内容が事実と違っていることを見つけ出すことである。

――夫を笠松公園へ呼び出し、勤務先の市川台中央病院から盗み出した硫酸アトロピンと臭化水素酸スコポラミンを混入した缶ビールを飲ませた。

というのが夏美の自白内容なので、殺人が行なわれた頃、笠松公園へ行っていない事実を示すか、市川台中央病院から硫酸アトロピンと臭化水素酸スコポラミンを盗み出していない事実を示せばいい。しかし、何かをしていない事実を直接示すのは、何かをした事実を立証する以上に難しい。

とすれば――犯行時に行きずりの男と渋谷のラブホテルにいたというアリバイの存在を立証するのもいまや不可能なので――結局、ずっと考えているように、武藤早苗と本間光俊の見た犯人と思われる女を捜し出すか、夏美以外の人間が市川台中央病院から硫酸アトロピンと臭化水素酸スコポラミンを盗み出した事実を示すか、どちらかしかない。

しかし、四年前の暮れから正月にかけて、三宅竜二に依頼して詳しく調べ、その後も少しでも気にかかることがあると朋子が自分で当たったり三宅に再調査してもらったりしてきたにもかかわらず、何も成果はなかったのだ。

三年前の冬、朋子は市川台中央病院を訪ね、副院長（現院長）の星野一行と事務長の久保陽一郎に会った。そして、関山夏美は無実だと思われるので、彼女の冤罪《えんざい》を晴らすために力を貸してほしいと頼んだ。夏美以外の人間が病院の薬品保管庫から硫酸アトロピンと臭化水素酸スコポラミンを盗み出した事実を調べ出すには、三宅の聞き込みだけでは限界があったからだ。しかし、星野と久保は病院に累が及ぶのをおそれているらしく、自分たちも関山さんに無罪判決が出ることを祈っているが、病院として動くわけにはいかない、と朋子の要請を拒否した。警察の捜査に全面的に協力したし、話すべきことはすべて話した、だから、調べ直したところで新たな事実が出てくるとは思えない、というのだった。あとは、裁判官が公正な判断を下すはずなので、裁判の成り行きを静かに見まもりたい……。

去年の秋、夏美が控訴を決めてから、朋子は再度、市川台中央病院に星野と久保を訪ねて協力を要請した。が、結果は同じ。三年も経って、いまさら何を調べようというのですか、何がわかるというのですか、とあからさまに顔をしかめられた。

その後、朋子は三人の弁護士とともに何か打つ手はないものかと頭をひねってきた。だが、公判が始まり、二回目まで終わったというのに、妙案は浮かばない。

今月二十八日に決まった第三回公判では武藤早苗と本間光俊の証人尋問が、次の第四回公判では被告人質問が、行なわれる予定になっている。が、これらは半ば時間稼ぎ。それ以上の引き延ばしは無理だろう。つまり、来月（六月）下旬頃になるだろう第四回公判までに新たな事実調べに裁判官を踏み切らせるだけのものを手に入れないかぎり、第五回・結審は動かない、ということである。

そのため、朋子はいま焦りを感じているのだった。

――いや、焦ってはいけない。

と、朋子は、前に立った美香を見やりながら自戒する。

まるで白いビニール紐《ひも》を縒《よ》り合わせて作った人形のようにひょろりとした身体。サングラスをかけた目は朋子に向けられているが、朋子を見ているのか見ていないのかわからない。ましてや、心の内は想像がつかない。触れて、ちょっと力を加えれば、ガラス細工のように崩れてしまうかもしれない。

だから、焦って急ぎ過ぎてはいけない。

だが……と、一方で思う。今日、何とかしなければ、手遅れになってしまうかもしれない。

朋子の想像どおり、美香が何かを知っていて話さない（あるいは話せない）でいたとしても、また、それを聞き出せたとしても、夏美の無実を証明するのに役に立つとはかぎらない。事件とは全然関係のない事柄かもしれないし、夏美にとって逆に不利になるような事柄である可能性もないではない。

それでも、朋子は、美香の心の奥に閉じ込められているものがあるなら、それを見てみたかった。事件を離れた興味もゼロではないが、やはり彼女の母親の無実を証明しようとしている弁護士として。裁判に役に立つ事柄である可能性がたとえ数パーセントしかなかったとしても、見てみないことにはわからないのだから。


「美香さんは、毎日、うちで何をしているの？」

と、朋子は当たり障りのない話題から入った。とにかく美香の口を開かせようと。

美香は朋子に目を向けたまま何も答えない。

「答えにくかったら、いいわ。じゃ、今日のことを教えて。今朝は何時に起きたの？」

今度は美香が小首をかしげた。思い出そうとしているようだ。

「はっきりしないのね？」

美香がこっくりした。

人と交わっていないせいだろうか、身体は大きくても、仕種《しぐさ》が幼く感じられた。

「朝御飯は食べた？」

美香がかすかに首を横に振った。

「お昼は？」

「食べました」

と、美香が小さく答えた。朋子の問いかけに初めて声を出して応じたのである。朋子は胸に、もしかしたら聞き出せるかもしれないという希望が少しふくらむのを感じた。

「お祖父《じい》ちゃんとお祖母《ばあ》ちゃんと一緒に？」

質問を継いだ。

美香が首を横に振った。

「じゃ、一人で？」

美香がうなずいた。

「どこで食べたの？　下のダイニング？」

美香がまた首を横に振った。

「ダイニングじゃないとしたら、二階の自分のお部屋？」

美香がうなずいた。

「何を食べたの？」

美香は答えない。ただ朋子を見ている。

「お祖母ちゃんが用意してくれたもの？」

「……違う」

と、美香の口から蚊の鳴くような声が漏れた。

「じゃ、何？」

「チョコクリッコ」

「チョコクリッコって、お菓子ね？」

美香がうなずいた。

「朝は食べないで、お昼もそんなお菓子を食べただけなの！」

朋子が思わず声を高めると、美香は責められたと感じたのか、下を向いた。

まずい、と朋子は反省した。美香の健康も心配だが、それは後で彼女の祖父母と話せばいい。それよりも、いまは、やっと自分に対して開きかけた美香の心と口を閉ざさせてはならない。

朋子はそう思い、

「そっか、美香さんはチョコクリッコが好きなんだ」

と、笑いながら言葉を継いだ。

しかし、美香は顔を上げない。

「もしまだ残っていたらだけど、うちへ帰ったとき、私にもご馳走《ちそう》してくれない？」

美香が上目遣いに朋子を見た。朋子の真意を探ろうとするかのように。

「どうかしら？」

「もうありません」

下を向いたまま小声で言う。

「残念だわ。せっかく、ご馳走になろうと思ったのに。でも、帰りに買って食べてみるわ。美香さんの食べたチョコクリッコはどこで買ってきたの？」

「セブン－イレブン」

美香がやっと顔を上げた。

「自分で買ってきたの？」

美香がうなずいた。

最近は時々近くのコンビニぐらいには行く、と祖母が言っていたから、そのときお気に入りの菓子を買ってくるのだろう。コンビニなら口をきく必要がない。黙ってレジに品物を置き、黙って金を払えばすむ。

「お昼も自分の部屋で食べたっていうことは、私が美香さんのうちへ伺うまで、朝からずっと二階にいたのかしら？」

美香はそうだとも違うとも答えないが、朋子に向けた顔は肯定の意を表わしていた。

「何をしていたの？」

「テレビを見たり本を読んだり……」

「お部屋にもテレビがあるのね」

美香がうなずいた。

「今日読んだのは何て本？」

「漫画です」

「何という漫画かしら？」

「いろいろ……」

「雑誌？」

「はい」

「お母さんも漫画が好きだと言っていたけれど、美香さんの漫画好きはお母さんの影響かしら？」

朋子がさりげなく夏美に触れると、美香の表情が強張《こわば》るのがわかった。

が、ここで引いてしまっては肝腎《かんじん》の話を切り出す機会がなくなる。

「美香さんが、読み終わった漫画をお母さんに差し入れてあげたら、お母さん、きっと喜ぶと思うんだけどな」

朋子は話を進めた。「どうかしら、私と一緒に一度お母さんに会いに行かない？」

「行きません」

と、美香が答えた。声は小さかったが、きっぱりとした調子だった。

「お母さん、美香さんにとても会いたがっているわ」

美香が唇を噛《か》み、睨《にら》むように朋子を見た。

「お母さんは無実なのよ。お母さんはお父さんを殺した犯人なんかじゃないのよ」

美香の視線は朋子から動かない。

「最初の裁判の判決は間違っているの。出鱈目《でたらめ》なの。それなのに、美香さんは、お母さんや私を信用しないで、何日も何日もお母さんを狭い留置場に閉じ込めてひどい取り調べを繰り返した警察や検事の言うことを信じるの？　それを鵜呑《うの》みにして有罪の判決を出した裁判官を信じるの？」

「信じません」

美香が抗議するような調子で答えた。

「信じない？」

朋子は驚いて美香を見返した。「警察や裁判官を信じないということは、お母さんが犯人だと思っているわけじゃないのね？」

美香がうなずいた。

意外だった。美香が母親の面会に行かないのは、父親を殺した犯人は母親だと思い込み、恨むか憎んでいるからではないか、朋子はそう考えていたのだった。そして、もし自分の想像どおりなら、美香がそう思い込む何らかの理由があるはずだと、あれこれ想像していたのだった。もしかしたら、事件の当日冷蔵庫の掃除をしたとき、美香は見慣れない瓶でも見ていて、それで母親に対する疑いを解けないでいるのではないか、とか……。

だが、朋子の想像は間違っていたらしい。

「じゃ、どうして面会に行ってあげないのかしら？」

朋子は、サングラスで隠された美香の目を見つめた。

美香が視線を逸《そ》らしたようだ。

「お母さんを疑っていないんなら、何も問題ないと思うんだけど」

美香は何も応《こた》えない。

「迎えに来るから、来週早々にでも私と行かない？」

「行きません」

美香がまたきっぱりと拒否した。

「どうして？　お母さんは無実だと思っているのに、どうしてお母さんに会いに行ってあげないの？」

美香が唇を噛んだ。

「どうしてかしら？」

朋子は美香を見つめ、彼女が何か言うのを待った。

しかし、美香は口を開こうとしない。

「とにかく、美香さんの中にはお母さんに会いたくない理由があるわけね？」

美香は、ないとは言わなかった。

どういう理由だろうと考えるが、朋子には想像がつかない。これまでは、母親が父親を殺した犯人だと思い込んで憎んでいるのではないかと考えていたわけだが……。

母親を信じていても、無実の罪で囚《とら》われて苦しんでいる母親に会いたくない理由、あるいは会えない理由――。

やはり、美香は何らかの事情から母親を強く恨むか憎んでいるのだろうか。朋子はそんな気もするが、はっきりしたことはわからない。ただ、その理由こそが、〈美香が心の奥に閉じ込めている〉と朋子の感じていたもののようだった。

「その理由を私に話してくれないかしら」

朋子は優しく誘いかけた。

が、美香は、「理由なんてありません」と話すのを拒んだ。

「理由がないなんて、おかしいわ」

朋子は微笑んだ。

「ただ会いに行きたくないだけです」

「嘘だわ。三年以上も、ただお母さんに会いたくないなんて。美香さん、あなたは、自分の心に何を閉じ込めているの？　何を一人でそんなに苦しんでいるの？」

「何も閉じ込めても、苦しんでもいません」

「いいえ、苦しんでいるわ」

美香が目を逸らした。

「話してくれたら、少しは美香さんを助けてあげられるかもしれないんだけど。私にも一緒に考えさせてもらえないかしら？」

美香は彫像のように動かない。

「お願い……」

朋子がさらに言いかけると、

「本当に何も苦しんでなんかいません」

美香が朋子に目を戻して遮った。

「そう」

「すみません」

と、美香が頭を下げた。何もなかったら謝る必要はないから、朋子の指摘したとおりだったにちがいない。

美香には、母親に会いたくないどのような理由があるのだろうか。なぜ頑《かたくな》にそれを胸の奥に秘めておこうとしているのだろうか。事件とは関係のない事情なのかもしれないが、それはそれで朋子は気になった。

しかし、これ以上押しても美香の口を開かせるのは無理なようだ。

朋子はそう判断して、言った。

「もし私に何か話したいことが出てきたら、電話して。私はいつでもいいから」

美香がうなずいた。

「じゃ、お祖父ちゃんとお祖母ちゃんが心配しているといけないから、帰ろうか」

美香は「はい」と答えたが、けっしてほっとしたような顔ではなかった。サングラスの奥で自分の心の闇でも覗《のぞ》いているような暗い表情をしていた。

朋子は、事件の問題と切り離して、その痩《や》せた娘が心配になった。

「そうだわ、美香さん、一つだけ約束してちょうだい」

朋子の言葉に、美香の顔つきが警戒するようにふっと引き締まった。

「難しいことじゃないの」

朋子は安心させるように明るい調子で言葉を継いだ。「チョコクリッコのようなお菓子ばかり食べていないで、きちんと食事を摂ること。どうかしら？」

美香の表情が和らいだが、返答はない。

「そうしないと、あなた、病気になってしまうわ。お祖母ちゃんにもよく頼んでおくけど、約束してくれない？」

美香はなおも無言。

「いいわね？　これだけは約束して」

朋子が強い調子で繰り返すと、美香がようやく小さくうなずいた。


朋子は美香を自宅まで送り届けてから、小田急線で新宿へ向かった。

今日は事務所へ行く予定はない。

ただ、五時に新宿で曽我英紀と会う約束になっていた。

朋子は、夏美が曽我に手紙を出していたとは知らなかったので、曽我から事務所に電話があったと聞いたときは驚いた。応対した事務員の近藤孝子によると、曽我は夏美から冤罪を晴らすために力を貸してくれという手紙をもらい、「関山夏美さんを守る会」に電話したらしい。その電話が転送されてきたのだった。守る会は、夏美の父親・増井春夫の訴えを聞いた友人、知人たちによって、この二月に結成された。が、活動は必ずしも活発とは言えない。夏美の冤罪を訴えるチラシと資料集を作り、会報を一号出しただけ。問い合わせなどに対する応対もほとんど朋子の事務所がやっていた。

孝子の口から突然曽我の名が飛び出してきたときはびっくりしたが、説明を聞いてみれば意外ではなかった。曽我の著書『蒼《あお》の構図』を読んでいたから。

朋子は懐かしかった。嬉しくもあった。

学生時代の曽我は、朋子にとって何となく気になる存在だった。なんて暗い目をした人なんだろうと、その暗さが妙に気にかかったのだ。いま考えると、それは単なる好奇心から出た気持ちではなく、相手に好意を抱いていたからのように思えた。

曽我は朋子より四つ上だが、入学は同期。法林大学の文学サークル、青門文学会で一緒だった。彼は入学から半年ほどして青門文学会に入ってきた。それから二年余り、朋子は彼と結構親しかったように思うが、もしかしたら朋子が一方的にそう思い込んでいただけかもしれない。朋子は三年の秋から司法試験の勉強に専念し始め、青門文学会から足が遠のいた。といって、同じキャンパスにいたのだからもっと顔を合わせていても不思議はないのに、それから卒業までの間に会ったのは数回にすぎない。それも、朋子が話しかけようと近寄って行く前ににこりともしないで去って行ったので、部室に顔を出さなくなった後、彼と話らしい話をした記憶はない。だから、朋子は、彼が自分と同じ年に卒業したかどうかさえ知らないのだった。

次に朋子が曽我の消息を知ったのは七、八年後。大学を卒業した年の秋に司法試験に合格し、二年間の司法修習を終えて弁護士になり、ようやく一人で仕事がこなせるようになった頃だから、いまから十二、三年前になるだろうか。曽我が作家として登場し、朋子はかつての彼の暗い顔を思い浮かべ、「へー!」と驚くと同時に懐かしく感じた覚えがある。その後は、彼の新作が出るたびに買って読んでいたが、会ったことはもとより電話で話したこともない。

その曽我から電話がかかり、関山事件の資料を求めてきた——。そう孝子から聞いたとき、朋子はすぐにも電話をかけ、彼と話したい誘惑に駆られた。〝奇遇〟について。

が、朋子は自分の気持ちを抑えて、数日待った。そして、曽我が裁判資料を読み終わる頃を見計らって電話をかけ、できれば力を借りたい、と言った。

曽我と話したからといって、たぶんどうなるものでもないだろう。が、夏美は藁《わら》にも縋《すが》る思いで曽我に手紙を出したにちがいない。それなら、彼女の意に沿ってやってもいい、朋子はそう思った。

いや、それは嘘だ……全部が嘘ではないが、半分ぐらいは嘘だ。

曽我と話せば、もしかしたら何かヒントが得られるかもしれない、作家の彼なら法律家の自分たちが思ってもみなかったような考えを示してくれるかもしれない、朋子の中にそうした期待がないではない。

しかし、半分は、事件に関わりなく曽我と会ってみたかったのである。いまさら曽我に対して特別の感情はないが、二十数年前、自分が興味を覚えた相手、そしてたぶん好意を感じていた相手……その人がどう変わったのか、変わらなかったのか、その現在を見てみたかったのだ。

朋子は四時前に新宿に着いた。早過ぎたので、新南口の紀伊國屋書店で一時間近く時間を潰《つぶ》してから、待ち合わせた東口の喫茶店へ行った。

店に入り、地下フロアへ降りて行くと、階段が終わった先、右手のテーブルから薄茶のジャケットを着た男が立ち上がった。曽我だった。朋子の知っているのは二十代の青年曽我、いま見ているのは間もなく五十に手が届こうという髪に白いものが交じった男である。相当変わったはずである。が、朋子の中で、かつての曽我の記憶を、本の著者写真で何度も目にした像が知らぬ間に修正してしまっていたのだろうか、二十数年ぶりに再会した相手という感じはしない。

――そうか、記憶の修飾、再構成、変容とはこういうことなのかもしれないな。

朋子は田部井の話を思い出し、そんなふうに思いながら、曽我のテーブルに近寄って行った。

と、曽我の顔に、これだけはかつての彼を思い起こさせるひそやかな笑み――曽我は滅多に笑わなかったので朋子の印象に残っていた――が浮かんだ。

7

曽我は立ち上がって服部朋子を迎えた。階段を降りてくる姿を見て、すぐに朋子とわかったのだ。昔のようなミニスカートこそはいていなかったものの、驚くぐらい変わっていなかった。ベージュのスーツに包まれた丸みを帯びた小柄な身体、ショートカットされた髪、小さな鼻がちょこんとついた化粧っ気のない顔、体操の選手のようにきびきびした歩き方……と。年齢さえ無視すれば、曽我の知っている朋子そのままだった。まるで、朋子によく似た彼女の母親が時間を超えて現われたかのように。

朋子が目に懐かしそうな笑みを浮かべて曽我の前まで来た。

「服部です。曽我さんですね？」

「ええ」

「お久しぶりでございます」

朋子が頭を下げたので、曽我も挨拶《あいさつ》を返してから前の椅子を勧めた。

朋子はショルダーバッグを奥の椅子に置き、曽我の向かいに腰を下ろした。

こうしたとき、かつての朋子なら相手の目にひたと視線を当ててきたものだが、いまは唇に微笑をにじませ、柔らかな眼差《まなざ》しを向けている。

しかし、それは初めのときだけだった。二十数年ぶりに再会した相手に多少遠慮していただけで、朋子が変わったわけではなかったらしい。互いの卒業後のことなどを簡単に話した後——話すといっても曽我は朋子に尋ねられて答えただけだが——本題の関山事件に話が移る頃には、ひたむきな視線も表情も二十歳の朋子に還《かえ》っていた。

昔と変わらなかったのは、それだけではない。歯切れのいい飾らない話し方も学生時代のままだった。誰に対しても遠慮なくものを言うそんな彼女を、かつての曽我は〝頭の回転は速いが、生意気な女だな〟と思ったものである。ただ、それでいて、不思議と不快な感じは受けなかったが。

朋子から電話があった後、偶然、新聞の生活欄で目にした記事によると、現在の彼女はジェンダーフリーを唱えて弁護士活動をしているらしい。だから、頭の古い男——曽我も頑迷ではないつもりだが新しいとは言えないかもしれない——の目から見れば、相当生意気で小憎らしい存在にちがいない。

朋子はバッグから控訴趣意補充書を取り出し、説明を継いだ。添付された田部井勝治の《目撃証人MとHの被告人識別供述の信用性に関する鑑定書》を曽我に示し、一昨日、第二回公判で行なわれたという田部井に対する証人尋問について。

朋子は、ひととおり説明を終えると、以上のように関山夏美の無実は明らかなのだと結論し、それにもかかわらず、捜査段階における夏美の自白が存在するため、敗訴するおそれが多分にあるのだ、と言った。

「ですから、関山さんが手紙に書いたように、曽我さんの力を貸していただきたいんです」

朋子の要請は電話でも受けていた。それなのに、曽我は困惑した。たとえその気になったところで自分には何もできないだろうという思いもあるが、その前に、朋子の説明を聞いても、夏美の無実を百パーセントは信じられなかったからだ。朋子の話で、目撃証言がいかに信用のおけないものであるかはよくわかった。とはいえ、〈犯行につかわれた毒薬がなぜ夏美の勤務していた病院から盗まれていたのか?〉という謎が解けないかぎり、夏美の手紙に応《こた》える気にはなれなかった。

曽我は正直に自分の気持ちを説明した。

「でしたら――」

と、朋子がまるで曽我の返答を予測していたかのようにすぐに言った。「関山さんの無実を証明するためではなく、〝真実を究明するため〟ということでしたら、いかがですか?」

「しかし、いまも言ったように、僕にできることなんか何もありませんよ」

「時々私の話を聞いて、意見を聞かせてくださるだけで結構です」

「それぐらいならできますが、ただ、僕の意見……というより感想が事件の真相究明に役に立つとは思えませんね」

「そんなことありませんわ」

と、朋子が語調を強めた。「曽我さんなら、私たちが気にとめずに見落としてしまった事実に重要な意味を見いだされる、といったことがあるかもしれません」

「およそありえませんね。法律の専門家である弁護士さんたちが気づかなかったことに、素人の僕が気づくなんてことは」

「いいえ、それは違うと思います。法律の専門家というか……何事も法律に照らして見てしまう習慣が染みついてしまった弁護士だから、私たちは見落としてしまうんです。一方、曽我さんは、素人といってもかなり法律の知識があり、しかも様々な視点から物事を見るのに習熟しておられる小説家です。ですから、私の言ったような可能性は充分に考えられると思います」

「買い被《かぶ》りですよ」

「買い被りなんかじゃありませんわ」

朋子の目はあくまでも真剣だ。「私は、『蒼の構図』をはじめとして、曽我さんのほとんどの作品を読ませていただいています」

「ありがとう」

と、曽我は自然に頭を下げた。小説家としては、自分の作品を読んでくれている人に出会うほど嬉《うれ》しいことはない。

「ですから、常識や偏見にとらわれない曽我さんの物の見方がよくわかります」

「照れ臭い……というか、なんだか怖いですね。青門文芸時代の服部さんは非常に厳しい批評をするので有名だったのに」

「そんなことありません。他の方の作品はともかく、曽我さんの作品に関しては私はいつも兜《かぶと》を脱いでいました。実は私、芥川賞を狙って小説を書き始めたんですが、曽我さんの作品を読んで自信をなくし、これじゃ司法試験でも受けて弁護士にでもなるしかないかと思ったんです」

「司法試験でも受けて……で、ひょいと合格してしまうんだから、すごい」

「ひょいとじゃありません。三年生の秋から二年間は死に物狂いで勉強しました」

「それでもすごい。五年も六年も勉強したって受からない人が少なくないというのに」

「私のことなんてどうでもいいんです。それより、曽我さん、お願いします。関山さんの冤罪《えんざい》を晴らすために……いえ、事件の真相を究明するために力を貸してください」

朋子が頭を下げたので、曽我はわかりましたと応えた。承知したのは、朋子がそこまで頼むのを断われなかったからであるが、このまま関山事件との関わりを断ち切りたくないという思い……はっきりと意識されたものではないが曽我のどこかにあるそうした思い、も多少影響していたかもしれない。

曽我がなぜそんなふうに思ったかというと、朋子から関山美香の話を聞き、美香のことが気になっていたからだ。

――母親が父親を殺した容疑で捕らえられ、一人っ子の美香は母方の祖父母の家に引き取られて暮らしている。

この美香の状況は、三十数年前の曽我の状況でもあった。四年前の事件のとき中学二年生だったという美香は、事件時に小学三年生だった曽我より五歳も上だ。また、美香の母親は犯行を否認して生きつづけているが、曽我の母は犯行を自供して警察の留置場で自殺してしまった、というように、中身は違っている。とはいえ、枠組みはぴったりと重なっていた。曽我の過去を知っている誰かが、何らかの意図を持って彼を関山事件に関わらせようとでもしているかのように。もちろん、そんな意図を持っている者などいるわけはなかったが……。

曽我は、美香についてもっと詳しく朋子に聞いてみたかった。だが――朋子がこちらの心の内など想像できるわけがないとわかっていながら――怪しまれそうで、切り出せなかった。

朋子は、事件の話を離れてゆっくり曽我と旧交を温めたかったらしい。もし予定がなかったら食事でもどうか、と誘った。

しかし、曽我は、これ以上朋子と一緒にいるのは何となく苦痛だった。彼女が嫌いなわけではないのに。

「申し訳ないんですが、今日はちょっと予定があるものですから」

腕時計を見やりながら断わった。

朋子の顔を一瞬残念そうな色がかすめた。が、彼女はすぐに、

「それじゃ、またいつか……」

と、曽我の同調を求めるように、笑みを含んだ目を向けた。

曽我は何も応えなかった。

8

服部朋子と会った翌週の火曜日、曽我は容子と一緒に明光園に叔父《おじ》を訪ねた。

四月の末に行く予定だったのだが、曽我が風邪をひき、ずっと鼻水や咳《せき》がつづいていたため――それぐらい曽我は平気でも老人ホームに風邪のウイルスを持ち込んだら迷惑をかけるので――連休過ぎになってしまったのだ。

叔父は、三月の末に曽我が一人で訪ねたときとほとんど変わらなかった。もう風が冷たくなかったし、妻と二人だったので、車椅子のブレーキをかけながら坂の下まで降り、集落の外れにある寺の境内まで一時間ほど歩いてきた。

その間、叔父は呆《ぼ》けているとはとても思えないような口をきいたかと思うと、容子を何度も「敏子さん」と、従兄《いとこ》の妻の名で呼んだ。間違っても一々それを指摘しないほうがいい、と曽我たちは経験や本から学んでいたから、叔父の呼ぶままに、話のままに合わせた。初めの頃は〝叔父の脳〟に対する対処の仕方がわからなかったので、叔父が間違うたびに、「これはね、容子。俺の女房、英紀の女房の容子だよ。敏子さんは重雄さんの奥さん、八重伯母《おば》さんの息子の重雄さんの奥さんだろう」と訂正した。そんなとき、叔父はうんうんとうなずくか、怪訝《けげん》そうな顔をして……どこか悲しげな目で、じっと曽我と容子を見ていた。どちらにしても、すぐにまた容子を「敏子さん」と呼ぶ点では同じだったが。

叔父の状態が前回来たときと変わらないといっても、三カ月、四カ月といった単位で見ると、叔父は少しずつ痴呆《ちほう》が進んでいるように思えた。〝まだら呆け〟の呆けの部分が徐々に広がっているのか、意識や記憶が鮮明になるときが少しずつ減っているように感じられた。

――こうして、叔父はやがて、甥《おい》の俺の顔も見分けられないようになってしまうのだろうか。

前に屈《かが》んで叔父の顔を見ながら、あるいは後ろで車椅子を押しながら、曽我はそんなふうに想像し、そうなったときはたぶん寂しいだろうな、と思う。

が、一方で、仕方のないことだとも思った。叔父は意図してそうなろうとしているわけではないのだから。

叔父を訪ねた翌々日の十三日、先月編集者に返した初校ゲラが綺麗《きれい》になって送られてきた。そのため、二十日まで一週間の予定で再校正に取りかかった。

しかし、時々ふっと気づくと、曽我は校正刷《ゲラ》りから目を上げ、服部朋子から聞いた話を考えていた。朋子から聞いた話といっても、関山夏美の事件そのものより、夏美の娘・美香のことを。会ったこともないのに、彼の脳裏には、白くて細い腕と脚をした、ひょろりとした娘の姿が浮かんできた。

自分と美香とでは、置かれた状況の枠組みは同じでも、中身はかなり違う。事件が起きたときの時代も。それでも、美香が感じている思い、苦悩には、かつての自分と共通するものがあるのではないか。もしそうなら、何とかそれを乗り越えてここまで生きてきた自分にできることがあるかもしれない。具体的には想像がつかないが、美香のために力になってやれることがあるかもしれない。夏美のためには動けなくても、美香のためにならできることをしてやってもいい、曽我はそんなふうに思うのだった。

十八日の午後、校正が最後のページまで進んだ。あとは、赤字の部分だけもう一度初めから見直せば終わりである。

それには明日一日あれば充分なので、曽我はあらためて関山事件について考えてみようと思った。

——曽我なら、自分たちが気にとめずに見落としてしまった事実に重要な意味を見いだすことがあるかもしれない。

服部朋子にそんなふうに言われ、多少責任を背負わされたような気分がないではなかったから。

しかし、ソファに移り、一審判決文、控訴趣意書などを適当に読み返しても、どこからどう考えたらいいのか、わからない。曽我は、〝真実を究明するために〟朋子に協力することになったのだが、真実は蛍光を発して在処《ありか》を示したりしてはくれない。

それならと、〈関山夏美が無実だったら〉という仮定に立ってみることにした。考える取っ掛かりを作るために。

関山夏美が犯人でなかったら、事件の晩、笠松公園入口で武藤早苗と本間光俊が見た女は夏美ではない。そして、その女が関山益男を殺した犯人である可能性が非常に高い。

となると、問題は、

——二人の目撃者が見た女を、どうしたら捜し出せるか？

である。

その女は、

①、関山益男に対して殺害動機を持っていた（事件の状況から、被害者と関係のない行きずりの人間の犯行だった可能性はないと見ていいだろう）。
②、関山益男に自分の意図を怪しまれずに、彼を笠松公園へ呼び出すか、彼と同公園で会う約束を取り付けられた。
③、アルコール依存症で酒に目がなかった関山益男なら缶ビールを与えれば怪しまずに飲むだろうと予測できた。
④、年齢、容姿ともに関山夏美に似ていた。
⑤、市川台中央病院の薬品保管庫に保管されていた硫酸アトロピンと臭化水素酸スコポラミンを盗み出せた（被害者の体内から検出されたのは青酸カリや砒素《ひそ》のようなよく知られた毒薬ではなく、しかも二種類である。市川台中央病院以外の場所から手に入れた同じ毒物がつかわれた可能性はゼロではないにしても、かぎりなくゼロに近いだろう）。
以上、五つの条件を満たしているはずである。

警察、検察が主張するように、これだけの条件を満たす女は関山夏美しかいないかもしれない。少なくとも、彼らは、捜してもいなかったと言っているし、朋子たち弁護団も見つけられなかった。

しかし、関山夏美が犯人でないという仮定に立ち、それを証明するには、この犯人の女を捜し出す以外にない。最低限、五つの条件を満たす女が存在する可能性を示さなければならない。

　では、どうしたら、その女を捜し出せるだろうか？

　曽我にもわからない。

　資料を読み、さらには朋子から詳しい話を聞いたとき、〈市川台中央病院から硫酸アトロピンと臭化水素酸スコポラミンを盗み出せた〉という⑤の条件が大きなカギではないか、と曽我は考えた。病院に関係のない者でも盗み出すのは不可能ではなかったといっても、やはり内部の人間が関わっていた可能性が高いように思われたからだ。だが、朋子によれば、探偵をつかって病院関係者から話を聞いても、そうした疑いのある人間はまったく浮かんでこなかったのだという。

——もし警察が先入観を持たずに身を入れて捜査していたら、犯人を特定するところまではいかなくても、関山さん以外の人間が毒物を盗み出したことを示す何かを見つけられたかもしれません。

　と、朋子は言った。

——でも、警察は、被害者の体内からアトロピンとスコポラミンが検出され、それらの製剤である硫酸アトロピンと臭化水素酸スコポラミンが関山さんの勤務していた市川台中央病院からなくなっていたとわかったとき、これこそ関山さんが犯人である有力な状況証拠だと小躍りし、他の人間が盗み出した可能性など考えもしなかったんです。彼らは、そんなことはない、誰が毒物を盗み出したか公正な目で徹底的に調べた、と言っていますが……。

もう一度探偵をつかって調べ直したらどうか、と曽我は言ってみた。

しかし、朋子は、そうですね……とあまり乗り気とは思えない口振りで応《こた》えた。

——手をこまねいているよりはいいですから、他の弁護士たちと相談してみます。ただ、病院に協力を頼んだら拒否されたので、調べ直しても新しい事実がつかめるかどうか……。

つまり、⑤の条件は犯人の女を捜し出す手掛かりとしてあまり期待できない、ということのようだった。

それなら、他の条件を手掛かりにするしかない。

だが、他の条件といっても、それをどう活用したら女を捜し出せるのか、曽我には見当さえつかなかった。

警察は、朋子たち弁護団の考えを、

——この世に存在しない女を捜し出せるわけがない。

と嗤《わら》っているそうだが、彼らのほうが正しいような気がしないでもない。

曽我はソファの背に上体をあずけ、腕を組んだ。「うーん」と我知らず声を漏らした。

後悔が頭をもたげる。朋子が力を貸してほしいと言ったとき、はっきり断わっていればよかったのだ、そうすれば、こんな問題で頭を悩ますことはなかったのに……。

いや、そうだろうか。断わったからといって、事件を頭から閉め出すことができただろうか？　断わったら断わったで逆の後悔をしていたような気がしないでもない。美香のことを考え、気にして。

乗り掛かった船だ、と曽我は気持ちを入れ替えた。こうなったら、どこに行き着くのかわからないが、次の停泊地まで行ってみる以外にない。

曽我は、台所へ行って冷たい水を飲んでから部屋を出た。下へ降り、玉川上水沿いの道を歩きながら考えつづけた。ともすると、自分は存在しない人間を捜そうとしているのではないかという徒労感に負けそうになりながら。犯人の女は、五つの条件以外にも満たしている条件があるのではないか、その条件を足掛かりにすれば女を見つけ出すことができるのではないか、朋子たち弁護団と自分の考えに盲点はないか……。

曽我の頭に、

――代替《だいたい》殺人。

という言葉が浮かんだのは、井の頭公園西園と自然文化園に挟まれた遊歩道を明星学園のほうへ向かって歩いているときだった。

曽我は足を止め、その言葉の奥にあるものを追った。

緑の葉を茂らせた木々の枝が頭上を覆い、木漏れ日がスポットライトのように彼の足先に落ちていた。

犯人の女は、必ずしも五つの条件を満たしている必要がないのではないか。言葉を換えて言うと、自分の想定した犯人であるための条件が間違っていたのではないか。それも、大前提とも言うべき、①の《女は関山益男に対して殺害動機を持っていた》という条件が。

どこまで身を入れて捜査したかはともかく、警察は関山益男を殺す動機を持っていそうな人間を洗っている。また、朋子たち弁護団も探偵をつかって調べている。それにもかかわらず、関山益男殺害の動機を持った女だけでなく男も見つからなかった。警察に言わせれば、夏美以外には。

ということは、そうした女、つまり①の条件を満たす女はいないのではないか。

曽我はそう思ったのだ。

しかし、〈夏美は無実である〉という仮定に立てば、関山益男を殺した別の女がいたわけである。

では、その女はどうして関山益男を殺したのか、なぜ殺すべき動機がない相手を殺したのか？

女は、益男の妻の夏美にひどい目に遭わされ、彼女を深く恨み、憎んでいたのではないか。だから、関山益男に対する殺害動機はなくとも、彼を殺すことによって夏美に苦しみを与え、復讐《ふくしゅう》しようとしたのではないか。

そう考えたとき、〝代替殺人〟という言葉が曽我の頭に浮かんだのである。

国語辞典に載っているかどうかはわからないが、文字通り、誰かの代わりに別の人間を殺すという意味である。

そうした例としては、幼稚園児の母親が同じ園児の母親を憎むがあまりその子供を扼《し》めた事件、商売でひどい目に遭わされた男が相手の妻と子供を刺し殺した事件、上司と不倫関係にあった女が男の妻を逆恨みし、妻にとって一番大事な幼い子供たちを焼き殺した事件……などがある。

ただ、曽我の記憶にあるのは、強い相手の代わりに弱い身内である子供か妻を殺した事件ばかりで、妻の代わりに夫を殺したといった例はない。

曽我は再び歩き出した。

しかし、と彼は思う。関山夫婦の場合、夫が弱者だったという見方もできる。看護婦の夏美よりアルコール依存症の益男のほうが毒物を飲ませやすかった、という点で。また、犯人の頭には、夫の益男を殺しても犯行動機に気づかれずに安全、という読みもあっただろう。

それから、関山事件がもし代替殺人だったとしたら、夏美の勤務していた病院から毒物を盗み出した理由も、よりすっきりと説明できる。夏美を憎んでいたから彼女に殺人の罪を被《かぶ》せようとした、というように。ただ、この点は〈うまくいけば……〉といった程度の動機であろう。犯行時、夏美が行きずりの男と渋谷のラブホテルにいたというのが事実なら、犯人は彼女のアリバイを奪う工作をしていない。たまたま夏美にアリバイがなかったものの、もしそれがあれば、彼女に殺人の罪を被せることはできない。だから、益男を殺した犯人の動機は、あくまでも〈夏美に大きな悲しみと苦しみを味わわせようとした〉のだろう。夏美が夫の益男から暴行を受けていた事実や、益男が三千万円の生命保険に加入していた事実を知らずに。

そこまで考えて、曽我は、

――いや、やはり、代替殺人などはありえないか。

と、思い直した。

朋子たちとて――たとえ代替殺人といったことまでは考えなくても――夏美と利害が対立するか彼女を強く恨むか憎んでいた者がいないか、当然夏美に質《ただ》し、調べただろう。しかし、説明の中で朋子が触れなかったということは、そうした人間はいなかったからだろう。

とすれば、当然、代替殺人の可能性も薄い、という結論になる。

それでも曽我は気になったので、仕事場へ戻り、朋子に事実を確かめるために浅川・服部法律事務所に電話をかけた。

朋子は不在だったが、曽我が受話器を置いて五分としないうちに、

「お電話をいただいたそうですが？」

と、朋子からかかってきた。

もし法廷に出ていなければ連絡がつくと言った先日の女子事務員に、後でかけるからその必要はないと曽我が断わったにもかかわらず。

朋子の期待のこもった声に、曽我はちょっと戸惑いながら、

「別に急ぎの用事ではなかったのですが」

と、応じた。

「何か、良いお考えでも……？」

「良い考えかどうかはともかく、一応思いついたことはあるのですが、その前に服部さんに確認したかったんです。」

「何でしょうか？」

曽我は、夏美と利害が対立するか彼女を恨むか憎んでいた者についての調べはどうなっているのか、と聞いた。

「きちんと説明しないですみませんでした。その点は関山夏美さんに何度も質しましたし、私たちも独自に調べたのですが、疑わしい人物は浮かんできませんでした。関山さんによると、自分と関わりがあった人の中に夫の益男さんを殺す動機を持った者などいない……病院の内外を問わずいるわけがない、と言うんです。自分と多少揉《も》め事のあった同僚など

はいても、益男さんとは何の関係もないし、会ったこともないはずだ、と」

曽我が予想したとおりの答えだった。

が、彼の質問に答えた朋子も、また朋子に質されて答えた夏美も、一つの先入観があったはずである。〈犯人は益男を殺害する動機を持った者である〉という。

では、二人の頭からその先入観を追い出したら、どうなるか。

それでも、あまり大きな期待は持てなかったが、

「服部さんは、関山夏美さんが何かを隠しているように思っているという話でしたね」

と、曽我は先へ進んでみた。

はい、と朋子が答えた。

「その何かが、誰かと夏美さんとの争い、彼女に対する誰かの強い恨み、憎しみといった事情に関係している可能性はありませんか?」

「あるかもしれませんが、たとえ夏美さんが誰かの強い恨みを買っていたとしても、それが益男さん殺害に結びついたとは考えられません。いくら相手を恨んでいるからといって、その夫……何の関係もない夫を殺そうとは考えないでしょう」

「僕もずっとそう考えていたんですが、関山益男さんを殺す動機を持った者がどこからも浮かんでこないということは、もしかしたらそうした人間はいないのではないか、と思ったんです。しかし、益男さんは殺されている――。それで、夏美さんに強い恨みを抱いた

人間が、彼女を悲しませ、苦しめる目的で夫の益男さんを殺したのではないか、あわよくば彼女に殺人の罪を被せようと彼女の勤務している病院から毒物を盗み出して……その可能性はないか、と考えてみたんです。つまり、代わりの殺人、代替殺人です」

「代替殺人！　すると、犯人は益男さんとは何の関係もない人物……？」

「そうです。あ、いえ、益男さんと公園で会って毒入りのビールを飲ませたわけですから、何らかの関係はあったかもしれません。ただ、益男さんを殺す動機はなかった人物です」

「そう考えれば、確かに、益男さんを殺す動機を持った者が見つからなかった事情は説明がつきますが……。ただ、夏美さんに対しても、それほど強い恨みを抱いていたと思われる者はいないんです。彼女もそうした人間に心当たりはないと言っているわけですし」

「しかし、それが夏美さんの隠していることかもしれないわけですね」

「可能性がゼロではないのでそう申し上げましたが、たぶん違うと思います。一審の判決が出る前なら、事件に関係ないと勝手に判断して表に出したくない事実を隠すといった例もないではありません。ですが、彼女の場合、すでに懲役十年の実刑判決を受け、控訴審で何とかそれを覆そうと必死になって闘っているんです。藁にも縋る思いで、考えられるかぎりの可能性を追求しているんです。私も、事件に関係がないように見える事柄でも、どこでどう結びついているかわからないのだから……と繰り返し話すように求めています。それでも、彼女は隠していることなどないと言っているわけですから、私の想像どおり、それがあったとしても、彼女に対して強い恨みや憎しみを抱いている人間に関わるような件ではないと思います」

「ただ、そうしたやり取りをした服部さんと関山さんの頭には、常に無意識の前提条件があったんじゃありませんか?」

「無意識の前提条件……?」

「関山夏美さんに対して恨みや憎しみを抱いていた人間を問題にする場合も、そこには〝夫の益男さんを殺す動機を持った者〟という条件がいつも付いていた、ということです」

「そうか……確かにそれはありましたね。私にしても関山さんにしても、曽我さんの言われた代替殺人の可能性なんて考えたことがありませんから。また、関山さんの職場の人間関係を調べても、夫の益男さんに対して殺害動機を持っていそうな者を捜し出すのが目的でしたし」

「だからといって、代替殺人の可能性が高いとは言えないのですが」

曽我は正直な結論を言った。

「ええ……」

と、朋子が同調しかけ、「あ、でも、そうした観点から調べなおしてみる価値はあると思います」と少し語調を強めた。

可能性はゼロではない。が、たぶん朋子の余計な仕事を作っただけだろう。そう思うと、曽我の胸に電話したことを後悔する気持ちが萌《きざ》した。

「さっそく今晩にも調査員に連絡を取り、調べなおしてみます」

お電話ありがとうございました――と言って、朋子が電話を切った。

その声の調子からは、がっかりしたような様子は感じられなかった。

だが、曽我は、朋子が自分に気をつかったのではないか、と思った。

世間では、朋子は「思ったことを歯に衣着せずに言う女性、弁護士」として通っているらしい。曽我がこの前会ったときの印象もそのとおりだった。とはいえ、当然ながら、学生時代とは違う（同じだったら馬鹿だろう）。歯切れのよさは相変わらずだが、それでも相手を見て……たぶん計算して、話しているらしい感じがあったし、相手の気持ちに対する配慮も働くようになっていた。

朋子のことはさておき、彼女が探偵をつかって調べなおしても、たぶん何も出ないだろう。無意識の前提条件……と曽我は言ったが、夫を殺すほど夏美を恨むか憎んでいた人間がいれば、どういう観点から調べようと、警察の捜査か朋子たちの調査に引っ掛かってこなかったとは思えない。

「代替殺人のセンもなしか……」

曽我は受話器を戻し、ひとりつぶやいた。

となると、振り出しに戻ってまた考えなければならないが、そうしたからといって、何か出てくるのだろうか。自分は無駄なことをしているのではないだろうか。関山夏美が無実ならという間違った仮定に立ち、存在しない「犯人」を捜し出そうとしているのではないだろうか。

彼は再びそんな気がしてきた。

9

朋子は曽我との話を終え、携帯電話の通話終了ボタンを押した。曽我には気づかれないように注意したが、がっかりしていた。曽我にだってそう簡単に巧い考えが生まれるわけはないと思いながらも、かなり期待していたらしい。

さっき、朋子が裁判所合同庁舎を出て歩き出したとき、携帯電話が鳴り、曽我から電話があったと近藤孝子が知らせてきた。急ぎではないのでまた電話すると曽我は言ったようだが、孝子は少しでも早いほうがいいと気を利かしたらしい。朋子も気になり、三、四分歩いて弁護士会館に着くや、曽我に電話した。ロビーのベンチより外のほうが他人に話を聞かれるおそれがないので、前庭の隅にある植え込みの傍らに寄って。

しかしというか、案の定というか、曽我の話は朋子の望んだようなものではなかったのだった。

朋子はロビーに入り、中央奥のエレベーターホールまで行った。エレベーターはみな上へ行ったばかりだったので、少し待って九階まで昇った。

日比谷公園を見下ろして建っている弁護士会館ビルには、日本弁護士連合会、東京弁護士会、第一東京弁護士会、第二東京弁護士会と四つの弁護士団体が入っている。そして九階には朋子の所属している弁護士会の相談室があるのだった。

朋子は待合室を覗《のぞ》いて、相談者らしい女性の姿がないのを確かめてから、自動販売機コーナーへ行って、ミルクも砂糖も入っていない缶コーヒーを買ってきた。

公園の向こうに帝国ホテルを望める明るい窓を背に、朋子とほぼ同年代の夫婦らしい男女が腰掛けていた。いま待合室にいるのはその二人だけ。受付のノートを見ても、朋子の相談者の名はなかった。

一昨日電話をかけてきたドメスティックバイオレンスの被害者とこのロビーで会う約束になっているのは四時半。まだ二十四、五分ある。

朋子は男女から離れた場所に腰を下ろし、缶コーヒーのプルトップを引き開けた。一口飲んでから、バッグの外ポケットから板チョコを取り出し、一かけら口に入れる。午後から夕方にかけてのひととき、朋子は時間が空くと、チョコレートを嘗《な》めながらブラックコーヒーを飲む。こうすると脳の疲れが取れるような気がすると知り合いの医師に話したところ、それは理にかなっている、気がするだけじゃなく実際にそのはずだ、と言われ、習慣になった。

朋子は、もう一かけらチョコレートを口に入れ、曽我の言った「代替殺人」について考える。関山益男を殺した犯人は、益男に対して殺害動機があったわけではなく、夏美を強く恨むか憎むかしていた人間ではないか――という話だ。

朋子は、そうした観点からもう一度調べなおしてみる、と曽我に答えた。これは、口先だけで言ったわけではない。実際にそうするつもりでいる。しかし、結果については悲観的だった。

妻を恨むがあまりその夫を殺したという代替殺人なんて、どう考えても現実味が薄い。親に対する恨みを力の弱い子供を殺害して晴らす、といった事件なら時々ある。が、妻に対する恨みを何の関係もない夫に向けた、といった例など聞いたことがない。やはり小説家的な発想、空想ではないか、そんな気がした。それに、朋子たちは、益男の交友関係だけでなく、夏美についても調べた。一審の公判が始まる前から何度も。夏美が勤めていた市川台中央病院の医師や看護婦、事件の六年前にそこへ移るまで勤めていた大学病院の職員、さらには彼女の高校や看護学校時代の友人……と。第一の狙いは、彼女の交友関係の中に益男に対して殺意を抱いても不思議ではない人物を捜し出すことだったから、朋子たちには確かに先入観があった。だが、それを割り引いても、無関係な夫を殺すほど夏美を恨んでいた者がいたようには思えない。

だから、視点を変えて調べなおしても同じ結果に終わる可能性が高い、と朋子は思ったのだった。

といって、他に打つ手はない。朋子は今夜にも三宅竜二と連絡を取って再調査を依頼し、来週早々、拘置所に夏美を訪ねようと考えていた。夏美には曽我の話をし、彼女に恨みか憎しみを抱いても不思議ではない人物がいないか、あらためて尋ねてみるつもりだった。


翌朝、朋子は自宅から東京地裁の八王子支部へ直行した。七年前から渋谷区笹塚《ささづか》に住んでいるので、事務所のある市ケ谷まで京王線・地下鉄都営新宿線で一本だし、八王子へも京王線急行で乗り換えなしだった。京王八王子駅から裁判所までは歩いて五、六分。自宅から霞が関の裁判所合同庁舎へ行くのと三十分と変わらない（途中、明大前で特急に乗り換えればもっと早い）。

朋子は八王子支部で午前二件、午後一件の民事訴訟をこなし、東京簡易裁判所の中野分室へ回った。そして、事務所へ帰ったのは午後四時近く。

パソコンのキーを叩《たた》いていた近藤孝子が手を休め、「お帰りなさい」と笑顔を振り向けた。年齢は朋子より八つ上の五十二歳。二人の男の子を成人させてからパソコンや簿記を習い、さらには英検二級を取ったという頑張り屋だ。彼女の机の並びにはもう一つ事務机が置かれているが、パートの事務員が来ない日は空いていた。

「あ、先生」

と、仕事に戻りかけた孝子が思い出したように言った。「中学生か高校生ぐらいの女の子の声で二回電話がありましたけど」

「私に？」

「はい。一度目は一時四十分頃で、二度目は三時頃です。『服部朋子先生、いますか？』と言うので、『いま留守ですが、どなたですか？』と聞くと、『じゃ、いいです。また後でかけます』とまるで逃げるように切ってしまったんです。二回ともです」

中学生か高校生ぐらいの女の子の声——。

朋子に心当たりはない。いや、ちらと関山美香の顔が脳裏をかすめたが、まさかと思った。美香が自分に電話してくるなんて考えられない。それも二回も。

何かの雑誌で朋子の名と活動を知った女の子が、親の問題でも相談しようと電話してきたのかもしれない。一番ありそうなのはそんなところだった。朋子にはそうした経験はないが、母親に対する父親の度重なる暴力に心を痛めた中学二年生の長男が、二人を離婚させるにはどうしたらいいかと弁護士に相談にきた、という話を聞いたことがある。

誰がどういう用件で電話してきたのかは、今度かかってくればわかる。

朋子はそう思い、奥の自分の部屋へ行った。

部屋といっても、可動式の壁で仕切っただけの狭い空間である。そうした部屋が二つあり、浅川と朋子の執務室になっていた。他に応接室、孝子のいる受付兼事務室、それに洗面所とミニキッチンである。

上着を脱いでロッカーに掛けてきた。

腰を下ろすのを待っていたように、
朋子は、よほど不味《まず》くなければかまわない……というより茶の味の善し悪しなどあまりわからないが、コーヒーを飲まない浅川は茶にうるさかった。茶葉の質はもとより、湯の温度や淹《い》れ方まで。そのため、孝子らの腕が上がったのか、訪問者はよく「美味《おい》しいお茶ですね」と言った。

朋子が茶を飲み終わらないうちに机の上の電話が鳴った。

もしかしたら……と思いながら受話器を取ると、案の定、「さっきの女の子です」と孝子が伝えた。朋子はわかったと応え、切り替えボタンを押した。

「お電話、代わりました。服部朋子です」

名乗ったが、相手は無言。

「もしもし、弁護士の……」

、さらに言いかけると、

「先生？」

相手がまるで囁《ささや》くような声で聞いた。

朋子は息を呑《の》んだ。美香の声に似ていたのだ。

朋子は逸《はや》る気持ちを抑え、

「もしかしたら、美香さん？」

と、ゆっくりした語調で確かめた。

はい、とやはり小さな声が答えた。

「そう、美香さんだったの！」

朋子は胸が震えた。驚いたが、それ以上に嬉《うれ》しかった。

「電話してくださって、ありがとう。本当に嬉しいわ……！」

朋子は言いながら、美香の意図について……そしてどう対処すべきかを、懸命に頭の中で思いめぐらした。対応を誤れば、せっかくの電話が切られてしまうおそれがあったからだ。

「午後の二度の電話も美香さんね？」

「はい」

「留守にして、ごめんなさい」

「いいえ」

「美香さんが電話してくださったということは、私に何か話があったのかしら？」

朋子はさりげなく話を進めた。

「はい」

「そう、ぜひ聞きたいわ……あ、いま、お祖父《じい》ちゃんとお祖母《ばあ》ちゃんは留守なの？」

「いいえ」

「じゃ、この電話、二階のお部屋から子機をつかって……？」

「いえ、公衆電話です」

「あ、そう、美香さん、おうちの外なの！」

朋子はちょっと驚き、「どこのあたりかしら？」

「駅です」

と、美香がやっと聞き取れるような声で答えた。

「駅？」

じゃ……と、朋子は美香の家に近い小田急線の駅の名を挙げた。

いいえ、と美香がさらに小さな声で答えた。

「違うの？　じゃ、どこの駅かしら？」

「イチガヤです」

「いま、市ケ谷って言ったの？」

朋子は思わず声を高めた。

驚いたのか、美香は何も答えない。

朋子は、電話を切られてしまったら大変と思い、

「ごめんなさい、大きな声を出して」

と、慌てて謝った。

「いえ……」

「美香さん、事務所まで私を訪ねてきてくれたのね？　それで、いま、市ケ谷駅……ＪＲの市ケ谷駅にいるのね？」

「はい」

「一人で？」

「はい」

「そう……！」

と、朋子は受話器を握りしめたまま大きくうなずいた。あまりの意外さに、胸がどきどきと高鳴っていた。電話が美香からだとわかっても、ここから歩いて五分もかからない市ケ谷駅からかけているなんて、朋子の頭をかすめもしなかったのだ。

入学したばかりの定時制高校へ行かなくなってから二年余り、美香はたまに近くのコンビニへ行く以外は――朋子と二度散歩に出たときを除いて――家を出たことがなかったはずである。それなのに、朋子に会いに一人で東京まで来た。

ということは、よほど朋子に話したいこと、朋子に聞いてもらいたいことがあったので

はないか。もしかしたら、それこそ、朋子が美香から聞きたいと望み、美香に話してほしいと頼んでいたことではないか。

そこまで考えて、朋子はアッと声を漏らしそうになった。美香がいま市ケ谷駅にいるということは、ここに一回目の電話があった一時四十分頃にもそこにいたのではないか。つまり、美香は、市ケ谷駅の近くで朋子が事務所へ帰るのを二時間以上待っていた……。

もしそうなら、あれこれ考えたり電話で話しているより、美香を迎えに行くのが先だった。

朋子は、ごめんなさいと謝り、すぐに迎えに行くからと受話器を置いた。

10

「こんなところでいいの？」

と朋子が聞くと、ベンチに並んで掛けた美香がはいと答えた。

JR市ケ谷駅から歩いて六、七分のところにある東郷公園だ。傾斜地に造られた小さな公園だが、木々が鬱蒼《うっそう》と茂っている。渋谷区神宮前《じんぐうまえ》にある東郷神社と関係あるのかどうかは知らないが、園内には東郷平八郎の碑が建っていた。

市ケ谷駅まで美香を迎えに行った朋子は、事務所へ連れて帰るか、喫茶店でコーヒーか紅茶でも飲みながら話を聞くつもりでいた。だが、美香は事務所で朋子以外の者と顔を合わせるのを嫌がり、人が沢山いる場所へも行きたがらなかった。そこで、朋子は、外濠《そとぼり》公園か靖国《やすくに》神社の境内か……といくつか候補地を頭に浮かべ、ここ東郷公園なら一番落ちついて話せそうだと思ったのである。

狭い広場を囲むように六、七カ所ベンチが設けられており、朋子たちが掛けたのはその一つ。他のベンチにもたいてい一人、二人と人がいたが、離れているので話を聞かれる気遣いはない。ときどき公園を抜けて行く人が通るし、広場より一段高くなった児童遊園で子供を遊ばせているらしい若い母親たちの姿も見えるが、気にならない。

「美香さんが来てくれて、驚いたけど、嬉しかったわ」

朋子は美香に微笑みかけた。

美香は朋子のほうを見なかったが、横顔にかすかに朱が差した。

今日の美香は黄色いミニスカートをはき、上は襟にフリルの付いた花柄のブラウスと白いブルゾンという服装だった。膝頭《ひざがしら》の出た細い脚をきっちりと合わせて座り、腿《もも》の上に置いたポシェットを両手で軽くおさえている。かなり緊張している様子だが、これまで朋子といるときはいつも纏《まと》っていた目に見えない固い鎧《よろい》……朋子が自分の中に踏み込んでくるのを阻もうとしているような意思、は感じられない。

「でも、お祖父ちゃんとお祖母ちゃん、心配していたわよ」

朋子は言葉を継いだ。軽い調子を装ったが、こういうことはきちんと言っておかなければならない。

「あなたは、ちょっと買い物に行ってくると言っただけで、東京へ行くなんて一言も言わなかったそうじゃない」

「すみません」

と、美香が消え入りそうな声で謝った。

「お二人とも、私の話を聞いて安心されたみたいだから、もういいけど……」

美香は、祖父母に行き先を言ってきたと朋子に話した。それでも二人が心配していたら……と思って朋子が電話したところ、祖父母は腰をぬかさんばかりに驚き、帰りは家まで送って行くからという朋子の言葉を聞いて、やっと安心したのだった。

俯《うつむ》けられた美香の横顔は、ここに来て掛けたときより青ざめ、強張《こわば》っていた。

朋子はハッとした。自分は言わずもがなのことを言い、せっかくの機会を台無しにしようとしているのではないか。美香が自分と話すためにわざわざ東京まで出てきたというのに、なんて愚かなんだろう。これで美香が話す気をなくしたら、元も子もなくなってしまうではないか。

朋子は素早くそう反省すると、

「あ、そうか！」

と、殊更明るい声を出した。「美香さんは、もっとずっと早く帰るつもりでいたんだ。それなのに、私が事務所にいなかったから、こんなに遅くなってしまったんだ。ごめんなさい。私が悪かったのに、あなたを責めたりして」

「いいえ、先生のせいじゃありません」

美香が、わずかに朋子のほうへ顔を向けて言った。「私が、うちへ電話しておけばよかったんです」

「でも、あなたはこんなに長く家を空けたことがなかったから、そんなことに気がつかなくて当然なのよ。それから、ちょっと買い物に行くと言って家を出てきたのも、私に会いに東京へ行くなんて言ったら驚いて止められると思ったからでしょう?」

はい、と美香がうなずいた。表情からだいぶ強張りが薄れていた。

「じゃ、この話は終わりにして、美香さんがどうして私に会いに来てくれたのかを教えてくれないかしら」

美香がはいと応じた。また顔に緊張が戻ったが、それは前の強張りとは違い、話がいよいよ本題に入ったことによるもののようだった。

「美香さんは私に話したいことがあったんでしょう?　それを話して」

美香はすぐには話し出さなかった。顔を俯け、ポシェットに置いた自分の手のあたりにじっと視線を注いでいた。その姿は、どこからどう説明しようかと懸命に考えているようにも、最後の迷い、ためらいを振り切ろうとしているかのようにも見えた。

朋子が何も言わずに待っていると、

「先生！」

美香が不意に朋子のほうへ顔を上げ、真剣な目を向けてきた。初めて見せた、強い意志の籠《こ》もった視線だった。

「先生、お母さんを……母を助けてください。お願いします」

美香が腰を動かして身体を朋子のほうへ回し、頭を下げた。

その意外な言動に朋子は戸惑いながら、言った。

「もちろん、私はそのつもりよ。そのつもりで全力を尽くしているわ」

「はい」

美香が、わかっているというように強い調子で応じ、でも……と不安げな目を朋子に当てた。

「でも、このままでは、また同じ有罪の判決が出るかもしれないんでしょう？」

「そうね、その可能性がないとは言えないわね」

「母は無実なんです。母は父を殺してなんかいないんです。それなのに、また、母が犯人にされるなんて……！」

「ひどいわね」

朋子は美香の言葉を引き取った。興奮に胸がざわめき出していた。どうやら美香は何か重大な事実を知っているらしい、それを朋子に打ち明ける気になって東京まで来たらしい、そう思った。

「ひどすぎます」

美香が怒りに堪えないといった口振りで言った。白い顔が上気していた。

「でも、私も、母なんて死刑になればいいと思っていたんです。ずっと……ずっと、そう思っていたんです」

美香の口元がいまにも泣き出さんばかりに歪《ゆが》んだ。

「美香さんは、お母さんが無実であることを知っているのね。そう考える理由があるのね。でも、お母さんを恨んでいたので黙っていたわけね？」

美香が口元を引き締め、うなずいた。

「それを、今日、私に話しにきてくれた？」

「はい」

「じゃ、話して。あなたの知っていることを」

朋子は美香を見つめ、促した。ここまで来たら、ためらったり遠回りしたりする必要はない。美香が引き返すおそれはもうないだろうから。

「四年前の十月七日……父の殺された日の夜、母は渋谷へ行っていたんです」

美香が話し出した。

「つまり、あの晩のお母さんの行動はお母さんの言っているとおりだと……？」

「いえ、違います」

「違う？　どういうことかしら……あ、でも、それは後で聞くわ。それより、美香さんは、その晩、お母さんが渋谷へ行っていたなんて、どうして知っているの？」

「母のあとを尾《つ》けたからです」

美香の口から、朋子の想像もしていなかった答えが飛び出してきた。

朋子は驚くと同時に興奮した。もしそれが事実なら——まだ事実と確定したわけではないが、美香がそんな嘘を考えついたとは到底思えない——夏美にアリバイが成立する可能性が高い。

「あの日、美香さんは、午後、冷蔵庫の中をアルコールで綺麗《きれい》に拭《ふ》いて、夕方、お祖父ちゃんとお祖母ちゃんの家へ行ったんじゃないの？」

「酔って寝ていた父に、お祖母ちゃんのところへ行くと言って家を出たのは夕方ですけど、それから市川へ行って、病院帰りの母のあとを尾けたんです。お祖母ちゃんには友達の家に寄って行くから遅くなるって電話しておいて、その後で……夜、行ったんです」

「お母さんのあとを尾けたって、どうしてそんなことをしたのかしら？」

「母がまた男の人と会うんだろうと思ったからです」

「また？」

「それまでに、私は母のあとを四回尾けていたんです。母と男の人は別々にホテルへ行って、別々に帰っていたんだと思いますが、一度だけ一緒にホテルから出てきたことがあったんです。渋谷の『ホテル・ニューセンチュリー』という大きなホテルです。父が殺された夜も、母はホテル・ニューセンチュリーへ行きました。その男の人と会っていたんです。会っているのを見たわけじゃありませんけど、間違いありません」

「お母さんが何て言っているかは、美香さんも知っているわね」

「知らない男の人に声をかけられ、道玄坂のホテルに一緒にいた、という話なら知っています。ですから、母の言っていることは嘘なんです。でも、父が殺された頃、母が渋谷に行っていた、というのは本当なんです」

朋子の中に大きな疑問が生まれた。美香の言うのが事実なら、夏美はなぜ、行きずりの男とラブホテルに行っていたなどという嘘をついたのか。ホテル・ニューセンチュリーで密会していた相手のことを隠したかったと考えても、納得がいかなかった。すぐに容疑が解けて無罪釈放になるだろうと思っていたときならわからないではないが、一審で懲役十年の有罪判決を受け、控訴棄却になるおそれが小さくないというのに。

しかし、その点は後で考えることにして、朋子は質問を進めた。

「そもそも、美香さんは、なぜお母さんのあとを尾けようなどと思ったの？　最初のときだけど」

「母が男の人と電話で約束しているらしいのを聞いたからです」

と、美香が答えた。「そのとき、父はいませんでした。母は私も出かけていると思ったらしく、父や私と話すときとは全然違った、なんだか母じゃないみたいな声で話していたんです。相手の声を聞いたわけじゃありませんけど、男の人だってすぐにわかりました。漫画で母親の不倫に苦しむヒロインの物語を読んだことがあったからです。私はすっごくショックで、それから母に話しかけられても顔を見ないようにしていました。いえ、母の顔を見られなかったんです。そして、母が電話で言った日にちが頭に釘《くぎ》で印を付けられたようにいつも気になっていて、その日になると朝から気持ちが悪く、学校を午前中で早退してしまいました」

鳩を追ってきた三、四歳の女の子が、じっと美香の顔を見ていたが、美香は気づいていないかのように話しつづけた。

「早退して家の近くまで帰ってきて、笠松公園でブランコに乗ったりしていたんです。どうしたらいいかわからないで。でも、夕方になるとバスで小岩駅まで行き、二、三台後《あと》のバスでやってきた母を尾けてしまったんです。母のあとを尾けるつもりで小岩駅で待っていたのか、行かないでって母の前に飛び出すつもりだったのか、どっちだったのか、自分にもはっきりしません」

女の子が母親に呼ばれて戻って行った。

朋子はその小さな後ろ姿を見るともなく見やりながら、確認した。

「それはいつの話かしら？」

「四年前……中学二年生になったばかりの四月頃です」

中学二年に進級した頃から美香が夏美とあまり口をきかず、何かと反抗的な態度をとるようになった、と朋子は聞いていた。が、それが、美香が頑《かたくな》に母親に面会に行こうとしない理由に関係しているとは考えなかった。

「二度目からは、どうしてお母さんが男の人と会う日だってわかったの？」

「何日も前から、お友達のうちへ行くとか、お友達とホテルで食事をする約束になっているとかって言っていたからです。『だから、その晩は悪いけどお父さんと二人で夕御飯を食べてね』って……。最初のときも、高校時代のお友達と新宿で久しぶりに会うことになっている、と言っていたんです。それに、そんなふうに言って出かけるときの母は……病院から直接行くときもありましたけど、家から行くときの母は、少しお化粧が濃くて、いつもより若くて綺麗に見えたんです。何となく浮き浮きしているみたいに感じられたんです」

「観察が鋭いのね」

朋子は美香に微笑みかけた。内心、こんな娘がいたら怖いなと思いながら。

と、朋子の気持ちが微妙に顔に出たのか、美香がふっと表情を硬くした。

それを見て、朋子は慌てて言葉を継いだ。

「それとも、お母さんはあなたに気づかれているなんて想像もしないので、無警戒だったのかしらね」

「そうだと思います」

「あなたに尾行されているのにも全然気づかなかったんでしょう？」

「はい。電車の中ですぐそばまで近寄っても気がつきませんでした。私がお友達に借りたスタジャンやブラウスを着て、帽子を被っていたからかもしれませんけど」

「そう」

「おめかしして、浮き浮きした母なんて、私、大嫌いでした。不潔で、顔も見たくありませんでした。それなのに、いつもあとを尾けてしまったんです」

「美香さんの気持ち、わかるような気がするわ」

「その頃の私は、父が可哀想でした。酒ばかり飲んで、だらしのない父でしたけど。母が父に殴られたり蹴《け》られたりしているのを見ると、母もちょっと可哀想な気がしましたが……でも、母なんて殴られたって当然だと思いました。もっとひどい目に遭わされたって仕方がないんだと思いました。母が男の人と会っていること、父に教えてやろうかと何度も迷いました。でも、もし教えたら、父が母を殺してしまうんじゃないか、そう思うと、怖くて言えなかったんです」

「そうだったの……」

美香の話に朋子は胸が締めつけられた。傍らの痩《や》せた少女を抱き寄せ、抱きしめ、よく一人で耐えたわね、頑張ったわね、と優しくねぎらってやりたかった。

しかし、朋子はそうする代わりに、

「そうして、あなたが誰にも話せずに苦しんでいたとき、事件が起きたのね」

と、わざと淡々とした調子で言った。いまは美香の話を聞くのが先決だったから。

はい、と美香がうなずいた。

「そして、お母さんがお父さんを殺した容疑者として逮捕された——」

「はい」

「そのとき、どうして、お母さんのあとを尾けたこと、警察に話さなかったの？　冷蔵庫の掃除のことで、刑事はあなたにも話を聞きに来たでしょう？」

「さっきも言ったように、母なんて死刑になればいいと思っていたからです。父が殺された頃、母が別の男の人とホテルにいたなんて、私、許せません。絶対に……絶対に、許せなかったんです」

「それで、お母さんに有罪の判決が出た後もずっと……誰にも、話さなかったの？」

「はい。あの夜、母がうちに帰っていれば、犯人の女の人が何か言ってきたとしても、父は出て行かなかったんです。笠松公園なんかに行って殺されなかったんです。だから、父は母に殺されたようなものなんです」

「それはちょっと違うと思うけど……ただ、美香さんの気持ちはわかったわ。でも、美香さんは、東京まで出てきて私に話をしてくれたんだから、いまはお母さんを許す気になったのね？」

「いいえ、許す気になんかなっていません」

美香がきっとした目を朋子に向け、首を強く横に振った。

「じゃ、どうして私に話してくれたのかしら？」

「許せないけど、父を殺していないのに、今度の裁判でまた犯人にされたら、母がちょっと可哀想だと思ったんです」

「それは、きっとお母さんを許し始めたということだわ」

「違います。私、母を許し始めてなんかいません！」

「あなたがそう思っているんなら、それでもいいけど……」

「本当です。先生から何回もお話を聞いているうちに、このままでは本当の犯人が捕まらないで逃げてしまう、と気がついたんです。父を裏切っていた母が苦しむのは当然ですけど、父を殺した犯人だって許せません。私のせいで犯人が捕まらなかったら、殺された父は私を恨むかもしれない、そう思ったんです。それで、今日、思い切って東京へ出てきたんです」

「わかったわ、ありがとう」

と、朋子は引いた。いまは美香の心の内を詮索《せんさく》しているときではない。事件の晩に美香が見たことを聞く、というもっとも大事な件が残っている。

朋子はそう思い、質問を継いだ。

「初めの話に戻るけど……四年前の十月七日、あなたは、お祖母ちゃんの家へ泊まりに行くとお父さんに言ってマンションを出た後、市川のどこかで、お母さんが病院から来るのを待ち受けていたのね？」

「はい、総武線の市川駅です。先に切符を買って、ロータリーで待っていました。母の乗ってくるバスが着くところはわかっていましたから」

美香が答えた。

朋子たちが掛けている右手奥、児童遊園の東側の部分にはまだ西日が当たっていたが、広場はすっかりビルの陰に入っていた。といって、暗くなるまでにはまだ時間があるので、焦る必要はない。

「お母さんが市川駅へ来たのは何時頃？」

「七時半頃でした」

「十月初旬の七時半といったら、日が沈んでかなり経っているわね。それから、あなたはお母さんと同じ電車に乗り、渋谷まで行った？」

「はい」

「渋谷に着いてからは？」

「センター街を歩いて行く母のあとを尾けて、ホテル・ニューセンチュリーまで行きました」

「あなたがあとを尾けたときは、お母さんはいつもそのホテルを利用していた、という話だったわね」

「はい」

「ホテルに着いた時間は？」

「八時半ちょっと前だったと思います」

「あなたもホテルのロビーへ入って行ったの？」

「いいえ、行きません。子供が一人で入って行ったら、何か言われそうなので、中へは一度も入ったことがありません」

「じゃ、いつも、お母さんが出てくるまで、外で待っていた？」

「はい」

「かなり長い時間だと思うけど」

「二時間から三時間の間でした」

とすれば、その晩は二時間しかいなかったとしても、夏美がホテル・ニューセンチュリーを出たのは十時半。益男の死亡時刻が十時前後で、本間光俊が笠松公園から出てきた女とぶつかりそうになったのが十時二、三分頃だから――渋谷と笠松公園の間の移動時間を無視しても――夏美のアリバイは完全に成立する。

「さっき、お母さんが男の人と一緒にホテルを出てきたのは一度だけだって言ったけど、それはいつかしら？」

「二回目のときです。そのときだけ、背の高い男の人と一緒に出てきたんです」

「他のときは、いつもお母さんは一人で出てきた、そういうわけね」

夏美の相手の男については後で聞くことにして、話を進めた。

「はい」

「そうすると、十月七日の夜もあなたはお母さんがホテルから出てくるまで待っていて、それからお祖母ちゃんの家へ……」

「いいえ、そのときは待っていません」

美香が遮った。

「えっ、あ、そうなの？」

朋子は思わず聞き返した。当然、事件の夜も美香は夏美が出てくるまで待っていたものと思っていたからだ。

「その日は母がホテルへ入って行ってから十分か十五分で帰りました。いつもと同じだろうってわかったし、母が出てくるまで待っていたら、お祖母ちゃんの家へ行くのが遅くなってしまうからです。後でお祖母ちゃんが母に連絡して、母から、どこへ行っていたのとか、誰といたのとか、いろいろ聞かれるのが嫌だったんです」

「ということは、あなたが帰った後、お母さんがいつまでホテル・ニューセンチュリーにいたかはわからない？」

「十時過ぎまではいたと思いますけど」

「想像ね？」

はい、と美香が答え、

「これじゃだめでしょうか？」

と、心配そうに朋子を見た。

「ううん、あとはお母さんに尋ねて、お母さんと一緒にいた男の人に確かめればはっきりするから、そんなことないわ」

朋子は答えたが、内心、不安を感じないわけではなかった。夏美が男との密会事実を明かしていないだけに。もし、事件の直後に美香が話してくれていれば、ホテルの従業員の証言が得られたかもしれないが、いまとなっては無理だった。たとえ男か夏美が本名で部屋を取っていて、その記録が残っていたとしても、二人の出て行った時刻まで従業員が覚えているわけがない。

それにしても、夏美が行きずりの男と寝ていたという嘘までついて密会について隠しているのは不可解だった。密会相手と十時過ぎまでホテル・ニューセンチュリーにいたのなら、アリバイが成立し、無罪になるのに。無罪放免か、殺人犯人として懲役十年の刑を食らうか――。相手の男の立場を考えたとしても、夏美の選択は解せない。

ということは、夏美が隠しているのは単に密会相手についてだけではないのだろうか。彼女は、何かもっと重大な事実を隠しているのだろうか……。

いずれにせよ、早急に夏美に会わなければならない、と朋子は思った。会ってはっきりと質《ただ》す必要がある。

その結果、夏美が事件の晩に一緒にいた男の名を明かし、男が事実だと証言すれば、無罪判決に向かって大きく前進するはずだった。

しかし、朋子は不安を感じた。果たしてそうすんなりといくだろうか、と。

日の残っていた児童遊園も翳《かげ》った。朋子は時計を見て時刻を確かめ、美香が一度だけ見たという男について尋ねた。

「お母さんと一緒にホテルを出てきたのは背の高い男だという話だったけど、身長はどれぐらいかしら?」

美香がちょっと考えるような目をしてから、百八十センチぐらいじゃないかと思うと答えた。

「肥っていた？　それとも、すらりとしていた？」

「普通だと思います」

「だいたいの年齢は？」

「父より少し上のような感じでしたけど、よくわかりません」

「そうすると、四年前の時点で四十代の後半から五十代前半ぐらいかな」

関山益男は享年四十三だった。

美香が、わからないというように小首をかしげた。

「もう一度会えば、この人だってわかりそう？」

美香がさらに首をかしげ、わかるかどうかわからないと答えた。

「美香さんの第一印象として、どんなお仕事をしているような人に見えた？　サラリーマンとか、お店をやっている人とか、お医者さんとか」

朋子が言うや、美香の顔にハッとしたような色が浮かんだ。

「もしかしたら……お医者さんかも、しれません」

硬い声で答えた。

「お医者さんのような感じだったの？」

「見たときは何をしている人だろうなんて全然考えませんでした。でも、いま先生に言われて、何となくそんな気がしたんです」

朋子は、自分の想像が当たっていたのかもしれない、と思った。看護婦の夏美が密会していた相手なら医師かもしれない、そう考えて、「お医者さんとか……」と言ってみたのだが……。

いや、そうではない。朋子の頭には、先に、身長百八十センチ、年齢五十歳前後の一人の医師の姿が浮かんでいたのだ。三年前の冬と去年の秋と二度会ったことのある。

もちろん、夏美の不倫相手がその医師だと決まったわけではない。違う男かもしれない。それでも、もし相手が医師なら、夏美が隠そうとしても、突き止めるのは難しくない。十中八九、市川台中央病院の医師か、その前に彼女が勤めていた大学病院の医師だろうから。

朋子は、明日にも夏美に接見して事情を質そうと思いながら、家まで送って行くから帰ろうと美香に言った。

11

翌二十一日の午後、朋子は東京拘置所に夏美を訪ね、美香の話をした。

娘の美香に男との密会を知られていただけでなく、美香が自分のあとを尾けてホテルまで来ていたという事実に、夏美はかなり強いショックを受けたようだった。

夏美は、密会の事実は隠しても無駄だと思ったのだろう、素直に認めた。が、相手の男については、事件には関係ないと言って明かそうとしなかった。

夏美の言うには——

事件のあった晩、確かに、彼女はある男と会うために渋谷のホテル・ニューセンチュリーへ行った。ホテルに着いた時刻も美香の言うとおり、八時半頃だった。しかし、相手の男は約束の九時を過ぎても現われず、代わりに、急用ができたので行かれなくなったと電話がかかってきた。夏美は、仕方なくホテルを出て、家へ帰るために渋谷駅へ向かった。その途中、センター街で見ず知らずのサラリーマンふうの男に声をかけられ、一緒に道玄坂のラブホテルへ行った。すでにシャワーまで浴びて、身も心も男を迎え入れる準備を整えていたときに突然相手にすっぽかされ、普通ではなくなっていたのだと思う。そのため、初めて会った男とラブホテルへ行くなどという、後で考えれば自分でも信じられないような行動を取ってしまった——。

「ですから、私は嘘なんかついていません。笠松公園で夫が殺された頃、名前も住所も知らない男の人と一緒にホテルにいたというのは本当なんです」

と、夏美は言った。「美香は、私がずっとホテル・ニューセンチュリーにいたと思って先生にお話ししたんでしょうが、違うんです。私がホテル・ニューセンチュリーで会うはずだった人は、そういうわけで、事件とは何の関係もないんです。その晩は会っていないんですから」

それでも念のためにどこの何という人か教えてもらえないか、と朋子は頼んだ。

だが、夏美の態度は変わらなかった。事件に関係がないのに迷惑はかけられない、の一点張りだった。

「あなたは、殺人犯人として有罪の判決を受け、いままた同じ判断を下されるかもしれないのよ。そのことがわかっているの？」

朋子は呆《あき》れる思いで言った。

「もちろんわかっています」

「だったら、その冤罪《えんざい》を晴らす手掛かりになるかもしれないことだったら、どんなに可能性が薄くても……」

「手掛かりになんか、なるはずがありませんわ」

「なるかならないかは、私たち弁護士の考えることです」

「でも、先生、その人は私の待っていたホテルへ来なかったんです。それなのに、手掛かりになんかなるはずがないじゃありませんか」

朋子は、夏美の口から相手の名前を聞き出すのを諦《あきら》めた。夏美の勝手な判断は不愉快だったが、仕方がない。

ただ、男の名をどうしても隠そうとする夏美の態度は、その人物に関する朋子の想像を裏付けているように思えた。それなら、半ば判明したも同然である。朋子は、男の名をいまここで夏美にぶつけ、反応を見てみたい誘惑に駆られた。が、これ以上、夏美の言い訳や言い逃れを聞きたくない。男に当たって認めさせたほうが話が早い。
朋子は、夏美が手紙を出した曽我に会った話をするつもりで来た。彼の考えた代替殺人について説明し、夏美に対して恨みか憎しみを抱いていた可能性のある人間について再度質すつもりだった。だが、夏美の非協力的な態度に意欲が失せた。必要なら、その件は彼女の密会相手を突き止めてから切り出そう、それからでも遅くはない、朋子はそう自分に言い訳し、接見室をあとにした。

拘置所を出て小菅駅へ向かって歩きながら、朋子は夏美の態度にあらためて腹立たしさを感じた。彼女の無実を証明するために必死になっている自分たち弁護団を、彼女はどう思っているのだろう。みな忙しい時間をやりくりし、ほとんど手弁当でやっているというのに。口では感謝していると言っているが、本当にそうだろうか。今日のような身勝手さを見せつけられると、疑わしくなる。一生懸命にやっているのも結局は弁護士としての点数稼ぎのためではないか――そんなふうにでも思っているような気がする。逆転勝訴すれば、確かに弁護士としての加点になるだろうが、朋子に協力している若い弁護士たちがそこまで計算しているとは思えない。朋子だってしていない。みな、真実を明らかにし、冤罪に苦しんでいる夏美を救おうとしているのだ。そうでなかったら、こんな割に合わない仕事は引き受けない。もっと点数稼ぎになってしかも金になる仕事は他にいくらでもあるのだから。

自分のことはまあいい、と朋子は思う。が、若い仲間たちのことを思うと、朋子は夏美の態度がどうにも腹立たしいのだ。必要以上に感謝は要らないが、せめて自分たち弁護人を信頼し、協力してほしい。

しかし、無い物ねだりをしてもどうにもならない。夏美という被告人の人間性と彼女が裁かれている事件は、切り離して考える必要があった。夏美という被告人がどういう人間であれ、彼女が夫を殺していないという話だけは信用できる。また、彼女の自白を証拠として採用し、有罪を言い渡した一審判決は不当である。そう確信するかぎりは、朋子たちとしては夏美の冤罪を晴らすために全力を挙げる以外になかった。

駅に着いた。

改札口を抜け、ホームに上がった。

頬に涼しい風を感じ、夏美と話したとき少し頭に血が上っていたようだと朋子は反省した。これからは、相手がどういう態度をとろうと冷静に対処しよう。

それにしても……と、朋子は首をひねった。夏美は、不倫相手の名を明かすのをどうしてあれほど頑に拒んだのだろう。それが朋子の想像しているとおりの男であったとしても、いまひとつよくわからなかった。事件の晩、男は夏美の待っていたホテル・ニューセンチュリーへ来なかった、だから、事件とは何の関係もないし、朋子たち弁護士が男の名を知ったところで裁判には何の役にも立たない、男に迷惑をかけるだけだ――そう信じているからだけだろうか。そうなのかもしれないが、他にも何か理由があるような気がしないでもない。

夏美がホテル・ニューセンチュリーで密会していた男――。

美香からその男のだいたいの年齢と身長を聞いたとき、朋子の頭に浮かんだのは、市川台中央病院の前副院長で現在は院長の星野一行である。これから、朋子は自分の想像が正しいかどうかを確かめるつもりだし、もし間違っていたら、三宅竜二をつかって夏美の不倫相手を捜し出すつもりだった。

その特定はたぶん難しくないだろう。が、それが星野一行であれ、他の誰かであれ、果たして夏美の冤罪を晴らすための手掛かりに結び付くだろうか。夏美が言ったように、何にもならない可能性が高いかもしれない。男自身が事件に関係していたとは考えられないし、夏美の話のとおりなら、彼女のアリバイにも関わっているとは思えないから。

しかし、それでもいい、と朋子は思った。ほとんど手を尽くしてしまったいまとなっては、残っている手があれば何でもやってみなければならない。夏美に言ったように、どんなに可能性が薄くても、それがゼロでないかぎりは。

朋子は、やってきた中目黒行きの電車に乗った。

12

曽我は、入口のパネルに「浅川・服部法律事務所」の文字があるのを確認してから、ドアを押して中へ入った。

それは、七階建てか八階建てらしいペンシルビルだった。服部朋子に教えられたとおり、市ケ谷駅から四ツ谷駅のほうへ狭い道を二百メートルほど歩き、三年坂という坂を登ったところに建っていた。

エレベーターで四階まで昇り、ドアの横に付いたインターホンのボタンを押した。すぐに応答があり、曽我が名乗ると、五十年配の小太りの女性がドアを開けた。まるで昔からの知己のような親しみの籠《こ》もった目で曽我を見て、どうぞお入りください、と言った。声と話し方から、曽我の『蒼《あお》の構図』を読んだと電話で話した女性らしいと見当がついた。

ドアの内側は三坪ほどの細長い空間だった。事務室らしく、コピー機などが置かれたテーブルの他にパソコンの載った事務机が二組、横に並んでいた。

女性がドアを閉めるか閉めないかのうちに奥の部屋から朋子が現われ、いらっしゃい、と笑みを向けた。

「おじゃまします」

曽我はちょっと硬くなって挨拶《あいさつ》した。

「こんなところまで来ていただいて、すみませんでした」

「いえ、電話でも言ったように、本屋でも覗《のぞ》きに行こうかと思っていたところだったので、ちょうどよかったんです」

嘘ではない。曽我にとって朋子の電話はむしろ救いだったのだ。

今日は五月三十一日。朋子から電話があったのは午後だが、午前十時前、曽我が住まいから仕事場に移って三十分ほどした頃、高泰淳から電話がかかってきた。

高は、朝からすまんなと謝った後で、

――これから俺はしばらく消えるが、借りた金は必ず返すから、心配しないでくれ。

と、言った。

曽我はびっくりし、

――しばらく消えるって、商売、うまくいかなかったのか？

と、聞いた。

――ああ、潰《つぶ》れた。

――そうか……。

――だが、心配しないでくれ。少し遅れるが、五百万は必ず返す。

――金なんか心配していない。それより、きみのほうの生活は大丈夫なのか？

曽我だって、貸した金を心配しないわけではない。が、金より高泰淳の身のほうが気掛かりだった。五百万は、高に貸すと決めたときから、返ってこないかもしれないと半ば覚悟していたのだし。

――ああ、大丈夫だ。

――奥さんと娘さんは？

――しばらく、女房の実家へ行かせた。

――で、きみはどこへ行くんだ？

――まだ決めてない。落ち着いたら電話するよ。

――ま、まさか死ぬ気でいるんじゃないだろうな！

曽我は急に強い不安にとらえられた。自分の身に万一のことがあっても家族が路頭に迷わないだけの手当てはしてある、以前、高がそう言っていたのを思い出したのだ。曽我からの借金もその金で返そうと考えているのではないだろうか。

――何を言っているんだ。死ぬわけがないだろう。

――それならいいが……。

――この程度のことで死んでいたら、俺はもう何回も死んでいるよ。だいたい、俺は伯《お》父《じ》を捜し出さなきゃならないんだ。伯父が生きているかどうかもわからないうちに死んだんじゃ、親父に恨まれる。

高は冗談を言ったが、曽我の不安は消えなかった。

――じゃな。

――待ってくれ！

高が電話を切りそうになったので、曽我は慌てて呼びかけた。

――会おう。これから会って話そう。どこへでも行く。もしかしたら、俺にできることがあるかもしれない。

――曽我にできることは、もうしてもらったよ。

――いや、マンションを抵当にすれば、金だってもう少し……。

――ありがとう。だが、これ以上は迷惑をかけられない。どこで何をしていても、曽我の新しい本が出たら買って読むから、良い小説を書いてくれ。それから、金はどんなことをしてでも必ず返す。

高は言うと、曽我の呼びかけを無視して一方的に電話を切ってしまった。

曽我は高の携帯電話を呼び出そうとした。しかし、電源が切られているらしく通じなかったし、留守番電話サービスもなかった。次いで、自宅と会社にかけたが、すでに契約が解除されていた。

曽我はパソコンに向き合い、仕事に戻った。が、落ち着かず、身が入らなかった。時々激しい胸騒ぎがした。誰かと話したかったが、高泰淳のことを話し合える相手はいない。高は五百万円は必ず返すと言ったが、会社が倒産して彼が失踪《しっそう》したという話を妻の容子にするわけにはいかなかった。騙《だま》すのは心苦しいが、容子には当分知られないようにするしかない。高の家まで行ってみようかとも思った。だが、妻子を神戸の妻の実家へ行かせたというし、電話も通じないのだから、行ったところで、誰もいないにちがいない。

――高、死ぬなよ。

曽我には、そう祈る以外、何もできなかった。

午前中は何とか過ごしたものの、午後になると、彼は狭い部屋に一人でいるのがどうにも耐えがたくなった。街へ出て人混みの中でも歩いてこようかと思い始めた。

朋子から、吉祥寺まで行くから、夕方でも夜でも一時間ほど会って話を聞いてもらえないか、という電話がかかってきたのはそんなときだった。いまから一時間半ほど前、午後二時過ぎである。曽我は、本屋でも覗きに行こうと思っていたところなので朋子に都合のよい時間、都合のよい場所まで行ってもいい、と応えた。それなら……と朋子は初め、この前会った新宿駅東口の喫茶店を挙げた。が、すぐに思い返したように、もし曽我さえよかったら一度自分たちの法律事務所へ来ないか、と言い換えた。曽我はどこでもよかったから、即座に諒解《りょうかい》した。そして朋子に場所を聞き、訪ねてきたのである。

「すぐにわかりました?」

と、朋子が聞いた。

ええ、と曽我は答えた。

「曽我さんのおかげで大きな進展があったので、話を聞いてもらいたかったんです」

「先週……二十八日に第三回公判が開かれ、二人の目撃者の証人尋問があったはずですよね。僕のおかげというのはよくわかりませんが、そこで新しい事実でも……?」

「いえ、そこではこれといった新しい事実は得られませんでした。田部井先生の証言を引いて質《ただ》すと、武藤早苗は〝あのときは被告人に間違いないと思ったが、わからない、はっきりしない〟と答えたのですが、本間光俊のほうは意地になったように〝自分は人違いなどしていない、事件の晩に自分の見たのは被告人に間違いない〟と言い張りましたので。ただ、これは予想していたとおりなので、落胆はしていませんが」

「そうですか」

「実は、犯人かもしれない女性……少なくとも犯人の可能性がある女性が見つかったんです」

「え、そうなんですか!　それは凄《すご》い」

「あ、すみません、こんなところで」

朋子が立ち話をしていたことを詫《わ》び、「どうぞこちらへ」と、自分の出てきた部屋へ曽我を導いた。

朋子の開けてくれたドアを入ると、応接セットの手前側のソファに掛けていた男が立ち上がった。

歳は曽我より少し下か、同じぐらい。中肉中背の浅黒い顔をした男だった。

「こちら、うちでいろいろ調査をお願いしているサン探偵社の三宅さん。変わった経歴の探偵さんで、元は大学工学部の助教授」

朋子が男を紹介し、次いで、「こちら、大学時代の友人で作家の曽我さん」と曽我を相手に紹介した。

三宅は名刺を差し出したが、曽我は名刺を持っていなかったので、そう断わって、氏名だけ名乗った。

「曽我さんも三宅さんも掛けて」

朋子が言い、自分は三宅に並んで曽我の前に腰を下ろした。

「いまも三宅さんに話していたんだけど、曽我さんは、青門文芸から出た私たちの世代ただ一人の作家なのよね」

朋子が曽我に微笑みかけた。彼女の目は、昔と変わらずにいまもきらきらと光っていた。

「私も小説らしきものを何編か書いて、自分では傑作だと思っていたのに、曽我さんは歯《し》牙《が》にもかけてくれなくて……」

曽我は首をかしげた。彼には、朋子の小説を読んだという記憶がなかったからだ。

「ほら、三宅さん、わかったでしょう」

朋子が三宅を見やり、冗談とも本気ともつかない調子で言った。「私は曽我さんのことや曽我さんの作品をよく覚えているのに、曽我さんは私のことなんか全然眼中になかったらしく、何にも覚えていないのよ」

三宅が返答に困った顔をして、苦笑いを浮かべた。

「もっとも、その頃の曽我さんは堅い殻に閉じ籠もっていて、私にかぎらず、誰に対しても同じだったんだけど……」

朋子がつづけたとき、初めに応対した女性が茶を運んできた。

女性が、朋子と三宅の前にあった空の茶碗を片づけ、新しい茶を三つ置いた。

「こちら、事務の近藤さん」

朋子が曽我に紹介した。「近藤さんの淹《い》れてくれたお茶は、とっても美味《おい》しいのよ」

「ええ、それで、私はここへ伺うのが楽しみなんです」

と、三宅が応じた。

近藤という事務員は三人の誰にともなく笑みを向けて目礼し、出て行った。

朋子に勧められて、曽我は茶を飲んだ。

朋子と三宅の言葉どおりだったので、

「とても美味しいです」

と、言った。

朋子が、自分が褒《ほ》められたみたいに嬉《うれ》しそうな顔をして「でしょう?」と応じ、それから、急に真顔に戻り、さっきはごめんなさいと謝った。

「昔の曽我さんを思い出して、つい失礼なことを言ってしまって……」

堅い殻云々《うんぬん》と言ったことらしい。

「かまいませんよ。べつに気になんかしていませんから」

「それならいいんですけど……とにかく、本題に入ります」

朋子が表情を引き締めて茶碗を置いたので、曽我も聞く姿勢を取った。

「さっきちょっと言ったように、犯人の可能性がある女性が見つかったんです。曽我さんのおかげで」

朋子が話し出した。

曽我は首をかしげた。自分のおかげだと言われても、わからない。

「曽我さんは私に、〈犯人は被害者である関山益男さんに対して殺害動機を持っていた者ではなく、妻の夏美さんに対して強い恨みか憎しみを抱いていた者ではないか〉そう言われたでしょう。もしかしたら代替殺人ではないかって。そのことが頭にあったので、関山夏美さんの不倫相手がわかったとき、ひょっとしたらって、その人の奥さんのことを思い浮かべたんです」

「つまり、犯人かもしれない女性というのは、関山夏美さんの恋人だった人の奥さんですか？」

曽我は確認した。

「そうなんです」

「しかし、関山夏美さんが不倫をしていたというのは初耳ですね」

「まわりの人たちによほど巧く隠していたらしく、そうした噂は全然なかったのですが、娘の美香さんが教えてくれたんです」

「娘さんが！」

曽我は驚き、思わず声を高めて聞き返した。「美香さんが母親の不倫を知っていたんですか……あ、その前に、彼女は話すようになったんですか？」

「わざわざ東京まで出てきて、私に話してくれました。美香さんがどうしてこれまでずっと話さずにいて、急に話す気になったのか、ということは後で説明します」

曽我としては、夏美の件よりもむしろ美香の心理のほうに関心があったが、そうですかと引いた。

「美香さんの話から関山夏美さんに恋人がいた事実を知った私は、翌日、夏美さんを訪ねました。夏美さんは、恋人がいた事実はあっさりと認めたんですが、恋人と事件とは関係ないと言って、どうしても名前を教えてくれませんでした。ですが、私の頭には、美香さんにだいたいの年齢、容姿を聞いたときから一人の男性が浮かんでいました。市川台中央病院の現院長……事件当時は副院長だった星野一行氏、五十四歳です。それで、私は市川台中央病院に星野氏を訪ね、単刀直入に質したんです」

「そうしたら、星野氏は認めた?」

「すぐには認めませんでしたが、結局は認めました。初めは否定も肯定もせず、関山さんが自分の名前を出したのかと聞くので、彼女はあなたの名前を明かそうとしないが、ホテル・ニューセンチュリーから二人で出てくるところを見た人がいるのだ、と私は答えました。見た人というのは美香さんです。美香さんはもう一度その人に会っても前に見た人だとわかるかどうか自信がないと言ったのですが、星野氏は目撃者がいると言われ、否定しても無駄だと思ったのでしょう、今更こんなことを調べて何になるのか、事件と何の関係もないではないか……と怒《おこ》り出しました。事件の起きた晩、自分は急用ができてホテル・ニューセンチュリーへは行っていない、だから、九時過ぎに電話で夏美さんと話した後、彼女がどこで何をしていたかは知らない、と言うんです。これは、夏美さんの話と一致していました」

「そうすると、星野院長は事件とは関係ない?」

「ええ。それで、私は……予想していたことながら、がっかりしたんですが、病院からの帰り道、曽我さんの話を思い出し、気づいたんです。星野氏の奥さんなら、夏美さんに対して強い恨みと憎しみを抱いていても不思議はない、と」

星野一行の妻が二人の関係に気づいていたとすれば、夏美を憎んでいたのは確かだろう。が、曽我は、自分で言い出しておきながら、いまは代替殺人に懐疑的になっていた。何か特別な事情があるか、女性がよほど特異な性格ででもないかぎり、夫の不倫相手を憎んだからといって、その相手の夫を殺すだろうか、と。

しかし、それは口には出さず、

「その女性は何歳ですか？」

と、話の先を促した。

「ここに三宅さんが撮ってきてくれた写真があります」

と、朋子がテーブルの隅に重ねてあった写真を取って曽我の前に置いた。「夏美さんとは三つ違いの四十五歳です。名前は美智代……美しいに智《さとし》の智に時代の代と書くそうです。家族は夫の一行氏と二人だけで、子供はいません。住まいは葛飾区高砂《たかさご》にあり、京成線で小岩までは一駅です」

曽我は、三宅が隠し撮りしたらしい写真を見た。これといって特に目立ったところのない平凡な顔立ちの女性だった。買い物にでも行こうとしたときなのか、門扉を開けて出てくるところや道を歩いているところを正面や横から数枚撮られていた。それらの写真を見ても、曽我は夏美を知らないので、彼女に似ているかどうかはわからない。

「星野美智代さんは、関山夏美さんに似ているんですか?」

「それほど似ていません」

「もしこの女性が犯人だとすれば、笠松公園の入口で二人の目撃者が見たのは当然彼女、星野さんだったというわけですね」

「ええ」

「その場合、二人の目撃者は、関山さんと星野さんが似ていないのにそろって人違いをした?」

「顔は似ていなくても、年齢が近く、体付きは中肉中背と似ています。薄暗いところで瞬間的に見たような場合、顔の作りより体形や年齢的な印象のほうが記憶に残る場合が少なくないでしょう? もちろん、武藤早苗、本間光俊という二人の目撃者がそろって夏美さんを指した理由はそれだけじゃなく、この前お話ししたように、二人の記憶には元の記憶を歪《ゆが》め、修正する様々な要因が外部から加わっていたからですが。複数の目撃者がそれほど似ていない人を自分の見た人だと誤って証言した例は、日本でも外国でも少なくないそうです」

曽我は納得し、星野美智代の写真を二人の目撃者には見せたのかと聞いた。

「いいえ、見せていません」

と、朋子が答えた。

「では、星野さんが事件の晩に彼らの見た女性かもしれないという証言はまだ得られていない？」

「見せても、九十九パーセント、こちらの望むような証言は得られないと思います。それなら、こちらの手の内が検察側に漏れないようにしておいたほうがいいんです」

「望むような証言が得られないだろうというのは、長い時間が経過して目撃者たちの記憶が薄らいでしまっているからですか？」

「それもありますが、二人の目撃者の場合はもっと大きな理由があります。事件から三年半余り……この間、彼らは何度も復習、確認させられているんです。自分の見たのは、警察も検察も、さらには裁判官さえそう判断した関山さんだ、と。彼らの頭の中にもう記憶の原型など残っていないことは、三日前の証人尋問でよくわかりました。それに、さっきちょっとお話ししたように、本間光俊は意地でも自分の証言が間違っていたとは認めないと思います」

「ただ、そうすると、星野美智代という女性の存在が明らかになっても、彼女についてわかっているのは、関山夏美さんに恨みと憎しみを抱いていた可能性が高い、という点だけなわけですね」

「夏美さんに体形、年齢が似ているという点もありますわ」

朋子が、曽我の言い方に少し反撥《はんぱつ》するように言った。「たまたま動機のありそうな人を調べたら、その人が夏美さんと間違えられてもおかしくない条件を具《そな》えていた、というのは大きいと思います」

「なるほど……」

「もう一つ、犯行につかわれた毒物の問題があります」

朋子がつづけた。「市川台中央病院副院長の妻なら……事件当時の話ですが、病院と満更関係なくもありません。少なくとも、病院と何のつながりもない人よりは病院の内情を知っていたはずですし、硫酸アトロピンと臭化水素酸スコポラミンを盗み出せた可能性も高いと思います」

確かに、病院とまったく関係のない者よりは可能性が高いかもしれない。が、たとえ副院長の妻でも、薬品保管庫から毒物を盗み出すのは容易な業《わざ》ではなかっただろう。

「あ、それから、いまの件と多少関係するんですが、星野一行氏に関しても一応調べたところ、二十数年前、アトロピン・スコポラミンを含んでいるチョウセンアサガオの毒性研究で博士《ドクター》の学位を取っていることがわかりました。すでに美智代さんと結婚した後です。彼女がどれだけ夫の研究や医師としての仕事に関心を寄せていたのかはわかりませんが、あまりポピュラーとは言えない二つの毒物の存在を知っていたのは確実だと思います」

それを言うなら、関山夏美だって、勤務先の病院の副院長であり恋人でもあった男の学位論文のことは知っていたと思われる。

「因《ちな》みに、江戸時代に外国から渡来したチョウセンアサガオは、ヒルガオ科の朝顔とは関係ないナス科の植物で、曼陀羅華《マンダラゲ》とか外科コロシとかキチガイナスビとか呼ばれ、薬にもなる毒性植物として知られていたようです」

朋子がつづけた。「また、華岡青洲が考案した全身麻酔薬・通仙散……彼はそれをつかって世界に先駆けて乳ガンの手術に成功したわけですが、その薬の主剤として使用された薬草として有名だそうです。ただ、近年はチョウセンアサガオは非常に少なくなり、現在、野山に自生しているのは、後から入ってきたヨウシュチョウセンアサガオやアメリカチョウセンアサガオがほとんどだそうです。それらにもアトロピンやスコポラミンが含まれているため、根を牛蒡《ごぼう》と誤って食べて食中毒を起こす事故が時々あるそうです」

「アトロピンと硫酸アトロピン、スコポラミンと臭化水素酸スコポラミンの関係というか……違いは何ですか？」

曽我もついでに聞いた。

「アトロピンとスコポラミンの製剤が硫酸アトロピン、臭化水素酸スコポラミンだそうです。つまり、アトロピン、スコポラミンは硫酸アトロピン、臭化水素酸スコポラミンというかたちで販売されたり、病院の薬局などに置かれている、ということです。もちろん、何かに硫酸アトロピンを加えて定性、定量分析すればアトロピンが、臭化水素スコポラミンを加えて同じことをすればスコポラミンが、それぞれ検出されます。ですから、関山益男さんの血液と胃の内容物から液体クロマトグラフ法という方法で検出されたのはアトロピンとスコポラミンですが、関山さんの飲んだビールに混入されていたのは市川台中央病院から盗み出された硫酸アトロピンと臭化水素酸スコポラミンにちがいない、と考えられたわけです」

「よく理解できたとは言えませんが、だいたいのところはわかりました」

「私も化学に疎いので、詳しいこと、正確なことはわからないのです。ただ、犯行につかわれた二種類の毒物が夫の一行氏を介して星野美智代さんとつながっていたという事実も、彼女を疑わせる一つの根拠になっている、ということです」

朋子が話を戻した。

曽我は、毒物が星野一行を介して云々という点では夏美も美智代と同様ではないか、ということは口に出さなかった。一つの可能性として《星野美智代犯人説》を追求するなら追求してみればいい、と思ったからだ。もし結果が〈否〉なら、それが出るまでさほど時間はかからないだろう。

「というわけで、これから三宅さんの力を借りて星野美智代さんについて調べてみようと思っているんです」

朋子が結論を述べた。「彼女が夫の一行氏と夏美さんの関係を知っていた可能性があるかどうか、夏美さんを恨むあまり益男さんを殺そうとするような人かどうか、益男さんを笠松公園へ呼び出すのが可能だったかどうか、硫酸アトロピンと臭化水素酸スコポラミンを夫の勤務先から手に入れられたかどうか、そしてできれば、四年前の十月七日の夜の所在についても……。難しいかもしれませんが、この調査で何かを手に入れないと、私たちにはもう打つ手がないんです。明日はもう六月です。第四回公判は六月二十一日に決まったんですが、その日、被告人質問が終わった後で、控訴趣意書の主張に関係する証人の尋問を申請し、それを裁判官に認めさせないかぎり、次の第五回・結審は動かないでしょう。そうなると、関山さんの自白の任意性、信用性を否定しきれないまま終わるわけですから、控訴棄却になる可能性が高いんです」

そうですか……とだけ曽我は応じた。朋子の焦りが伝わってくるだけに、悲観的な予想を口にするのは、はばかられた。といって、何か見つかるといいですね、といった口先だけの言葉も彼には言えなかった。

「いまのところこういう状況なんです。今後どうなるのか、正直言ってわからないのですが、曽我さんのおかげで初めて犯人かもしれない女性……少なくともその可能性がある女性が見つかったので、どうしても曽我さんに話を聞いていただきたかったんです」

それで電話したのだ――と朋子が話をまとめた。そして、星野美智代については新しい事実がわかり次第知らせるからと言い、美香に関わる件に話を移した。

美香はどうして母親の不倫を知っていたのか、なぜそれをこれまで誰にも明かさずにいて、なぜいま朋子に話す気になったのか——。

朋子は、美香から聞いたその事情と経緯を詳しく説明した。

朋子の話に、曽我は衝撃を受けた。が、それを顔に出さないように注意し、彼女の話が終わると、感想を求められないうちに腰を上げた。書店へ行くから、と言って。

13

曽我は、浅川・服部法律事務所の入ったビルを出て三年坂を下っても、市ケ谷駅へは行かなかった。反対方向へ向かって少し歩き、外濠公園へ登った。

外濠公園は、旧江戸城の外濠に沿って走るJR中央・総武線の上に帯のように延びている公園だ。桜の木が多く、花見の頃には大勢の人が出るらしいが、他の季節はあまり人がいない。

ベンチがあったが、曽我は足を止めなかった。瑞々《みずみず》しい緑の若葉をつけた木々の下を四谷方向へ向かって歩いて行った。

頭の中には朋子から最後に聞かされた話が浮かび、その断片が響き合っていた。朋子の話は、高泰淳の電話とは違った意味で曽我には衝撃的だった。

美香は、父親を裏切って不倫をしていた母親の夏美を憎み、母なんて死刑になればいいと思っていたのだという。そのため、夏美にはアリバイがあり、犯人ではないと知っていながら――夏美が犯人でないと知っていたというのは、彼女がずっと不倫相手と一緒にホテルにいたと思い込んでいた美香の間違いだったわけだが――その事実を誰にも話さずにきた。しかし、美香は、いくら母親を憎いと思っても最後まで憎み通すことはできなかった。お母さんを助けてくれ、と朋子に縋《すが》ってきた――。

美香の長い間の苦しみと葛藤《かっとう》。それを想像すると、曽我は胸が潰《つぶ》れる思いだった。

曽我は、自分と美香との相似と相違について考えてみた。

母親が父親を殺した容疑で捕らえられたという点、兄弟のない一人っ子で、母方の祖父母の家に引き取られたという点、誰にも心を開かず、ほとんど言葉を失っていたという点、などは共通している。

だが、そうした目に見える部分は似ていても、中の事情は大きく違っていた。

美香の場合は母親の無実を信じていた。無実を信じながらも母親を憎んでいたために、自分の知っている事実を隠していた。

一方、曽我は母親を憎んでいない。殺された父親は憎んでいたが、母親には思慕と愛情しか感じていない。それでいて、彼の場合、美香のように母親が無実だと信じることはおろか、無実かもしれないという希望を持つことさえできなかった。母が父を殺したという点だけは疑うことができなかった。なぜなら、包丁を手にした母が父の胸を刺すのをこの目で見たのだから。

曽我は、その事実を隠しつづけた。刑事に何度も質《ただ》されたが、答えなかった。母親が逮捕され、父親の葬儀が終わり、祖父に伴われて信州へ行ってからも刑事たちは訪ねてきたが、曽我は口を噤《つぐ》みつづけた。そのことだけでなく、何を聞かれても一切口をきかなかった。それがどこまで意識された行為だったのかは、当時八歳だった曽我にはわからない。頭のどこかに母を庇《かば》わなければならないといった思いがあったような気もするが、定かではない。もしかしたら、母に対する無意識の思慕と父に対する無意識の憎しみが、母に不利な証言をしないよう、曽我から一時的に言葉を奪ってしまったのかもしれない。

そのへんの事情は、後になって考えたことである。口をきけなかったのか、きけるのにきかなかったのか、曽我自身にもはっきりしない。

いずれにせよ、曽我はしばらくして――当時の曽我には何カ月も経ったように長く感じられたが、実際は事件から半月ほどしか経っていなかった――口を開き、自分の見たことを話した。どうしてそうなったのか、正確な経緯は覚えていないが、二科町まで訪ねてきた二人の刑事に。

曽我が刑事に自分の目撃した事実を話すまで、母は無実を主張していた。自分は夫を殺していない、と強く言い張っていたらしい。刑事は何も言わなかったが、祖父から聞いたのか、幸二叔父《おじ》から聞いたのか、曽我も知っていた。

ところが、母は、「母親が父親を刺すところを見たと息子が証言した」と刑事に告げられ、犯行を認めた。それから間もなく、留置場の中で首を吊《つ》って自殺した。

母はなぜ自ら死を選んだのか。曽我の証言によってもはや逃れられないと思ったからではないか、というのが警察の見方のようだった。だが、祖父から母の死とその理由を知らされた瞬間、曽我は〝違う！〟と直感した。激しい衝撃とともに。母が自殺したのは自分の裏切りに絶望したからにちがいない。たとえ八歳の子供でも、母にとっては息子の曽我が頼りだった。息子を信じ、息子だけは自分の味方だと信じていた。自分を庇って最後まで口を噤み通してくれるものと思っていた。それなのに、曽我は、〝母が父を刺すのを見た〟と刑事に話してしまった。それで、母は生きる気力、意欲をなくしたのだ。曽我は直感的にそう思ったのだった。

母がなぜ死んだのか、本当のところは確かめようがない。だが、曽我はいまでも自分の直感、想像が正しいと思っている。母を死に追いやった最大の原因は自分の裏切りだ、と考えている。息子の自分さえ裏切らなかったら、母はどんなに辛《つら》くても生きつづけただろう。そして、裁判で父の暴力のひどさが明らかになれば――近所の人だけでなく、母に同情的だった父の実弟の幸二叔父だって証言したはずだ――母はそれほど重い刑罰は受けなかったにちがいない。数年で自由の身になれただろう。

母が死んだ後、曽我は自分を責めた。後悔した。自分で自分がよくわからなかった。父を殺した母をちっとも恨んでいなかったのに、どうして刑事に話してしまったのか。どうして母を裏切ってしまったのか。

曽我が外部に対していっそう心を閉ざすようになったのは、それからだった。

父の死。母が父を殺したという事実。脳裏に焼き付いて離れない、母が父を刺したときの光景——。それらが、その後の曽我の性格形成、生き方に大きな影響を与えたのは疑いない。だが、それ以上に重く大きかったのは、この世で一番頼りにし、大切に思っていた母を喪《うしな》った事実かもしれない、と思う。最愛の母の死……しかも、その因《もと》を作ったのは自分だという意識。あと一年足らずで事件から四十年が経ち、当時の自分と同い年の息子を持つ親になっても、曽我は、母を死に追いやった罪の意識と、あのとき自分さえ母を裏切らなかったら母を喪うことがなかったのに……という後悔から逃れられないでいる。

それを考えれば、美香はまだ救われる、と曽我は思った。美香は、憎みつづけてきた母親を許し——美香自身は許したわけではないと朋子に言ったらしいが——母親を助けるために知っている事実を朋子に話したのだから。控訴審で母親が無罪になるかどうかはわからないが、美香の話がきっかけになって、多少なりともその希望が出てきたのだから。たとえ無罪の判決が出なかったとしても、母親は死ぬわけではない。娘の美香との再会を励みに生きつづけるだろう。そして、いつかは自由の身になって美香のもとに帰ってくるだろう。

その点、自分の証言で母を死なせてしまった曽我とは大きな違いであった。

といって、曽我は、美香の苦しみを軽く考えているわけではない。三年半以上、誰にも自分の胸の内を明かせず、母親を憎み、葛藤しつづけた美香の苦悩は想像するに余りある。それだけに、自分と違って美香にはまだ救いがあったことを、曽我は美香のために喜んでやりたいのである。

右側の土手下から電車の到着を知らせるアナウンスが聞こえてきた。

もうじき四ツ谷駅だった。

曽我は、自分と美香の父親のことを思い浮かべた。これまではそれぞれの母親について考えてきたが、殺された父親の共通点、あるいは相違点はどうなのだろう、と思ったのだ。

父親が酒を飲んでは母親に暴力を繰り返していた、という点は二人とも似ていた。

ただ、美香の母親は夫を裏切って不倫をしていたのに対し、曽我の母親はそんなことはない。曽我の父親も、母親に暴力をふるうとき、そうした疑いを口にしたが、「あれは兄貴の言いがかりで、義姉《ねえ》さんにかぎってそんなことは絶対にありえない」と幸二叔父が断言していたから、間違いないと思う。

母親に暴力をふるう父親――。子供にとって、これほど怖く辛く悲しい体験はない。曽我はそう思っている。たぶん、美香だって同じだろう。母親の不倫に気づいてからの美香は母親を憎み、父親に同情していたらしいが、それでも暴力をふるう父親は嫌だった、と朋子に話したそうだし。

そうだ、すべての原因はそこ、父親の暴力にあったのだ、と曽我は思う。少なくとも曽我の場合はそうだ。父を殺した母よりも、母を死に追いやった曽我よりも、母に殺された父こそが責められるべきなのだ。父こそ、母の死を準備し、曽我に生涯消えることのない深い傷を負わせた張本人なのだから。

曽我は突然棒立ちになった。脚が硬直し、動かなくなった。次いで、全身がぎりぎりと締めつけられる。体中に幅広のゴムベルトを巻かれて引き絞られたかのように。かつては、母に対する父の暴力の記憶とともにしばしば曽我に襲いかかってきた感覚である。持病の発作でも起きるように。だが、ここ数年は遠のき、忘れかけていた。それが、突然戻ってきたのだった。

曽我は自然に緊張が解けるのを待った。そして、脚が何とか動くようになってから遊歩道を逸《そ》れ、ベンチが置かれている柵際《さくぎわ》まで行った。

線路と濠《ほり》のほうに向けて固定された、いかにも安っぽいベンチには誰もいない。

曽我は腰を下ろし、深呼吸を繰り返した。この〝発作〟の後はいつも体内の酸素が欠乏したようになるのだ。

五分もすると息苦しさが消え、気持ちも落ち着いてきた。

曽我はあらためて父と母のことを考えた。父を憎いと思ったが、もう発作が起きることはなかった。

あの頃……と、曽我は、荒川に近い浦和市の西の外れに暮らしていた頃を思い起こす。事件が起きたのは昭和三十五年、〝六〇年安保〟の年だから、もう三十九年前になる。当時、父の暴力は日常茶飯事だった。父が母を殴ったり蹴《け》ったりするたびに、曽我は、父なんか列車かバスにでも轢《ひ》かれて死んでしまえばいいのにと思った。死ななければ、いつか自分が殺してやる、もう少し大きくなったらこの手で殺してやる、と思った。そうした曽我の気持ちは自然に表情や態度に出たのだろう、父は、このガキは全然可愛げがないと言って、曽我のこともよく殴った。そうしたとき、母は自らの身体を盾にして曽我を庇った。十《とお》にもならない子供を本気で殴ったら死んでしまうじゃないか、殴るなら自分を殴れ、と父の腕にしがみついて止めた。しかし、それは、結果として火に油を注ぐ役割しか果たさなかった。父はますます荒れ狂い、おう、上等じゃねえか、と母を振り払い、蹴倒した。母の髪をつかんで引き起こし、部屋じゅう引きずり回した。母は泣き叫び、そんなに自分が憎かったら殺してくれ、と悲痛な声を上げた。父は、そんなに死にてえんならいつか殺してやるよ、そう言いながらも母に対する暴力をやめようとはしなかった。曽我は、母を助けたいと思っても、恐怖で身体が金縛りに遭い、動けない。いつも、部屋の隅で身体を石のように固くして、息を詰めていた。そして、いつか父を殺してやる、殺してやる……

と念じるように思いながら、ただ嵐が過ぎ去るのを待つことしかできなかった。

母と二人だけのとき、曽我は一度、母に言ったことがある。自分がもう少し大きくなったら、父を殺してやる、父を殺して母を助けてやる、と。そのとき母が見せた恐ろしげな表情は、曽我はいまでも忘れない。目はつり上がり、顔面は蒼白《そうはく》だった。そして、二度とそんなことを口にしてはいけない、もちろん思ってもいけない、と厳しい口調で曽我を叱ったのだった。

母が父を殺したのは、もしかしたら自分の言った言葉のせいではないか、と曽我は思わないではない。すべてではないにしても、何割かは。息子を父親殺しの犯人にさせないために、母は自分の手で夫を殺したのではないか……。

いや、それは考えすぎだ、とも一方で思う。母はそこまで考えて父を殺したわけではないだろう。たぶん、半ばは成り行きだったのだろう。

事件の前、母は何度か台所から包丁を取ってくると、これで自分を殺してくれと父に迫った。父が曽我を殴ると、あんたを殺して自分も死ぬ、と父に包丁を突きつけたこともある。そうしたとき、たいてい父に包丁を奪い取られ、蹴り倒されて終わったのだが。

ところが、父が死んだときだけは、それで終わらなかったのだった。

事件のあったのは新学期が始まって間もない四月、薄暗くなりかけた夕方だった。学校が休みだったような気がするから、日曜日だったのかもしれない。それぐらい調べればすぐにわかるが、この三十九年間、曽我は事件を報じた新聞などをいっさい目にしていなかった。

曽我には、事件の前後の記憶がはっきりしない。だが、母が父を刺したときの光景だけはいまでも鮮明に覚えている。

包丁を手にした母が茶ノ間の入口に立っている。髪を振り乱し、何やら叫んでいる。怒りよりも、深い悲しみを湛《たた》えた絶望したような顔で。部屋の中央に立った父が手にした一升瓶から酒をラッパ飲みし、フンと馬鹿にしたように笑った。母が包丁の柄を握った右手に左手を添え、刃先を父に向けて構えた。父が一升瓶を畳の上にどんと置き、怒鳴った。母が父に突きかかっていった。父が体をかわし、左手の甲で母の顔面を打った。母がのけぞった。父がすかさず母の右腕をつかみ、包丁を奪い取ろうとする。包丁を左手に移し、奪われまいとする母。父が母の右腕を背中に回し、ねじ上げる。赤鬼のような父。母の顔は苦痛に歪む。と、母の右腕が背中から外れた。父が大声で何やら喚《わめ》き、母を殴りつけた。よろめく母。が、母はすぐに体勢を立てなおした。包丁を胸の前に構え、身体ごと父にぶつかっていく。瞬間、驚愕《きょうがく》と恐怖のために大きく見開かれた父の目。刃先が父の胸に達した。それは一瞬のきらめきを残し、父の身体に埋まった。母が上になって、二人は一つになって倒れていった……。

こうした一連の光景は、映画のシーンを見るように目に浮かぶ。脳裏にくっきりと焼き付いていて、いくら消そうとしても消えない。

ところが、その前後の自分の行動や自分の見たものは、はっきりしないのだ。夕方、遊びに行っていた同級生宅から帰り、またすぐに家を出て、歩いて二十分ほどのところにある八幡神社の境内へ行った。これは確かである。が、友達の家から帰ってきたときの記憶、家を出て行ったときの記憶がない。曽我が友達の家から帰ると、父はいつものように母に暴力をふるっていたのだと思う、それで母は台所から包丁を取ってきたのだと思う、そして曽我は母が父を刺すのを見て家を飛び出したのだと思う――というように、想像はできる。が、母が父を刺したときの記憶があまりにも強烈すぎるせいか、その前後の記憶がぼやけてしまっているのである。

その後、八幡神社で何をしていたのか、いつ、どのようにして家へ帰ってきたのか……なども一切覚えていない。次に曽我の記憶にあるのは、もう暗くなっていて、家中の灯《あか》りが点《つ》けられ、大勢の人が家や庭を出たり入ったりしている光景だった。それは家の中から見た光景ではないから、帰ったときに目にしたのかもしれない。その後、自分がどこにいたのか判然としない。一人でいたのか、誰かと一緒にいたのか、も。ただ、母と一緒ではなかったことだけは確かである。曽我は何とか母のところへ行きたかったのに、母の姿はどこにもなかったから。母は、しばらくして、まるで雨の中でも歩いてきたようなびしょ濡《ぬ》れの姿で現われ、お父さんが死んだのだと言いながら曽我を抱きしめたような気がする。

いつ、どうして知ったのか、曽我は、母に聞く前から父が殺されたので警察が来て調べているのだということはわかっていた。誰かが話しているのを聞いたのかもしれないし、どこへ行っていたのかと刑事に尋ねられたような漠とした記憶があるから、そのときに教えられたのかもしれない。ただ、その前であれ後であれ、畳に血を流して死んでいる父の姿は見た覚えはないから、警察も母も子供の曽我には見せなかったのだろう。

次に曽我の記憶にあるのは、父の姉である八重伯母《おば》とその夫、弟である幸二叔父、信州の祖父――父方の祖父母はすでに亡くなっていた――など親戚《しんせき》が大勢やってきて、家の中がすごく賑《にぎ》やかだったことである。それから、事件の翌日だったか翌々日だったか、母がパトカーに乗せられて警察に連れて行かれ、父の葬式のとき母の姿がなかったこと。

父の葬式がすんだ後、曽我は祖父に伴われて信州へ行った。母が警察から帰ってくるまでの間ということで。しかし、母は二度と帰ることなく、半月ほどして自殺してしまったのだった。

母が死んだと聞いてから、曽我は、父が死んだ後、母とどんな話をしただろうか、と何度も思い出そうとした。しかし、刑事と一緒に家を出て行く前に母が言った、「すぐに戻るから、お祖父ちゃんや幸二叔父さんの言うことをよく聞いて、待っていてね」という言葉しか思い出せなかった。母が逮捕されるまで、一日か二日は一緒にいたはずである。親戚の者が来ていても、枕を並べて寝たはずである。そのとき、父の死に関して母は何も言わなかったのだろうか。曽我からは怖くて何も聞けなかったような気がするが、母はどうだったのだろう。何も言わなかったとは考えられないのに、こう言われた、こういう話を聞いた、といった記憶がないのだ。

母が逮捕された後、曽我は何度か刑事の訪問を受けた。刑事はいつも同じ二人で、父が母に暴力をふるうのを見たことがあるか、当然見ているよね……といったように馴《な》れ馴れしく話しかけてきた。曽我に話しかける刑事は決まっていて、丸い顔をいつもにこにこさせている年上のほうだった。刑事が具体的にどう言ったか、正確なところは覚えていないが、おおよそ、次のように言われた記憶はある。

お父さんが暴力をふるい出したとき、お母さんはいつもどうしたのかな？　以前、台所から包丁を取ってきたことがあったって聞いたんだけどね。あの日の夕方、きみが見たことを教えてくれないか。あの日、きみは六時頃まで友達の宮本浩介君の家にいたそうだけど、宮本君の家を出た後、どうしたんだろう？　八幡神社へ行く前だよ。きみの家から見て、八幡神社は宮本君の家とは反対方向だから、当然、一度家へ帰ったよね。そのとき、お父さんとお母さんは何をしていたんだろう？　お父さんはいつものようにお酒を飲んで、お母さんを殴っていたんじゃないのかな。それをきみは見たんじゃないのかな。そしたら、お母さんが台所から包丁を取ってきたんじゃないのかな。教えてくれないか。きみが見たことだけでいいんだ。きみが自分の目で見たこと、それをボクたちに教えてほしいんだよ。

曽我は何も答えなかった。八幡神社へ行く前に家に寄ったとも寄らないとも、父が母に暴力をふるっているのを見たとも見ないとも答えず、口を噤《つぐ》み通した。

曽我が二科町の祖父母の家へ行ってからも、刑事たちは曽我から話を聞き出すのを諦《あきら》めなかった。信州まで追いかけてきた。何度も。若いほうの刑事は「このガキ！」とでも言うように険しい目で曽我を睨《にら》むようになっていたが、年上の刑事はいっこうに怒った様子もなく、相変わらずにこにこして、どうだい、こっちの学校に慣れたかい、などと話しかけた。そして、浦和にいたときと同じ質問をした。曽我は相変わらず何も答えなかった。何を聞かれても固く口を閉ざしていた。それが、どうして口を開き、自分の見た光景を刑事に話すに至ったのか、曽我自身はっきりしない。が、きみの知っていることを話すのが結局はお母さんのためになり、お母さんがきみのところへ早く帰ってくることにもなるのだ、刑事に繰り返しそんなふうに言われたことが心を動かす大きな要因だったような気がしないでもない。

自分の見た事実を、自分がどういう理由から話したにせよ、それが母を死に追いやったのは間違いない――曽我はそう思っている。

母は、息子が口を噤み通すものと信じていたのだろう。曽我さえ事実を話さなければ裁判で無罪判決を勝ち取れると思っていたのだろう。といって、母が自殺したのは、その望みが消えて悲観したからではないと思う。さっきも考えたように、母は信じていた息子の裏切りに遭い、絶望したために自ら命を絶ったにちがいない。

その思いが、曽我をずっと苦しめつづけてきたのだった。

母親が父親を殺した、しかもその現場をこの目で見た――。

この事実だけでも八歳の少年が背負って生きていくには重過ぎるぐらいだろう。それなのに、そこに、自分が裏切ったために母親が絶望して死んでしまった、最愛の母を自分が死に追いやってしまった、という事実が加わったのである。

当時の曽我がどこまで意識していたのか、意識できたのか、はわからない。もしかしたら後から考えたことかもしれない。が、意識するしないにかかわらず、子供の頃からずっと、自分が生きていることに一種の後ろめたさあるいは罪の意識といったものを感じてきたのだけは疑いない。心のどこかで、自分のような者が生きつづけていいのか、許されるのかと感じながら、死ぬこともできずに生きてきた、そんな気がする。

ただ、三十九年という時の流れは、そうした生き方にも人を慣れさせてしまうものらしい。一つの習慣、惰性のようにしてしまうものらしい。結婚し、子供ができ、作家になり……日常的には曽我はほとんど過去の記憶に苦しめられることなく暮らせるようになっていた。最近は例の〝発作〟も起こらなくなっていたし。

そこに、拘置所から関山夏美の手紙が届き、彼女の弁護人・服部朋子から、かつての自分と似た境遇にいる美香の話を聞いたのである。

母親が父親を殺した容疑で捕らえられ、母方の祖父母の家に引き取られた——という表の枠組みは二人とも共通しているものの、内部の事情は大きく異なっていた。それでも、美香の存在と美香について聞いた話は、曽我を否応なく三十九年前の事件に引き戻したのだった。

曽我は時計を見た。

朋子に書店へ行くと言ったときは紀伊國屋書店を覗いて見るつもりだったのだが、いまはその気持ちが失《う》せていた。

新宿で降りずに真っ直ぐ吉祥寺まで帰るつもりで腰を上げた。

ベンチを離れて歩き出すと、高泰淳の電話の声が耳朶《じだ》に甦《よみがえ》り、しばらく意識から遠のいていた彼の安否が気になり出した。

「なーに、高泰淳は大丈夫だ」

曽我は、小さく声に出して自分の胸に言い聞かせる。

この程度で死んでいたら、俺はもう何度も死んでいるよ、と言った高……。

そう、高泰淳は曽我などとは比べものにならないほどタフなのだ。雑草のようにたくましい。どこの地へ行こうと、そこで必ず新しい芽を出し、根を張り、生き抜くにちがいない。そしてある日、「やあ、曽我、元気にやっているか？　心配かけたが戻ってきたぞ」と突然電話してくるにちがいない。

曽我はそれを祈り、信じたかった。高泰淳と彼の家族のためであるのはもとより、曽我自身のためにも。なぜなら、高は、曽我にとってただ一人の友であり、曽我が安心して裸の自分を見せられる唯一の相手だったから。胸に秘めたまま墓場まで持って行こうと決めている〝三十九年前に自分の見た光景とそれを刑事に話したという事実〟、それらを除いて、高にはすべてを明かしていたし。

曽我には家族があるが、妻と子にとっての曽我は頼りがいのある、規範になる存在でなければならない。古い考え方かもしれないが、曽我はそう思っている。自分を現にあるもの以上に見せる気はないし、そうした演技はしていないつもりだが、かといって、妻や子に自分のすべてをさらけ出すわけにはいかない。その点、曽我の弱さも狡《ずる》さも知っている高にはいまさら隠すものは何もなかった。

曽我は、やはり本屋に寄って行こうと思い直し、桜の葉が茂る公園から四ツ谷駅前の歩道に降りた。

第二部　証人

朋子の待つレストランに古屋かおるが入ってきた。まだ古屋かおると確定したわけではないが、二十五、六といった年齢の感じ、不安そうな怯《おび》えたような目つき、カーディガンにサンダル履きといった格好などから、九分九厘間違いないだろう。

朋子がそう思っていると、レジの前で足を止めて店内をきょろきょろ見回していたその女性も朋子を認めた。年齢や髪型、スーツの色などを朋子が電話で説明しておいたので、すぐにわかったようだ。

1

関山事件の第四回公判が十日後に迫った六月十一日の昼過ぎである。場所は、東葉高速鉄道の八千代中央駅から北へ七、八分歩いたところにあるファミリーレストラン。朋子が東京の事務所を出たときには青空が覗《のぞ》いていたのだが、地下鉄東西線が西船橋で東葉高速鉄道に乗り入れる前後から空は見るみる暗くなり、いまは鼠色の雲が低く垂れ込めていた。

近づいてきた古屋かおると思《おぼ》しき女性を、朋子は立ち上がって迎えた。

「服部ですが、古屋さんですか？」

と問うと、相手が緊張しきった様子ではいと答えた。

朋子はあらためて自己紹介し、名刺を差し出した。

「来ていただいて、ありがとうございます」

「いえ」

「どうぞ、お掛けください」

朋子は前の席を勧め、自分も腰を下ろした。

古屋かおるはおどおどしていた。明らかにおそれ、警戒していた。年齢は二十五歳。痩《や》せてひょろりとしている。病気ではないのだろうが、頬のあたりもこけて、顔色がよくない。

かおるは、かつて、関山夏美と同じ市川台中央病院に勤めていた。ただし、看護婦ではなく、薬局員（薬剤師助手）である。そこを辞めたのは三年前の三月、関山事件が起きた五カ月後だ。当時は横溝姓だったが、二年前に結婚して古屋姓に変わった。そして現在は、ここ千葉県八千代市にある団地にサラリーマンの夫と満一歳になる男の子と三人で暮らしている。

朋子が横溝かおるの存在について知ったのは関山夏美の話からだが、彼女の現在の住所や家族構成などを調べてきたのは三宅だった。

朋子は、関山美香と曽我の話から、関山益男を殺した犯人かもしれない女として星野美智代に着目した。といっても、それはあくまでも犯人の可能性があるというだけで、代替殺人の可能性を言い出した当の曽我さえ、朋子の考えに懐疑的に見えた。しかし、朋子たち弁護団としては、星野美智代のセンが消えたら打つ手がない。曽我に美智代のことを話した翌日、今月一日の晩、弁護団会議を開いて、最初に調査すべき点を決めた。

それは、星野美智代に硫酸アトロピンと臭化水素酸スコポラミンを手に入れられたかどうか、手に入れられたとしたら具体的にどういう方法を採ったのか、を突き止めることだった。

もし星野美智代が犯人なら、市川台中央病院の薬品保管庫からなくなっていた硫酸アトロピンと臭化水素酸スコポラミンは、彼女が何らかの方法で盗み出したのは間違いない。美智代が別のルートで入手したアトロピンとスコポラミンをつかって関山益男を殺害したとき、彼女の夫が副院長をしている病院から同じ二種類の毒物が紛失していた、といった偶然はおよそありえないから。

とすると、次の問題は、美智代が市川台中央病院の薬品保管庫から硫酸アトロピンと臭化水素酸スコポラミンをどうやって手に入れたか、である。

可能性として考えられるのは、
①、夫の星野一行に手に入れてもらった。
②、自分で病院の薬品保管庫へ忍び込み、盗み出した。
③、病院に勤務している人間をつかって盗み出させた。
以上の三通りの方法である。

このうち、もし①なら、星野一行は犯人が自分の妻だと感づいているはずである。感づいていても、それを口にすれば自分も破滅するので黙っている。そう考えれば、美智代が何らかの口実を設けて夫に頼み——夫が絶対に口外できないだろうことを見越して——毒物を手に入れた可能性はある。

次は②。夜、誰にも気づかれずに病院に忍び込むだけなら簡単だが、薬品保管庫には錠が掛かっている。それを開ける鍵《かぎ》は、やはり錠の掛かった事務室にあった。事務室の鍵は副院長、事務長、宿直責任者が保管していたそうだから、美智代が夫に無断でそれを一時的に借り出し、合鍵を作ることはできただろう。しかし、それで事務室に忍び込んで薬品保管庫の鍵を手に入れ、うまく保管庫に侵入できたとしても、どこにどういう薬が置いてあるかわからない外部の人間が暗闇の中で目的の薬品を探し出すのは非常に難しい。ましてや、美智代は女子大の仏文科出身。夫の学位論文がチョウセンアサガオの毒性研究なので、アトロピンとスコポラミンについて多少の知識はあったとしても、薬剤に関してそれほど知識があったとは思えない。彼女がこの方法で毒物を手に入れた可能性はほとんどゼロと考えていいだろう。

最後の③は、二通りの場合が考えられる。病院に勤務している人間に美智代が自分の素性を明かしている場合と、素性を明かしていない場合である。そのうち、前者は大きな危険が伴うから、もし③だったとすれば、後者の可能性が高い。ただ、その場合、どうしたら自分の素性も明かさずに他人を都合よく動かせたのかがわからない。

朋子たちは以上のように考え、まず、②を除外した。

次いで、①について、病院の実質的な責任者だった副院長の星野一行が自分の病院から毒物を持ち出すだろうかという疑問が出され、これも除かれた。病院は長い間、薬剤管理がずさんで、催眠剤が多量に紛失していた事実が判明した七月までは在庫管理簿さえ作られていなかった。その後、星野自身の命《めい》で管理が厳しくなったのだという。それなのに、妻の美智代がいかなる口実を設けたにせよ、星野が自分の病院から極めて危険な毒物を盗み出したとは考えられない、朋子たちはそう結論したのだ。

となると、残りは③のみ。

朋子たちは、美智代に操られて薬品保管庫から硫酸アトロピンと臭化水素酸スコポラミンを盗み出した可能性のある人間を捜し出すことにした。そんな人間は存在しないかもしれないわけだが、いまは可能性に賭《か》ける以外にない。朋子たちはそう諒解《りょうかい》し合うと、まず、その人間の条件について考えた。美智代に都合よく操られたということは、その人間には何らかの弱みがあった可能性が高い。しかも、その弱みは副院長夫人の美智代が知ることのできたものだった――。

そこまで話し合ったとき、朋子の頭に、事件の三カ月前の七月に起きた……正確には発覚した、市川台中央病院の「催眠剤紛失事件」が浮かんだ。久保事務長は、催眠剤は紛失したわけではなく数量の記載のほうが間違っていたのだと警察に話したらしいが、催眠剤の紛失はかなり長期にわたってつづいていた可能性が高く、彼は密《ひそ》かに犯人捜しをしていた。警察は関山事件と直接の関わりはないと見て――紛失した薬物の性質が全然違うし、時間的にもずれていたので、朋子も同じ判断だった――久保事務長をそれ以上追及しなかったようだが、彼は嘘をついていた疑いが濃い。事務長が犯人捜しをしていたとすれば、それは当然星野副院長の指示で行なわれたはずであり、星野が妻の美智代に話していた可能性がある。もし、事務長の調査で容疑者が浮かんでいたとしたら、その氏名も。

朋子は自分の考えを他の三人に話した。

三人の若い弁護士たちは、一様に昂奮《こうふん》した表情で朋子を見返した。③が単なる可能性の域を出て、現実に向かって一歩進み出したように見えたからだろう。

朋子たちは、夏美に話を聞いてから三宅に調べてもらおうということで話し合いを終え、翌々日、朋子が東京拘置所に夏美を訪ねた。

夏美は、四年前の七月に起きた「催眠剤紛失事件」について知っているかという朋子の問いに、ちょっと記憶を探るような目をしたが、知っていると答えた。

「それはどういう事件だったの？」

「期間は半年か一年かわかりませんが、その間に病院からかなりの量の催眠剤がなくなっていたらしいことがわかった事件です」

「催眠剤は、鍵付きの薬品保管庫に保管され、出し入れと在庫の量がきちんと記録されていたわけではないのね？」

「え、ええ……」

「多量の催眠剤がなくなっているらしい事実がわかって、病院はどうしたの？」

「久保事務長が中心になって調査が行なわれました」

「調査とはつまり犯人捜しね？」

「ええ……」

「警察に盗難届けを出さなかったのは、薬品管理のずさんさが外部に知られるのをおそれたからだった？」

「さあ、私にはわかりません」

夏美が目を逸《そ》らした。当然そういうことだったからだろう。

「久保事務長の調査はどんなふうに行なわれたの？」

「職員が全員、事情を聞かれました、一人ずつ。これは当人のことを調べるというより、まわりに不審な行動をした人がいないか、聞き出そうとしたみたいです」

「それで、怪しい人間は浮かんだの？」

「わかりません」

「証拠がないので免職にはできなくても、犯人の見当はついたんじゃないのかしら？」

「さあ……」

夏美は首をかしげたが、目の中を翳《かげ》がよぎった。

「もう一度よく考えて。これは、病院から硫酸アトロピンと臭化水素酸スコポラミンを盗み出した犯人に直接つながるかもしれない、非常に大事なことだから」

夏美がごくりと生唾《なまつば》を呑《の》み込んだ。

「久保事務長は容疑者を絞り込んでいた。それを、あなたは星野副院長に聞いていた。外に漏らさないようにと言われたうえで。どう、違う？」

朋子は相手をじっと見つめ、自分の想像をぶつけた。

夏美の目が肯定していた。

「星野副院長から容疑者の名前を聞いていたのね？」

「はい」

今度は、夏美が小さい声ながらもはっきりと認めた。

「それは誰？　どういう部署のなんていう人？」

「薬剤師の資格を持った人の下で患者さんに渡す薬の仕分けなどをしている薬局員です。名前は横溝かおる……かおるは平仮名だったと思います。歳はあの頃、二十歳前後の感じでした」

「関山さんは親しかったの？」

「いいえ。私が薬局に入院患者の薬をもらいに行ったときに短い言葉を交わすぐらいでした」

「どうして横溝さんという人が怪しいとわかったのかしら？」

「詳しい事情は知りませんが、同じ薬局員の話からのようです。用事もないのに居残っていたことがあったとか……。横溝さんは上司や同僚とほとんど付き合わず、いつも一人で帰っていたんです」

「しかし、それだけで疑うというのはひどいわね」

「もっと何かあったのかもしれません……あったはずです。久保事務長は探偵社をつかって横溝さんの私生活を調べたという話でしたから。そうしたら、横溝さんには暴走族グループの中に親しい女友達がいて、横溝さんも時々彼らと一緒に遊んでいることがわかったんだそうです。そして、グループはどこからか手に入れた催眠剤を販売している、という噂も……」

横溝かおるはもっとも薬を盗み出しやすい部署にいたわけだし、そういうことなら彼女が犯人だったと見てたぶん間違いないだろう。

「でも、その後、横溝さんが病院を辞めさせられないでいたということは、彼女が盗んだという証拠はつかめなかった？」

「はい。事務長さんたちは、横溝さんの行動に注意していて、証拠をつかんでから本人を問い詰めようと考えていたのに、事件が表に出た後、横溝さんは用心したのか、二度と催眠剤は盗まれなかったんです」

「証拠をつかんでから横溝さんを問い詰めようと考えていたということは、横溝さんには彼女を疑っていることに気づかれないようにした？」

「そうだと思います。証拠もなしに追及して、否認されたら、どうにもなりませんから」

「いくら久保事務長たちが気づかれないように注意しても、横溝さんは自分が疑われていることに感づいていた、そういうことはないかしら？」

そこまではわからない、というように夏美が首をかしげた。

横溝かおるが感づいていなかったほうが、朋子の考える星野美智代の脅迫は効果的だったと思うが、たとえ感づいていたとしても脅迫は成り立つ。かおるは、証拠がない以上はどうすることもできないはずだと高をくくっていただろうから。

「あの、横溝さんが硫酸アトロピンと臭化水素酸スコポラミンを盗み出したんでしょうか?」

朋子が考えていると、夏美が聞いた。

「益男さんを殺害したのが星野美智代だったとすれば、その可能性は非常に高いはずよ」

朋子は夏美に目を戻した。「星野副院長が関山さんに調査の内情を漏らしていたということは、家へ帰って奥さんにも話していた可能性が充分に考えられるでしょう。いま、病院ではこれこれこういう問題が起きている、どうやら横溝かおるという薬局員が怪しい、証拠がないのでいまのところ何もできないでいるが、いずれ尻尾《しっぽ》を出すにちがいない、それを待っている……こんなふうにでも」

「それを聞いて、奥様は、横溝さんを脅して……?」

「そう。これなら、自分の素性を明かさなくてもすむわ。もちろん、病院の調査でわかったなんて言わずに、私はある事情からあなたがやっていることを知っているとでも電話で言えばいいんだから」

「でも、横溝さんは、そんなこと自分は知らない、関係ないと言ったんじゃないでしょうか」

「当然、否認したでしょうね。でも、否認したって、横溝かおるが本当に犯人だったら、逃げようがないわ。どこにいるかわからない相手が〝知っている〟と言っているんだから。星野美智代は、もしこの件を病院に知らされたくなかったら私の言うことを聞けって言ったんだと思う。そして、自分が黙っていることとの交換条件として、硫酸アトロピンと臭化水素酸スコポラミンを盗み出すように指示したんじゃないかしら」

「横溝さんに盗み出させた硫酸アトロピンと臭化水素酸スコポラミンは、いつ、どこで受け取ったんでしょう？」

「それは、横溝かおるに聞いてみないとわからないわ」

「横溝さん、話すでしょうか」

「普通にぶつかったんでは話さないでしょうね。でも、必ず話させるわ」

「あ、いま気づいたんですけど……」

と、夏美が心持ち青ざめた顔をし、大きく見開いた目を朋子に当てた。

「なに？」

「先生の言われるとおり、星野先生の奥様が横溝さんを脅して硫酸アトロピンと臭化水素酸スコポラミンを盗み出させたのだとしたら、横溝さん、脅迫した相手は私だったと思っているんじゃないでしょうか？」

「そうか！」

と、朋子は思わず高い声を出した。「その可能性は充分に考えられるわね。関山さんが夫の益男さんを殺害した容疑で逮捕され、犯行には勤務先の病院から盗み出した毒薬が使用された、と報道されたんだから。しかも、横溝かおるを脅迫した相手は女性だった……星野美智代が電話の声を作っていても、男か女かぐらいはわかったはずでしょう。それに、同じ病院に勤めていた関山さんなら、自分……横溝かおるが催眠剤を持ち出す現場を偶然見られたとしてもおかしくない、彼女がそう考えた可能性もあるわ」

「横溝さんは、私が横溝さんの盗み出した毒薬をつかって夫を殺した、ずっとそう思っていたのか……！」

夏美は、自分でその可能性を言い出しておきながら、あらためて驚いているようだった。

「まだ横溝かおるが盗み出したと決まったわけじゃないけど」

「ええ……」

「とにかく、横溝かおるに会ってみないことにはこれ以上先へ進めないわね」

「はい」

「まずは、彼女がまだ市川台中央病院に勤めているかどうかから調べてみるわ」

というわけで、その後、朋子は、横溝かおるが現在どこでどうしているかを三宅竜二に調べてもらい、今日、彼女が結婚して住んでいる千葉県八千代市まで会いに来たのである。

古屋かおるがウエートレスにコーヒーを注文した。目には、猛獣の檻《おり》に投げ入れられた子羊のような恐怖の色があった。いまの場合、朋子がさしずめ猛獣ということになる。

でも、私はあなたをむしゃむしゃ食べてしまおうというわけじゃないのよ。朋子は胸の内でつぶやきながら、相手に緊張されすぎては話を聞きづらいので、

「お子さんは大丈夫なの？」

と、本題に関係ない話から入った。

「はい、近くに住んでいる主人の母に頼んできましたから」

と、かおるが答えた。

「そう、パートナーのご実家が近くなの」

かおるがちらっと観察するような視線を向けた。朋子が「ご主人」と言わずに「パートナー」と言ったからだろう。

目の前の女は、結婚して子供も生まれ、専業主婦としてそれなりに落ち着いた生活を送っているようだ。だから、その生活が壊れるのをおそれ、いっそう怯えているのかもしれない。

彼女の現在の生活を壊すのは朋子の本意ではない。しかし、結果としてそうなったとしても、誰のせいでもないはずである。彼女自身が播《ま》いた種なのだから。

朋子は、さっき、電車を降りてから古屋かおるの自宅に電話した。

――関山夏美の弁護士だが、あなたが市川台中央病院の薬局に勤めていた頃の話を聞き

たい、いま八千代中央駅前にいるので、これからあなたの家を訪ねてもいいし、あなたの指定した場所へ行ってもいい、だから会ってほしい。

そう言って。

東京で電話せず、自宅近くへ来てから初めて接触をはかったのは、相手に今日は都合が悪いといった口実を与えないためである。もし不在だったら夜までも待つつもりだったし、それでも帰らなければ明日出直すつもりだった。

待つことも出直す必要もなく、かおるは自宅にいた。朋子が関山夏美の弁護士だと名乗るや、一瞬、電話の向こうで息を呑んだようだった。そして、朋子の求めに対し、

――どういう用件か知らないが、自分には話すことなど何もない。

と、拒否する態度を示した。

これは予期していたことだったので、朋子は慌てなかった。

――あなたが、ある女性に脅されて市川台中央病院の薬品保管庫から硫酸アトロピンと臭化水素酸スコポラミンを盗み出したのはわかっている。

と、はったりをかけた。証拠はないが、いまや九分九厘間違いないだろうと自信を持っていたから。

朋子の想像どおりなら、古屋かおるは、彼女を脅した「ある女性」は関山夏美だと思っているはずである。夏美がかおるに盗み出させた毒物をつかって夫を殺した、そう思い、

ずっと口を噤《つぐ》み通してきたはずである。殺人と関わった事実を知られるのをおそれて。

とすれば、夏美の弁護士が突然会いにきたと聞き、古屋かおるはどう思うだろうか。毒物盗み出しの事実を知っているのは自分と自分を脅した相手である夏美だけだと思い込んでいるかおるは、どう考えるだろうか。

答えは一つである。

夏美が、かおるを脅して毒物を手に入れた事情を弁護士に話した――と考えるにちがいない。つまり、〈自白では、夏美はなぜか、かおるの名を出さずに自分で盗み出したように言っていたが、いまになって……理由はわからないが、本当のことを弁護士に打ち明けたらしい〉と。

朋子は、そう推理したうえではったりをかけたのである。この想像が外れていないかぎり、古屋かおるは自分に会うのを拒否できないはずだ、と読んで。

結果は朋子の読みどおりになり、かおるは子供を夫の実家にあずけ、朋子の待つファミリーレストランまで出向いてきたのだった。

朋子は電話で、古屋かおるを脅した「ある女性」が誰かという点には一言も触れていない。夏美だと思い込んでいるかおるの誤解を利用しただけである。かおるから必要な話を聞き出した後、その女性は夏美ではない、と告げるつもりだった。だから夏美は益男殺しの犯人ではない、と。

結果としてかおるを騙《だま》すことになるが、やむをえない。そうでもしないかぎり、彼女の口を開かせるのは百パーセント不可能だろうから。

午後二時を過ぎ、ファミリーレストランは空《す》いていた。

朋子は、かおるのコーヒーを運んできたウエートレスが去ったところで、

「四年前、あなたはある女性に脅されて、当時勤務していた市川台中央病院の薬品保管庫から無断で硫酸アトロピンと臭化水素酸スコポラミンを持ち出した、これは間違いありませんね？」

と、切り出した。

かおるが朋子の視線から逃れるように下を向いた。何も答えない。

「いまさらあなたが否定しても、私にはわかっていることなんです」

朋子は、かすかに良心の呵責《かしゃく》を感じながら言葉を継いだ。「どうなんですか？」

かおるが、上目遣いにちらっと朋子を窺《うかが》った。わかっているなら聞かなくてもいいじゃないか、そう反撥《はんぱつ》したげな表情だった。

だが、彼女は、いま朋子と対立するのは得策ではないと判断したのだろう、再び下を向いて、「はい」と小さな声で認めた。

朋子は内心ほっと胸をなで下ろした。

かおるが呼び出しに応じた時点で、自分の推理に間違いないと思ったものの、確証はな

かった。だが、これで、事実だと半ば裏付けられたのだった。あとの半分、かおるを脅して毒物を盗み出させたのが星野美智代だった、という点はこれからだが。

「古屋さんは、関山夏美さんが夫の益男さんを殺害した容疑で逮捕された五カ月後、翌年の三月に市川台中央病院を辞めていますね？」

「はい」

「これはなぜですか？」

三宅が病院関係者から聞き出したところによると、表向きは自分から退職したということになっていた。

「なぜって……特に理由はありません」

「副院長か事務長に、それとなく退職を強要されたんじゃないんですか？」

「いいえ、そんなことありません」

かおるが顔を上げ、少し強い調子で否定した。「何となく嫌になったんです。それで辞めたんです」

何となく嫌になって……というのは嘘でも、自分から辞めたというのは事実かもしれない、と朋子は思った。かおるは、夏美の事件に驚くと同時に震え上がっただろう。それで、これ以上病院にいたら危険だ、そう思って逃げ出したのかもしれない。といって、事件のすぐ後に辞めたらかえって怪しまれるので、年が替わってしばらくしてから。

「それならいいんです。事件の後、半年もしないうちに辞めたのはどうしてだったのかな、とちょっと気になっていただけですから。それより、今日伺ったのは、古屋さんから見た事実を話してほしかったんです」

「私から見た事実ですか……？」

かおるが訝《いぶか》しげな表情をした。

「一つの事実でも、見る人によって、また見る側によって、違って見えるでしょう？　だから、あなたから見た事実が私の知っている事実とどこが同じでどこが違うか、はっきりさせておきたいんです」

朋子は、考えてきた〝理由〟を口にした。ここでも「私の知っている事実」の入手先については故意にぼかしている。

かおるは観念したような顔になっていた。朋子に呼び出された時点で覚悟していたにちがいない。薬品保管庫から毒物を盗み出したときの一部始終を話さざるをえないだろう、と。

朋子は、ここから先の話は録音させてほしい、と頼んだ。

かおるは、録音なんて困ると警戒の色を露《あらわ》にした。が、けっして悪用はしないからと朋子が粘ると、渋々諒《りょう》承《しょう》した。たとえ、かおるのためにならないことにつかったとしても、悪用するわけではない。

朋子は、バッグから高感度マイクロカセットレコーダーを取り出した。スイッチを入れてテーブルに置き、

「それでは、そもそもの初めからお聞きします」

と、わざと事務的な調子で言った。「当時横溝姓だった古屋さんに、病院の薬品保管庫から硫酸アトロピンと臭化水素酸スコポラミンを盗み出すように指示してきた人は男性ですか、女性ですか？」

「女の人です」

と、かおるが答えた。

「それはどうしてわかったんですか？」

「電話の声からです」

「その人は古屋さんに電話で接触してきたわけですね？」

わかっていることを一応確認する、といった態《てい》でつづけた。

はい、とかおるが肯定した。

「聞き覚えのある声でしたか？」

「わかりません。口にハンカチでも当て、わざともそもそと話しているような声でしたから」

「相手は声を作っていた？」

「そうだと思います」

「それでも、女性の声だということはわかったわけですね？」

「はい」

「その相手は、古屋さんに何と言ったんですか？」

かおるが視線を逸らし、返答を渋った。

「あなたを脅したんでしょう？」

「はい」

「何と言って脅したんですか？」

「私のしていることを知っている、証拠の写真もある、と……」

語尾がかすれた。

「あなたは、脅されるような何をしていたんですか？」

かおるは答えない。

「病院の薬局から、無断で催眠剤を持ち出していた——。そうですね？」

かおるが下を向いたままうなずいた。

「それを相手は知っている、証拠の写真もあると言った？」

かおるがまたうなずいた。

「それに対して、あなたはどう応《こた》えたんですか？」

「そんなことはしていないと……」

かおるはまだ目を上げられない。

「そうしたら、相手は？」

「それなら、病院に証拠の写真を送るがいいかと脅し、私が黙っていると、そんな気はないから安心するようにと言いました。でも、すぐ後で、代わりに頼みがあると言ったんです」

「それが、硫酸アトロピンと臭化水素酸スコポラミンを盗み出すことだった？」

かおるがやっと目を上げて、「はい」と答えた。

ここまでは、ほぼ朋子が想像したとおりだった。

「古屋さんはそれを諒承し、薬品保管庫から硫酸アトロピンと臭化水素酸スコポラミンを持ち出したわけですね？」

朋子はかおるの心理的な抵抗を考えて、「盗む」という言葉を避けた。

かおるがまた視線を落として、「はい」とうなずいた。

朋子は、かおるが薬品保管庫に侵入した方法と二種類の薬品をどうやって見つけ、盗み出したのかという点を聞きたかったが、後回しにした。いまは、それよりも先にきちんと押さえておかなければならない点があったからだ。かおるの具体的な行動を質《ただ》すのは、今日できなければ、証人として法廷に呼んだときでもいい。

「脅迫者は、その二種類の薬品を古屋さんからどうやって受け取ったんですか？」

朋子は、想像でははっきりしなかった点に話を進めた。

かおるはその質問にも不審を抱いた様子がなかった。朋子の「あなたから見た事実」という言い方が効いていたのか、落ち着いて考える余裕をなくしているのか……。

「電話で私を上野公園の噴水前へ呼び出し、代理の人に取りに来させました」

朋子は、公衆電話の裏にでもセロテープで留めさせておいたのかと想像していたが、違っていた。思わず、「代理の人……？」と言い返しそうになったが、その言葉を慌てて呑み込み、

「代理人はどういう人でしたか？」

と、殊更に事務的な調子を作った。

「どこの国の人かはわかりませんが、三十歳ぐらいのアラブ系の男の人でした」

星野美智代が外国人を利用していたというのも意外だった。が、公園にいた外国人を金で雇って受取人にすれば、日本人をつかうより危険が少ない。

「その外国人は日本語が話せたんですか？」

「片言ぐらいは話せたみたいです。赤いバラの花を持ってベンチに腰掛けていた私に近寄り、『ハナノタネ、クダサイ』と言いましたから」

「赤いバラの花を持ってベンチに掛けて待ち、花の種をくれと言って近づいた人に硫酸ア

トロピンと臭化水素酸スコポラミンを渡せ、というのが脅迫者の指示だったんですね？」

「はい」

「他にも、指示があったんじゃありませんか？」

あったはずだ――そう思って朋子が言うと、かおるがほとんど朋子の想像したとおりのことを答えた。

「ええ……は、はい、代理人と話をしないこと、代理人に薬品の入った封筒を渡してから三十分はベンチを動かないこと、という指示がありました」

「もし、あなたがそれらの指示に従わなかったときは？」

「私のしたことを書いた手紙と証拠の写真をすぐに病院に送ると……」

要するに、脅迫者である美智代は、かおるが毒物の受取人のあとを尾《つ》けたりしないようにしたのであろう。

「古屋さんは、あなたを脅迫した人間が誰か見当がつきましたか？」

「そのときはつきませんでした」

「後ではついた？」

「はい」

「誰だと？」

「関山さんだったのかと思い、びっくりしました」

「関山夏美さんが夫に毒入りのビールを飲ませて殺したという容疑で捕まり、その毒物がアトロピンとスコポラミンだとわかったからですね？」

「ええ」

「じゃ、びっくりしただけでなく、怖くなったでしょう？　関山さんがそれらの毒物を手に入れた方法、あなたを利用した方法を警察に話さないかと」

はい、とかおるが認めた。

「しかし、関山さんは、警察でも検事の取り調べのときもそんなことは一言も口にしませんでした。そのため、彼らは、関山さんが自分で薬品保管庫に忍び込んで毒物を盗み出した、と思ったんです。そして、刑事はそれを認めるよう関山さんに強制し、関山さんから嘘の自白を引き出したんです」

かおるが警戒するような目をした。朋子が何を言おうとしているのか、怪しんでいるような表情だった。朋子の質問にほぼ答え終わって気持ちに余裕が生まれた結果、そもそも夏美の弁護士がなぜいまごろになって自分のところへきたのか、と疑問を感じ始めたのかもしれない。

「古屋さんは、関山さんがなぜあなたのことを言わなかったと思いますか？」

朋子は問いかけた。

かおるがわからないというようにちょっと首をかしげてから、聞き返した。

「あ、でも、関山さんは一度自白して、後で否認したんじゃないですか？」

「しました。そして、東京地方裁判所で有罪判決が出た後も……いまでも否認しつづけています」

「でしたら、関山さんはそもそも罪を認める気がなかったんじゃありませんか。それで、私のことを言わなかったんじゃないんですか。自白したときも、私の名前を出してしまったら逃げられないので、出鱈目《でたらめ》を言ったんじゃないですか」

「関山さんが犯人でありながら容疑を否認しているのでしたら、そうかもしれません」

かおるの顔に不審げな色が浮かんだ。

朋子は相手の目をしっかりと見据えて、言葉を継いだ。

「ですが、関山夏美さんは犯人ではないんです」

「関山さんは犯人ではない……」

かおるの口から驚きのつぶやきが漏れた。

「そうです」

と、朋子は語調を強めた。「ですから、関山さんはいかなる方法でも硫酸アトロピンと臭化水素酸スコポラミンを手に入れていないんです。つまり、古屋さんを脅してそれらの毒物を持ち出させたのは関山さんではなかったんです」

「で、でも、弁護士さんは、私のことを関山さんに聞いたと……」

「私は、関山さんに聞いたとは一言も言っていません」

そうは言っていないが、故意にそう思わせる言い方をした。一種の詐術を用いた。できればそんな手はつかいたくなかったのだが、他にかおるの口を開かせる方法を思いつかなかったのだからやむをえない、朋子はそう思っている。もし古屋かおるが事件に何の関わりもない人間だったら、朋子はもっと罪の意識を感じただろう。が、犯人に脅されたという事情はあっても、かおるは殺人につかわれた毒薬を盗み出すという重要な役割を担ったのだ。

「私は、〝あなたがある女性に脅されて、市川台中央病院の薬品保管庫から硫酸アトロピンと臭化水素酸スコポラミンを持ち出したのはわかっている〟そう言っただけです」

朋子はつづけた。

「では、弁護士さんが私のことを聞いたのは関山さんからではなく、別の人からだった、そしてその人が関山さんのご主人を殺した犯人だった……！」

「残念ながら、犯人自身の口からはまだ何も聞いていません。あるルートから、あなたが病院から多量の催眠剤を持ち出していた事実をつかみ、犯人があなたを脅して犯行につかった毒物を盗み出させたらしい、とわかったんです」

「そ、それじゃ、弁護士さんは私を騙《だま》したんですか！」

かおるの目に怒りの色が浮かび、顔からすーっと血の気が引いた。

「私はあなたを騙してなんかいません。繰り返しますが、私は、あなたがある女性に脅されて硫酸アトロピンと臭化水素酸スコポラミンを持ち出したのはわかっている、そう言っただけです」

「そんな……！」

かおるの顔が今度は見るみる赤くなった。

「ただ、あなたが誤解するように仕向けたのは確かです」

朋子は認めた。その点はお詫《わ》びします、と頭を下げた。

「人を騙しておいて、いまさらお詫びなんて……」

かおるが口元を歪《ゆが》め、憎々しげに朋子を睨《にら》んだ。頭を下げられたぐらいでは怒りはおさまらないようだ。

「でも、関山さんの無実の罪を晴らすためには仕方なかったんです」

朋子は言い訳口調ではなく、きっぱりと言った。

「弁護士さんは人を騙しておいて、居直るんですか？」

射るような険しい目。痩《や》せた身体も頰のこけた顔も骨張って尖《とが》り、少し前まで見せていた弱々しさが完全に影を潜めていた。

「居直ってなんかいません。私は事実を言っただけです」

朋子は、相手から視線を逸《そ》らさずに言い返した。

「帰ります」

と、かおるが腰を動かし、立ち上がる気配を見せた。

「ちょっと待ってください」

朋子は引き止めた。

「もう話すことなんかありません」

「私の話も聞いてください」

「聞きたくありません。人を騙した弁護士の話なんか」

「騙した騙したと言いますが、では、私があなたのしたことを知っていると言わなくても、あなたはありのままを話しましたか？　殺人につかわれた毒物を盗み出した事情を話してくれましたか？」

「どうしたかしらね……」

と、かおるが考える素振りを見せた。そんな可能性は毛筋ほどもないのに。

「話してくれたとは思えません」

朋子は断定した。

「そうかもしれないけど、話そうと話すまいと私の勝手です」

「でも、そこには一人の人間の一生の問題が関わっているんです。関山さんは、やってもいない夫殺しの汚名を着せられて苦しんでいるんです。拘置所の中から、自分は無実だと血を吐くような叫びを上げているんです。いま、東京高裁で第二審が始まっているんですが……」

「そんなこと、私には関係ないわ」

かおるが朋子の言葉を遮り、吐き捨てるように言った。

「関係ありませんか？」

朋子は相手を睨《にら》みつけた。

「ないでしょう」

かおるも負けじと朋子に強い視線を向けてきた。

「犯人は、あなたの盗み出した毒物をつかって人を殺したのよ。それでも、あなたは関係ないと思うの？」

「ありません！」

かおるがいらいらした調子で言い切った。

朋子は、古屋かおるという女の本性を見たと思った。いまは主婦の座におさまっていても、かつては病院から催眠剤を盗み出し、暴走族を通じて売りさばいていた女である。一筋縄ではいきそうにない。

「そうじゃないですか」

と、かおるがつづけた。「私は脅されたんだから。それに、私は、私を脅した女が人殺しをするなんて知らなかったんだから。もし私が事件に関係あるというんなら、私だって被害者だわ」

「わかりました」

と、朋子は相手の言葉を受けた。「被害者としてでも結構ですから、裁判所から呼び出しがきたら出頭し、いま私に話したことを法廷で証言してください」

かおるの顔がまた青くなった。裁判所に出頭して証言を……と言われたからにちがいない。

「お願いします」

朋子は頭を下げた。

「嫌です、証言なんて絶対に嫌です！」

かおるが断固とした調子で拒否した。

「嫌だといっても、証人として裁判所から召喚された場合、出頭しないわけにはいきません」

朋子はわざと事務的な調子で言った。「正当な理由がなく出頭しなければ、罰せられます。勾引《こういん》され、留置される場合だってあるんです」

恐怖に見開かれた二つの目。その顔には、たったいま見せた強気と居直りの表情は影も形もない。初めのときの怯《おび》え切った表情に逆戻りしていた。

「困ります」

と、唇から弱々しい声が漏れた。

「しかし、あなたの証言がないと、関山さんはもっと困るんです」

「許してください。それだけはどうか許してください、お願いします」

かおるが縋《すが》りつくような目をし、ぺこぺこと何度も頭を下げた。

朋子は相手の身勝手さに腹が立ったが、黙っていた。そうした個人的な感情は、この際、問題ではない。たとえかおるに同情したとしても、彼女の証人尋問を省くわけにはいかない。

かおるはさらに哀願を繰り返したが、朋子は何も応えなかった。

かおるが恨めしそうな顔をして、口を噤《つぐ》んだ。まだ観念したわけではなさそうだが、いまはいくら頼んでも無駄だと悟ったようだ。

「あなたの話はここに録音されています」

朋子はテープレコーダーを目顔で指して言った。「法廷でもし嘘の証言をすると、偽証罪に問われますから、くれぐれも注意してください」

かおるが悔しげに唇を噛《か》んだ。

証人として召喚されても、実はかおるには証言を拒否する道があった。刑事訴訟法と刑事訴訟規則には、自分が起訴されるおそれのある事実については証言を拒むことができる、とあるからだ。かおるが病院から薬を盗んだ行為は窃盗で、窃盗の公訴の時効は七年。四年前のその犯罪は時効が成立していない。だから、彼女自身、窃盗罪で起訴されるおそれがまだあるのである。

朋子は正直にそれを明かした。

かおるが朋子の意図を訝《いぶか》るような、怪しむような目をした。

でも、と朋子はかおるの疑問に答えるようにつづけた。

「でも、証言を拒否するときは、その理由を示さなければなりません。そのことも、同じ法律に定められているのです。ですから、あなたが証言を拒否した場合、証言する以上に不利益になることもありえます。このことを知ったうえで、どうするか、よく考えてください」

「卑怯《ひきょう》です」

かおるがつぶやくように言った。

「何が卑怯なの？」

朋子は聞きとがめた。

「だって、私を騙して話を聞いておいて……」

「それについてはさっき言いました。いまは、法律に定められていることをあなたに話しただけです。そのどこが卑怯なのか、教えてちょうだい」

かおるが黙った。言い返したげだが、適当な反論の言葉が見つからないようだ。

「あなたこそ、自分のした犯罪行為をなかったことにして逃げようとしているんじゃない。そうじゃないの？」

朋子がさらに言うと、かおるが悔しげな顔をして朋子から目を逸らした。

それを見て、朋子はあまり追い詰めすぎてもいけないと思い、

「でも、私は、別にあなたの罪を問おうとしているわけじゃないの」

と、語調をやわらげた。「わかってくれていると思うけど、私はあくまでも無実の罪を着せられて苦しんでいる関山さんを助けようとしているだけ……。関山さんはやってもいない殺人の罪を着せられているのよ。あなたの立場もわかるけど、だから、関山さんを助けるために力を貸してほしいの」

かおるは何も応えなかった。どこかに逃げ道がないかと必死になって捜しているような顔だ。自らの行為が招いた結果とはいえ、受け入れるにはあまりにも大きな犠牲を払わなければならないため、そう簡単には諦《あきら》められないのだろう。

「今日は時間を割いてくれてありがとう」

朋子は礼を述べ、話がすんだことを知らせた。

だが、かおるはちらっと朋子に目を向けただけで腰を上げようとしなかった。何か打つ手はないか、と考えつづけているにちがいない。

朋子は手を伸ばし、テープレコーダーのスイッチを切った。

と、かおるが慌てたように、

「あの、関山さんは本当にご主人を殺していないんですか?」

と、聞いた。

夏美が冤罪《えんざい》だというそもそもの出発点が朋子の思い込みなら自分の助かる道が開けるかもしれない、そう考えたようだ。

「もちろんよ」

朋子は答えた。

「でも、裁判で有罪の判決が出たのに……無実だという証拠があるんですか?」

「あるわ」

今度の朋子の答えは勢いだった。

かおるは一瞬たたらを踏んだような顔をしたが、

「でしたら、私の証言なんか必要ないじゃないですか」

素早く攻撃の矛先を変えた。

「あなたの証言もその証拠の一つなの、重要な、ね」

「他にどういう証拠ですか?」

「それは教えられないけど……そもそも、関山さんが自分の勤めている病院から持ち出した毒物をつかって夫を殺すわけはないのよ。毒物をつかった殺人が起き、被害者の妻は病院の看護婦をしている——となれば、警察が真っ先に妻の勤めている病院を調べるだろうことは誰にだって簡単に予測できるわ。それなのに、よほど間の抜けた犯人なら別だけど、わざわざ自分の墓穴を掘るようなまねをするかしら？　毒物を自分で持ち出したって誰かに持ち出させたって、疑われるのは同じはずよ。この一事を考えただけでも、あなたを脅して硫酸アトロピンと臭化水素酸スコポラミンを持ち出させたのは関山さんでなかったのは明らかなの。つまり、関山さんは犯人ではない、ということなのよ」

「でも、犯人が市川台中央病院の関係者でなかったら、どうして私のことを……？」

かおるが語尾をぼかした。

「私は、病院の関係者じゃないとは言っていないわ」

「えっ、どういうことですか？」

「病院に勤めていた人じゃないけど、関係はある人なの」

「何という人ですか？　病院とどういう関係の人ですか？」

「いまは言えないけど、近いうちにわかるわ。そうすれば、古屋さんも、ああ、そういうことだったのか、と納得するはずよ」

朋子はマイクロカセットレコーダーをバッグに収め、伝票を取った。

かおるはまだ何か言いたげだった。

「それじゃ、証人尋問の件、よろしくお願いします」

朋子があらためて頭を下げても、かおるは、はいとは答えなかった。一週間ほど考えさせてください、と言った。

朋子は諒承した。いくら考えてもかおるに選択の余地がないのはわかっていたから。


朋子はかおるを先に帰し、レジで精算してファミリーレストランを出た。

空はさっきより一段と暗さが増していたが、まだ降り出してはいない。

朋子は大きな満足感を覚えながら駅へ向かって歩き出した。

かおるの証言によって、夏美の自白の信用性は崩れる。自ら薬品保管庫に忍び込んで硫酸アトロピンと臭化水素酸スコポラミンを盗み出した——という彼女の自白は嘘だったことが明白になるのだから。

これで、自白調書が証拠として採用されるおそれはなくなったと見ていいだろう。となれば、前方にあるのは原判決破棄。もちろんまだ確定したわけではないが、そこに向かって大きく前進したのは間違いない。

そのことは、たとえ星野美智代がかおるを脅迫した事実を認めず、犯行を否認したとしても変わらない。

そこまで考えたとき、朋子の胸にふっと不安の翳《かげ》が差した。

星野美智代があくまでも否認した場合――その可能性が高い――かおるを脅迫したのは夏美だったと裁判官たちに判断されるおそれはないだろうか。

そのおそれは多分にあった。

そして、判事たちがそう判断すれば、自白調書は証拠として採用せずに、夏美に対して有罪（控訴棄却）の判決を下すだろう。

朋子は、過去のそうした例を知っている。これは、判事たち――もちろんすべての判事がそうだと言っているわけではない――には〝初めに結論ありき〟だからである。被告人は有罪である、という。〈被告人は自白した方法では毒物を手に入れなかったが、別の方法で手に入れたのは疑いない、だから、殺人も被告人の犯行に間違いない〉――判決文など読んだことのない多くの人は信じないだろうが、裁判官たちは平気でこうした論理を組み立て、その人間の一生を左右する判決を下すのである。

朋子は、そうした例を思い起こし、強い不安を覚えたのだった。

これまでは、夏美の自白が証拠として採用されないようにする方法ばかり考えてきた。目撃証言の信用性を減殺するのに成功したし、あとは自白調書の証拠採用さえ阻めれば無罪判決が勝ち取れるだろう、そう思ってきた。そして、古屋かおるに会い、やっとそれが達成できる目処《めど》がついた。

ところが、喜んだのも束の間、新たな難問が前途に立ちはだかっているのに気づいたのである。

——どうしたらいいのか？

と、朋子は考える。古屋かおるを脅迫して市川台中央病院の薬品保管庫から硫酸アトロピンと臭化水素酸スコポラミンを盗み出させたのが夏美ではなかったことを示すには、どうしたらいいのか。

かおるに言ったように、夏美を犯人と見た場合、彼女が自分の勤めている病院から手に入れた毒物で夫を殺したという不自然さは、他人を脅して盗み出させた場合でも、これまでどおり存在する。しかし、一審では、この不自然さを不自然とは見ない判事たちによって、「考えられないことではない」の一言で退けられたのである。だから、この不自然さの主張程度では勝利は見込めない。

雨がぽつぽつ落ちてきた。

朋子はちょうど、高架になった真新しい駅に着き、濡《ぬ》れずにすんだ。

一方、考えていた問題のほうは答えがまったく浮かばなかった。

が、朋子は落胆はしなかった。

切符を買って改札口を抜け、

——ああ、どこまでつづくぬかるみぞ。

頭に浮かんできた言葉を口の中でころがしながら階段を上って行った。

2

朋子が八千代市に古屋かおるを訪ねたのと同じ日の午後、曽我は伯母《おば》が住んでいる成西市にある総合病院の集中治療室にいた。

幸二叔父《おじ》の見舞いにきたのだ。

曽我が叔父の入院を知ったのは今朝、十時半近くである。

曽我はたいがい子供たちが学校へ行った後で起き出し、妻の容子が遅番の日は彼女と一緒に、早番の日は一人で、朝食を摂る。時刻は九時前後のときが多いのだが、昨夜は珍しく明け方まで仕事をしたので、起きたのがいつもより遅く十時過ぎ。容子は出勤した後だったから、一人で朝刊を読みながらコーヒーを飲んでいた。そこに、従兄《いとこ》の重雄から電話があったのである。

叔父は数日前から風邪気味だったものの、熱もないし元気だったので、ホームの主治医も看護婦も心配していなかった。それが昨夜、夕食の後で急にぐったりしたため、救急車を呼んで病院へ運んだところ、肺炎を起こしかけていたのだという。

――肺炎といっても、ごくごく初期の段階だったらしく、もう熱も下がって、主治医の先生は大丈夫だと言ってくれている。だから、俺ももう役所へ来ているし、忙しい英《ひで》ちゃんにわざわざ知らせるまでもなかったんだが、お袋が知らせろ知らせろってうるさいんでね。ま、そういうわけだから、慌てて来る必要はないけど、時間ができたら見舞ってやってくれないか。英ちゃんの顔を見れば、叔父さん喜ぶだろうし。

従兄は慌てて来る必要はないと言ったが、曽我は気になった。主治医の言葉が事実なら、叔父は回復に向かっているのだろうが、自分の目で確かめないことには安心できない。

曽我は予定を頭に浮かべた。七十枚の短編の締め切りが三日後に迫っているが、昨夜頑張ったので、脱稿の目処はついていた。それなら、家にいてあれこれ考えているより、叔父の顔を見てきたほうがすっきりする。仕事にも集中できるだろう。

曽我はそう結論すると、出勤していた容子に電話をかけ、食欲はなかったが、テーブルに用意されていたポテトサラダと炒《い》り卵を無理して半分ほど食べ、家を出てきたのだった。

午後一時を少し回った頃、曽我は市内で一、二の規模を誇っているらしい七階建ての大きな病院に着いた。

そのときは、叔父の枕元に伯母の八重がいたのだが、三十分ほど前、医師の回診がすんだ後で帰った。八重は血圧が少し高いだけで、他にはどこも悪いところがないというが、いくら健康で元気だとはいっても、八十二歳。弟が救急車で病院へ運ばれたと聞いて昨夜は眠れなかったのか、疲れたような顔をしていた。そのため、曽我が玄関脇のタクシー乗り場まで送り、帰らせたのである。彼にとっては、伯母も子供の頃に良くしてもらった恩人であり、できるだけ元気に長生きしてほしい人だったし。

叔父のいる部屋は、集中治療室といっても個室ではない。ナースステーションの隣りの四人部屋だった。ナースステーションとの間の仕切りは透明なガラスの壁一枚。看護婦が常に患者の様子を見られるようになっているらしい。もちろん、完全看護である。

叔父は一番奥の窓際のベッドで眠っていた。鼻の穴には二股《ふたまた》になった細いチューブを、腕には点滴の針を付けて。チューブは、頭の左上でぶつぶつと小さな音を立てている酸素発生器（らしい器械）から延びているから、酸素マスクの代わりのようだ。

叔父は、医師の回診の前に一度目を覚まし、曽我を認めた。伯母が「英ちゃんだよ、英ちゃんが来てくれたんだよ」と言っても、叔父は眠りから覚めたばかりの幼児のように怪訝《けげん》な顔をしていた。が、曽我が手を握って話しかけ、「英紀だよ。英紀……。わかる？」と問うと、うんとうなずいたように見えた。声は聞こえなかったし、曽我を見つめる叔父の目――いつもの何か戸惑っているような悲しみを湛《たた》えたような目――に、はっきりとした反応が現われたわけではないが、彼にはそう思えた。

曽我は、叔父がもう一度目を覚ましたら帰ろうと思っていた。目を覚ましたからといって、曽我を認識してくれるかどうかはわからなかったが、「じゃ、また来るからね」と声をかけてから帰りたかった。

病状のほうはたいしたことがなく、ほっとしていた。従兄の重雄が言ったとおり、肺炎のごく初期だったらしい。

とはいえ、昨夜は老人にしてはかなり高い三十八度二分まで熱が上がり、ずいぶんうなされていたという。伯母が帰った後で看護婦が曽我に話してくれたのだ。抗生物質には譫《せん》妄《もう》や錯乱を引き起こす副作用のあるものが少なくないと聞いたことがあるから、薬の影響もあったのかもしれない。二十代前半だと思われる、明るくて健康そのものといった感じの看護婦は、泣いたり喚《わめ》いたり怒鳴ったりするだけならいいが、暴れて点滴の針を折ってしまう危険があったので、腕と脚をベッドに縛らざるをえなかった、と明かした。そう話してから、彼女は、あ、しまった、まずかったかという顔をして、これはやむをえない場合の措置で、できるだけゆるく縛り、暴れないとわかったら速やかに紐《ひも》を解くことになっているし、叔父の場合もそうした、と言い訳した。

曽我には、看護婦を責める気はなかったので、

「叔父は、そんなに泣いたり喚いたり怒鳴ったりしたんですか？」

と、助け船を出してやった。

ええ、と看護婦が大きくうなずき、ほとんどは何を言っているのかわからなかったが、「兄貴、やめろ！　兄貴、やめろ！」と泣きながら怒鳴っていたのは記憶に残っている、と言った。

それを聞いたとき、曽我は自分の顔色が変わるのがわかった。看護婦に気づかれないよ

うにするのに苦労した。

一方、看護婦のほうは、当然ながら何も事情を知らないから、

「子供の頃、お兄さんと喧嘩《けんか》したときのことでも思い出していたのかしら？」

と、屈託なく笑った。

曽我はいま、叔父の寝顔を見やりながら、叔父が泣きながら怒鳴ったという言葉を考えていた。

叔父には兄は一人しかいない。曽我の父親だけだ。看護婦が想像したように、叔父が「兄貴、やめろ！」と泣きながら怒鳴ったとき、叔父は子供の頃に喧嘩した兄の幻影を見ていた可能性もゼロではない。が、曽我は、十中八九違う、と思っていた。熱と薬に冒された半ば呆《ぼ》けた叔父の脳には、曽我の父が母に暴力をふるっている姿が浮かんでいたにちがいない、そして叔父はその幻覚の中で、必死になって自分の兄である曽我の父の暴力を止めようとしていたにちがいない、そう思っていた。これは曽我の想像というより勘に近かったが、おそらく間違いないだろう。

現実には、叔父は曽我の父の暴力を止められなかった。叔父が母に同情していたのは子供の曽我にもよくわかった。後で考えると、それは単なる同情ではなく、男が女に抱く好意だったような気もするが……。いずれにせよ、気弱で優しい叔父にとっては、兄嫁に対する思慕の念以上に、子供の頃から長男だというので威張ってきたらしい――両親も祖父

母もそれを容認していたらしい――五歳違いの兄が怖かったのだろう。だから、父が叔父の前で母に暴力をふるい出しても、叔父は何もできなかった。「テメェー、夫婦のことに口を出すな！」と父が怒鳴ったような記憶もあるから、初めの頃は止めようとしたことがあったのかもしれない。が、曽我の頭に浮かぶのは、血の気の失せた悲しげな顔をして父と母から目を背けていた叔父の姿しかない。

ただ、そのとき、叔父は心の内で叫んでいたのではないか。怖くて部屋の隅で震えていた曽我が、いつか父を殺してやると胸の内で呪文《じゅもん》のように唱えていたように、叔父も「兄貴、やめろ、やめろ！」と心の内で叫びつづけていたのではないか。

曽我には、人間の脳に関する専門的な知識はほとんどない。叔父の徘徊《はいかい》が始まったばかりの頃、医師に診せると、脳血管性痴呆《ちほう》の初期だと言われた。それから脳と痴呆に関する本を一、二冊読み、痴呆には脳血管性痴呆とアルツハイマー型痴呆と二種類あり、脳血管性痴呆が一般的に《意識障害（覚醒《かくせい》度の低下）→狭義の痴呆である認知障害（記憶障害や見当識障害）→人格障害（人柄の変化）》といった順序で進むのに対し、アルツハイマー型痴呆の多くはこの逆の順序で進む、といったことを知った。しかし、いま彼の頭に残っているのは、それと、叔父によく見られる「まだら呆け」に関する説明ぐらいである。だから、

――半ば呆けた人間が、四十年近く前に現実に取った行動ではなく、そのとき心の内で

願望したことを幻覚の中で行動に移す。

といったことがあるのかどうか、過去にそうした例があったのかどうか、は知らない。が、たとえそうした例がこれまでに報告されていなかったとしても、自分の想像に間違いないような気がした。

叔父の顔を見ながら曽我があれこれ想像していると、叔父の目が突然開いた。ぱっとというほどの勢いはないが、小さく声を漏らすとか、身体をもぞもぞ動かすとかという前触れなしに。

網膜は曽我の顔を映しているはずだが、叔父の顔には何の表情も浮かばない。見知らぬ人間あるいは物を見ている顔だ。

「叔父さん、目が覚めたんだね」

曽我が笑いかけ、「英紀だよ」とさらに顔を近づけても、叔父は表情を変えず、曽我をじっと見つめているだけ。

いや、同じ無表情でも初めのときとは微妙に違うような感じもする。叔父の目は、曽我の顔の中に自分の知っているもの、記憶にあるものを懸命になって見つけ出そうとしているようにも見える。

「英紀、英坊だよ」

曽我は言い換えてみた。

叔父は曽我を見つめつづける。

英坊という言葉に記憶が喚起されたかどうか、はっきりしない。

「姉さんが泣いてた」

叔父が唐突に言った。

「姉さんて、さっきまでここにいた八重伯母さんのこと?」

違うはずだが、曽我は一応聞いてみた。

案の定、叔父は、曽我が何を言っているのかわからないといった顔をしていた。

「それとも、英坊の母ちゃんのこと?」

「俺、姉さんに謝った」

叔父は曽我の問いには答えなかったが、それが曽我の母親を指しているのは間違いなかった。

「謝った……?」

「俺が謝ったら、姉さんがいいよって言ったんだ」

「叔父さんは俺の母さんに何を謝ったの?」

叔父が怪訝な顔をした。現在の曽我と四十年前の曽我の母親が結びつかないのかもしれない。

「叔父さんは、俺……英坊の母ちゃんに謝ったんだろう?」

「姉さんは良い人だから、いいよいいよって俺に言ったんだ」

「そうか。じゃ、よかったね」

曽我は叔父に合わせた。

叔父が、もし昨夜の幻覚のつづきを見ていたのなら、曽我の父の暴力を止められなかった件に関して母に詫《わ》びたのだろう。が、それは曽我が勝手に結び付けただけで、姉さんに謝ったと言ったときの叔父の頭には全然別のこと……もっと些細《ささい》な出来事が浮かんでいた可能性もある。いずれにせよ、叔父に問い質《ただ》したところで、きちんとした答えは返ってこないだろう。

「じゃ、俺はそろそろ帰るから」

曽我は言った。

叔父には、曽我が帰るという意味がわからないのか、何の反応も示さない。

「叔父さんはね、病気だったんだけど、良くなったんだよ。ここは病院だけど、わかる?」

「ビョウイン?」

「そう」

「よくわからない。俺、馬鹿になっちゃったから」

「馬鹿になんかなってないよ。いまは熱が出た後だから、少しぼんやりしているかもしれないけど、もっと良くなって退院したら、はっきりするよ」

叔父は、何を言っているのかといった顔をしている。

「じゃ、また来るから」

「うん、気をつけて帰れよ」

えっ！　と曽我は思わず叔父の顔を見返した。時々、突然こんな言葉が返ってくるから混乱する。

しかし、叔父は自分が相手を驚かせるようなことを言ったとは思っていないからだろう、曽我が（たぶん不思議そうに）じろじろ見ても、これといった反応を示さない。

曽我は叔父の手を握って、また来るからともう一度言った。

叔父は今度は何も言わなかったが、どことなく寂しげな顔をした。

曽我は去りがたかったが、叔父の手の甲を軽くぽんぽんと叩《たた》いてベッドから離れた。

隣りのナースセンターに顔を出し、机に向かって事務を執っていた看護婦に、

「菊村ですが、帰りますので、よろしくお願いします」

と挨拶《あいさつ》し、エレベーターホールへ向かった。

3

曽我は、一階のロビーで妻に電話をかけ、叔父の様子を知らせた。それから、駅へ行く

つもりで玄関の横に待っていたタクシーに乗ったが、走り出してから気が変わり、

「ああ、すみません、市役所へ行ってください」

と、言い換えた。

空には鉛色の雲が垂れ込めていたが、降り出してはいなかった。

市役所は成西ニュータウンの外れにあった。楕円《だえん》柱形をした六階建ての庁舎はまだ新しく、噴水と花壇の配された煉瓦《れんが》敷きの庭は公園のように広かった。タクシーの運転手によると、三年前に旧市街地から移転したのだという。

「容《い》れ物だけ立派にしたって、たいした仕事をしているわけじゃねえのに」

と運転手は苦々しげに言ったが、曽我は聞こえないふりをした。

玄関ホールは、ホテルのロビーのように明るく綺麗《きれい》だった。

曽我は、受付で水道課長の篠崎さんに面会したいと言い、ソファに掛けて待った。

従兄の重雄はすぐに降りてきた。歳は曽我より三つ上の五十一。がっしりした体軀《たいく》の大柄な男である。今年の正月、叔父を訪ねた帰りに伯母の顔を見に寄ったときはいなかったので、一年半振りだ。短く刈った髪には一段と白いものが増えたが、伯母によく似た鰓《えら》の張った顔はつやつやして、相変わらず元気そうだった。

子供の頃、夏休みや春休みになると、曽我は幸二叔父に連れられてよく伯母の家へ泊まりがけで遊びに行った。たいがい、銀行が休みの日曜日から次の日曜日まで。まだ舅《しゅうと》や

姑《しゅうとめ》が健在だったから、伯母は気をつかったと思うが、伯母の夫は良い人で、できればあまり付き合いたくないはずの親戚《しんせき》の子供を嫌な顔ひとつせずに迎えてくれた。伯母夫婦の子供は重雄と、曽我より一つ下の康信の二人。伯母は、母親のいない甥《おい》を不憫《ふびん》に思ってか、我が子と隔てなく扱ってくれたが、曽我は従兄弟たちとなかなかうち解けられず、早く高泰淳《コウテスン》のいる信州へ帰りたいと思った。それでも、いまになると、康信とふたり、朝早く重雄に連れられてカブトムシやクワガタ採りに行ったこと、うだるような暑さの中、蟬の声を聞きながら自転車で近くの川へ泳ぎに行ったことなどは懐かしい思い出になっていた。

曽我は腰を上げて重雄を迎え、朝の電話の礼を述べた。

「いやぁ、忙しいのに、かえって悪かったな」

と、重雄が言った。

「そんなことはないよ」

「ともあれ、叔父さん、たいしたことがなくて、安心したが」

「うん。重ちゃんから聞いていたんで、心配はしてなかったけど、叔父さんの顔を見て、俺もほっとしたよ」

「それなら、ま、よかった」

従兄はうなずくと、「上に喫茶室があるんだが、コーヒーぐらい飲んで行く時間はあるんだろう?」と聞いた。

「俺はいいけど、重ちゃんは仕事中じゃないのか?」

「仕事中ったって、それぐらい平気だよ」

従兄が目を細めて笑った。

子供の頃の顔を思い起こさせる人の好《よ》さそうなその笑みを見ながら、曽我はタクシーの運転手が言ったことを思い出した。

入口にスパゲッティやサンドイッチの見本が並んだ軽食喫茶は最上階六階の一角にあった。職員のための食堂ではなく、役所へ来た市民のための喫茶室ということらしい。客は、あんみつを食べている七十年配の夫婦、コーヒーを飲みながら煙草を吹かしている幼児を連れた若い女性、それにテーブルに大きな図面を広げて仕事の打ち合わせでもしているらしい三人の男たち——一人は吏員で二人は建設か土木関係の業者のようだ——の三組だけだった。

曽我たちは、灰色一色の空を背にして建ち並んだコンクリートの団地を望む窓際のテーブルに着き、曽我がホットコーヒーを、従兄がアイスコーヒーを注文した。

「ああ、いつも、本ありがとう。礼状も出さないで」

従兄が思い出したように言った。

「いや、こっちが勝手に送らせてもらっているだけだから」

「悪いが、俺は読んでないんだ。でも、女房が愛読させてもらっている」

それで充分だった。従兄は昔から身体を動かすのが好きで、静かに本を読んでいる姿など見たことがない。

「女房はいつも感心しているよ。英紀さんはどうしてこんな複雑な話を思いつくんだろうって。そりゃ、英ちゃんは俺と違って頭が良いからって俺は言ってるんだが」

「俺は頭なんか良くないよ。重ちゃんこそ、あまり勉強しなくても、いつも良い成績だったじゃないか」

「俺、要領だけは良かったから」

「要領だけじゃ、いつもいつも良い成績はとれないよ」

「ま、適当にカンニングもやったし……」

重雄が悪さを告白するときの子供のような笑みを浮かべたとき、中年のウエートレスが二種類のコーヒーを運んできた。

二人はそれぞれの飲み物をそれぞれの飲み方で飲んだ。そして、曽我がカップを皿に戻したとき、

「話は全然違うんだけど……」

と、タンブラーをテーブルに置いた重雄が真剣な目を向けてきた。

曽我は、相手の話を促すように黙って見返した。

「熱のためか、昨夜は叔父さんの様子がかなりおかしくてね」

「泣いたり喚いたりしたということか？」

「聞いたのか？」

「看護婦に少し」

「それならもう知っているかもしれないが、泣いているみたいに顔を歪《ゆが》めて、何度も『姉さん、許してください、許してください』と言うんだよ」

「それは、俺が聞いた話とちょっと違うな。俺が聞いたのは、『兄貴、やめろ！』と泣きながら大声で叫んでいたという話だから」

「兄貴、やめろ……？」

「俺の親父のことだと思う」

「そうか。いや、俺たち……俺と女房も、姉さんというのがどうも俺のお袋のことじゃなく、英ちゃんのお母さんのことじゃないかって話していたんだ」

「それらしいことを何か……？」

「いや、はっきりと英ちゃんのお母さんだとわかる言葉は聞いていないが、何となく俺のお袋に向かって言っている感じじゃなかった」

それは間違いない。さっき、叔父が目を覚ましてから言った、〈姉さんが泣いてた〉〈俺が謝ったら、姉さんがいいよって言った〉〈姉さんは良い人だから、いいよいいよって言った〉という言葉とも通じていたし。

「俺が看護婦に聞いた話は夜中の出来事らしいんだが、それはいつのこと？」

曽我は聞いた。

「俺たちが家へ帰る少し前だから、それだって午前零時近かったと思うよ」

「そんな頃までいてくれたのか」

「病室には泊まれないって言うし、もし容態が急変したらすぐに知らせてくれるというんで帰ったんだ」

「救急車で運ばれたのは八時頃だっていう話だったよね？」

「ああ、八時頃、ホームから連絡があったんで、俺と女房は病院へ駆けつけた。それから叔父さんは医師の診察を受けてレントゲンを撮られ、肺炎のごく初期だという診断が下された。その後、英ちゃんがいま行ってきた集中治療室で抗生物質の点滴が始まったんだが、俺たちも午前零時近くまで付き添っていた」

「大変だったね」

「大変じゃないよ。ただそばにいただけで、することなんか何もなかったし。そのとき……といっても、初めはぐったりしていたんだが、俺たちが帰る頃になって、もぞもぞ動いたり寝言を言うようになり、急に顔を歪めて、『姉さん、許してください』って言い出したんだ」

叔父は何の許しを母に請うていたのだろうか、と曽我は考える。母が死んで、もう三十九年にもなるというのに。

さっき、〈俺が謝ったら、姉さんがいいよって言った〉と聞いたときは、叔父は父の暴力を止められなかったことを母に謝り、それを母が許してくれた、そう言っている可能性が高いと思った。

だが、重雄の話を聞き、それも違うようだと思いなおした。叔父は、単純に父の暴力を止められなかったことで母に許しを請うたり、母が許してくれたと言っていたのではないのではないか。

では、叔父は、母に何の許しを請うたのか、母が叔父の何を許したと言ったのか——？

叔父は、父が母に暴力をふるっても、怖くて止められなかった。心の内で「兄貴、やめろ！」と怒鳴るだけだった。そのため、母は父を殺さざるをえなくなり、父を殺した後、自らも命を絶った。その事実は、叔父の心の中に深い傷として残っていた。自分さえ勇気を奮い起こして兄の暴力をやめさせていたら、こうした悲劇は起こらなかったのに、と悔んできた。自分が意気地がなかったばかりに義姉を殺人者にしてしまい、さらには死なせてしまった、と自分を責めつづけてきた。痴呆が進むにしたがって、そうした意識は叔父の中で薄れ、消えていった。しかし、意識しなくなっても、傷は消えたわけではない。だから、病気を機に……熱と薬の影響もあって、それが表に出てきたのではないか。ただ、表への現われ方は、あるときは泣いて母に許しを請うというかたちで、あるときは父の暴力をやめさせようとするかたちで、そしてあるときは、願望の交じった、母が許してくれたというかたちで。

これは曽我の想像である。事実は確かめようがない。だから、正しいかどうかはわからないが、当たらずといえども遠からずではないか、曽我はそう思った。

「叔父さんは、英ちゃんのお母さんに何を許してくださいって言っていたのかな?」

重雄が言った。「俺と女房はわけがわからず、顔を見合わせていたんだが」

彼らは事情を知らないので、当然の疑問だった。

曽我は、自分の想像を説明してやろうかと思ったが、相手が重雄でも、叔父がずっと口に出せずにいたことを明かすのはためらわれた。

「俺にもよくわからない」

と、誤魔化した。

「じゃ、『兄貴、やめろ!』と怒鳴ったのはどういうことだろう?」

「さあ……。俺に話した看護婦は、兄弟喧嘩《げんか》でもしている子供の頃の夢でも見たんじゃないかと言っていたが」

曽我は胸の内で重雄に詫びた。

「兄弟喧嘩か……」

「うん」

「ま、そっちはそうかもしれないが、ただ、叔父さんの夢に……夢って言っていいのかどうかわからないけど、ま、夢みたいなもんだろう……そこに、はるか昔に亡くなった英ちゃんのお父さんとお母さんが出てきたというのはどういうわけだろうな」

「俺にもよくわからないが、親父たちが生きていた頃、叔父さんはしょっちゅう家《うち》へ遊びに来ていたし、その後、二人ともあんな死に方をしただろう……それでじゃないかな」

「あ、ごめん」

と、重雄が謝った。曽我は意識していなかったが、両親の死を口にしたとき、表情に何らかの変化が見られたのかもしれない。

曽我は関わりなく言葉を継いだ。

「それで、親父とお袋の記憶は、叔父さんの中で特別なんじゃないかな。記憶っていっても、ふだんは叔父さんの意識の底に眠っているんだろうけど」

「ごめんよ、英ちゃんに余計なことを思い出させて」

重雄がもう一度謝った。

「べつにもう平気さ。四十年近くも昔の話だもの」

「ま、そうだな」

「ああ」

四十年近くも昔の話――。

四十年経とうが五十年経とうが、曽我が生きているかぎり、それは〝昔の話〟にはなりえない。しかし、そんなことを相手が重雄であれ誰であれ、他人に説明しても、どうにもならない。百万言を費やして説明したところで、相手が同じような体験をした人でないかぎり――頭では理解しても――わからないだろう。

時の流れは、確かに曽我を慣れさせてくれた。重い過去を背負った生活に。しかし、慣れても重さ自体は変わらないし、それが曽我の背中から消えたわけではない。

重雄がさりげなく時計を見た。コーヒーを飲むぐらい平気だと言ったが、席を外しているのが気になるのかもしれない。

「じゃ、俺、帰るから」

と、曽我は言った。

「急《せ》かせたみたいで悪いな」

「いいよ。重ちゃんの顔を見に寄っただけだから」

「もし急ぎの仕事がなかったら、たまには泊まっていかないか。そうすれば、夜、ゆっくり話ができるし」

「ありがとう。でも、ちょっとした予定が入っているんだ」

「そうか」

「それに、今日は病院で伯母さんにも会えたし」

「わかった。じゃ、駅まで送って行くよ」

重雄が伝票をつかんで立ち上がった。

レジへ行き、二人分のコーヒー代を払った。

曽我は追いつき、ご馳走《ちそう》さまと礼を言った。

「ご馳走さまと言われるほどのものじゃないが……」

重雄が苦笑いを返した。

二人は喫茶室を出て、エレベーター乗り場へ向かった。

「俺、タクシーで行くから、重ちゃんは仕事に戻ってくれよ」

歩きながら、曽我は言った。

「タクシーは、いつもいるとはかぎらないんだ」

「いなかったら電話で呼ぶよ」

「気をつかわなくたっていいのに。車なら、五分とかからないんだから」

それではタクシーがいなかったら送ってもらう、ということにして、二人は一階に降りた。

ホールを抜けて玄関を出ると、左手にオレンジ色の車が一台停まっていた。

「じゃ、いたから。ありがとう」

曽我は重雄に軽く手を挙げ、タクシーに向かって歩いて行った。

その顔にぽつりと雨が当たった。

4

二十一日（月曜日）の午後、関山事件の第四回公判が開かれた。

夏美に対する被告人質問である。

いまさら夏美に犯行を否認する答弁をさせたところで、有利な材料は何も出てこない。時間稼ぎだ。

裁判官も当然朋子たちのそうした意図を読んでいたから、一回は仕方ないがこれ以上の引き延ばしは許さんからなという暗黙の釘《くぎ》を刺したうえで認めたのだった。

弁護人の後の検事の尋問はなし。右陪席判事が二点、裁判長が一点質問し、裁判長は夏美を被告人席に戻らせた。

それから裁判長はおもむろに弁護人席と検察官席に目を向け、

「それじゃ、次で結審ということでいいですね」

と、言った。どちらからも〈否〉の答えが返ってくるとは微塵《みじん》も疑っていない顔をして。

検察官は、結構ですと答えた。

　だが、朋子は立ち上がり、

「まだ審理は尽くされておりません」

　と、異議を唱えた。

　間もなく六十に手が届くかと思われる猪首《いくび》の裁判長が、一瞬、信じられない言葉を聞いたといった目を朋子にとめた。

　とはいえ、百戦錬磨の彼はすぐに何でもなかったかのような表情に戻ったが、四十二、三と思われる右陪席判事はあからさまに顔をしかめ、まだ三十そこそこの左陪席判事の顔には怒りの色が浮かんだ。

「弁護人が初めに述べた控訴理由についてはすべて審理したはずですが。それとも、審理し残した点がありますか？」

　裁判長が朋子に問うた。

「審理し残した点はありませんが、〈被告人の自白には信用性がない〉という点に関して、審理が不充分だったことが明らかになりました。ついては、その点の再度の審理を求めます。具体的には、被告人が市川台中央病院の看護婦をしていた頃、同病院の薬局員をしていた横溝かおる……被告人が逮捕された五カ月後に同病院を退職し、現在は結婚して古屋姓になっていますが、その古屋かおるの証人尋問を請求いたします」

「検察官、いかがですか？」

裁判長が検察官の意見を求めた。

「同意しかねます」

と、検事の一人が立ち上がって答えた。「被告人の自白の任意性、信用性の問題はすでに審理が尽くされており、これ以上の調査は必要ないものと考えます。弁護人はいたずらに裁判の引き延ばしをはかっているとしか思えません」

「検察官の発言は不当な非難です」

朋子は即座に抗議し、取り消しを要求した。

「検察官としては事実を述べたまでであり、取り消すつもりはございません」

「いたずらに裁判の引き延ばしをはかっているというのは事実ではありません。検察官の誤った独断です。撤回してください」

「検察官、どうですか？」

「それでは、いたずらに云々は撤回しますが……」

検事が裁判長に答えてから、ただし、と一段と声を高めた。「ただし、これ以上の事実調べが必要ないのは明らかです。新たな証人の尋問については反対します」

「私も、被告人の自白の信用性に関してはすでに審理が尽くされていると考えますが」

と、裁判長が朋子に目を戻した。「弁護人は、その証人尋問によって何を証明しようというのですか？」

「被告人が行なった自白の内容が事実と相違している、という点です」

「具体的に自白のどの部分ですか？」

「被告人が、事件当時勤務していた病院の薬品保管庫から二種類の毒物を盗み出した、と述べている部分です。古屋かおるに対する尋問によって、それが事実ではないことを証明するつもりです」

「その者とは連絡がついているのですね？」

「ついております」

と、朋子は答えた。証人になってもいいという承諾は得ていないが、連絡がついているのは間違いない。

十日前に会ったとき、古屋かおるは、証人になるかどうかの返事を一週間ほど待ってくれと言った。だから、朋子は、先週の木曜日まで待って、かおるに電話した。しかし、何度かけても留守番電話の声が応対するだけで、誰も出なかった。留守電には、彼女の夫に聴かれてもこちらの素性がわからないように、

——服部ですが、先日の件、連絡をお待ちしています。

と録音しておいた。が、梨の礫《つぶて》。金曜日、土曜日、そして昨日日曜日と何度かけなおしても同じだった。そのため、朋子は、かおるの返事を聞かないまま、今日、彼女の証人尋問を申請せざるをえなかったのだった。

といって、裁判官が召喚を決めれば、かおるが承諾しようとしまいと関係ない。かおるは、返事を引き延ばせば逃れられるかもしれないと考え、電話をよこさないのかもしれないが、無駄である。結婚して幼い子供までいるのだから、行方をくらますのも難しいだろうし。

裁判長が左右の陪席判事に交互に顔を近づけ、小声で話し始めた。朋子の求めた証人尋問をどうするか、協議しているのだ。

この裁判長は〝事実取調べ〟請求に対する態度が比較的柔軟だと言われていたし、たぶん自分の要求は通るだろう、と朋子は思った。となれば、あとは、裁判所から召喚状が届いた頃にもう一度古屋かおるに連絡を取り、「正当な理由なく出頭しないと罰金を科されたり拘留されるおそれがある」と告げておけばいい。

裁判長が顔と身体を正面に向けた。協議が終わったらしい。検事を見て、朋子を見た。それから、書面を読んでいるような調子で言った。

「それでは、次回に弁護人の請求した古屋かおるに対する証人尋問を行ないます」

こうして、古屋かおるの喚問が決まった。そして、判事、検事、弁護人三者の予定を調整し、次回・第五回公判は約一カ月後の七月二十二日、午前十時からになった。

朋子は取り敢えずほっとしたものの、すぐに緊張が戻るのを感じた。

問題はその先、〝古屋かおるの口から彼女の知っている事実を引き出した後、どうするか〟だったからだ。

先日、かおるに会ってから、朋子はそのことばかり考えてきた。

電話で脅迫されて市川台中央病院の薬品保管庫から硫酸アトロピンと臭化水素酸スコポラミンを盗み出した事実を古屋かおるに証言させても、それだけでは足らない。かおるを脅迫した女が星野美智代だったと特定できれば文句はないが、おそらく美智代は否認するだろう。その場合、最低限、脅迫者が夏美でなかったことを証明しなければならない。それをしないと、自白の信用性は粉砕できても、勝利を確実なものにはできない。裁判官は、信用性がゼロになった夏美の自白調書は証拠として採用せずに、「被告人は古屋かおるをつかって毒物を盗み出させ……」とアクロバチックな論理で一審の有罪判決を維持する可能性があるからだ。

古屋かおるの証人尋問が決まったので、期限は一カ月延びた。が、時間の余裕が多少生まれても、存在しないものを見つけることはできない。つまり、かおるを脅迫して毒物を盗み出させた女が夏美ではなかった事実を裏付けるものが残っていないかぎり、いくら捜しても無駄なのだ。

といって、目当てのものが存在していても、捜さなければ見つからない。だから、朋子は、他の弁護士たちと期限ぎりぎりまで考え、捜し抜くつもりだが、いまのところ、どこをどう捜したらいいのか見当さえつかないのだった。

朋子は四時を六、七分回った頃、事務所へ帰った。

自分の部屋へ行き、孝子が淹《い》れてきてくれた茶を飲みながらぼんやりしていると、曽我に報告しなければ……と気づいた。先月三十一日にこの事務所で会ってから、曽我とは一度も話していない。たびたび電話しては迷惑だろうから古屋かおるの喚問が決まってからにしよう、と思っていたのだ。

仕事場に電話すると、曽我はすぐに出た。いま話していいかと聞くと、かまわないという。

朋子は、たったいま関山事件の第四回公判から帰ってきたところだと話し、実はこの前曽我と会ってからかなり大きな進展があったのだ、と言った。

「犯人の女が硫酸アトロピンと臭化水素酸スコポラミンを手に入れた方法がわかったんです」

「ほう、それはすごい！」

と、曽我が興味を引かれたような声を出した。

「市川台中央病院の薬局員だった、当時二十一歳の素行の悪い娘を脅し、薬品保管庫から盗み出させていたんです」

「では、その娘がわかった？」

「ええ。私が会い、多少騙《だま》すような手をつかって告白させました」

朋子は、古屋かおるに到達した経緯と彼女に会ったときの模様、そして彼女から聞き出した内容を話した。

朋子が説明している間、曽我はまったく言葉を挟まなかった。意外な事実に驚いていたのかもしれない。

「それで今日、来月二十二日の第五回公判で古屋かおるを証人尋問することが決まったんです」

朋子は話を締めくくった。

と、曽我が、

「では、関山夏美さんが犯人でないことはこれで確定ですね」

彼にしては珍しく、興奮した口振りで言った。

「当然そう思いますよね？」

朋子は疑問形で応じた。

「違うんですか？」

「ええ」

「でも、それで、関山さんの自白が嘘だったことがはっきりするわけでしょう」

「はっきりします。ですから、私もこれで彼女の自白の信用性が崩れ、無罪判決は確実になったと喜んでいたのですが」

「まだ何か足りない？」

「そうなんです。大きく前進したのは間違いないんですが、確実ではないんです。これだけでは勝訴する確率がまだ五十パーセントぐらいじゃないかと思っています」

「半分の五割……。なぜですか？」

「古屋かおるを脅して硫酸アトロピンと臭化水素酸スコポラミンを盗み出させた女が関山さんではなかった、という証拠がないからです。曽我さんも、裁判官たちがいかにいい加減な論理を組み立てるかはご存じだと思いますが……」

朋子は、裁判は〝先に結論ありき〟の場合が少なくないことを説明した。

「そうか……」

曽我がちょっと深刻げな声を漏らした。

「ですから、確実に原判決を破棄させて勝訴するには、古屋かおるを脅迫した犯人が星野美智代だったことを証明するか……最低限、脅迫者が関山さんではなかったことを証明しなければならないんです」

「なるほど」

「ただ――」

電話の向こうで曽我のうなずいたのがわかった。

と、彼がつづけた。「古屋かおるという女性の話を聞き、僕は確信できました」

「曽我さんは、関山さんの無実を確信してくれた？」

「ええ。申し訳ないんですが、やっと。関山さん自身や服部さんがいくら冤罪《えんざい》だ、無実だと主張されても、僕はそうはいきませんでした。僕の中には関山さんを疑う気持ちが残っていました。関山さんには夫を殺害してもおかしくない動機がありましたし」

「覚えています。それで、曽我さんが、関山さんの無実を証明するためではなく、真実を究明するためになら……ということで私に力を貸してくださったことは」

「服部さんは、〝殺人につかった毒物を勧めていた病院から盗み出した〟という関山さんの自白はどう考えたっておかしい、と強調していましたね。これは、警察の考えた筋書きが先にあって、関山さんの自白はそれに合わせて強制、誘導された結果にちがいない、と言って。その点、僕も、関山さんが犯人ならずいぶん間が抜けているな、とは感じたんですが……。ただ、市川台中央病院から硫酸アトロピンと臭化水素酸スコポラミンを比較的容易に盗み出せて、しかも関山さんの夫を殺す動機を持った者は、関山さん以外にはまったく浮かんでこない――という話だったので、関山さんに対する疑いを完全に解くことはできなかったんです」

「ええ……」

「しかし、いまの服部さんの話を伺って、それが解けました。遅蒔《おそま》きながら、僕もやっと関山さんの潔白を信じきれるようになったんです」

「遅いことなんてありません」

ありがとうございます、と朋子は礼を言った。嬉《うれ》しかった。これで曽我も正真正銘の〝同志〟になったと思うと。

「ですが、僕が関山さんの無実を確信したところで何にもなりませんね」

「そんなことはないんですが……ただ、裁判官たちにもそれを確信させる必要があるんです。他の意図の入る余地がないよう、証拠を示すことによって」

「証拠は見つかりそうですか？」

「いまのところ、まったく当てがありません。それで、また曽我さんのお知恵を借りられないかと……。私たちが星野美智代に目を向けたのは、曽我さんが代替殺人の可能性を指摘してくださったおかげですから」

「それは、美香さんが母親の密会現場を見たと打ち明けてくれたからでしょう」

「それもありますが、曽我さんの考えを伺っていなかったら、夏美さんの不倫相手が星野一行氏だとわかっても、私たちは彼の奥さんまでは疑わなかったと思います。彼女には、関山益男さんを殺す動機なんて考えられないんですから」

「あれは、怪我の功名というか、瓢簞《ひょうたん》から駒というか……そんなものだったんです。自分で言っておきながら、服部さんに電話した後で、代替殺人なんておよそありえないだろうなと思っていたんです。そうしたら、その可能性が出てきたと聞き、僕のほうがびっくりしたくらいです」

曽我の話を聞いたときは、朋子だってほとんど期待を抱かなかった。しかし、星野美智代に疑いの目を向けたことから古屋かおるに行き着き、いまや、かおるを脅して硫酸アトロピンと臭化水素酸スコポラミンを盗み出させたのは美智代にちがいない、と言えるところまで来た。となれば、美智代が関山益男を殺したのはほぼ間違いなく、動機は〝代替殺人〟としか考えられなかった。

「ですから、つづいて二度も瓢簞から駒が出てくる幸運なんて起こりえないんですよ」

曽我がつづけた。

「曽我さんが瓢簞を振れば、出てくるかもしれませんわ」

朋子は冗談めかして言ったが、彼女の中には、そうならないかと本気で期待する気持ちがないではなかった。「お忙しいのに申し訳ありませんが、できれば、結審までもうしばらく付き合っていただけませんか」

「もちろん、それはかまいませんが……しかし、難しそうですね」

「ええ」

「古屋かおるを脅迫したのが関山さんではなかったことを示す証拠か……。手に入るかどうかは無視して、証拠になりそうなものを挙げてみると、〈脅迫者の声〉、〈脅迫者が古屋かおるに電話した場所〉、〈脅迫者に頼まれて上野公園で古屋かおるに接触したアラブ系らしい外国人〉……僕にはこんなところしか思い浮かびませんが、他にありますか?」

「私は、脅迫者の声がどこかに残っていればな……と思っただけです」

「一応挙げてみましたが、脅迫者に頼まれた外国人を見つけ出すのは百パーセント不可能でしょうし、脅迫者が電話をかけた場所にしても、直後ならともかく、いまとなっては追跡不可能でしょうね」

「脅迫者の声も同じだと思います。どこにも残っていないと思います」

「脅迫者から電話がかかってきたとき、たとえ古屋かおるが咄嗟《とっさ》に電話機の録音ボタンを押して会話を録音したとしても、三年半以上も前の話ではね」

「ええ。その頃、古屋かおるのつかっていた電話機の録音方式がカセットテープ式の場合は録音したマイクロカセットテープが、デジタル式の場合はその録音を消してない電話機そのものが、残っていなければなりません。どちらにしても、古屋かおるが自分の犯罪の証拠にもなるそうしたものを残しておいたとは到底考えられません。その後、彼女は結婚して引っ越していますので、電話機も替えたと思われますし」

「そうですか」

「古屋かおるに一応聞いてはみますが」

「古屋かおるのセンがないとなると、残るは星野美智代のセンですね。思い切って彼女にぶつかって揺さぶりをかける、という手は無理ですか？」

「星野美智代にぶつかれば、驚くと同時に震え上がるはずです。顔色も変わるでしょう。でも、どんなに動揺しようと、古屋かおるを脅迫したという証拠にはなりませんし、星野美智代がそれを認めるとは考えられません。知らぬ存ぜぬを通すのは目に見えています。その場合、こちらには彼女の嘘の壁を切り崩すための武器がありません。警察に再捜査を求めたところで、もちろん無駄です。彼らが自分たちの誤りを言い立てる弁護士の言うことなど聞くはずはありませんから」

「二人の目撃者に、星野美智代をそれとなく見てもらうということは？」

「その結果、本間光俊はともかく、武藤早苗から『事件の晩に見た女に似ている』という言葉を引き出せたとしても、関山さんの無実の証明にはなりません。だいたい、目撃証言がいかに当てにならないものかを言っておいて、それに頼るのは矛盾しています」

「そうか、そうですね……」

「ですから、何か……何か、見つけ出さなければならないんです。古屋かおるを脅して硫酸アトロピンと臭化水素酸スコポラミンを盗み出させたのは関山さんではないということを示す証拠を。来月二十二日の第五回公判までにそれを見つけないと、勝訴できるかどうかわからないといった不安を抱えたまま結審を迎えざるをえないんです」

「わかりました。力になれるかどうか自信はありませんが、とにかく考えてみます」

と、曽我が言った。

朋子は曽我との話を終えると、三宅竜二に電話した。彼に星野美智代をしばらく監視してもらうつもりで。美智代の動きを見張ったところで、いまさら彼女を切り崩す手掛かりが手に入るとは思えないが、食らいつくための弱みぐらいはつかめるかもしれないと考えたのだ。

しかし、三宅は事務所にいなかった。次いでかけた携帯電話も通じなかったので、留守番電話サービスに「連絡してほしい」というメッセージを入れておいた。

朋子は残っていた茶を飲んでから、今度は古屋かおるにかけてみた。

これまでと同じように、留守番電話の対応メッセージが流れた。

朋子は、もうかおるの夫に聴かれてもかまわないと思い、

――服部です。証人尋問が来月二十二日に決まりましたから、よろしくお願いします。

また連絡します。

と吹き込んだ。

いや、全部言い終わらないうちに、

「古屋ですけど……」

と、かおるが出た。ふてくされたような声の奥に困惑が覗《のぞ》いていた。

どうやら、これまでも居留守をつかっていたらしい。

「ああ、いらしたのね」

朋子は気づかないふりをして言った。「いま言ったようなことですので、近々、裁判所のほうから召喚状が……」

「困ります。この前、私はそう言いました」

かおるが遮った。

「そうじゃないわ。一週間ほど考えさせて、という話だったでしょう。だから、私、あなたの返事を聞こうと思い、一週間近く待ってから電話をかけ、留守電にもメッセージを入れておいたわ。それなのに、何の連絡もないから」

「でも、私、困るんです」

「証人尋問は困るというような理由じゃ拒否できないのよ。弁護士の私が決めたわけじゃないから。この前も言ったと思うけど、正当な理由なしに出頭しないと、罰せられるから、注意してね」

かおるが黙った。受話器を握りしめて唇を噛《か》んでいる彼女の姿が目に浮かんだ。

「あ、そうそう、ついでにお聞きしたいんだけど」

と、朋子はいま思い出したというように言った。本当は今日電話したのはこっちを聞きたかったからなのだが。

「脅迫者の女性から古屋さんに電話がかかってきた回数は何回かしら？」

「三回です」

と、かおるが硬い声で答えた。

「ということは、最初の脅しの電話の後で二回あったわけね？」

「はい」

「それは、盗み出す毒物を指定してきたときと、盗み出しがうまくいったことを確認し、その受け取り方を指示してきたときかしら？」

「いいえ、最初の電話で二種類の薬品を三週間以内に盗み出すように指示されていましたから、二回目はそれが予定どおりにいったかどうかを確認してきたんです。そしてそのときは後でまた連絡すると言い、三回目に受け渡し方を指示してきたんです」

「古屋さんは、それらの電話がかかってきたとき……一度でもいいんだけど、相手との会話を録音しなかった？」

「録音……？」

「いまの電話機にはたいてい録音機能が付いていると思うんだけど」

「忘れました。いえ、録音なんてしていないと思います」

「いまつかっている電話機と結婚前につかっていた電話機は同じ？」

「違います。私のも主人のも古かったので、結婚するときに買ったんです」

「じゃ、あなたの古い電話機はどうしたのかしら？」

「覚えていません。たぶん、そのとき捨てたんだと思います」

「そう、ありがとう。それじゃ、証人の件、お願いね。私も、できるかぎりあなたの立場を考えて尋問するから」

朋子は、相手の返事を待たずに電話を切った。やはり、脅迫者の声などどこにも残っていなかったか……と少しがっかりしながら。

5

朋子との電話を終えた後、曽我はスイッチが入ったままのパソコンを前にして考えていた。関山夏美の無罪判決を確実にするための証拠はないか、と。

朋子に言ったように、曽我もいまや夏美の無実が信じられた。今日、朋子から古屋かるの話を聞くまでは、胸の片隅に小さな疑念が残っていたのだが、それが消えた。

そうなると、曽我の中に夏美にすまないという思いが生まれた。彼女に対する負い目、あるいは罪の意識を感じた。

拘置所の中の夏美から助けてくれという手紙をもらいながら、曽我は彼女の訴えに応《こた》えなかった。夏美は必死の思いで自分は無実だ、助けてくれと叫んでいたのに、曽我は彼女を信じ切れなかった。人間は他人の心を見通せる目を持っていないのだから仕方のないことだ、とは思う。一面識もなかった人間の言葉を無条件に信じろといっても、無理だ。冤罪だというのは嘘で、〝懸命の訴え〟は演技である可能性もあるのだから。しかし、これは、曽我の側の論理である。関山夏美は嘘をついていたわけではない。自分はやっていない、犯人ではない、と血を吐く思いで叫んでいたのだ。演技していたわけではない。これまでさんざん疑われ、一審で有罪判決を受けた夏美は、たぶん絶望しそうになる気持ちと闘いながら、どうか自分の言葉を信じてくれ、と心の底から訴えていたのだ。それを、曽我は疑った。だから、彼はいま、胸の内で夏美にすまないと詫《わ》びていたのだった。そして、これまでの真相究明のためといった意識からではなく、夏美を救うために、彼女の無罪判決を確実にする証拠――古屋かおるを脅して毒物を盗み出させたのが夏美ではなかったことを示す証拠――はないか、と真剣に考えていたのだった。


月末が近づき、毎日じめじめとした雨の日がつづいた。

このところ、曽我は仕事らしい仕事をしていなかった。急ぎの原稿がなかったせいもあるが、パソコンに向かってキーを叩《たた》き始めても、いつの間にか手が止まり、小説以外のことを考えていた。

曽我が仕事に集中するのを妨げていたのは主には夏美の問題だが、それだけではない。

夏美に対する負い目は、母に対する負い目を曽我に意識させた。夫としての、父親としての、作家としての曽我の日常の中に遠い昔の記憶としてそれなりにおさまっていた過去が、朋子に美香の話を聞いてから時々生々しく甦《よみがえ》るようになっていたから、そのせいもあったのかもしれない。

ただ、同じ負い目といっても、二つはかなり違う。夏美に対する負い目は、彼女の魂からの叫びを疑ったことによるものだし、母に対する負い目は、自分の味方だと信じていたにちがいない母の思いに反し、母が父を刺すところを見たと刑事に話してしまったことによるものだから。しかし、内容は違っても、どちらも曽我が相手の信頼を裏切った、という点では似ていた。

――母は、信じていた息子の裏切りに遭い、絶望して死を選んだにちがいない。

というのは曽我の想像である。が、母が誰にも何も言い遺《のこ》さずに死んでしまったことがその証左だと思っていた。だから、曽我は、母が父を殺した事件以上に母の死に強いショックを受けた。自分はなぜ刑事に自分の見たことを喋《しゃべ》り、最愛の母を喪《うしな》うようなまねをしてしまったのだろう、と自責と後悔の念に苦しめられた。後で思い起こすと、信州の祖父母のもとへ引き取られてからの数年は、どうして自分が生きていられたのか、不思議なくらいだった。もし高泰淳と時々訪ねてくる幸二叔父《おじ》がいなかったら、たぶん母の跡を追って死んでいたのではないか、と思う。高泰淳が東京へ行ってしまってからの高校・浪人時代も、家に引き籠《こ》もって死ばかり考えていた。その頃になると、母の死と自分の死（自殺）との関わりはかなり曖昧《あいまい》になっていたような気もするが、ただ根底には常に母を死に追いやったのは自分の裏切りだという罪の意識があった。

その後、東京の大学へ進み、大学を卒業して繊維会社に就職。容子と結婚して、子供が生まれ、小説家として何とか暮らせるようになると、事件の記憶も母に対する裏切りの記憶も、次第に意識の奥におとなしくおさまっているときが多くなった。何かのきっかけで時々頭をもたげ、騒ぎ出すことはあっても、曽我の受けるダメージは時とともに軽くなっていった。

ところが、今度の美香という〝きっかけ〟だけは少し事情が違った。彼女によって呼び覚まされた過去は、いつまでも曽我の意識に引っ掛かって尾を引いた。古屋かおるを脅したのが夏美ではなかったことを示す証拠はないかと考えていると、いつの間にか、夏美の訴えを信じてやらなかった自分を責め、さらには母に対する裏切りの記憶に苦しめられていた。四十年も昔の母の顔が甦り、悲しげに歪《ゆが》んだ。そして曽我は、自分は母を死に追いやっただけではなかったのではないか、と思った。自分はこの手で母を絶望の淵《ふち》に投げ込んだのだ、もしかしたら、それは母にとっては死よりも辛《つら》いことだったのではないか……。

曽我が新聞のある広告に目をとめたのは六月もあと一日で終わりという日である。

それは、地方出版社を三十社ばかり並べて特集した広告だった。一社あたりのスペースは二段で四～六行。そこに、埼玉県飯能市《はんのう》にあるせせらぎ書房という出版社の『犯罪捜査三十年』という本が載っていた。著者は松田猛。県警の元刑事と書いてあるから、ノンフィクションらしい。内容紹介として、〈ネズミが真犯人を暴く〉〈夫殺しの裏にあったものは？〉〈秩父バラバラ事件の真相〉他、とあった。

曽我は、そのうちの〈夫殺しの裏にあったものは？〉という、章題の一つを記したものらしいコピーに目をとめたのである。

同じ広告を見ても、もし関山事件のことがなかったら、たぶん見過ごしていたと思う。仕事柄、本の広告はかなり丹念に見るほうだが、だからといってコピーをすべて注意して読むわけではない。関山事件に関わり、三十九年前の両親の事件が身近に引き寄せられていたときだったので、犯罪捜査、埼玉県警の元刑事といった単語と一緒に〈夫殺しの裏にあったものは？〉という一文が曽我の目に飛び込み、注意を引いたのだろう。

とはいえ、そのときは書かれている事件が自分に関係しているとまでは想像しなかった。だから、〈夫殺しの裏にあったものは？〉という一文に目をとめたといっても、『犯罪捜査三十年』を取り寄せて読んでみようとまでは考えなかった。

七月に入り、一週間余りが過ぎた。

九州から、集中豪雨で大きな被害が出たという報が連日のように届き、関東地方の雨も梅雨の終わりを思わせるような降り方に変わった。

この間、六月末に刊行された『虹色《にじ》の闇』の売れ行きが出だし好調だという嬉しい知らせがあったが、曽我の生活は相変わらずだった。毎朝九時過ぎに六階の住まいから九階の仕事場へ出勤し、新しい作品の構想を練ったり、夏美の勝訴を確実にする証拠について考えをめぐらしたり、母に対する自分の裏切りの記憶に苦しめられたりしていた。

十日の土曜日も同様だった。夕方五時過ぎ、妻の容子から電話がかってくるまでは——。

電話は、曽我がノートに次作の登場人物表を作っているときにかかってきた。

休日なので、特別の事情がないかぎり仕事関係の電話はない。だから、曽我は、何かのセールスでもあろうかと思いながら、受話器を取って、「はい」と無愛想に応じた。

と、何の前置きもなしに、

「あなた、雅彦が……雅彦が警察に補導されたの！」

という容子の慌てふためいた声が耳に飛び込んできた。

曽我は、いきなり脳天を棒で殴られたような衝撃を覚えた。が、ここで俺まで慌てていてはならないと素早く自分に言い聞かせ、

「補導って、何をしたんだ？」

と、できるだけふだんの調子を作って聞いた。

「万引きしたって言うんだけど、嘘よ。あの子がそんなこと、するわけがないわ。きっと、

きっと、何かの間違いに……」

「自宅に連絡があったのか?」

曽我は妻の涙声を遮った。

「そう、たったいま」

「わかった。すぐに帰る」

曽我は受話器を戻し、開いたノートをそのままにして机を離れた。

仕事場を出て、階段をつかって六階まで降りると、容子が玄関に迎え、少し離れた後ろに有希が心配そうな顔をして立っていた。

「雅彦はどこにいるんだ?」

「丸井の前の交番」

それは、吉祥寺駅の公園口に近い井の頭通りにあった。

「万引きした場所は?」

「東友だって言ったけど、まだ万引きしたって決まったわけじゃないわ」

容子が曽我の言い方に抗議した。

東友というのは、交番から西へ三、四百メートル行ったところにあるスーパーマーケット「東友ストア」のことである。

「とにかく迎えに行ってくる」

「私も一緒に行くわ」

「いや、俺一人でいい。話を聞いて引き取ってくるだけだから」

交番で泣いたり喚《わめ》いたりされたら面倒になると思い、曽我はサンダルを履きかけた妻を制した。

「でも……」

「きみが行って、ぎゃんぎゃん言ったら、雅彦だって話したいことを話せなくなる」

「私、ぎゃんぎゃんなんて言わないわ」

容子は不満そうだったが、事情がわかったら電話するからと曽我がなだめると、それ以上は何も言わなかった。

妻と娘の青ざめた顔に見送られて、曽我は玄関を出た。

下に降りて、上水沿いの道を急ぎながら、曽我は初めての体験に戸惑っていた。これまで有希も雅彦も問題らしい問題を起こしたことがなかったので、こういうときどう対処したらいいのか、よくわからない。楽天家の妻が取り乱していたのも、自分と同じだからだろうか。それとも、少なからぬ母親は、こと子供の問題になるとあんなふうになるものなのだろうか。昔、父が曽我を殴ろうとしたときの母の姿が浮かび、そんな気がしないでもなかったが、はっきりとしたことはわからない。

それにしても、万引きが事実なら、雅彦はなぜそんなことをしたのだろう、と曽我は自問する。いくつかの解釈は浮かぶが、なぜ雅彦が……と考えると、戸惑いしか感じない。

これまで、曽我は、有希と雅彦の心理や気持ちを、充分とは言えなくても、ある程度は理解しているつもりだった。だが、それは、二人が「良い子」で、自分と妻に具体的な問題を突きつけなかったために、錯覚していただけだったらしい。

曽我の戸惑いは、それから五、六分して交番に着き、雅彦と対面しても変わらなかった。むしろ強くなった。

雅彦は、外からは見えない奥の狭い部屋で中年の警官に事情を聞かれていた。

表に立って家族が来るのを待っていたらしい若い警官に促されて曽我が入って行っても、雅彦は父親のほうを見ようとしなかった。パイプ椅子にちょこんと腰掛け、指を折り曲げた両手を半ズボンから出た腿《もも》の上に載せ、顔を俯《うつむ》けていた。

「曽我雅彦の父親です。このたびはご迷惑をおかけしまして……」

曽我は、苦虫を嚙みつぶしたような顔をした中年の警官に頭を下げ、表で言ったのと同じ言葉を繰り返した。

警官が事務机の横から立ってきて、

「なかなか強情なお子さんで……」

と、皮肉な調子で言った。「名前と電話番号はすぐに話したんですが、それきり何を聞いても口をきかんのです」

曽我は謝る前に事実をはっきりさせておこうと思い、聞いた。

「東友で万引きしたというお話ですが、何を盗ったんでしょうか？」

「漫画のキャラクターが描かれた八十円の消しゴムですよ。それを半ズボンのポケットに入れて文房具売り場を離れようとして、店員に捕まったんです」

わずか八十円の消しゴム――。

曽我は、信じられない思いで我が子のほうを見やった。

「スーパーでは、素直に自宅の電話番号を言って、逃げた仲間の名前を話していれば、警察に通報しなかった、と言うんですがね」

警官がつづけた。

「逃げた仲間……ということは、雅彦には一緒に万引きをした友達がいた？」

「二人か三人……少なくとも二人はいたようです。ところが、店員が雅彦君を問い質《ただ》している間に逃げてしまったんだそうです」

「で、雅彦はその名を明かさない？」

「友達の名前だけでなく、自分の名前もです。まだ小さいのに完全黙秘です。警備員から話を聞いて、私も驚きました」

警官の顔は、驚いたというより呆《あき》れた、こんな子供に育てた親の顔が見たい、そう言っているようだった。

「ま、私には自分の名前と電話番号だけは教えましたがね」

「ご面倒をおかけして、本当に申し訳ありませんでした」

曽我はもう一度頭を下げた。

「そういうわけなので、お父さんから万引きをした仲間の名前を聞き出してもらいたいんですがね。雅彦君たちではないかもしれませんが、東友の文具売り場では半月ほど前から万引きが頻発しているそうなんです。間もなく夏休みになり、子供たちの犯罪が増えるときなので、親に知らせ、気をつけてもらわんといかんですから」

曽我はわかりましたと答えた。警官の言うのはもっともだったからだ。それに、父親の自分が質せば雅彦も話すだろう。

曽我はそう思い、できれば息子と二人だけにしてほしいと頼んだ。

警官はちょっと顔をしかめたが、いいでしょうと言って出て行った。

曽我は雅彦の前へ行き、横からパイプ椅子を引いて腰を下ろした。

雅彦の背後の壁には白い雨合羽《あまがっぱ》やロープ、懐中電灯などがぶら下がり、その上でクーラーがかたかたと音を立てていた。

雅彦は顔を下に向けたまま、父親の顔を見ようとしない。小さな身体が硬く強張《こわば》っているのがわかった。

曽我は、息子の気持ちをほぐすのが先決だと思い、

「お父さんは、雅彦を叱りにきたわけじゃない。迎えにきたんだよ」

と、穏やかに話しかけた。「ただ、お巡りさんは雅彦たちが何をしたのかきちんと知っておかないと困るんだ。それはわかるね？」

雅彦は、わかるともわからないとも答えなかった。が、父親が迎えにきたと聞いて、少しは緊張が解けたのか、腿に載せた手の指をもぞもぞと動かした。

「で、最初に確認しておきたいんだけど、東友の文房具売り場で消しゴムを万引きしたというのは本当なのかな？」

曽我は上体を斜めに傾け、雅彦の顔を下から覗《のぞ》き込むようにして聞いた。

雅彦が曽我の目を見て、すぐにそれを逸《そ》らし、「うん」とうなずいた。

「雅彦はこれまでにも万引きをしたことがあるのか？」

「ないよ！」

雅彦が強い光を帯びた目を上げ、即座に否定した。

その反応に曽我は我が子を信じた。

「そうか。じゃ、どうしてそんなことをしたんだろう？」

雅彦がまた目を伏せた。

「どうしてなんだ？」

雅彦は答えない。

「自分がどうして万引きをしたのか、言えないのか？」

雅彦の口は閉じられたまま、開く気配がない。

曽我は苛立《いらだ》ちそうになる自分を制し、質問を変えた。

「じゃ、雅彦のしたことは良いことなのか、悪いことなのか、どっちなんだ？」

「悪いこと……」

と、雅彦が蚊の鳴くような声で認めた。

「悪いことをしたら、どうする？　相手にきちんと謝らなければいけないんじゃないのか」

雅彦の口はまた閉じられた貝の蓋《ふた》のようになった。

曽我はわずかに声を高めた。

「どうなんだ？」

「……いけない」

と、貝の蓋がわずかに開いた。

「おまえは東友の店員さんや警備員さんに謝ったか。謝ってないだろう？」

雅彦がうなずいた。

「どうして謝らなかった？　自分の名前も言わずに黙っていたのはどうしてなんだ？」

「わからない」

「わからないわけがないだろう」

雅彦が腿の上の手を握りしめた。

「友達を庇《かば》ったのか？」

雅彦は答えない。

「逃げた友達だって、万引きをしたんなら、きちんと謝らなきゃいけないいんじゃないのか。どうなんだ？」

いけない、と雅彦が認めた。

「だったら、その名前を教えなさい」

雅彦の顔と身体には最初の強張りが戻った。

「教えなさい！」

曽我が思わず声を荒らげると、雅彦の身体がぴくっと震えた。

しかし、口を開こうとはしない。

「雅彦！」

雅彦が上目遣いにちらっと曽我を見た。怯《おび》えの表情の奥に恨めしげな色があった。

「雅彦、おまえはいつから……」

そんなわからず屋の強情っぱりになったのか――と言いかけ、曽我はハッとした。突然、三十九年前の自分を思い出したのだ。目の前にいる息子は三十九年前の自分であり、息子を問い詰めている自分は何度も信州まで訪ねてきた二人の刑事だった。刑事と自分では聞き方は違うが、固く口を噤《つぐ》んでいる八歳の子供に、知っていることを話せと執拗《しつよう》に迫っている点は同じだった。

曽我は、自分が自分を責めているような複雑な思いにとらわれ、身体から力が抜けていくような感覚に襲われた。

「わかった」

と、曽我は息子に言った。「おまえがどうしても友達の名前を言いたくないんなら、もういい」

声の調子から、父親が怒っているのでも投げやりになっているのでもないとわかったのだろう、雅彦の表情にかすかに緊張を解いたような色が差した。

「ただ、一つだけ答えてくれないか」

雅彦の身体のまわりにまた目に見えない警戒のバリアが張られた。

「べつに難しいことじゃない」

曽我は言葉を継いだ。「それは、雅彦がまた万引きをするかどうかだ」

「しない、絶対にしないよ！」

雅彦が顔を上げ、きっぱりと言った。

「そうか」

「ごめんなさい」

雅彦が大粒の涙をぽろぽろとこぼした。両手を腿の上でぎゅっと握りしめ、肘を突っ張らせたまま。

「それならいい」

「ごめんなさい、お父さん、ごめんなさい……」

「もういいよ」

曽我は立ち上がり、息子の肩に手を置いた。

雅彦が目に腕を当て、肩を上下させて泣きじゃくり始めた。

「じゃ、お巡りさんに挨拶《あいさつ》して帰ろうか」

息子がなぜ仲間の名前を言わないのか、曽我には理解できない。自分なら、警備員に聞かれた時点でぺらぺらと喋《しゃべ》っていただろう。

だが、いま、性急にわかる必要はない、と曽我は思った。これまで、子供たちの気持ちを何となくわかっているつもりでいた。しかし、それは錯覚にすぎなかったと気づかされた。今日はそれだけで充分だった。

曽我は雅彦を残して表の部屋へ行き、待っていた二人の警官に不首尾を詫《わ》びた。

警官たちは、本気で追及したのかと疑わしげだった。甘やかしているのではないかと不満そうでもあった。だが、曽我が、息子は二度と万引きをしないと言っているし、これから東友へ行って謝るからと言うと、渋々諒承《りょうしょう》した。

曽我は雅彦を伴い、警官たちの苦々しい顔に見送られて交番を出た。

少し離れた公衆電話から自宅に電話すると、傍らに子機を置いて待っていたのだろう、ベルが鳴り出すや容子が出た。

曽我は、詳しい事情は帰ってから話すが、雅彦は充分反省しているので安心するように、と言った。その後で、「お母さん、ごめんなさい」と雅彦の声を聞かせ、受話器をフックに戻した。

「雅彦、お腹空《す》かないか?」

電話ボックスを出て歩き出してから、曽我が聞くと、

「空かない」

雅彦がまだ少し硬い声で答えた。

「お父さんはぺこぺこだよ」

それほどではなかったが、曽我は胃のあたりに手を当てて笑った。「とても夕飯までもたないな。帰りに何か食べないか」

「食べてもいいけど……」

「何がいい?」

「ラーメン」

「何だ、ラーメンでいいのか」

「うん」

「じゃ、チャーシューメンにしよう。でも、お母さんとお姉ちゃんには内緒だぞ。二人だけで食べてきたなんて言うと、怒るから」

「うん」

雅彦の顔にようやくいつもの子供らしい表情が戻った。それを見て、曽我はほっとすると同時にふと寂しさを感じた。母親が父親を殺して自殺してしまった自分には、家の外で何かあっても、こうしてフォローしてくれる親がいなかったのだ。祖父母と叔父は何とかして曽我の気持ちを理解し、励まそうとしてくれた。しかし、彼らがどんなに優しくても、曽我にとっては死んだ両親以外に親はいない。

「よし、そうと決まったら、早く東友へ行って謝ろう」

曽我は歩を速めた。「ちゃんと名前を言って、さっきはごめんなさい、もう二度としません、ときちんと謝れるな？」

「うん」

曽我の横を半ば駆けるように歩いている息子の口から、前よりまた少し元気の戻った声が返ってきた。

6

翌日の日曜日は家族四人で高尾山《たかおさん》へハイキングに行き、月曜日からまた階段を上って九階の仕事場へ出勤する曽我の一週間が始まった。

次作の構想を練りながら、夏美の裁判について考えたり、母に対する裏切りの記憶を思い起こしたり……というのは前の週と同じだったが、精神の集中を妨げるものとして、新たに有希と雅彦に関する不安が加わった。いや、不安と言うほどのものではないかもしれない。子供が一度ぐらい万引きをしたからといってたいした問題ではないし、いまでも曽我は我が子を信用していないわけではなかったから。ただ、これまでたいした根拠もなしに彼らの心理がわかったつもりになっていたのが錯覚だと気づかされ、何とはなしの気掛かりが生まれていたのだった。

十五日の木曜日、曽我は、所沢にある国立身体障害者リハビリテーションセンターへ知人の見舞いに行った。

曽我が作家としてデビューした当時世話になった元編集者がゴルフの最中に脳卒中で倒れたのは四カ月前。幸い一命は取り留めたものの、右半身不随が残ったため、リハビリのために専門病院へ移ったのだ。

曽我より十歳ほど年長の元編集者は、春、都心の病院に見舞ったときに比べると、見違えるほど元気になっていた。一昨日、昨日と降っていた雨が上がり、あまり暑くない爽《さわ》やかな日だったので、庭へ出て歩いたり休んだりしながら三十分ほど歓談した。

タクシーで所沢駅に戻ったのは午後二時半前。曽我は本屋でも覗《のぞ》いて行こうかと、タクシーの着いた東口から繁華街のある西口へ抜けた。西武新宿線と池袋線が交差する所沢は大きな街だが、前に何度か来たことがあるので駅周辺の地理はわかっていた。
三、四分歩いて、目当ての書店に入る。
平日なのに、店内は結構混んでいた。

曽我は、平積みされている新刊書の中に『虹色の闇』があるのを確認し、文庫の棚のほうへ移動しようとした。

と、「郷土出版コーナー」の文字が目についた。

通路を隔てた反対側、広くはないがレジに近い一角である。

曽我はそちらへ身体を回した。

平台に並んでいるのは、県内の山や川、湖などを撮った写真集や観光ガイド、物産案内といった本が多いようだが、『小説・秩父事件』、『秩父困民党事件の真相』といった題名も見える。

そうした本を見るともなく見ていたとき、曽我の頭に先日見た新聞の広告が甦《よみがえ》った。

著者名や出版社名は忘れたが、『犯罪捜査三十年』という題名だけは覚えていた。

確か飯能市の出版社だったから、もしかしたらあるかもしれない。そう思って前の棚に目をやると、すぐに見つかった。

著者は松田猛、出版社はせせらぎ書房。

間違いない。

曽我は、棚から『犯罪捜査三十年』を抜き取った。四六判ソフトカバー、二百三十ページ余りの本だ。

目次を見る。

やはり、広告に載っていた内容紹介は章題だった。話は十二の章に分かれており、その第三章の題が〈夫殺しの裏にあったものは？〉であった。

前書きに戻り、斜め読みした。想像したとおり、十二の話は著者が三十年間の刑事生活で関わった事件だ、と書かれていた。

曽我はすっと緊張した。本を持っている指が強張《こわば》るのを感じた。もしかしたら、この第三章は両親の事件では……という思いが彼をとらえたのだ。

いままでは、世の中には夫殺しなどいくらでもある、まさか自分の両親の事件ではあるまい、そう思っていたのに。いや、はっきりと意識していたわけではないから、何となくそう感じていた、と言ったほうが正しいかもしれないが。

可能性は充分にある。著者は埼玉県警の元刑事なのだから。

曽我は第三章を開き、読み始めた。

昭和三十五年の春、U市で起きた事件――。

ある程度、気持ちの準備をしていたにもかかわらず、曽我は心臓を鷲《わし》づかみにされたような衝撃を受けた。

間違いなかった。

埼玉県内のU市といったら、浦和市だろう。浦和市で同じ年の春に夫殺し事件が二件も起きていたとは思えない。

指先が震えた。指先だけでなく、手が、全身が震え出した。

曽我は先を読むのが怖かった。

彼はこれまで、事件について書かれた新聞や雑誌を一度も読んだことがない。事件直後、叔父《おじ》や祖父母が曽我の目に触れないようにしていたときだけではない。図書館へ行って自分で調べられるようになってからも。大学時代、社会人になってからと、何度か当時の新聞を読んでみようかと思ったことはある。が、結局、勇気が出なかった。どうしても詳しく知る必要があれば、心の内の抵抗がどんなに強くても調べただろうが、そうした理由も生じなかったから。

曽我は本を閉じた。といって、今回は読まずにすまそうと思ったわけではない。曽我は臆病《おくびょう》ではあるが、そこまで幼稚ではなかった。それに、章題の〈……の裏にあったものは?〉という書き方に引っ掛かっていたし。

当時の新聞報道をなぞっただけの内容しかないのに、著者しか知らない事実を書いてあるかのような思わせぶりな題を付けた——といった可能性もないではない。が、本当に著者の元刑事しか知らない事実、あるいは警察内部では知られていても、当時は公表できなかった事実が書かれている可能性もあった。

曽我はレジへ行き、『犯罪捜査三十年』を買った。カバーはいらないと断わり、紙袋に入れられた本を持って、書店を出た。


駅のほうへ百メートルほど戻り、通りの反対側の喫茶店に入った。ウナギの寝床のように細長い喫茶店だった。

奥にも空席があったが、入口に近い二人用のテーブルから女性が立ち上がったので、曽我は彼女が掛けていた前の椅子に掛け、紙袋から本を取り出した。

第三章を開き、すぐに読み出した。

ウエートレスが来たが、顔を上げずにコーヒーを注文し、読みつづけた。

ウエートレスはテーブルを片づけ、水のコップを置いて行った。

〈夫殺しの裏にあったものは?〉に登場する人物はすべて仮名になっていたが、それは、やはり母が父を刺し殺した事件について書かれたものだった。

松田猛という名に覚えはないが、書かれている内容と書き方から見て、著者は、信州まで曽我を訪ねてきた二人の刑事のうちの一人であるのは間違いなかった。曽我に優しく話しかけた歳上の刑事ではなく、いつもむすっとした顔をして黙っていた若いほうらしい。

子供の曽我には、おとなの年齢はよくわからなかった。だから、いくつぐらいだったのか、はっきりしないが、若いといっても成人したばかりといった感じではなかったし、かといって、当時三十六歳だった幸二叔父よりはかなり若く見えた。とすると、当時、二十代の後半ぐらい……こうした本を書いているということは定年退職した後だろうから、現在は六十代の半ば前後だろうか。

事件の起きた晩の様子や母が逮捕されたときのことなどは、曽我の中にも多少の記憶があった。自ら体験したのか、誰かから聞いた話を想像でつなげたのかははっきりしないが。それは、〈夫殺しの裏にあったものは?〉の記述と大きな矛盾はなかったものの、具体的な事実になると、ほとんど曽我が初めて知ることばかりだった。

事件当時、著者の松田猛はU西署刑事課の刑事。人が血を流して死んでいるとの通報を受け、最初に現場へ駆けつけたのだという。

そこは、次のように書かれていた。

神谷家の主、神谷常夫が畳に血を流して死んでいると通報してきたのは、隣家の田中喜好だった。夕方、回覧板を届けに行き、玄関の土間に入って声をかけても返事がないので、田中は「おーい、いないのか？」と言いながら、半分開いていた障子の間から茶の間を覗き込んだ。電気が点《つ》いていなかったので、中はもうかなり暗かったが、畳の上に神谷らしい男が寝ているのが見えた。卓袱台《ちゃぶだい》がひっくり返り、部屋中に酒をふりまいたような臭いがしていたが、神谷は酒を飲むと妻に暴力をふるって暴れるので、珍しい光景ではない。それでも田中は何となくいつもと様子が違うような感じがした。まさか神谷が死んでいるとは思わなかったものの、気になり、「どうしたんだ、具合でも悪いのか？　上がるぞ……」と言いながら上がって行った。そして、神谷常夫の胸に包丁が突き刺さっているのを見たのだという。田中は腰をぬかさんばかりに驚いたが、何度か「神谷さん」と声をかけてみた。暗くて、表情はわからないものの、ぴくりとも動かない。死んでいるのは確実に思われた。田中は、これは警察に知らせるほかはないと思い、自宅へ帰って玄関に置いてある電話機に飛び付き、110番を回した。

後で田中喜好から事情を聞いたところ、そういうことだった（警察の記録によると、110番通報が入ったのは七時六分だから、田中が神谷常夫の死体を発見したのは七時前後と思われる）。

その日は日曜日だったが、私は非番ではなかったので、出勤していた。県警本部からの指令を受け、他の制服、私服の警官と現場へ向かった。

現場の神谷家はU市の西の外れ、荒川に近いSという字《あざ》にあった。そのあたりは今でこそぎっしりと住宅が建て込んでいるが、当時は畑や田圃《たんぼ》ばかり。神谷家は、畑の中に数軒の家がかたまって建っているうちの一軒で——かたまってといっても、ほとんどは農家なので、狭くても二、三百坪の庭や屋敷森や菜園があった——古い平屋の借家であった。

私たちがSに着いたのは七時半過ぎ。かなり日が長くなり始めた四月の半ばとはいえ、街灯一つない村にはすでに夜の帳《とばり》が降りていた。神谷家の門の前には田中喜好が待っていて、パトカーを降りた私たちは、彼の案内ですぐに門を入った。

門といっても、扉はない。汚れて黒ずんだ、角の欠けた大谷石の柱だけ。その十メートルほど先が玄関だった。

死んでいると思われる男の胸には包丁が刺さっていたという報告を受けていたから、私たちは現場を荒らさないように気を付けた。手袋をはめた手でガラスの引き戸を開け、広い玄関土間に入ると、靴を脱いで上がった。

足下にある物とそばにいる人ぐらいはわかるが、暗い。酒の臭いがぷんぷんしていた。スイッチを探して灯《あか》りを点けると、両目をカッと開いた男の顔と、胸に突き立った包丁の柄が最初に私の目に飛び込んできた。

田中に確認させると、神谷常夫に間違いないという。

神谷がすでに死んでいるのは明らかだった。下はカーキ色のズボン、上は厚手のネルのシャツ。シャツが焦げ茶色なのでそれほど目立たないが、血は体の横から畳に流れ出て、半ば凝固していた。茶の間の広さは六畳。丸い卓袱台が隅にひっくり返り、一升瓶とコップが転がっていたが、どちらも割れてはいなかった。

私たちは、動き回らないほうがいいと判断し、茶の間を出て、署に報告を入れた。そして、医師や応援部隊の到着を待っている間に庭で田中から事情を聞いた。

まずは、神谷家の家族構成と田中が死体を発見するに至った経緯について。

家族は常夫と妻のミチ子、それに小学三年の長男、正典の三人。常夫は東京王子の食品製造会社に勤めるサラリーマンで、一家は正典が小学校へ入学する前に東京から越してきた。常夫は横柄で人当たりは悪いものの、ふだんは乱暴な人間というわけではなかった。ところが、酒を飲むと人が変わり、妻が自分の留守中に浮気をしているのではないかと疑い、暴力をふるった。田中や彼の妻が知るかぎり、ミチ子は貞淑という言葉が当てはまるような女性だった。ほとんど出歩くことはないし、訪れる者といえば、常夫の弟だという真面目を絵に描いたような感じの銀行マンぐらい。義弟は兄嫁に同情しているように見えたが、それ以上の関係があるとは思えない。だいたい、義弟が来るのは休日だけだから、そのときは常夫も正典も家にいて、兄嫁との間に間違いが起きるおそれなど万に一つもない。常夫は自分の弟を疑っていたわけではないと思うが、いずれにしても彼の嫉妬《しっと》に何らい。

根拠がないのは明らかだった。それにもかかわらず、常夫は執拗《しつよう》にミチ子を責め、子供の前であろうとなかろうと殴ったり蹴《け》ったりした。

そのため、ミチ子は子供を連れて何度も田中家へ逃げてきた。

だから、薄暗い茶の間で酒の臭いをぷんぷんさせて寝ている常夫を見たとき、田中の頭に真っ先に浮かんだのは、

——ああ、また今日もやったのか。そしてミチ子と正典は逃げ出したらしいな。

という想像だった。

しかし、常夫の様子が寝ているにしてはどうもおかしいので、声をかけながら家に上がってみたのだという。

私たちが田中から話を聞いているとき、緊急召集を受けた署員たちが続々と到着。嘱託医と刑事課長も来たので、検死と現場検証が始まった。

狭い部屋に大勢で入っては現場を荒らしてしまうから、私たちは聞き込みに回った。門の外に集まっていた近所の人たちのところへ行き、夕方、大きな物音か怒声、あるいは悲鳴のような声を耳にしなかったか、見慣れない人間を見なかったか、と尋ねて歩いた。しかし、初めに書いたように、近所といってもかなり離れている。誰からもこれといった話を聞けないでいたとき、半ズボンをはいた一人の少年が明かりの中に現れた。

「あ、マサちゃん」

と田中の妻が駆け寄ったので、長男の正典らしいとわかった。

自宅の前の道路に煌々《こうこう》と灯りがともっていただけではない。パトカーが駐《と》まり、大勢の人が集まっていたからだろうか、正典は怯《おび》えた顔をして立ち竦《すく》んだようだった。

痩《や》せた、小柄な少年である。

「お母さんは？」

田中の妻が聞くと、正典は知らないと小さな声で答えた。

「一緒じゃなかったの？」

少年がうんとうなずく。

「きみは神谷正典君？」

と、横から私の上司の捜査主任が聞いた。

少年が捜査主任のほうへ顔を向け、無言でうなずいた。まるで蠟人形《ろうにんぎょう》のような顔だ。

夜目にも、怯えと不安の翳《かげ》が瞳《ひとみ》の中で揺れているのがわかった。

家の中で何が起きたのか、少年は想像がついているのではないか。いや、もしかしたら、少年は知っているのではないか……。

私がなぜそうした疑惑を覚えたかというと、少年を見て、さっき田中から聞いた話を思い出したからだ。

田中は、これまでに何度かミチ子の悲鳴を聞き、常夫の暴力を止めに神谷家の茶の間へ駆け込んだことがあるという。彼は、そのときの正典の様子をこう語った。

自分が行ったとき、正典はたいてい部屋の隅で体を縮め、震えていた。が、彼は単に母親に対する父親の暴力に怯えていただけではない。まだ八歳の少年の目には、燃えるような憎悪と殺意が宿っているように見えた。

田中はそう言った後で、あ、まずかったかという顔をして、

――もちろん、こんどのことに正典君が関係しているとはこれっぽっちも思っていませんけどね。

と、慌てて言い訳したのだが。

とにかく、私たちは、少年を野次馬の目から隠すためにブロック塀の内側へ導いた。それから、捜査主任が、

「実は、お父さんが亡くなった」

と、告げた。

少年は何も言わなかった。どうして死んだのかとも、母親はどうしたのか、とも聞かなかった。また、泣き出しもしなかった。身体の両脇に垂らした手を握りしめ、歯を食いしばって立っていた。

それを見て、私は自分の疑惑が強まるのを感じた。

「お母さんの姿が見えないんだが、どこへ行ったか、知らないかな?」

捜査主任があらためて聞いた。

「知りません」

と、少年が答えた。

「きみはどこにいたの？」

「遊んでました」

「どこで？」

正典が目を下向けた。

「こんなに遅くまでどこで遊んでいたの？」

「石原君のとこです」

「石原君というのは学校の友達？」

「はい」

「石原君の家はどのへんだろう？」

「学校の近くです」

ということは、歩いてここから十分ほどの距離か。

「石原君の家には何時頃行ったの？」

「お昼ご飯を食べてからです」

「じゃ、一時か二時頃？」

「三時頃です」

「それから、ずっと石原君の家にいたの？」

正典は捜査主任を見ない。まるで血の色がなく、今にも卒倒しそうな顔だ。

「違うんだね？」

正典は無言。

「石原君に聞けばわかることだけど、教えてくれないかな。石原君の家は何時頃に出たの？」

「……六時頃です」

「今、八時二十分だけど、六時頃に石原君の家を出て、それからは？」

正典は答えない。

「六時といえば、薄暗くなる頃だし、一度家へ帰ったんじゃないの？」

「いえ、帰りません」

正典が顔を上げ、少し強い口調で言った。

「じゃ、どこへ行ったの？」

「宮森神社です」

「一人で？」

「はい」

「でも、ここからだと宮森神社は石原君の家とは反対側だと思うけど、違うかい？」

正典は唇を固く結び、下を向いている。

「薄暗くなってから、神社へなんか何しに行ったんだろう？」

「遊びに……」

「石原君の家から宮森神社まで三十分、神社からここまで二十分とすると、神社に一時間半ぐらいいたことになるね。そんなに長い時間、暗い神社で何をしていたの？」

「遊んでました」

「だから、一人で何をして遊んでいたんだろう？」

「いろいろです」

「いろいろか……」

捜査主任はそれ以上は追及しなかった。いずれわかることだと思ったのだろう。それに、問題は、正典が宮森神社で何をしていたかではない。石原家を出てから神社へ行くまでの間に自宅に寄ったかどうか、なぜ暗くなってから神社へなど行ったのか、である。

私たちは、正典の「宮森神社へ行った」という話だけは事実だと思っていた。石原家を出てからのことでもし嘘をつくなら、近くの学校の庭で遊んでいたとか、もっと本当らしい嘘があったはずである。それなのに、自宅を挟んで反対側、石原家から歩いて三十分もかかる「宮森神社へ……」と言ったのだから。事実なので、たぶん、よく考えないうちに出てしまったのだろう。

結論を先に言うと、私たちのその想像は正しかった。そして、正典は石原家から一旦《いったん》自宅へ帰り、それから、ある光景を見るか、あるいはある行為をして、家から逃げ出し、宮森神社へ行ったのだった。

しかし、それはかなり後になってわかったことで、そのときは八歳の少年にいつまでも外で尋問しているわけにいかず、放免した。田中の妻を呼び、しばらく隣家であずかってもらったのである。

神谷常夫の妻のミチ子が帰ってきたのは、それから十五分ほどしてからだった。

捜査主任は課長や係長と打ち合わせに中へ入り、張り番の制服警官と私だけが門の外にいた。

脚を引きずるようにして野次馬の間から姿を現した女が、制服警官に近付き、

「何か、何かあったんですか？」

と、不安げな声で聞いた。

同時に、後ろから「あ、奥さん！」と女の素《す》っ頓狂《とんきょう》な声が上がった。

それで、私はハッと緊張し、女に駆け寄った。

雨も降っていないのに、ミチ子と思われる女は全身ずぶ濡《ぬ》れだった。髪もざんばらで、乱れに乱れていた。

「神谷ミチ子さんですか？」

と、私は聞いた。

が、女は私の問いに答える代わりに、

「何か、正典に何か……！」

と、すがるような目を向けてきた。

私は、「正典君は無事です」とだけ答え、女の表情を観察した。

女の顔にふーっと安堵《あんど》の色がひろがったように見えた。

が、私の中には女を疑う気持ちがあった。すべてを知っていながら演技しているのではないか、と。

「じゃ、これは……？」

女が怪訝《けげん》そうな目をし、煌々とした灯りやパトカーのほうへ首を回した。顔に被《かぶ》さった髪が揺れた。

「ご主人が亡くなりました」

私は言った。

「主人が！　ど、どうして……？」

「奥さんは知らないんですか？」

「知りません。主人はどうして死んだんでしょう？」

「殺されました」

「殺された……！」

驚愕《きょうがく》に見開かれた目。

本当に知らなかったのだろうか。しかし、そうだとしたら、このずぶ濡れの格好は何だ？　夫も子供も家にいる日曜日の夜、八時半過ぎまでどこで何をしていたのか？

「奥さんは、今までどこへ行っていたんですか？」

私は聞いた。

ミチ子は目を逸《そ》らし、答えない。

「ずぶ濡れじゃないですか、川へでも落ちたんですか？」

夫を刺し殺し、死のうと思って川へ入ったものの死にきれず、帰ってきたのではないか。私はそう質《ただ》したかったのだが、我慢した。こんな場所で、根拠もなしにそんな質問はできない。

「私のことは後できちんとお話しします。ですから、先に正典に会わせてください。正典はどこにいるんですか？」

「息子さんなら、お隣りの田中さんにあずかってもらってますから心配いりませんよ」

「そうですか」

「それより、殺されたご主人には対面したくないんですか？」

「そんなことありません。もちろん主人にも会わせてください」

と、ミチ子が言った。

曽我は本から顔を上げ、コーヒーを飲もうとした。口の中がカラカラに渇き、舌が皮膚にひっつきそうだったからだ。

が、いつの間に飲んだのか、カップは空になっていた。

仕方なく、曽我は水を一口飲んだ。

第三章〈夫殺しの裏にあったものは？〉は、ここまででおよそ半分だった。

曽我は、自分の知らない自分と母を見せられ、複雑だった。父が殺されたあの晩、こんなことがあったのか、と驚くと同時に強いショックも受けていた。この本に書かれている内容がどこまで事実なのか、描かれている正典とミチ子がどこまで自分と母に重なっているのか、は定かではない。が、松田猛という元刑事の目を通したものではあっても、かなり実際と近いように思えた。記憶だけでこれだけ具体的には書けないから、松田元刑事は日記あるいは私的な捜査記録といったものをつけていたのだろう。

曽我は本に戻った。

後半は、事件がいつ、どのようにして起きたのかという説明から始まっていた。

それによると――

神谷常夫の死亡時刻は午後六時から七時頃までの間。死因は出血によるショック死。凶器は神谷家の台所にあったステンレス製の細身の包丁で、柄からはいつも包丁をつかっているミチ子の指紋の他にいくつかはっきりしない指紋が検出された。擦ったような跡があったから、犯人は手拭《てぬぐ》いかハンカチのようなものを柄に巻いて持ったか、後で指紋を拭《ふ》き取った可能性もある。

犯行時刻の前後に神谷家に出入りした人間を見た者はいない。

妻のミチ子によれば、彼女は、酒を飲んでいつものように暴れ出した常夫から殴る、蹴るの暴行を受け、このままでは殺されてしまうと思い、着の身着のままで家から飛び出した。時計を見たわけではないので時刻ははっきりしないが、前後の事情から考え、それは六時四、五十分頃ではなかったか、という。誰とも顔を合わせないように、暗くなりかけた畑や田圃の中を当てもなく歩いていると、自分が無性に哀れに、惨めになり、涙がぼろぼろとこぼれた。どこをどう通ったかわからないうちに荒川の二本の土手を越えて——荒川はよく氾濫《はんらん》したので、そのあたりは五、六百メートルの間をおいて二本の堤が築かれていた——河原へ降り、歩きつづけた。自分がいっそう惨めになり、こんな状態がいつまでもつづくのかと次第に絶望的になっていった。いっそ川に身を投げて死んでしまったらどんなに楽だろう、と思い始めた。息子の正典のことを考えないではなかったし、自分が死んだら正典はどうなるのだろうと気掛かりだったが、自分が死ねば夫も反省して正典を可愛がってくれるのではないか、とも思った。

これまで、正典と一緒に死のうと思ったことは何度かある。正典を道連れにするのは可哀想だが、一人だけ遺《のこ》すのはもっと不憫《ふびん》だったからだ。しかし、最後の踏ん切りがつかなかった。

だが、いま、正典を遺して自分だけ死んだら……という考えが浮かび、そうすれば何もかもうまくいくかもしれない、と思い始めた。正典は母親に暴力をふるう父親を敵視し、憎んでいるようだが、自分がいなくなれば変わるだろう。一方、夫は、時々逆上して、「ガキのくせになんだ、その目は！」と自分を睨《にら》みつける正典にも手を上げたが、憎んでいるわけではない。口では、可愛げのないガキだなどと言っていても、内心、誰よりも一人息子を大事に思っている。それなら、自分さえいなくなれば、二人は仲良く暮らせる。正典のためだと思えば、死ぬのは怖くない。

次第にこのまま死んでしまおうという気持ちが強まっていた。川に入れば、自分は泳げないから簡単に死ねるだろう。

夕闇が完全に夜の闇に変わるのを待ち、枯れた葦《あし》の茂る岸辺から川へ入って行った。日中、晴れて暖かかったせいか、水は思ったより冷たくなかった。夜といっても真っ暗ではないし、目が慣れていたので、近くの様子はわかる。左右の手で交互に葦の茎をつかみ、少しずつ川の中央へ向かって進んだ。急に深くなったかと思うとまた浅いところがあったりしながらも徐々に深くなっていき、水が臍《へそ》のあたりまできたとき、葦の茂みが終わった。

――さあ、いよいよ死ぬのだ。

動きを止めて、そう思うと、目の前に正典の顔が浮かんできた。「正典……」と呼びかけ、「さようなら」と最愛の息子に別れを告げた。「正典、ごめんね。お母さんが弱いばかりに……」涙がぼろぼろと頰を伝って流れ出し、声が詰まった。でも、お母さんはいつだって正典のことを見守っているわ、だから……だから、お母さんの分まで幸せになってね。

もう思い残すことはない。握っていた葦の茎を放し、身体を川の中央に向けた。

ほんのわずかに前へ出ただけで水が冷たくなり、流れが脇腹を押した。

よろけた。

思わず、放したばかりの葦のほうへ手を伸ばし、下半身が流れにさらわれた。

頭から水に突っ込んだ。

手に触れた葦をつかみ、引き寄せ、死に物狂いになって水から顔を出した。

しかし、水が気管に入り、呼吸ができなかった。何とか息が通るようになっても、ヒュ―ヒュ―と電線を渡る木枯らしのような音しか出ず、苦しくて涙がにじんだ。

死のうとしたのだから、もう一度顔を水に沈めればいいのに、必死に酸素を取り込もうとする……変な話だった。

ただ、変であろうとなかろうと、呼吸が元に戻ったときには死ぬ気はどこかへ吹き飛んでいた。

と、急に怖くなった。死ぬのが怖いというより、夜、誰もいないこんなところで水に浸かっているのが。

そうなると、あとは一刻も早く川から抜け出ることしか頭になくなった。一歩一歩、来たときより慎重に足下を確かめながら戻り始めた。

そして無事に岸辺に着くと、ふうと安堵の息を吐いた。

正典の顔が浮かんだ。きっとお腹を空かせて待っているだろう。夜になっても帰らない母親を、どこへ行ったかと心配しているかもしれない。ああ、とにかく死ななくてよかった、と思った。正典を悲しませなくて、よかった……。

早く帰らなければ、と歩き出した。

くしゃみが連続して出た。寒い。震えが止まらず、歯の根が合わない。歯をがちがち鳴らしながら歩いた。

家が近づくにしたがい脚が重くなった。

正典の顔を思い浮かべて自分を励まそうとしたが、目を血走らせた夫の顔がちらつき、歩みを抑えた。

それでも勇気を奮い起こして家の前の道に出たとき、門のあたりが明るく、大勢の人が集まっているのが目に映った。

どうしたのだろう、もしかして正典の身に何かあったのだろうか。

そう思い、強い不安に襲われた。寒さも忘れて近づいて行った。そして、夫が殺されたという想像もしていなかった話を聞かされた――。

ミチ子は以上のように述べたが、警察は彼女の話を怪しんだ。夫の暴力から逃れるために家を飛び出し、いっそ自分がいなくなれば夫と息子が仲良くやっていくのではないかと思って入水自殺しようとしたというのは嘘ではないか、と疑った。入水自殺しようとしたというのは事実でも、それは夫を刺し殺したからではないか。夫の暴力に耐えきれずに夫を殺してしまったため、逃げられないと観念して死のうとしたが、死にきれなかったのではないか――。

ミチ子は、そんなことはないと否定した。自分は夫を殺していない、自分が家を出たときには夫は生きていた、さんざん自分に暴力をふるい、なおもおさまる気配がないので自分は逃げ出したのだ、と主張した。

しかし、「では、誰が常夫さんを殺したと思うか、ご主人を殺してもおかしくない人間に心当たりがあるか?」と刑事が聞くと、そんな人間には心当たりがない、と答えた。また、警察が調べても、常夫を殺す動機を持った者はまったく浮かんでこなかったし、部屋にあった現金も品物も盗《と》られていなかった。

ミチ子は、自分が家を出たのは六時四、五十分頃ではないかと言ったが、それは六時四十分前後と判明した。神谷家から歩いて十二、三分の距離にある田圃の中の小道を荒川のほうへ向かって歩いている女が、農作業を終えて帰る途中の農夫に目撃されており、その時刻が七時七、八分前とわかったからだ。農夫が女を見た場所と彼の自宅との距離は歩いて七、八分。彼が帰宅したとき、ちょうどＮＨＫのラジオから七時の時報が流れていたのだという。農夫が女を見たのは小さな田圃一枚離れた場所からであり、すでにかなり暗くなっていた。だから、彼は、女の顔や年齢まではわからないと言った。だが、近くに人家のないそんな場所をそんな時間、何も持っていない女が一人で荒川のほうへ向かっていたという事実から、ミチ子と見て間違いないだろう。

ミチ子が家を出たのは六時四十分だったとすれば、もし彼女以外の者が犯人なら、犯人はその後で神谷家を訪れ、田中が回覧板を届けにきた七時までに常夫を殺し、逃げた、ということになる。ところが、その時間に神谷家に出入りした人間を見た者はいなかったのだった。

目撃者がなくても、もちろんその時間に神谷家を訪れた者がいないという証明にはならない。が、わずか二十分の間に神谷家を訪れ、台所にあった包丁を取ってきて常夫を刺した、そしてどこにも犯人らしい影はない、これはどう考えても不自然である。

警察の捜査の網はミチ子に絞られた。動機の点から見ても、他に容疑者がまったく浮かんでこないという事実から見ても、妥当だった。

ミチ子に対する常夫の暴力が頻繁に繰り返されていた事実ははっきりしている。隠してもすぐにわかると思ってだろう、ミチ子自身が最初に認めていたし、隣家の田中夫妻や常夫の実弟らの話によっても裏付けられた。さらには、ミチ子は旧《ふる》い良妻賢母型の女性で、裁判に訴えて離婚するといったことのできる性格ではなかったらしい。家庭内暴力が問題になり、各地に相談所や妻のための駆け込み寺（シェルター）が設けられるようになった昨今でさえ、子供の問題や経済的な理由、さらには夫が暴力をふるうのは妻である自分にも落ち度があるからだという思いなどから、逃げ出せないでいる女性が少なくない。四十年前、ミチ子が夫から逃げ出せなかったのは当然だろう。それでも、過去に二度、ミチ子は正典を連れて信州の実家へ逃げ帰った。しかし、二度とも常夫が迎えに来て、もうけっして暴力はふるわないと義父母の前で両手をついて謝ったため、「常夫さんもああ言って反省しているのだから……」と両親に説得され、夫のもとに戻った。そうした事情もあって、ミチ子は、息子と二人で家を出てもまたこれまでの繰り返しになると思い、次第に追いつめられていって犯行に及んだのではないか――。

それが、幹部を含めた捜査員たちの大方の見方だった。

事件の翌々日、警察はミチ子を殺人容疑で逮捕した。

が、すぐに落ちるだろうという刑事たちの予想に反し、ミチ子は頑強に容疑を否認した。ただ、最初の供述を多少変え、台所から包丁を取ってきて夫に突きつけた事実は認めた。

「あなたを殺し、自分も死ぬ」と言って、そうしたのだという。彼女はさらに言った。事件の前にもそうしたことが二、三度あったが、いつも夫に張り倒されて終わった。事件の晩も、夫とちょっと揉《も》み合った末に殴られ、包丁を奪われた。だから、自分が逃げ出した後で、酔った夫が過って自らの手で胸を刺してしまったのではないか——。

しかし、現場検証の結果、たとえ過ってでも常夫が自ら自分の胸を刺した可能性はありえない、と判断されていた。

だから、ミチ子の新しい供述は、包丁を取ってきて常夫に突きつけたところまでは事実でも、その後の話は他に容疑者がいないと知って考え出されたものではないか、と思われた。

とはいえ、それを裏付ける証拠はない。ミチ子は自分は絶対に夫を刺していないと言い張っており、このままだと彼女を自白に追い込むのは難しい。

捜査幹部たちのそうした判断のもと、県警本部から来たN部長刑事と私・松田刑事は、ミチ子のガードを突き崩す武器を何とか正典から手に入れるように命じられた（曽我の記憶にある、丸い顔をいつもにこにことほころばせていた歳上の刑事がN部長刑事らしい）。

松田刑事たちは、もしかしたら正典は決定的な事実を知っているのではないかと考え、その前から彼に当たっていた。ミチ子が自供するのは時間の問題だと見ながらも。ところが、ミチ子はしぶとく、容易には犯行を認めそうにない。そこで、新たな指示を受けたのである。

正典は、事件の晩には、U西署の捜査主任と松田刑事の質問に答えたのに、母親が逮捕されてからはまったく口をきかなくなった。ベテランのN部長刑事が手を変え品を変えて口を開かせようとしても無駄だった。視線はじっとN部長刑事に向けられているのだが、質問に対しては何も答えず、否定も肯定もしなかった。

刑事たちの多くは、

――これは、父親が殺されたうえに母親が容疑者として逮捕されたショックから、正典は言葉を失ってしまったのではないか。

と考えた。

が、やがて彼らは、

――大きなショックが八歳の少年から言葉を奪ったのは事実でも、少年の受けたショックは、単に父親が殺されて母親が容疑者として逮捕されたためのものではないのではないか。

というように自分たちの見方を修正した。正典は、母親が父親を包丁で刺す現場を目撃したのではないか、というのである。

午後六時頃、遊びに行っていた石原功の家を辞した正典が、石原宅と宮森神社の途中にある自宅に寄らずに神社へ遊びに行った、という話には刑事の誰もが首をかしげていた。

宮森神社へ行ったのは事実でも、その前に自宅に寄ったのではないか、と疑っていた。父親が母親に暴力をふるっているところへ帰り、二人の姿を見たのではないか、と。それを見ているのが嫌で、二人に気づかれないうちにまた自宅を飛び出し、神社へ行ったのではないか……。

では、正典はなぜそう言わなかったのか?

両親のそうした争いを他人に話すのは抵抗があった、あるいは、子供でも自分が父親の暴力を止めずに逃げ出した事実を話すのは嫌だったのだろう――初め、刑事たちはそう解釈した。が、N部長刑事と松田がいくら話しかけても正典が何も答えないと知ったとき、彼らは、もしかしたら正典は〝母親が父親を刺す現場を見た〟のではないか、と別の解釈をしたのだ。その目撃のショックからか、無意識のうちに母親を庇《かば》ってか、一時的に言葉を失ってしまったのではないか、と。

実は、松田だけは彼らと違った見方をしていたのだが、自分の意見を言う機会は訪れなかった。やがて、〝母親が父親を刺すところを見た〟と正典が話し、その事実を突きつけられたミチ子が、犯行を認めて自殺してしまったからである。

しかし、松田元刑事は、四十年近く経ったいまでも、もしかしたら自分の考えのほうが正しかったのではないかという思いを捨てきれずにいた。証拠がないので、想像にすぎなかったが。

そこで、私見を公にしたところでもう誰にも迷惑は及ばないだろうと考え、この〈夫殺しの裏にあったものは？〉を書いたのだ、という。

7

曽我は第三章の最後まで一気に読んだ。

章の後半の記述からは前半を読んだとき以上の衝撃を受けた。読み終わっても、本を閉じることができなかった。最後のページから目を上げることができなかった。胸がざわざわと騒ぎ、まわりの空気が薄くなってしまったように息苦しかった。

そこに書かれている事件の真相――。

これはあくまでも自分の想像だ、と松田元刑事はことわってはいる。ただ、そう言いながらも、彼がかなり自信を持っているのは明らかだった。そのことは、書かれている言葉の端々から感じられる。そもそも、自信を持っているからこそ、彼は〈夫殺しの裏にあったものは？〉という題でこの一文を書いたのだろう。

しかし、松田元刑事がどんなに自信を持っていようと、彼の想像は間違っている。事実であるわけがない。それは他の誰よりも曽我が知っている。

――果たしてそうか？

と、別の自分が疑問を差し挟む。おまえはそう言い切れるか。松田元刑事が間違ってい
て、自分が正しい、と言い切れるか。
言い切れるさ、と曽我は答える。決まっているじゃないか。松田元刑事の場合は単なる
想像なのに、俺の場合は自分自身のことなんだから。
それなら、おまえは、どうしてそんなに動揺しているんだ？
動揺なんかしていない。ただ、こんなふうに見ていた刑事がいたのかと思い、ちょっと
ショックを受けているだけさ。
嘘をつけ。おまえは動揺している。
――していないって！
曽我は思わず声に出しそうになり、ハッとした。
顔を起こし、コップに残っていた水を飲み干した。『犯罪捜査三十年』を閉じた。
どうすべきか、と考える。
いや、採るべき行動は彼の胸の内ですでに固まっていた。著者である松田元刑事に会い、
彼から直接話を聞く――のである。
松田元刑事に会ったところで、この本に書かれている以上のことは聞けないかもしれな
い。彼の書いている「事件の真相」には証拠がないのだから。
それでもかまわない、直接彼の口から確かめたい、と曽我は思った。

曽我は、ウエートレスに水をお代わりして飲んでから喫茶店を出た。

携帯電話を持っていたが、駅へ戻る途中に電話ボックスがあったので入った。『犯罪捜査三十年』の奥付を見ながら、飯能のせせらぎ書房に電話した。

呼び出し音が六、七回鳴り、誰もいないのか……と曽我が受話器を耳から離しかけたとき、「はい」と男の声が出た。

曽我は、せせらぎ書房かと確認した。

「そうです」

と、すでに老年に入っているのではないかと思われる男の声が答えた。

曽我は、自分は小説を書いている曽我英紀という者だが、『犯罪捜査三十年』を読ませてもらい、電話した、と述べた。松田猛の連絡先を聞き出すには小説家を名乗ったほうが有効だろうと思ったから。

「えっ、『蒼《あお》の構図』の、あの曽我先生ですか？」

相手が驚いたらしい声で聞き返した。

「ええ」

と、曽我は答えた。小説家と聞いても、自分の名前など知らないだろうと思っていたので、意外でもあり、少し嬉《うれ》しくもあった。

「そうですか。私は、せせらぎ書房というちっぽけな出版社をやっている原島と申します。

それにしても嬉しいですね、曽我先生にうちの本を読んでいただけたとは」

原島と名乗った社長が浮き浮きした調子で言い、「……あ、で、あの本に何かおかしなところでもございましたか？」と急に声を沈めた。

「いえ、そういうことではないんです。突然お電話したのは、実は著者の松田さんという方の連絡先を教えていただきたかったからなんです」

「松田さんに何か……？」

「できれば、会って、直接お話を伺えないかと……」

「取材ということでしょうか？」

「そう考えていただいて結構です」

曽我は答えた。個人的な事情だと言えば、相手はその内容を知りたがるだろうから、やむをえない。

「あの本の中に、先生が興味を引かれたことがあった……？」

「ええ」

それは嘘ではない。

「わかりました。そういう事情でしたら、お教えしても差し支えないと思いますので……」

原島が言って、松田猛の自宅の電話番号を伝えた。正確な住所は調べないとわからないが、飯能からバスで行った入間郡《いるま》名栗村《なぐり》だという。

「松田さんは警察を退職した後、四、五年、大宮のほうの警備会社に勤めていたんですが、去年春にそこを辞め、ご両親が亡くなってからずっと空き家になっていた名栗村の実家へ引っ込んだんです。いまは奥さんとふたり、家の周りの畑で野菜や花などを作って悠々自適の暮らしをされています」

曽我は原島に礼を言って、一旦《いったん》電話機のフックを下ろすと、出てきたテレホンカードを再び差し込み、松田の自宅にかけた。

「はい、松田です」

と、今度は男の声がすぐに出た。

曽我は、せせらぎ書房に電話したときと同様に自己紹介した。

だが、松田は原島と違い、作家の曽我と聞いても知らないようだった。自分の著書を読んだと言って突然電話してきた男に、

「はあ」

と、訝《いぶか》るような、警戒するような声で応じた。

「松田さんのお電話は、せせらぎ書房の原島さんに伺いました」

と、曽我は言葉を継いだ。

「あ、そうですか」

相手の声が少し気を許したような色合いを帯びた。

「ついては、御作の『犯罪捜査三十年』に書かれている事柄についてお話を伺いたいのですが、ご都合のよいときにお時間を作っていただけないでしょうか」

「私は閑《ひま》ですので、時間ならいくらでも作れますが、書かれている事柄といっても十二の章に分かれていますからね。どの章について聞きたいんですか？」

「第三章〈夫殺しの裏にあったものは？〉についてです」

「作家の方だと言われましたが、あの事件を元に小説でも……？」

「いえ、そういう気はございません」

「では、何のために……？」

「個人的な事情からです」

「個人的な事情？」

松田が聞き返した。その声の調子から警戒したらしい様子が窺《うかが》えた。

曽我は、できれば松田に会うまでこちらの素性を明かさないほうがいいだろう、と考えていた。明かせば、

――真相といっても、あれはあくまでも私の想像です。本の中にことわってあるとおりです。

と言って、会うのを断わられるおそれがあったからだ。

しかし、いまは、素性を明かさずに会う約束を取り付けるのは難しいかもしれない、と思い始めた。

「どういう事情でしょう？」

松田が聞いた。

相手は元刑事。やはり事情を話さずに会ってくれと言っても無理かもしれない。

「〈夫殺しの裏にあったものは？〉の中に神谷常夫、ミチ子という仮名で書かれているのは私の両親です。つまり、私は、松田さんが犯人ではないかと考えられた少年、神谷正典です」

電話の向こうから、松田の息を呑《の》んだらしい気配が伝わってきた。

「ですが――」

と、曽我は相手に言葉を挟む隙を与えないためにすぐにつづけた。「私は、松田さんの書かれた内容について文句をつけようというわけではありません。ただ、知りたいんです。松田さんがどうしてあのように考えられたのか、お聞きしたいんです」

「会っても、あそこに書いてある以上のことは話せませんよ」

松田が硬い声で応じた。

「それでも結構です。会っていただけませんか。時間はいつでもかまいません。松田さんの指定された場所へ伺います」

「しかし、あれは私の想像だと……」

「それも承知しております。事実、私は犯人ではありませんから」

「私の想像は間違っている？」

「間違っています」

曽我はきっぱりと言った。

「そうかね？　あんたはあのとき、お母さんがお父さんを刺すのを見たと嘘をついたんじゃないのかね」

「嘘なんかついていません。会ってくだされば、そのときの私の状況もお話しします」

「そうか、わかった。じゃ、会おう」

と、松田が言った。彼のほうも曽我の話を聞きたいという欲求を覚えたらしい。

「いつ、どこへ行ったらいいでしょう？」

「あんたの家はどこかね？」

「東京の武蔵野市ですが、いまは所沢駅前にいます」

「それなら、これから私の家へ来られないか。不便なところだが」

「伺います。原島さんに名栗村だと伺いましたが、飯能からバスかタクシーで行けばいいんですね？」

「バスで来たらいい。名栗村といっても奥のほうなので一時間ほどかかるが、タクシーなんてもったいない」

それではそうしますと曽我は応《こた》え、シャツの胸ポケットからボールペンを抜き取り、『犯罪捜査三十年』の余白に松田の言ったバス停とそこからの道順をメモした。

8

「女房が出かけていて、何もないが……」

松田が、急須と湯飲みを二つ、盆に載せて戻ってきた。

多少色の褪《あ》せた紫陽花《あじさい》が咲いている庭を見ていた曽我は、松田のほうへ顔を戻し、どうぞかまわないでくださいと言った。

冬になれば布団が掛けられて電気炬燵《こたつ》になるらしい座卓が置かれた四畳半の和室だ。隅にテレビがあり、居間あるいは茶の間といった部屋らしい。

曽我は、松田に電話した後すぐに所沢駅へ行き、西武池袋線の下り電車に乗った。二十分ほどで終点の飯能に着き、十六、七分待っているとバスがきた。バスは時刻表どおり四時半に発車。ＪＲ東飯能駅を回ってじきに市街地を出ると、あとは名栗川に沿ってほとんど一本道。名栗渓谷を経て、山間《やまあい》をどんどん奥深く入って行き——といっても、道の左右に高い山がないのであまり圧迫感がない——松田に教えられたバス停に着いたのは五時半近く。松田の家はそこから四、五分戻ったところだった。道から東の山際へ少し引っ込んでいたし、昼が一番長い季節なので、庭や縁側にはまだ明るい日が当たっていた。

松田の家は木造の古い平屋だった。谷間の集落なので、庭も家の周りにある畑も狭い。が、原島によれば、夫婦二人の年金暮らしのようだから、ちょうどいいのだろう。

「いやぁ、正直、驚きました」

と、松田が日に焼けたごつごつした手で茶を注ぎながら言った。

想像していたとおり、年齢は六十代半ばといった感じだった。元警察官にしては小柄だが、ごま塩頭の下の顔は血色がよく、動きもきびきびして若々しい。当然ながら、その顔からは、三十九年前に会った刑事かどうかの判別はつかない。

「私も驚きました」

と、曽我は取り敢えず応じた。彼の場合は、松田のように、ただ驚いたではすまなかったが……。

「それにしても、あのときの坊やが有名な小説家にねぇ」

松田が、当時の面影を探しているかのような視線を曽我に当てた。

「有名ではありませんが……」

「いや、失礼ながら私は知らなかったが、原島社長がそう言っていたよ。寡作だが、みんな質の高い作品ばかりだと」

曽我の電話の後で原島から電話がかかってきたという話は、玄関で挨拶《あいさつ》したときに聞いた。原島とどういう会話を交わしたのかはわからないが、そのせいか、松田の態度は電話で話したときと微妙に違っていた。

「そうした作家を前にしては、私が初めてものした駄文など、恥ずかしいかぎりだが……」

松田がつづけた。

「いえ、そんなことありません。私の読ませていただいたのはまだ三章だけですが、とても初めて書かれたものとは思えないぐらい、きちんとまとまっていました」

曽我の正直な感想だった。

「プロの作家にそう言ってもらえると、お世辞でも嬉しいですね」

まあ、どうぞ——と、松田が湯飲みの一つを曽我の前に置いた。

曽我は軽く一礼し、

「それから、事件から四十年近くも経っているのに、非常に具体的な記述に感心させられました。あれは、当時の日記でも参考にされたんですか？」

と、本題に近づいていった。

「そう。昔からものを書くのは嫌いじゃなかったので、日記だけはもう五十年以上書きつづけているんです」

「五十年とは凄《すご》いですね」

「それで、昔ちょっとした窃盗事件の捜査のとき知り合いになった原島さんにそのことを話すと、閑にしているんなら一つ書いてみないか、と勧められたんですわ。自分が本を書くなんてとてもできない、と一度は断わったんですがね。結局、あんたなら書けるなんておだてられて……」

曽我は、テーブルの上に出してあった『犯罪捜査三十年』を手に取った。

「この三章に描かれている神谷ミチ子と正典が当時の母と私の姿なのかと思うと、感慨というか懐かしさというか悲しみというか……非常に複雑な思いにとらわれました」

松田が、どう応えていいのか困ったような顔をして、目をしばたたいた。

「ただ、先ほども電話で申し上げたように、それで松田さんを責めようとか、書いてあることに文句をつけようとか……そういう気はありませんので」

「私の書いた文章を読んで曽我さんが辛《つら》い思いをされたんでしたら、お詫《わ》びします」

松田が初めて謝った。

「辛い思いをしなかったと言えば嘘になりますが、それを割り引いても、私は松田さんに感謝しています」

松田が問うような目を向けた。

「この本を読ませてもらい、私はこれまで知らなかった多くの事実を知ったからです。誰も私に話してくれなかった……そして私自身も目を背け、逃げていた、父が死んだときの状況が、よくわかったからです」

「しかし、私の想像、私の出した結論は間違っていたわけですね？　さっき、あんたは電話でそう言った……」

「ええ」

「お母さんがお父さんを刺すのを見たというあんたの話は、嘘ではない？」

「そうです。あれは嘘じゃありません。あのときの光景は、三十九年経ったいまでも私の脳裏にくっきりと焼き付いています」

「そうか……」

松田が残念そうに口元を歪《ゆが》めた。

「それで伺いたいんですが、松田さんはどうしてああした想像をされたんでしょう？」

曽我は問題の核心に触れた。

松田は、『犯罪捜査三十年』の〈夫殺しの裏にあったものは？〉の中で、神谷常夫を殺したのは、もしかしたら妻のミチ子ではなく、息子の正典ではなかったか、と述べていたのだ。

「そこに書いてあるとおりです」

と、松田が目顔で曽我の手元にある本を指した。

「ということは、N部長刑事と松田さんが何をどう聞いても一切答えようとしなかった正典……私の態度を怪しんで？」

「そう。それを、N部長刑事をはじめとするほとんどの刑事たちは、母親が父親を刺す現場を見てしまったショックと母親を庇《かば》おうという無意識の働きから少年は一時的に言葉をなくしてしまったのではないか、そう見たのに対し、私は、もしかしたら少年自身がやったからでは……と思ったんです。しかし、いまのあんたの話を聞き、結局、N部長刑事たちの見方が正しく、私が間違っていた、とわかったわけです」

曽我は本を開き、〈夫殺しの裏にあったものは？〉のラストに近いページをもう一度読んでみた。

そこには次のように書かれていた。


神谷ミチ子は犯行を自供して自殺した。だが、私の中には、もしかしたら彼女は犯人ではなかったのではないか、という思いが残った。そしてその疑いは、四十年近く経った今でも消えない。私は、犯人は神谷正典だったのではないかと考えたのである。

ミチ子が家を飛び出した後、友達の家から帰宅した正典は、父親の常夫が茶の間で酔って寝ているのを目にした。卓袱台がひっくり返り、一升瓶が倒れ、部屋は父親の暴れた跡をとどめていた。それだけではない。父親の寝ているそばには包丁もあった。それを見たとき、八歳の少年の頭に、あれで父親を刺したら……という考えが閃《ひらめ》いた。そうすれば、母親はこれからいじめられなくてすむ。自分も、父親に殴られ蹴られ、髪をつかんで引きずり回される母親の姿を見なくてすむ。そう思うと、八歳の少年の頭はそれだけでいっぱいになった。後先のことを考える余裕などない。包丁を拾い上げ、両手で柄をしっかりと握ると、体重をかけて父親の胸にそれを突き立てた。常夫はぎゃーっと叫んで目を覚ましたが、何が起きたのかわからない。もしかしたら上体を起こそうとしたかもしれないが、それより前に少年は父親から飛び離れ、ただ恐怖から家の外へ逃げ出していた。

そのため、正典は家から離れた宮森神社まで行って時間を潰《つぶ》し、八時過ぎに家へ帰ってきたとき、捜査主任と私に、「六時頃、石原宅を出て宮森神社へ行き、自宅には寄らなかった」と嘘をついた。そして、母親のミチ子が夫を殺した容疑で逮捕されてからは、自分が本当のことを言えば母親が助かるとわかっているのだが、また何とかして母親を助けたいのだが、怖くてどうしても自分が父親を刺したとは言えなかった。

八歳の少年でも、N部長刑事の質問の内容や話から、警察がどう考えているかは容易に想像がついただろう。彼らが自分にどういう証言を求めているのかも。そのとおりにすれば、自分は何の咎《とが》めも受けずに解放される。だが、それは、母に自分の犯した罪、無実の罪を被《かぶ》せることになる。

少年の小さな胸は葛藤《かっとう》をつづけたにちがいない。少年はどうしていいかわらなかったにちがいない。

それが彼から言葉を奪った最大の原因ではないか、私はそう考えたのだ。

そして、正典少年は最後に、母親よりも自分自身を助ける道を選んだ——。

これは私の想像である。証拠は何もない。だから、一つのお話として読んでいただければと思う次第である。

松田の想像は間違っている。なにしろ、事実は、〝曽我は刑事に嘘をついていなかった〟のだから。

とはいえ、松田の想像には無理な飛躍、こじつけがなく、なかなか説得力があった。現実がこのとおりだったとしても、ほとんど違和感がない。

ただ、ミチ子の自殺については、
ミチ子が犯行を認めた後、どうして自殺したかについては、捜査本部の中でもいろいろ言われたし、私も私なりに想像しないわけではないが、死者の本当の心の内は知りようがない。

としか書かれてなく、これだけでは、

〈正典が犯人だった場合、ミチ子がどうしてやってもいない罪を認め、自ら命を絶ったのか?〉

は、わからなかった。

曽我は、その点、松田がどう考えたかを尋ねた。想像がつかないではなかったし、もし自分の想像どおりなら、松田はわざとその記述を回避したのかもしれないが……。

「お母さんの自殺に関するマスコミの報道……というのは警察の非公式の見解だったわけだが、それは知っているわけですな?」

松田が聞き返した。

「知っています。祖父から聞きました。おとなたちは私の前でほとんど事件の話をしませんでしたが、母が自殺したと知らせるのに、その理由を教えないわけにはいかなかったんだと思います」

そのとき、祖父は顔を引きつらせ、

——お母さんは、生きていてもうどうにもならんと思ったようだ。はっきりしたことはわからんが、警察はそう考えているらしい。

と、言ったのだった。

いや、曽我はそう祖父から聞いたように思っているが、もしかしたら、後で誰かから聞いた話と交じり合っているかもしれない……。

「母は、私の証言を聞いて、もはや逃れられないと思い、絶望して自殺した――。警察はそう考えたようですが？」

曽我は確認した。

「そう。刑事たちの中には、息子のあんたの証言にショックを受けたことも多分に影響していたんじゃないかと考える者もいたが、その見方は表には出されなかった」

母が曽我の証言にショック――。

それは、半分は正しい。母が自殺した動機は、息子に裏切られたショックと絶望にあったのだから。

曽我は、母が自殺したと知らされたときからそう思ってきた。同じ絶望でも、母の感じた絶望は警察の考えたような理由によるものではない。母は、何がどうあっても息子だけは……と曽我を信じていた。息子だけは自分の味方だから、目撃した事実を警察に明かすことはあるまい、と。ところが、曽我は、〝母が父を刺すのを見た〟と話してしまった。それを聞いて、母は衝撃を受けると同時に絶望し、生きていく気力、意欲を失くしてしまったのだ。

「しかし、松田さんの想像では、母は犯人ではないわけですから、私の証言を突きつけられても、〝逃げ切れないと絶望して自殺した〟という理屈は成り立ちません。その点、松田さんはどのように考えておられたんですか？」

曽我は話を戻した。

「私の想像は間違っていたわけだから、それはもうどうでもいいんじゃないかね」

「すみません。どう言われても気にしませんから、教えてください」

「うん……」

「松田さんは、〝私が母を殺した〟そう考えられたんじゃないんですか？」

「そこまでは……」

「殺したといっても、もちろん手に掛けたわけじゃありませんが……」

「そりゃ、そうだ」

「まず、私を犯人と見ていた松田さんは、犯人でもない母がどうして嘘の自白をしたと考えられたんですか？」

「息子と争う気にはなれなかったんだろう、と思った。もし自分が無実を主張すれば、息子であるあんたが、嘘をついたのではないかとわれわれ刑事に責められる。それを想像すると、自分がやったと言ってしまったほうが楽だったのかもしれん」

「自殺したのは……？」

「嘘でも、罪を認めたからは、生きていく気力が萎《な》えてしまったのかもしれん」

「そうでしょうか？　松田さんは本当にそう考えられたんでしょうか？　本当は、〝母親は息子に無実の罪を被せられたショックと絶望から死を選んだ〟そう考えられたんじゃないんですか？」

松田は答えない。

「そうなんですね？」

松田が首をかしげたが、そうじゃないとは言わなかった。

松田は、もしかしたら正典が父・常夫を刺した犯人ではなかったか、と書いた。さらには、正典が葛藤の末、母よりも自分を助ける道を選んだ、と書いた。それでいながら、ミチ子が自殺した動機には言及しなかった。それは、警察の結論と違う松田の考えを書くのに、ミチ子の自殺は絶対に必要な事柄ではない、という事情もあっただろう。が、最大の理由は、どうやら、曽我が想像したとおりだったようだ。つまり、松田の中に、それを書くのに抗《あらが》う気持ちがあったらしい、ということである。

松田は、〈夫殺しの裏にあったものは？〉の中で正典を責めていない。父親を刺した事情はもとより、最後に母親を売ったのだって、葛藤の末にやむをえず……というように書いている。八歳の少年に降りかかった悲劇として描いている。だから、その結果生じた最大の悲劇である母親の自殺について、

――ミチ子は、最愛の一人息子・正典の嘘によって無実の罪を被せられ、ショックと絶望から自ら死を選んだにちがいない。

と書くのは、強い抵抗とためらいがあったのではないか……。

停留所で見てきた飯能行きのバスの時刻までにはまだ四十分以上あったが、曽我は松田に礼を述べ、彼の家を辞去した。

一人になって、考えたかった。

9

古屋かおるから浅川・服部法律事務所に電話があったのは、関山事件の第五回公判が三日後に迫った七月十九日の夕方だった。

かおるのほうから電話をかけてきたのはこれで二度目である。

一度目は半月余り前。裁判所から召喚状が届いたが、証人なんてやはり困る、とぐずぐず言ってきたのだ。そのとき朋子は、相手に一通り話させると、

――私の考えは、八千代でお会いしたときと、先日、お電話で話したときと変わりません。召喚状に書かれているとおり、七月二十二日の午前十時、よろしくお願いします。理由なく出頭しないと処罰されますので、気をつけてください。

と言って、電話を切った。これで、どんなに逃げ出したくても、かおるは出頭し、事実を証言するだろう、そう思って。かおるには他の選択肢はないはずだから。

とはいうものの、朋子は気になり、今晩にでも確認の電話を入れるつもりでいた。そこ

に、かおるのほうから電話をかけてきたのである。

横浜地裁から帰り、茶を飲んでいたとき、電話を取り次がれ、朋子はちょっと意外な感じがした。同時に、かおるが誰かに入れ知恵でもされ、厄介な事態になっていなければいいが……と思った。

先月二十一日の第四回公判で古屋かおるの喚問が決まった後、朋子は、かおるを脅迫して市川台中央病院から硫酸アトロピンと臭化水素酸スコポラミンを盗み出させたのが夏美ではなかったことを明らかにするにはどうしたらいいか、とその問題ばかり考えてきた。どこかにそれを示す証拠が残っていないか、と。かおるの証言によって夏美の自白の信用性は否定できても、それだけでは勝ちを確実には読めないからだ。しかし、第五回公判が三日後に迫ったというのに、いまだに何も見つからなかった。梶たち三人の弁護士も必死になって捜していたし、曽我も考えてくれているはずだが、朗報は届かなかった。ここで、古屋かおるの証人尋問までこじれたら、厄介になる。朋子は、ふとそんなふうに思い、緊張したのだった。

だが、電話の相手にはそうした心の動きを気づかれないように、

「お電話代わりました、服部です」

と、いつもどおりの調子で応接した。

「あの、古屋かおるです」

相手が少しびくびくしているような感じで名乗った。

「ああ、ちょうどよかったわ。古屋さんにお電話しようと思っていたところだったの」

「何でしょうか?」

身構えるような硬い声。

「覚えてくれていると思うけど、証人尋問の日が近づいたから、念のためにもう一度確認しておこうと思って。今週木曜日の午前十時、霞が関の東京高等裁判所。お願いね」

かおるは返事をしなかった。この前と同様にただ渋っているだけなのか、それとも何かあるのか……。

「あ、ごめんなさい。古屋さんのお話も聞かずに」

朋子は言葉を継いだ。「わざわざ電話くださった用件は何かしら?」

「その……証人のこと、なんです」

かおるが、迷っていた件を思い切って口にするといった感じで言った。

「古屋さんの証人尋問の件ね?」

「はい。そのことで、弁護士さんに相談というか……お願いがあるんです」

「相談でもお願いでも、私のできるかぎりのことはするつもりだけど……」

とにかく話して——と朋子は応じた。この前の話の蒸し返しなら断わるが、聞いてみないことには始まらない。

「弁護士さんが私に証言させたいのは、私を脅して市川台中央病院から硫酸アトロピンと臭化水素酸スコポラミンを持ち出させた人がいたこと、ですよね？」

かおるが、彼女を証人尋問する朋子の目的を確認した。

相手の意図はつかめなかったが、そのとおりなので、

「ええ、そうよ」

と、朋子は応じた。

「でしたら、それさえわかるものがあれば、私は証人にならなくてもいいんじゃありませんか？」

「もし、はっきりと証明できるものがあれば、ね」

そんなものがあるのだろうかと訝《いぶか》りながら、朋子は言った。

「証明ですか……」

かおるがつぶやいた。考えているようだった。

「いま古屋さんの言ったようなものが、あるの？」

朋子は気になって聞いた。

はい、とかおるが答えてから、たぶん……と言い換えた。

「それは何かしら？」

朋子は考えてみたが、想像がつかない。

「教えれば、私の呼び出しを取り消し、私が証人として裁判所へ行かなくてもいいようにしてくれますか?」

それが、かおるの電話してきた目的のようだ。

「裁判所が召喚を決めてしまった後なので、今回はもう難しいけど……」

絶対にできないというわけではなかったが、朋子はそう言った。何が出てこようと、かおるの尋問を取りやめる気はなかったし。

「駄目なんですか」

かおるが、がっかりした声を出した。

「でも、古屋さんの証言に代わるものがもし本当にあるなら、私は古屋さんに対して突っ込んだ質問をしないから、古屋さんは嫌なことをあまり口にしないですむわ」

「それだけですか……」

かおるは不満なようだ。

「もちろん、法廷にいる時間もぐんと短くなるはずよ。話してみない?」

かおるは答えなかった。自分の証人尋問の代わりにしようとしたのに、その程度では、朋子に教えたくないらしい。

朋子は聞きたかったが、押しても相手の口を固く閉じさせるだけだと思ったので、

「古屋さんがどうしても話したくないっていうんなら、仕方ないわね」

わざとあっさりと引いて見せた。「それじゃ、木曜日、予定どおりお願いね」

「私、まだ一度も証人になってもいいなんて返事をしていません。それなのに、あんな呼び出し状なんかきて……」

かおるがこの前の話を蒸し返しかけた。

「それについては、もう充分に説明したはずよ」

今度は朋子は少し強い調子で遮り、「だから、どうするかは、あなたがあなたの責任で決めて」と突き放した。

かおるは無言。唇を嚙《か》んだ彼女の悔しげな顔が目に浮かぶようだった。

「どう、話してみない？」

と、朋子は語調をやわらげて言葉を継いだ。貴重な証人であるかおると対立するのは得策ではない。それに、かおるが握っているという〝もの〟も気になった。

「本当に古屋さんの証言に代わりうるものだったら、悪いようにはしないわ。前にも言ったと思うけど、私には古屋さんの行為を咎《とが》め立てする気は全然ないのよ。だから、古屋さんさえ協力してくれたら、私だって、古屋さんのためにできるかぎりのことをするつもりでいるわ」

かおるは返事をしなかった。

が、朋子は、かおるが話すだろうと思ったので、それ以上は何も言わずに待った。

案の定、しばしの沈黙ののち、

「この前の弁護士さんの電話で思い出したんです」

と、かおるが口を開いた。

それから彼女の話した事実は、朋子を驚喜させた。

第三部　事実

1

九月三日（金曜日）――。

曽我は、妻と子が仕事と学校へ行った後、一人で遅い朝食を摂って、仕事場へ上がった。

八月中は、妻が早番の日は曽我も早起きをして子供たちと一緒に朝食を摂るようにしていたのだが、学校が始まり、元の生活に戻った。

曽我はコーヒーを淹《い》れて机に座ると、パソコンを起ち上げ、書きかけの長編を画面に呼び出した。七月半ば過ぎから書き始めた『春のレクイエム』（仮題）だ。四百字詰め原稿用紙に換算して百七、八十枚書き進め、ようやくこれでいけそうだという感触がつかめたところだった。そのため、ここ数日はキーを叩《たた》き始めると割合早く乗れたのだが、今朝は違った。気がつくと、手が止まり、今日の第六回公判のことを考えていた。

四十分ほどして、

――これじゃ、駄目だな。

曽我はそう結論すると、原稿を上書き保存し、パソコンのスイッチを切った。

時刻はまだ十時半前。午後一時から始まる公判には早過ぎたが、下の住まいに帰って支度をし、マンションを出た。

暑い。歩き出すと、首や背中にすぐに汗が噴き出た。暦は九月に入っても、気温の上では連日「真夏日」がつづいていたから、今日も水銀柱の目盛りはすでに三十度を超しているのかもしれない。

吉祥寺で中央線に乗り、四ツ谷で地下鉄に乗り換えずに東京駅まで行った。夏は、七月末から八月初めにかけて家族で北海道へ行き――雅彦の万引き事件の前の曽我とは違った目で子供たちを見、違った気持ちで接したので、いくつかの発見があった――大沼《おおぬま》湖畔のロッジに四泊してきた以外、どこにも出かけなかった。夕方、井の頭公園や玉川上水沿いを散歩するぐらいで、あとは弱めにクーラーを入れた仕事場でもっぱら過ごした。だから、都心へ出るのも久しぶりだった。

八重洲ブックセンターを覗《のぞ》き、手帳にメモしてあった本を四冊買った。それでもまだ一時間半近くあったので、中二階の喫茶室でアイスコーヒーとサンドイッチの昼食を摂ってから霞が関の裁判所合同庁舎へ向かった。

裁判所合同庁舎には、東京高裁と東京地裁が入っていた。取材のために何度か裁判の傍聴に来ていたので、だいたいの勝手はわかっている。オウム事件や過激派事件の公判があると入口で持ち物チェックを受けるが、今日は素通り。ロビーに入り、左手奥のエレベーターで七階まで昇った。

エレベーターを降りると、長く伸びた広い廊下は人影がまったくなく、怖いぐらいに静まりかえっていた。狭い廊下にベンチなどが置かれている八王子支部などと違い、物は一切置かれていない。初めて来たとき、これじゃ裁判所で殺人事件が起きてもおかしくないな……と思った覚えがある。

曽我は、左右の案内表示を見やりながら廊下を歩いて行く。

この裁判所は、曽我がいまいる廊下から法廷に直接出入りするわけではない。法廷の入口は、この中央廊下から左右に枝分かれした小廊下に面して付いている。

曽我は、右側の小廊下入口に朋子に教えられていた7××号法廷の文字を見つけ、ガラス扉を押した。

小廊下の扉は中央廊下から少し引っ込んだところにあった。そして、入ってすぐ右側が証人待合室、隣りに法廷が一つあって、一番奥が一般待合室になっていた。反対側は法廷が二つである。所内を全部調べたわけではないが、だいたい小廊下の片側に二つの法廷、反対側に証人待合室・法廷・一般待合室と配されているようだ。

中央廊下同様、小廊下もしんとして人の気配がしない。午後の法廷は一時からなのに、十二時半を回ったばかりだから、まだ誰も来ていないのだろう。

曽我はまず、左側手前の部屋が7××号法廷であることを確かめた。今日、ここで関山事件の第六回公判が開かれるのである。

外に貼られた法廷使用予定を見ると、午前は二件あったようだが、午後は一時からの関山事件だけだった。

傍聴人入口の鍵《かぎ》が掛かっていたので、曽我は奥の一般待合室へ向かった。

小廊下の正面は大きなガラス窓になっているので、明るい。窓の外は日比谷公園の方角のはずだが、間にビルが建っているので公園は見えなかった。

曽我は窓の右手前、一般待合室のほうへ目をやり、一瞬足を止めた。誰もいないだろうと思っていたのに人の姿があったのだ。証人待合室は中が見えないが、一般待合室はガラスのドアなのである。

ベンチに掛けていたのは女性二人。そのうちの一人は朋子だった。

朋子も曽我を認め、ちょっと驚いたような顔をした。

曽我はドアを開け、中へ入った。奥に長い矩形《くけい》の部屋である。装飾は一切ない。備品も、左右の壁際に置かれた長いベンチと、正面の壁に掛けられた時計だけ。

「曽我さん……」

と、朋子が嬉《うれ》しそうに表情を崩した。

朋子が掛けているのは左側のベンチのほぼ中央。そして彼女の左側、曽我から見ると右の奥に朋子より頭半分ぐらい高い少女がいた。

いや、少女ではない。最初見たときはそう思ったが、十八、九にはなっているようだ。ひょろりとした体付き。曽我に向けられた、青ざめ、引きつったような表情——。

曽我は直感した。これが関山夏美の娘、美香ではないか……。

曽我の直感は当たった。

朋子が立ち上がって、

「こちら、関山美香さん」

と、娘を紹介し、曽我のことも相手に紹介した。

白のワンピースを着た美香が慌てた感じで立ち上がり、黙ってお辞儀をした。

「来てくださって、ありがとう」

朋子が曽我に微笑みかけた。

いや、と曽我は小さく首を振った。

「今日は美香さんも傍聴に来てくれたんです」

朋子が美香のほうをちらっと振り返って、言葉を継いだ。今回なら……と説得して、連れてきたのだろう。

「掛けて……ああ、でも、もうそろそろ法廷のドアが開く頃だわ。そしたら、誰も来ないうちに入ってましょうか」

朋子が曽我に自分の右側の席を勧めてから、言い直した。誰も来ないうちに……というのは、美香が朋子以外の人と顔を合わすのを嫌がるからのようだ。それで、早くから来ていたのかもしれない。

朋子が、「ね?」と美香も誘い、曽我たち三人は一般待合室を出て、7××号法廷の傍聴人入口の前まで行った。ドアの鍵はまだ掛かっていたが、五分ほど待つうちに廷吏が来て開けた。

曽我たちは中へ入った。四列になった傍聴席は五十ぐらいはあるだろうか。朋子が奥がいいと言うので――やはり美香のためらしい――一番奥、前から二列目の席に腰を下ろした。三つ並んだ椅子の奥から美香、曽我、朋子の順に。美香は、当然隣りに朋子が掛けるものと思っていたらしいが、

「私は行かなければならないから」

と朋子が言って、曽我を促したのだ。

美香が不安そうな、縋《すが》るような目を朋子に向けた。

「大丈夫。曽我さんなら、大丈夫よ。それに、私だって、あそこにいるんだから」

と、朋子が安心させるように美香に言い、正面の雛壇《ひなだん》に向かって右手の弁護人席を指差

した。

それでも美香の顔から不安の色は消えなかったが、いまさらどうにもならないと観念したのだろう、黙って下を向いた。

「曽我さんが来てくださって、本当によかったわ」

朋子が言いながら、曽我に目顔で謝った。厄介なことを頼んですまない、ということだろう。

「夏美さんのお父さんも美香さんと一緒に来るはずだったんですが、急に体調を崩されて……。お母さんは脚が悪いから、遠くへは出られないんです」

曽我は、朋子の言いたいことがわかったので、

「心配しなくていいですよ」

と、朋子と美香の二人に言った。「僕がずっと美香さんのそばから離れないから」

「ありがとう」

朋子が曽我の理解に感謝の笑みを浮かべ、それじゃお願いします、と席を離れて行った。

今日の証人が来ているかどうか、証人待合室に見に行ったのかもしれない。

「服部弁護士には、お母さんの無実を明らかにするという大事な仕事があるからね。いつまでも僕らと一緒にいるわけにはいかないんだ」

曽我は、美香の緊張をほぐすように話しかけた。

が、美香は俯《うつむ》き、凍りついたように動かない。その様子は尋常ではなかった。曽我と二人になったので硬くなっているだけではなさそうだ。これから始まる母親の裁判を考えて緊張しているだけでも。庇護《ひご》者の朋子がいなくなり、怖がっている、曽我にかぎらず、他人と一緒にいるのを、他人の目にさらされるのを、恐怖している……そんな感じだった。

曽我は困惑した。心配しなくてもいい、怖がらなくてもいい、と言ったところで、たぶん何にもならないだろう。としたら、どうしたらいいのか。

自分のことを話したら……という考えが曽我の頭に浮かんだ。そうすれば、美香の恐怖を分かち持ってやれるのではないか。いや、そう思っただけではない。なぜか彼は美香に話したくなったのだ。

「きみは、人が怖いんだね」

曽我は美香にわずかに顔を寄せて言った。

美香は何も応《こた》えない。

「僕にはわかるんだよ」

曽我はかまわずにつづけた。「僕もきみと同じだったから」

美香の頰が一瞬ぴくりと痙攣《けいれん》したように感じられたが、彼女は顔を上げなかった。

「僕も、母が父を殺した容疑で逮捕されたんだ。ただ、それから後の事情はきみの場合と違うんだが」

美香が曽我に顔を向けた。驚きと半信半疑の色を浮かべた大きな目が、本当かと問うていた。

「本当だよ。こんなこと、嘘を言えるわけがない。三十九年前、僕が八歳のときに起きた事件なんだ。その後、一人っ子の僕は母方の祖父母に引き取られた。それも、きみに似ている」

美香は何も言わなかったが、その目は完全に曽我の話に引き込まれていることを示していた。

「だから、服部さんからきみの話を聞いたとき、僕は他人事《ひとごと》とは思えなかった。正直、お母さんのことより、きみのほうが気になり、きみが一日も早く外を歩けるようになってほしいと願わずにはいられなかった」

「あ、あの……」

と、美香がおずおずと口を開いた。

曽我は問い返さず、黙って彼女が言い出すのを待った。

「お母さんは……曽我さんのお母さんは、どうなったんですか？　無罪になったんですか？」

「いや、裁判になる前に警察の留置場で自殺した」

美香の目に恐怖の色が走った。

「だから、そこからはきみと違うんだ」

曽我がつづけたとき、傍聴人入口とは別の前のドアが開いた。外側に「検事・弁護人入口」と書かれていたドアだ。

入ってきたのは、ともに三十代後半ぐらいの男が二人。二人ともスーツを着てネクタイを締め、大きな風呂敷《ふろしき》包みを抱えていた。検事だろう。

二人が曽我と美香のいる席に近い、正面に向かって左手のテーブルに荷物を置いて掛けたのにつづき、朋子が鞄《かばん》を持った三十前後の男女と話しながら入ってきた。二人とも朋子の仲間の弁護士のようだ。

朋子が、寄ってきた廷吏に何やら告げた。証人はまだ来ていないのかもしれない。

朋子が、曽我と美香に笑みを含んだ視線を向けてから、中央の証言台を挟んで検事席に対して設けられた席に腰を下ろした。二人の若い弁護士と並んで。

曽我は腕時計を見た。

一時九分前だった。

右手で人の話し声がしたかと思うと、傍聴人入口のドアが開き、四人の中年女性と六、七十代と思われる二人の男性が入ってきた。曽我と美香に〝誰だろう?〟というような目を向け、男性の一人が曽我に黙礼したところを見ると、「関山夏美さんを守る会」の会員たちかもしれない。お喋《しゃべ》りをしながら一度座った席を替わったりして、六人が前後二列に分かれて腰を落ち着けたとき、今度は廊下とは反対側のドアが開いた。曽我と美香から見ると、前の仕切り柵《さく》を越したすぐ左側だ。

瞬間、美香が手を口に当て、「ハーッ!」というような声を漏らした。

入ってきたのは、二人の女性刑務官に伴われた中年の女だった。体付きは中肉中背。洗い晒《ざら》しの水色のブラウスを着て、ネズミ色の綿ズボンをはき、髪を後ろで無造作に束ねていた。

曽我は関山夏美の顔を知らないが、夏美にちがいない。

手錠を掛けられ、腰縄を付けられてこの法廷に入ってくる女といえば、被告人の夏美しかいない(今日、召喚されている証人も女だが、捕らわれていない)。そして何よりも美香の示した反応がそれを裏付けていた。

夏美と思われる女のほうも廷内に足を踏み入れるや、すぐに美香に気づいたようだ。立ち止まり、真っ直ぐに美香を見る。

驚きと困惑と嬉しさと悲しみが入り交じったような目……が、そこに、娘を優しく慈しむような色がひろがっていく。

刑務官の一人が進むように促した。

夏美は娘に、〝私は大丈夫よ、きっと無罪の判決を勝ち取れるから〟とでも言うようにうなずき、それから曽我の顔に視線を向けて目礼した。助けてくれと自分が手紙を出した相手と知ってのことではなく、娘の同伴者と見たからだろう。

夏美は、「守る会」のメンバーと思われる六人のほうにも頭を下げ、弁護人席の前にある被告人席まで進んだ。

彼女はそこまで行って腰縄だけ解かれ、二人の刑務官に挟まれて腰を下ろした。手錠が付いたままの手でテーブルに置かれた紙に何やら書き——控訴審は被告人に出廷する権利はあるが出廷する義務はない。だから出廷すると署名でもするのだろうか——その後、ちらっと美香を見たが、あとは顔を前に向け、証言台のあたりに目をやっていた。

「お母さん、元気そうでよかったね」

曽我は小声で美香に話しかけた。

美香は小さな声で「はい」と答えたが、顔を上げず、被告人席のほうを見ようとはしなかった。

一時五分前になったとき、弁護人席の後ろのドアから法服を着た書記官が、傍聴人入口から四人の男たちが入ってきた。男たちはマスコミ関係者らしく、傍聴席の一番前に設けられている記者席に座った。七月二十二日に開かれた前回・第五回公判——第五回と第六回公判の間が長く空いたのは裁判官が夏休みを取ったかららしい——まで、傍聴人は「守る会」の会員二、三人だけだったというから、大いなる違いだった。

朋子が席を立ち、やはり斜め後ろの席から立ち上がってきた廷吏と二言三言ことばを交わし、廊下へ出て行った。

証人が来ているかどうか、待合室に見に行ったのだろう。

朋子がすぐに戻ってきた。どことなく気掛かりそうな表情をしている。証人はまだ出頭していないらしい。

朋子が弁護人席に着いて一、二分したとき、雛壇の左手から——ドアは見えない——法服を纏《まと》った三人の男たちが姿を見せた。

「起立」

廷吏の声が響き、全員が立ち上がった。

その間に三人の裁判官がそれぞれの席に腰を下ろした。

正面の裁判長は六十歳前後の猪首《いくび》の男。右陪席判事は髭《ひげ》の濃い四十年配の男、左陪席判事はそれより十ぐらい若い、顎《あご》の長い間の抜けたような顔をした男だった。

「それでは始めますが、今日尋問が予定されている証人は出廷していますか？」

全員が着席した後で、裁判長が廷吏に尋ねた。

廷吏が裁判長の前まで出て行き、まだ来ていないと答えた。

「弁護人、証人の予定はどうなっていますか？」

裁判長が弁護人席に顔を向けて問うた。

今日の証人は弁護人である朋子たちが申請した者だったからだ。

刑事訴訟規則には、〝証人尋問を請求した者は、その証人を期日に出頭させるように努めなければならない〟とある。

「病気等の事情はないはずですので、間もなく出頭するものと思われます」

朋子がちょっと苦しげに答えた。

「確認は取ったのですね？」

「はい。昨日電話をかけ、あらためて出頭を求めたところ、わかりましたという返事でした」

弁護人が申請した証人といっても、その人物は、被告・弁護人と利害が対立している。できることなら、出頭するのを拒否したい、逃げ出したい、と考えているにちがいない。そういう相手だから、朋子は友好的に証人になってくれと頼むわけにはいかなかった。もし正当な理由なくして出頭しなかった場合は処罰されるから――と、古屋かおるにしたのと同様の〝脅し〟をかける以外になかった、曽我はそう聞いている。

「では、五分間だけ待ち、それでも証人が出頭しない場合は……」

裁判長が言いかけたとき、弁護人席の後ろのドアが開き、一人の女が姿を見せた。

体付きは夏美と同様に中肉中背で、年齢は夏美と同じか少し上ぐらい。秋を感じさせる薄茶のスーツを着て、茶のサングラスをかけていた。

女は、一斉に自分に向けられた部屋中の視線にたじろいだようだった。表情を引きつらせ、動きを止めた。

「遅れて申し訳ございません」

という囁《ささや》くような声。

それに被《かぶ》せて、朋子が言った。

「裁判長、証人の星野美智代さんが参りました」

2

証言台に立った星野美智代が、裁判長の問いに答えて住所・氏名・職業を述べ終わり、宣誓に移った。

サングラスを外し、普通の眼鏡に替えていた。

緊張しきっているのだろう、短い文章を読むのに声が上擦り、かすれた。

そんな美智代を、朋子は弁護人席からじっと見つめていた。朋子も緊張していたが、それ以上に興奮していた。七月二十二日に開かれた第五回公判に古屋かおるを証人として呼んで尋問し、最後に星野美智代の証人尋問を請求してから約四十日、この間ずっと、

――次回の公判にすべてが掛かっている。

と、考えてきた。そのせいだろうか、どうしようもなく胸が高鳴り、「落ち着け、落ち

着け」と何度も自分に言い聞かせなければならなかった。

美智代の宣誓がすむと、

「証人は、自分あるいは家族が刑事訴追を受けるおそれのあることについては証言を拒否できますが、何事においても虚偽の証言をした場合は偽証罪で処罰されますから、注意するように」

という、裁判長による証言拒絶権の告知と偽証の警告が行なわれた。

型どおりのものだが、内容は重要である。今日の証人には、とりわけ重大な意味を持った言葉のはずだった。

裁判長が、証言台に置かれた小さな椅子に美智代を掛けさせ、

「では、弁護人、尋問を始めてください」

と、朋子たちを促した。

初めの尋問、つまり主尋問は証人の尋問を請求した側が行なうことになっているからだ。

今日、出廷している弁護人は朋子と梶正継と石田小百合の三人。前回、古屋かおるの尋問は寺久保奈緒と梶正継に任せたが、今回は朋子がまた行なう。

朋子は、裁判長に軽く黙礼して、立ち上がった。緊張していたし、興奮もまだ多少残っていた。が、それによって的確な判断が阻害されることはないはずである。

――さあ、いよいよ闘いよ。

すぐ前に後頭部を見せて座っている夏美に胸の中で告げ、美智代の青ざめた顔に視線を当てた。

「証人の夫の職業は何ですか？」

まず聞いた。

「医師です」

と、美智代が答えた。

「氏名と年齢を教えてください」

「氏名は星野一行《かずゆき》、年齢は五十四歳です」

「四年前……一九九五年の十月、一行氏はどこに勤めていましたか？」

美智代の顔を一瞬、逡巡《しゅんじゅん》の色がかすめたようだったが、彼女はすぐに、

「市川台中央病院です」

と、答えた。

「千葉県市川市にある総合病院ですね？」

「そうです」

「当時、一行氏の病院内の地位は？」

「副院長でした」

「副院長といっても、院長が高齢で月に数回出勤するだけだったので、一行氏が実質的な

病院の責任者だったと聞いていますが、それは事実ですか？」

「はい」

「当時、一行氏と同じ市川台中央病院に看護婦として勤めていた被告人の関山夏美を、証人はご存じでしたか？」

「……はい」

と、美智代が肯定した。

答えるまで、わずかに間があったが、どう答えるかは決めてきたはずである。だから、逡巡したというより、認めるのに抵抗があったのではないか。

「証人は、どうして被告人を知ったのですか？」

「よく覚えていませんが、夫から聞いたのではなかったかと思います」

「副院長である一行氏が、何十人もいた看護婦の一人である被告人について妻に話したというからには、何か特別の事情があったと思われますが、いかがですか？」

「特別の事情なんかありません……なかったと思います」

「では、一行氏は、被告人についてあなたにどのように話したんですか？」

「忘れました」

「忘れた？　証人は、夫の一行氏から聞いて被告人のことを知ったのではないんじゃありませんか？」

「もしかしたら、そうかもしれません」

「その場合、どうして知ったんでしょう?」

「覚えていません」

忘れた、覚えていない――。当然ながら、美智代は弁護士に相談し、対応策を練ってきたものと思われる。

「それでは思い出すためのヒントを差し上げます。証人が夫の一行氏の浮気を疑い、探偵社に依頼して調査したところ、一行氏が被告人と不倫関係にあるのが判明した。そこで、証人は、探偵の撮った被告人の写真を持って被告人の住んでいたマンションの近くまで行って見張り、被告人が出かけるときか帰ってきたとき、顔を確かめた。そういうことだったのではありませんか?」

これは、朋子たち弁護団が三宅竜二と話して得た結論だった。三宅にしても、美智代が調査を依頼した探偵社を調べ出す手立てはなく、自分たちの想像が正しいという証拠はない。が、朋子は自信を持っていた。美智代が夫と夏美の関係を知っていたのは確実なのに、一行と夏美は自分たちの関係を美智代に知られているとは気づいていなかった(夏美に確かめたので間違いない)。とすれば、美智代は夫を怪しみ、密《ひそ》かにその行動を調べたとしか考えられない。

美智代は答えなかった。もし違うと答え、朋子が証拠を握っていた場合、偽証罪に問われるおそれがあるからだろう。もちろん、それが朋子の狙いだった。

「証人は答えるように」

と、裁判長が促した。

「調査会社に頼んで調べたのはそのとおりです」

と、美智代が認めた。

「それはいつですか？」

「四年前の夏……六月か七月頃だったと思います。ですが、関山さんの家の近くへは行っていません。関山さんがどんな人か確かめたのは、夫と顔を合わせないように注意して市川台中央病院へ行って見たんです」

病院へ行って——というのが事実かどうかはわからない。事実であれ嘘であれ、自分は犯行現場の近くへなんか行っていない、と示したかったのだろう。

「証人は、証人の怪しんでいたとおり、夫の一行氏が不倫をしていることを知った。その相手が夫の勤める病院の看護婦であることも突き止めた。それにもかかわらず、その事実を一行氏に話していませんね？」

朋子は尋問を進めた。

「いえ話しました」

「質問を変えます。今回の証人尋問が決まった後で話して相談したかもしれませんが、四年前……少なくとも関山事件が起きるまでは話していませんね？」

美智代は答えない。

「一行氏は被告人に、自分たちの関係を妻に感づかれたとは一言も言っていないんです。証人がもし調べた事実を一行氏に話していたら、これは不自然です。もう一度お聞きします。証人は、調査会社をつかってつかんだ事実を、関山事件が起きるより前に一行氏に告げましたか、告げませんでしたか？」

朋子は繰り返した。

「告げませんでした」

美智代が口元を歪《ゆが》め、認めた。

「それは、なぜですか？」

「言ってもどうにもならない、と思ったからです」

言ってもどうにもならないというのは嘘だと思ったが、朋子はその点には触れずに、

「証人は夫に話さず、どうしましたか？」

「どうもしません」

「不自然というか、妙というか……証人は調査会社までつかって夫の浮気を調べておきながら、何もせずに、夫もその不倫相手も許したんですか？」

「許したわけではありませんが……」

「では、どうしたんですか？」

美智代が唇を嚙《か》んだ。

「証人は、夫の一行氏以上に相手の女性を憎んだ。そこで、その女性、つまり被告人に復《ふく》讐《しゅう》しようとしたんじゃありませんか？」

「違います！」

美智代が語気鋭く否定した。

「被告人に対する復讐が念頭にあったので、証人は調べた事実を夫に突きつけずに我慢した。そういうことじゃないんですか？」

「違います」

「本当に違うかどうか、その点はまた後で伺うことにして、先へ進みます」

朋子は裁判長に向かって言った。

いまは、美智代の態度、行動の不自然さを判事たちに印象づけておけばよかったからだ。

朋子は次の質問に移る前に、対面の検事たちを、そして傍聴席の美香と曽我の顔を、見やった。

二人の検事はそろって椅子に斜めに座り、一見、悠然と構えていた。が、内心の動揺を押し隠すために殊更にそうした格好をしているように朋子には思えた。

美香は青白い顔を俯き加減にしたまま彫像のように動かなかった。無実を証明するためとはいえ、目の前で母親の不倫が暴かれるのを見ているのは辛《つら》いのだろう。曽我は朋子を見返し、励ますように小さくうなずいて見せた。

証言台のほうに顔を向けている夏美がどういう表情をしているのかはわからない。ただ、肩のあたりがひどく緊張しているのだけは感じられた。美智代の目の動きから判断すると、どうやら彼女と目を合わせないようにしているようだ。

朋子は美智代に視線を戻し、次の質問に進んだ。

「一行氏は、妻である証人に勤務先の病院の事情をよく話されますか？」

「よくと言うほどは話しませんが、少しは話します」

美智代が、慎重に言葉を選ぶようにして答えた。

「副院長だった頃はどうですか？」

「いまと同じです」

「四年前の七月、催眠剤が多量に紛失していた事実が判明し、病院内の誰かが持ち出した疑いがあったため、久保事務長が中心になって調査した話をしませんでしたか？」

美智代の目に警戒の色が浮かんだ。すぐには答えない。朋子がどこへ話を持って行こうとしているのか、わかったようだ。

――私の尋問の先を読んで用心するんならすればいいわ。

と、朋子は思う。今後、美智代は、〝自分が訴追されるおそれ〟を盾に証言を拒むかもしれないが、朋子は困らない。朋子には、いまや、相手の防壁を崩すための強力な武器があるのだから。

朋子がその武器を手に入れたのは、古屋かおるからだった。

七月十九日、第五回公判の三日前、朋子はかおるから電話を受けた。

かおるは、裁判所からの召喚状を受けた後、何とかして証人として出廷しないですむ方法はないかと考えに考え抜いたらしい。そして、あるものに思い当たり、

――自分を脅して市川台中央病院から硫酸アトロピンと臭化水素酸スコポラミンを持ち出させた人物の存在を示せるものさえあれば、自分が証言する必要はないのではないか。それを提出すれば、自分の証人尋問を取り消してくれるか。

と、朋子に持ちかけてきた。

それに対して朋子は、いまさら裁判所の決定は取り消せないが、そうしたものがあれば尋問の内容を簡単にできるし、時間も短くできる、だから教えてくれないか、と応じた。

かおるは、思惑が外れたので渋っていたが、協力してくれたらこちらもかおるのためにできるだけのことはするという朋子の説得に折れ、

――この前の弁護士さんの電話で思い出したんです。

と言い、それが脅迫者との会話を録音したテープであることを明かしたのである。

――私が尋ねたときは録音なんかしていないという話だったけど、していたわけね。

朋子は胸の昂奮《こうふん》を抑えながら確認した。

かおるが、はいと答えた。

それにしても、そんなテープがあったとは……と朋子は驚いていた。

かおるを脅迫して病院から毒物を盗み出させた女が夏美ではなかったことを示す証拠がないかと考えたとき、〝脅迫者の声が残っていれば……〟と曽我と話し合った。そしてその後で一応かおるに質《ただ》したのだが、ほとんど期待はしていなかった。たとえかおるが電話を録音していたとしても、四年近く経っていたし、その間にかおるは結婚し、引っ越しをしていたから。

ところが、かおるは、そのときは録音なんかしていないと答えたのに、録音していたというのである。しかも、そのテープが残っている、と。

それがあれば、声紋鑑定が可能になり、電話の声が夏美の声かどうか判別できる。それだけではない。星野美智代の声かどうかだってわかるのだ。

朋子は、冷静になれ、と逸《はや》る心を制し、

――そのテープには、脅迫者と古屋さんの会話がすべて録音されているの？

と、聞いた。

――いえ、三回目のときだけです。最初のときは、ただびっくりして頭が真っ白になってしまいましたし、二回目のときも録音なんて気がつかなかったんです。電話機の録音機能なんて、それまで留守録しかつかったことがありませんでしたから。

と、かおるが答えた。

脅迫者からの電話は三回あった、と朋子は前に聞いていた。そのうちの三回目は、盗み出した毒物の受け渡し方法を指示してきたときである。

——三回目の電話のときは、どうして録音しておこうと思ったの？

——録音しておけば、もしかしたら何かの役に立つかもしれないと思ったんです。電話機の説明書を探し出して読んでみると、通話中に〈録音〉と書かれたボタンを押せばいい、ということもわかりましたし。

——電話機の録音装置というのはＩＣ録音というのかデジタル式というのか、テープ方式じゃないのが多いと思うんだけど。

——うちのいまの電話機はテープがないのでそうだと思います。でも、私が独身のときにつかっていたのは、マイクロカセットテープが入っていて、留守録がいっぱいになると巻き戻すのだったんです。

——では、古屋さんは、脅迫者との三回目の会話を録音したマイクロカセットテープを電話機から抜き取り、保管しておいた？

——しばらくはきちんと取っておいたんですけど、結局、テープは何の役にも立ちませんでした。聞きなおしても、誰の声かわかりませんでしたし。それで、捨ててしまったか、結婚するためにアパートを出たとき処分してしまったと思っていたんです。というか、電話を録音したことも、そんなテープがあったことも、すっかり忘れていたんです。そうしたら、この前、弁護士さんから電話があったとき、脅迫相手との会話を録音しなかったかと聞かれたんです。

――そのとき、あなたは録音なんかしていないと答えたわ。

――録音と言われ、ふっと、そういえば……と思い出したんですが、録音した後どうしたかは全然覚えていないし、説明するのが面倒だったから……。

――で、後で考えて、テープがあったことを思い出した？

――はい。弁護士さんの電話の後すぐにではなく、裁判所から召喚状が届いてしばらくしてからですけど、あのテープ、どうしたのだったろう、もしあれがあれば、裁判所へ行かなくてすむんじゃないか……そんなふうに考えていて、つい先日、もしかしたら私の実家にまだあるかもしれないって気がついたんです。

――古屋さんの実家に？

――結婚するとき、かなりのものは捨てたんですが、それでも、必要なものと不必要なものを一々選《え》り分けるのは面倒なので、引き出しの中にあったものなどは適当に段ボール箱に詰め、実家へ送ったんです。それで、もしかしたら、そこに入っているかもしれない、と思ったんです。段ボール箱が実家の私の部屋に積んだままになっているのは知っていましたから。

——そして、古屋さんが想像したとおり、テープは実家の段ボール箱の中にあったわけね？

——はい。実家は千葉の館山《たてやま》なんですけど、昨日行って捜してみたら、ありました。

——テープは、確かに脅迫者との会話を録音したものだったんですか？

——友達にマイクロカセットテープレコーダーを借りて行って聴いてみたので、間違いありません。薬を渡すときの指示が録音されています。

——そう……。

朋子は昂奮に息苦しくなった。これで裁判に勝てる、と思ったからだ。

——これでも、裁判所からの呼び出しを取り消すのはどうしても無理ですか？

かおるが言った。まだ、諦《あきら》めきれないらしい。

——ええ、残念ながら……。でも、テープは、関山さんにとってだけでなく、古屋さんにとってもけっして悪いものじゃないわ。テープがあれば、古屋さんが電話の相手に脅迫されて仕方なく従ったということがはっきりするから。

——そうですか。

——テープ、貸していただけるわね？

答えるまで二、三秒の間があったが、かおるは「はい」と応じた。

――それじゃ、これからさっそく伺わせていただくわ。お電話、ありがとう。

朋子は電話を切ると、その日のうちに八千代市まで行き、かおるからマイクロカセットテープを借りてきた。

三日後の第五回公判では、予定通り、古屋かおるの証人尋問が行なわれた。

その後で、次の公判に星野美智代を証人として尋問したい、と朋子たち弁護団は請求したのである。立証趣旨の説明では、

――古屋かおるを脅迫して市川台中央病院から硫酸アトロピンと臭化水素酸スコポラミンを持ち出させた人間が被告人ではなかったことを立証できる見込みです。

と、述べて。

それより前に、朋子は、古屋かおるから借りてきたテープをダビングし、夏美の声と星野美智代の声を別々に録音したテープと一緒に黒沢音響研究所へ持ち込んでいた。警察庁科学警察研究所の元技官で、音声科学の専門家である所長の黒沢正一郎に声紋鑑定を依頼したのだ。

星野美智代の声は、朋子が関山夏美の弁護人だと名乗って電話し、会って話を聞きたいと申し入れたときに録音した。美智代には話すことなど何もないと断わられたが、彼女の声の採取が目的だったから、事件と直接の関係はない事柄を二、三質問して電話を引き延ばした。

声紋鑑定の結果は、第五回公判から半月ほど経った八月の旧盆前に届いた。

予想したとおりだった。

《古屋かおるを脅迫して市川台中央病院の薬品保管庫から毒物を盗み出させた女の声は、関山夏美の声との相同性が極めて薄く、九十パーセント以上の確度で星野美智代の声と同一である》

と出たのである。

朋子はあらためて美智代に電話をかけ、裁判所から召喚状が届いているのを確認したうえで、古屋かおるから聞いた話と声紋鑑定の結果を告げた。そして、言った。

——もし、あなたが九月三日の公判に出頭しなかったり、法廷で嘘の証言をすれば、テープを証拠として申請します。また、あなたのしたことは刑事事件ですので、テープの写しを警察に提出します。

3

「証人は、弁護人の質問に答えるように」

と、裁判長が注意した。

「覚えていません」

と、美智代が朋子の目を見ずに答えた。

市川台中央病院の催眠剤盗難事件について久保事務長が中心になって調査した話を、星野一行が妻である証人に話したのではないか——という朋子の質問に対する答えである。

「覚えていない？　一行氏は、病院から催眠剤を盗み出しているのは薬局員の横溝かおる……現在は結婚して古屋姓に変わっている横溝かおるだと話したはずですが。証拠がないし表沙汰《おもてざた》にしたくないので、いまのところどうにもできないが、間違いない、と。違いますか？」

美智代は答えない。

「質問を変えます。当時、市川台中央病院の薬局に勤務していた横溝かおるのことは覚えていますね？」

美智代は相変わらず無言。できれば、「覚えていない、知らない」と突っ撥《ぱ》ねたいはずだが、電話で朋子に釘《くぎ》を刺されているので、その後の展開をおそれ、迷っているにちがいない。

「証人は聞かれたことに答えなさい」

裁判長が返答を促した。

美智代が一呼吸おいて、

「……はい」

と、認めた。ここで否定しても、録音テープの鑑定結果を突きつけられたら、結果は同じだからだろう。

いや、同じではない。さらに偽証という罪が加わる。

「横溝かおるについては覚えている、そういうことですね？」

朋子は確認した。

美智代がさらに小さな声で「はい」と答えた。

「では、前の質問に戻りますが、横溝かおるのことを知ったのはどこからですか？　一行氏の話からですか、それとも別の誰かの話からですか？」

「夫の話からだったかもしれません」

「一行氏は、病院から催眠剤を盗み出しているのは横溝かおるらしい、証拠がないが間違いない、そう話したのですね？」

美智代が今度ははいと認めた。

「それを聞いた証人は、横溝かおるに対して何かしましたか？」

美智代は苦しそうだ。答えようがないからだろう。

「素性を隠して横溝かおるに電話をかけ、〝あなたのやっていることを知っている、もし病院に知らせられたくなかったら自分の言うことを聞け〟と脅迫したんじゃありませんか？」

裁判官も検事も、前回の証人尋問で、古屋かおるが正体を隠した女から脅迫の電話を受け、硫酸アトロピンと臭化水素酸スコポラミンを病院の薬品保管庫から盗み出した経緯については知っている。

「横溝かおるを脅迫したのか、しなかったのか、答えてください」

朋子は返答を求めた。

たとえ美智代が〝訴追されるおそれ〟を理由に答えなくても、かまわない。その証言拒否の理由は、朋子の言ったことが事実であると示す結果になるから。それに、かおるから借りた録音テープの声紋鑑定結果があるかぎり、〈美智代の脅迫〉は立証できる。つまり、美智代には、答えようと答えまいと逃げ道はないのである。

「証人がもし証言を拒むのでしたら、その理由を述べるように。そうでなければ、速やかに答えるように」

裁判長が促した。

「横溝さんを脅迫いたしました」

と、美智代が答えた。

朋子は少し意外だった。右と左のどちらを採ろうと行き着く先は同じでも、取り敢えずは道のつづいているほうを選ぶのではないか、と思っていたからだ。行けるところまで行ってみよう、途中どこかに抜け道がある可能性もゼロではないはずだ、そう考えて。

ところが、美智代はあっさりと脅迫と窃盗の罪を認めた。

朋子にとって、これは手間が省け、歓迎すべき選択のはずだった。それなのに、逆に警戒する気持ちが起きた。もしかしたら、美智代には何か策があるのではないか……。

「横溝かおるを脅し、病院の薬品保管庫から硫酸アトロピンと臭化水素酸スコポラミンを盗み出させた、ということですね？」

ともかく事実をはっきりさせるために朋子は聞いた。

はい、と美智代が肯定した。

「証人は、横溝かおるを上野公園へ呼び出し、盗み出させた薬品を受け取りましたか？」

「受け取りました」

「それは、四年前、一九九五年の八月三十日でしたか？」

その日付は、美智代とかおるの電話のやり取りにあったのだ。

「八月の末だったか、九月に入ってからだったかは覚えていませんが、だいたいその頃です」

「場所は上野公園のどこですか？」

「噴水池の前です」

「そのとき、証人は、横溝かおるから直接薬品を受け取ったんですか？」

「いいえ」

「では、どういう方法で受け取ったんですか？」

「公園にいた外国人の男の人にお金をやって頼みました」

「それは、横溝かおるに顔を見られないようにしたんですね？」

「はい」

「証人は、横溝かおるに自分の素性や顔を知られないように用心して手に入れた毒物をつかって何をしようとしたんですか？」

朋子は問題の核心に切り込んでいった。

ここから先は物証もなければ確たる証人もいない。だから、たぶん美智代は否認するだろう。それでもかまわない、と朋子は考えていた。

朋子の目的は、美智代が関山益男を殺害した犯人であると立証することではない。立証する必要もない。美智代が有罪かどうかを審理し、判断するのは別の裁判である。朋子は、《関山夏美を益男殺しの犯人と見るよりは、星野美智代を犯人と見たほうがはるかに自然であり、矛盾がない》と状況証拠によって示し、夏美無罪の判決さえ得られればいいのだ。

「何をしよう、ということまでは考えていませんでした」

美智代が答えた。

「硫酸アトロピンと臭化水素酸スコポラミンは医薬品であると同時に毒薬です。硫酸アトロピンの致死量はおよそ〇・〇七グラム、臭化水素酸スコポラミンのそれは〇・一グラムですから、致死量が〇・一から〇・三グラムの亜ヒ酸や〇・二グラム前後の青酸カリ以上の猛毒です。証人は、横溝かおるを脅して、夫の不倫相手の勤務する病院からそれらの毒薬を盗み出させようと企《たくら》み、実際に盗み出させた。それなのに、それらをつかって何をしようということまでは考えていなかったという。そんな話、証人自身、奇妙だとは思いませんか？」

「いいえ、思いません」

「では、聞き方を変えます。証人が硫酸アトロピンと臭化水素酸スコポラミンを手に入れようとしたのには当然何らかの目的があったはずです。その目的は何ですか？」

美智代が返答に窮したらしく、苦しげに顔を歪めた。

「まさか飾っておくためではないと思いますが、いかがでしょう？」

美智代は答えない。

「証人は、弁護人の質問に答えるか、答えを拒否する場合は理由を述べるように」

裁判長が促した。

「そのときは何か目的があったんだと思いますが、四年も前のことなので忘れました」

美智代が逃げた。理由を告げて証言を拒めば、自分の裁判になったとき不利になるからだろう。

「証人は、二種類の猛毒の薬品を手に入れようとしたとき、それをつかって何をしようということまでは考えていなかった、と言った。ところが、今度は、それらを手に入れようとした目的は忘れた、と言う。考えていなかったということと忘れたということは矛盾しませんか？」

美智代は口を開かない。

「答えられなければ、いいです。先へ進みます」

と、朋子は言った。まだ肝腎《かんじん》な質問が残っていたから。

「証人は四年も前のことなので……と言われたが、日常の事柄ならいざ知らず、他人を脅して毒薬を盗み出させたという重大事の目的をわずか四年足らずで忘れたとは、私には到底納得できません。ですが、もし本当に忘れているなら、思い出していただかなければなりません。そこで、また思い出すためのヒントを差し上げます」

朋子はそこで一度言葉を切ると、判事たちに向かって、

「先ほど保留した質問に戻ります」

と告げ、それから視線を美智代に戻して、つづけた。

「私は先ほど、証人が調査会社までつかって夫一行氏と被告人が不倫関係にある事実をつかみながら、その事実を夫に告げなかったのは不自然だし妙だ、と申し上げました。証人は、二人を許したわけではない、ということでしたので。ここまでは間違いありませんか？」

「……ありません」

と、美智代が警戒するような目をしながらも認めた。

「それで、さっきの質問に戻りますが、証人がつかんだ事実を夫に話さなかったのは、証人は夫に対する以上に被告人に強い憎しみを覚え、被告人に復讐しようとしていたからじゃありませんか？」

「違います」

今度は即座に答えが返ってきた。

「さっきも証人は違うと答えられた。ただ、証人は、夫と被告人の不倫を知って間もなく、横溝かおるを脅して被告人の勤務していた病院から二種類の毒物、硫酸アトロピンと臭化水素酸スコポラミンを盗み出させている。それから一カ月余りしか経っていない十月七日、被告人の夫、関山益男さんが毒物の混入したビールを飲んで死亡。そして、死者の体内からはアトロピンとスコポラミンが検出された——。いかがですか？　これだけヒントを差し上げれば、もう硫酸アトロピンと臭化水素酸スコポラミンを手に入れようとした目的を思い出されたでしょう？」

「いいえ」

と、美智代が答えた。顔から完全に血の色が失《う》せ、固くて白い陶器のようだ。崩れそうになる気持ちを必死になって支え、踏ん張っている、そんな感じだった。

「では、もう一点、ヒントを差し上げます。関山益男さんが江戸川区東小岩にある自宅近くの笠松公園で死亡した前後の時刻、一人の女性が同公園の入口付近で男女二人に目撃されている事実です。事件の後、二人の目撃者はその女性が被告人に似ていると述べたのですが、人間の記憶、目撃証言がいかにいい加減なものであるかということは、心理学者たちの研究により明らかになっております。しかも、証人は、被告人と歳格好が似ています。四年前の十月七日午後九時五十分頃、笠松公園で関山益男さんと会っていたのは、証人、あなたではありませんか?」

美智代の返答はわかっていたが、朋子はぶつけてみた。

「ち、違います。私じゃありません。私はそんな公園へ行っておりません。そんな公園がどこにあるかも知りません」

案の定、美智代が否定した。

「被告人は、当時勤務していた市川台中央病院の薬品保管庫から硫酸アトロピンと臭化水素酸スコポラミンを自らの手で盗み出し、それによって夫の益男さんを殺害した――と一審の東京地方裁判所で断じられました。しかし、市川台中央病院からそれら二種類の毒物を盗み出していたのは被告人ではなく、証人に脅された横溝かおるだったわけです。その点、証人はどう説明しますか?」

「わかりません」

「横溝かおるを通して手に入れた毒物をつかって関山益男さんを殺害したのは証人ではないのですか？」

「私じゃありません。私は関山さんを殺していません、第一、私には関山さんを殺す動機がありません」

「あなたは、被告人を憎んでいた。だから、被告人の夫である関山益男さんを殺害し、被告人に辛《つら》く悲しい思いをさせようとした。あわよくば、その罪を被告人に被せようとした。違いますか？」

「違います。夫の不倫相手を憎んだからといって、その人のご主人を殺そうなんて、私はただの一度だって考えたことがありません」

「それでは、証人は、誰が関山益男さんを殺害したと思いますか？」

「わかりません。そんなこと、私にわかるわけがありません」

「そうですか。結構です」

と、朋子は引いた。こちらに決定的な武器がない以上、いくら攻めても、相手が「はい、私が殺《や》りました」と降伏する可能性は薄いからだ。それに、古屋かおるを脅して毒物を盗み出させたのが夏美ではなかったと明らかにできたので、尋問の目的はすでに遂げていた。

「ただ、私は証人を殺人の罪で告発するつもりですので、証人が事実を言っているかどうかはいずれ明らかにされるでしょう」

朋子が言うや、美智代の目にこれまで以上に濃い恐怖の色が浮かんだ。同時に、

「異議あり！」

と、検察官が勢いよく立ち上がった。「ただいまの弁護人の言葉は証人に対する脅迫です。撤回を求めます」

「異議を認めます。弁護人、取り消してください」

裁判長が言った。

「わかりました、撤回いたします」

と、朋子は素直に頭を下げた。初めからそのつもりだったから。

「では、尋問を進めます」

と、朋子は美智代に向き直った。「大事な点をもう一度確認させてください。証人は、四年前の十月七日、関山益男さんが死亡した晩、笠松公園へ行っていない、と言われましたが、この言葉を訂正するつもりはありませんか？」

美智代が不安げに目をしばたたいた。眉間《みけん》に皺《しわ》を寄せ、苦しそうだ。朋子が何か証拠を握っているのではないか、とおそれているにちがいない。実は、そう思わせるのが朋子の狙いだったのだが……。

「いかがですか？」

「ありません」

と、美智代が答えた。

「前言を変えるつもりはない、ということですね？」

「はい」

「証人は、笠松公園がどこにあるかも知らないと言われたわけですから、後で記憶違いだったといった言い訳は通りませんよ。それでも、訂正する気はないんですね？」

朋子は再度押した。

美智代が、朋子の視線から逃れるように目を下に向けた。答えない。苦しげに顔を歪め、どうすべきか懸命に考えているようだ。ここで突っ張り、後で訂正せざるをえない羽目になったら、いま以上の苦境に立たされるからだろう。

「証人は弁護人の質問に答えるように」

と、裁判長が促した。

が、美智代は目を上げない。

「証人は答えなさい」

裁判長が繰り返した。

それでも美智代は口を噤《つぐ》んだままだ。

「証人は聞こえているのですか？」

裁判長の声に怒気が交じった。「証人……」

「すみません」

美智代がやっと裁判長のほうへ顔を起こした。

「聞こえていたら、弁護人の質問に答えるように」

「はい」

と言って、美智代が朋子に視線を向けた。縋り付き、哀訴するような表情だ。

「訂正いたします」

と囁《ささや》くような声で言ってから、「訂正させてください」と普通の声で言い換えた。

「もちろん結構です」

と、朋子は応じた。仕掛けてみたものの、うまくいく可能性はそれほど高くないだろうと思っていたので、胸がどきどきした。

「訂正するとは、つまり――」

と、朋子は確認した。「証人は、四年前の十月七日、関山益男さんが死亡した夜、笠松公園へ行った、そういうことですか？」

はい、と美智代が認めた。

「関山益男さんと笠松公園で会ったのですね？」

朋子は質問を継いだ。

「はい」

「そして、用意して行った毒物入りの缶ビールを飲ませ……」

朋子は仕掛けた。

しかし、美智代は、

「違います！」

と、朋子の質問を最後まで聞かずに甲高い声で遮った。

「違うとは？」

「私は、関山さんにビールを飲ませていません。私は毒の入ったビールなんて……いえ、どんなビールも持って行きませんでした。缶ビールは関山さんが自分で持ってきたんです。そしてベンチに掛けてからプルトップを引き開け、飲まれたんです」

朋子の半ば予想した返答だった。

笠松公園へ行った事実は、目撃者と対面させられれば否定しきれない、だが、自分が関山益男を殺害した証拠まではないはずだ――目撃証言の信用性に関する田部井の話を聞いていない美智代は、そう考えたのだろう。

「では、その晩、証人は笠松公園へ何のために行ったんですか？」

「関山さんにある写真を見せ、相談するためです」

「ある写真とはどういう写真ですか？　また相談とは何の相談ですか？」

「写真は、関山夏美さんが渋谷のホテルから出てくるところを調査会社の社員が撮ったものです。相談は、夏美さんが私の主人とそのホテルで時々会っていることを話し、夏美さんのご主人の力で別れさせてもらおうと思ったんです」

「ということは、証人が電話で関山益男さんを笠松公園へ呼び出したわけですね？」

「はい」

「関山益男さんについてはどうして知ったんですか？」

「調査会社の報告書に、主人の不倫相手の家族関係……ご主人や娘さんの年齢、職業、学校なども書かれていたんです。住所や電話番号も」

「では、証人は、関山益男さんが失業中で、アルコール依存症だということも知っていた？」

「失業中だということは知っていましたが、アルコール依存症だとまでは存じませんでした」

敵は逃げたようだが、朋子はそれ以上追わずに質問を進めた。

「関山益男さんには、その晩、初めて電話したんですか？」

「いいえ、その前に三、四回は電話しております。こちらの名前を言わないで、『あなたの奥さんは不倫をしてご主人を裏切っている』と知らせてあげたんです」

生前、関山益男は、「貴様、浮気をしているだろう」と夏美を責めては暴力をふるっていた。夏美が否定しても、「俺にはわかっているんだ、相手はどこのどいつだ？」と言って。これまでは、益男が当てずっぽうを言っていたか、さもなくば何となく薄々感づいていたのか……と思っていたが、美智代からそうした電話がかかっていたのが事実なら、彼の言動はより納得できる。

「その晩は電話だけでなく、関山益男さんに会おうとしたのはなぜですか？」

「主人と関山夏美さんとの関係がその後もつづいていたからです。また、私が名前を言わないので、関山さんのご主人は私の話を疑い、『出鱈目《でたらめ》じゃないのか？　もし本当なら、女房の相手がどこの誰か言えるはずだろう。だいたい、あんたは誰なんだ？』と言っていたからです。それで、思い切ってお会いし話し合わなければならない、と思ったんです」

「その晩、初めて関山益男さんに会おうとしたのは事実でも、証人の目的は話し合いではなかったのではないんですか？　あるいは、それもあったかもしれませんが、証人は、益男さんに相談しても埒《らち》が明かなかった場合のことを考えていたんじゃありませんか？」

「どういう意味でしょうか？」

「毒入りの缶ビールを飲ませて、益男さんを殺害し……」

「考えていません！　さっきも言ったように、そんなこと一度だって考えたことがありません」

美智代が声を高めて否定した。「関山さんのご主人は私と同じ被害者で、全然恨みもないのに、殺そうとするわけがありません」

「益男さんに恨みはなくても、彼を殺害すれば、妻である被告人に大きな打撃、苦痛を与えられます。また……実際にそうなったように、うまくその罪を被告人に被せられれば、さらに手ひどい復讐ができます。しかも、そうしても、証人には関山益男さんを殺す動機がないため、捜査圏外へ逃れられます。もし、これが私の単なる想像だというのなら、さっきの質問に答えてください。横溝かおるを脅迫して、被告人が勤務していた病院から毒物を盗み出させた目的です。益男さんを死に至らしめたのと同じ二種類の毒物を盗み出させた目的は何か、という質問です」

美智代は苦しげに黙り込んだ。

「いかがですか？」

朋子は追及した。

すると、わずかに間を置いて、

「わかりました、正直にお話しします」

と、美智代が応じた。

苦しげな表情が薄れ、落ちついて見えた。覚悟を決めたのか、それとも巧妙な言い逃れの方法でも見つけたのか……。

「先ほど弁護士さんが言われたように、私は関山夏美さんを憎んでおりました」

美智代が、怒りと憎悪のこもった目で被告人席の夏美を睨《にら》みつけ、「殺したいほど……

本当に殺してやりたいと思うぐらい憎んでおりました」と言葉の礫《つぶて》を彼女の顔面へ向かって投げつけた。それから視線を朋子に、さらには裁判長に向け、どちらにともなく話し出した。

「私は、私を裏切った主人のことも恨めしく思いましたが、主人はきっと関山さんに誘惑されたにちがいありません。主人はそれまでと変わらず、私に優しかったからです。私も主人を愛しておりました。ですから、離婚したくありませんでした。私には子供がおりませんし……。でも、私が調査会社をつかって主人の素行を調べたなどと言ったら、主人は怒って、逆に私を許さないかもしれません。強く離婚を求めるかもしれません。主人に黙って関山さんに会い、主人と別れてくれと頼もうかとも考えましたが、私のしたことが主人に知られたら、やはり主人はかんかんになって怒るにちがいありません。いえ、それでもかまわないと思ったのですが、私が関山さんに頭を下げて頼むなんて惨めすぎます。自分があまりにも惨めです。悔しくて、とても……とてもそんなことはできません」

話しているうちに気持ちが昂《たかぶ》ってきたらしく、美智代の顔が紅潮した。星野一行と夏美の不倫を夏美だけの責めに帰するのはおかしいが、美智代の論理だから仕方がない。

「こうして、あれこれ考えていると、こんな辛い目に遭うのはすべて関山さんのせいだと思い、関山さんに対する怒りと憎しみが募るばかりでした」

美智代がつづけた。「そして、この苦しみは関山さんがこの世に生きているかぎりつづくのではないか、と思われました。それで私は、関山さん……関山夏美さんを殺そうと思い、アトロピンとスコポラミンを手に入れたのです」

美智代が自分から殺意を口にした。ただし、それは関山益男に対しての殺意ではなく、夏美に対するものだったが。

「ポピュラーとは言えないアトロピン、スコポラミンといった毒薬を考えたのは、かつて、一行氏がそれらの物質を含んでいるチョウセンアサガオの毒性研究で学位を取っていたからですか?」

朋子は、こうなったら一つずつ順に押さえていこうと思い、聞いた。

「はい。それで、思いつきました」

「それにしても、硫酸アトロピンか臭化水素酸スコポラミン、どちらか一方で充分だったはずなのに、どうして二種類の薬を横溝かおるに盗み出させたのですか?」

「二種類を混ぜて一緒につかえば、ヨウシュチョウセンアサガオの葉とかハシリドコロの根がつかわれたように思わせられるかもしれない、と考えたからです。主人の本で調べたところ、それらの植物は近くの野山に自生しており、比較的簡単に手に入る、と書かれていたんです」

硫酸アトロピンと臭化水素酸スコポラミンが市川台中央病院の薬品保管庫から盗まれていた事実がわかるまでは、警察はそう考えていた。自然界の植物から抽出された毒物がつかわれた可能性が高い、と。

「証人が横溝かおるについて知ったときの経緯を具体的に説明してくれませんか」

「先ほど弁護士さんの言われたとおりです。市川台中央病院で催眠剤が多量に紛失するという事件が起き、事務長の久保さんが中心になって調べたところ、犯人は横溝かおるという女性薬局員にほぼ間違いないとわかった、と主人から聞いたのです。証拠がないし、警察に届ければ薬品管理のずさんさが表に出るため、これ以上どうにもできないが、いずれ理由を付けて辞めさせるつもりだ、と」

「それで、横溝かおるを脅せば毒物を手に入れられると考えた？」

「そうです。ですから、関山さんの勤めていた市川台中央病院から毒物を手に入れたのは偶然です。関山さんに罪を被せようとしたわけではありません。私は関山さんを殺害できないかと考えて毒物を手に入れたのですから、その罪を関山さんに被せようなんて考えるわけがありません」

「ですが、毒物を手に入れてから方針を変えたということは考えられますね。つまり、被告人を殺そうと考えて毒物を手に入れたものの、それは非常に難しいとわかった。そこで、被告人の夫の益男さんを殺害して……」

「違います！」

と、美智代が強い調子で朋子の言葉を遮った。「考えを変えることは変えましたが、関山さんのご主人を殺そうと変えたわけではありません。私と同じ被害者のご主人を殺そうなんて、考えたことはありません」

「では、どのように変えたのですか？」

「アトロピンとスコポラミンを手に入れたものの、確かに、関山夏美さんに飲ませるのは難しいとわかりました。ナースセンターに忍び込んでポットに入れておけば……とかいろいろ考えたのですが、他の人が飲んだら危険ですし。それで、結局この方法を取りやめ、さっき言ったように、思い切って関山さんのご主人にお会いして相談しよう、と思ったのです。そして、アトロピンとスコポラミンはトイレに流して捨てたのです」

「古屋かおるを脅してせっかく手に入れた硫酸アトロピンと臭化水素酸スコポラミンを捨てた？」

「はい」

「しかし、関山益男さんは証人と会い、証人が捨てたと言う二種類の薬物と同じ薬物が混入したビールを飲んで死亡した、こんな偶然があるとお思いですか？」

「私も何がなんだかわからないぐらいびっくりしましたが、あったんです」

美智代が、いかにもそれを知ったときには驚いたという顔をして答えた。自分が関山益男を殺したという証拠はない、それならどんなに不自然だと言われようとシラを切ろう
――そう決めたようだ。

「そんな偶然の起きる確率はかぎりなくゼロに近いと思いますが……」

朋子は判事たちを見やって印象づけた。それから美智代に目を戻し、

「証人は関山益男さんに会って相談しようと決め、どうしましたか？」

と質問を進めた。

「事件のあった日の夜八時頃、電話いたしました」

「会いたいと？」

「はい。奥さんが私の主人と浮気している、と前に電話したとき、事実なら証拠を見せろ、会おう、会って話し合おう、と言われていたんです」

「会って、具体的にどうするつもりだったんですか？」

「関山夏美さんがホテルから出てくるところを撮った写真を持って行き、まずそれを見せるつもりでした。主人と奥さんは用心して別々にホテルへ出入りしているので一緒に写った写真はないが、これが、私の話が作り話ではない証拠だ、と言って。実は、二人一緒のところを撮った写真もあったのですが、関山さんのご主人に私の主人の顔を知られたくなかったのです」

「関山益男さんに写真を見せた後は？」

「私の話を信じてくれたら、どうするかを二人で話し合うつもりでした。私は関山さんのご主人に関山さんをひどい目に遭わせてもらい、二度と私の主人と浮気ができないように

してほしかったのです」

「証人がそう考えて電話したら、関山益男さんはどう応《こた》えたんでしょう？」

「二つ返事で承知されました」

「証人は、その晩、関山益男さんが家に一人でいるのを知っていたんですか？」

「いいえ。実は、関山さんのお宅に電話したことはしたんですが、私はまだ迷っていたのです。関山さんのご主人にお会いするかどうか。ですから、電話にもし関山夏美さんかお嬢さんが出たら、間違いましたと言って切ってしまうつもりでした。ところが、電話にご主人が出て、奥さんは友達と会うとかで遅くなる、お嬢さんは泊まりがけで親戚《しんせき》の家へいらしている、とのこと。私の主人も今夜は遅くなると言っていたので、もしかしたら主人と関山さんは今夜もホテルで会うつもりなのではないか……そう思ったとき、私ははっきりと心が決まり、お目にかかりたいと申し上げたのです」

「証人が笠松公園を指定し、関山益男さんを呼び出したのですね？」

「違います。ご自宅の近くに落ち着いて話のできるところはないかと私が尋ねると、関山さんのご主人が、それなら笠松公園がいいと言われたのです。それで、私は公園の場所を説明してもらい、そこで十時に待ち合わせることになったのです」

美智代はあらかじめ公園の下見をしておいたのではないか——朋子はそう思ったが、それを追及する術はない。

「証人は、そのとき関山益男さんに自分の素性を明かしましたか？」

「いいえ」

「では、偽名をつかった？」

「はい」

「何という偽名をつかい、どう説明したんですか？」

「杉本美子という偽名をつかい、奥さんの不倫相手である私の主人は船橋で小さな食品会社をやっていると話しました。去年の秋、胃潰瘍《いかいよう》で市川台中央病院に入院しているとき関山さんと知り合い、退院してから食事に誘ったりして親しくなったらしい、と」

「夫の一行氏と被告人の不倫について、関山益男さんと相談しようとしたにしては、それは変ですね。そんな嘘をついても、益男さんに会ったのがあなただということはすぐに一行氏にわかってしまったはずですよ。あなたから聞いた話をもとに益男さんが被告人を責め、被告人がそれを一行氏に告げれば。あなたは一行氏に自分の行動を知られたくないというのに、矛盾していませんか？」

「矛盾なんかしておりません。関山さんのご主人には、私と会ったことを絶対に奥さんに言わないように頼むつもりでしたから」

「証人が頼んだからといって、関山益男さんがそのとおりにした可能性は薄かったはずです。被告人が不倫の事実を否定すれば、益男さんが『俺は、おまえの相手が誰か知っているんだぞ』と怒鳴り、証人から聞いた話をぶつけるのは目に見えています。それぐらい、子供だって予測できます」

美智代が不安げに視線を宙に漂わせた。

「ということは――」

と、朋子はつづけた。「証人には、関山益男さんが証人と会った事実を絶対に被告人に話さないという保証があったんじゃないんですか。違いますか？」

「保証とはどういう意味でしょう？」

「関山益男さんが被告人に話そうにも話せなくなる、という証人の確信です。そのため、益男さんにつく嘘はその場かぎりのものでよく、怪しまれずに益男さんを笠松公園へ呼び出せさえすればよかった――そういうことだったんじゃないんですか？」

「弁護士さんが何を言われているのか、私には理解できません」

美智代に理解できないわけはない。が、惚《とぼ》けるなら惚けければいい、朋子はそう思い、言った。

「関山益男さんが永久に口をきけなくなるという確信ですよ。つまり、あなたがそうしようとしていたんじゃないんですか？」

「そんな……！」

美智代が非難の声を上げた。「違います。もう何度も申し上げているように、そんなことは考えたことがありません」

「では、あなたの言葉と矛盾する行動をどう説明するんですか？」

「矛盾と言われても、私は、関山さんのご主人によく頼んでおけば大丈夫だと思ったんです。本当にそう思ったんです」

「そうすると、関山益男さんが証人に会った事実を永久に被告人に話せなくなり、当然一行氏にも伝わらなかった――この事実はただの偶然だった、そう証人は言われるんですね？」

「そうとしか考えられません」

「しかし、関山益男さんは証人と笠松公園で会ったとき、証人が横溝かおるを脅して手に入れていたのと同じ毒物……それも一種類ではなく二種類の毒物を飲んで死亡したんですよ。そんな偶然があると思われますか？」

「あったんです。どう思われようと、実際にあったんです。関山さんのご主人は私と話しながら、持ってきた缶ビールを開けて飲み始めると、間もなく苦しみ出したんです。それで私は慌てて、何がなんだかよくわからないまま、ただ怖くなって逃げ出したのです。おかしいと言われても、これが事実なんです。本当なんです。本当の話なんです」

美智代が朋子と裁判長に交互に顔を向け、必死の態《てい》で訴えた。

しかし、到底信じられる話ではない。

「それなら、関山益男さんが飲んだビールの缶が現場に残っていたはずですね。ところが、益男さんが倒れていた近くはもとより、公園内のどこからも毒物の混入された形跡のある缶は発見されませんでした。証人は、これも誰かが偶然拾って持ち去った、と言うつもりですか？」

「いいえ、それは私が持ち去りました」

意外な答えが返ってきた。

「毒入りビールを用意したのが証人でなかったとしたら、どうしてそんなことをしたんですか？」

「なぜか、そうしてしまったんです。缶をそのままにしておくと、私が疑われるような……そんな気がしたんじゃないかと思いますが、はっきりしたことはわかりません。とにかく、逃げ出す前に咄嗟《とっさ》に缶を拾って、中に少し残っていたビールを捨て、バッグの中に入れたんです」

人間、気が動転していると、後で考えるとどうしてあんなことを……というような行動を取ってしまうことがないではない。火事に遭って咄嗟に枕を抱いて逃げた、といった笑い話も聞く。とはいえ、美智代がそうだったとは思えない。彼女の場合は、現場から証拠の品を持ち去った、と見るのが自然だろう。そしていま、現場に空き缶がなかった矛盾をそのままにするよりは、何がなんだかわからずに持ち去ったと答えたほうがいい、咄嗟にそう判断したのだろう。

しかし、その点を追及しても水掛け論にしかならないので、朋子は質問を先へ進めた。

「バッグに入れて持ち去った缶はどうしましたか？」

「もうよく覚えていませんが、確かJRの小岩駅まで歩いてから、自動販売機の空き缶入れに捨てたような気がします」

「証人は関山益男さんの死とは関係ないが、関山さんがビールを飲んで苦しみ出したのを見て慌て、缶を拾って現場の公園から逃げ出した――。もし、それが事実だとしたら、どうして、公園を離れてから救急車を呼ばなかったんですか？　証人の言葉によれば、証人と同じ被害者である関山益男さんを、どうして助けようとしなかったんですか？　証人の名前を告げなくても、救急車を呼ぶことはできたでしょう」

「後になって、そう思いました。関山さんのご主人に申し訳ないことをしてしまった、と心の内で何度もお詫《わ》びしました。でも、そのときは気が動転し、ただもう怖くて、できるだけ早く公園から離れることしか考えられなかったのです。小岩駅でビールの空き缶を捨てた後、タクシーで高砂の家へ帰ってからも、怖くて怖くて一人で震えていたんです。救急車を呼ぶことなんて、頭に浮かんでこなかったんです」

慌て……気が動転し……後でお詫び……何の恨みもない人間の命を奪い、その罪を他人に被せておきながら、平気で言い逃れしようとしている女――。朋子は、美智代を見ていると、怒りよりも胸くそが悪くなった。被告の夏美にもエゴの強さを感じたが、この女はもっとひどい。エゴの塊か、と思った。

しかし、いまはそうした個人的な好悪《こうお》の感情にとらわれているときではない。朋子は素早く気持ちを切り替えると、

「では、事件が発覚し、警察の捜査が始まってからのことをお聞きします」

と、次の質問に移った。「証人は、事件の九日後、被告人が容疑者として逮捕されたことは当然ご存じですね？」

「何日後かは存じませんが、逮捕されたことは新聞で知りました」

美智代が答えた。

「それには、事件の夜、笠松公園の入口付近で証人を見た男女が、『自分の見たのは被告人だった、被告人によく似ていた』と警察で誤った証言をしたことが大きな理由になっています。このことも新聞やテレビで報道されたのでご存じですね？」

「知っています」

「それでも、証人は、目撃証言は間違いだと警察に電話一本しなかった。そのときだけでなく、被告人が一審で懲役十年の有罪判決を受けても、黙っていた。そうですね？」

はい、と美智代が肯定した。

「それはなぜですか？　証人が関山益男さんの死に無関係だったのなら、なぜ目撃証言が

間違いだということだけでも匿名で知らせようとしなかったのですか？　被告人が犯人でないとわかっていながら、なぜ何もしなかったのですか？」

「私をさんざん苦しめ、辛い目に遭わせた関山さんを、どうして私が助けなければならないんですか？」

美智代が挑戦するような視線を夏美と朋子に向けた。「関山さんが苦しむのは当然の罰だと思っていました」

「なるほど。証人は、復讐《ふくしゅう》が成ったとほくそ笑んでいたわけですね」

朋子は敢えて〝ほくそ笑む〟という言葉をつかった。「ですが、証人が沈黙を通した一番の理由は、被告人が犯人でないとわかると自分の身に危険が迫ると思ったからではないのですか？」

「違います。それは、自分が疑われるのは嫌だなとは思いましたが、私は犯人ではないので、自分の身に危険が迫るとまでは考えませんでした」

「被告人は毒物を手に入れていませんし、事件の晩、笠松公園へも行っていません。これらのことから、被告人は夫・関山益男さんを殺した犯人でないことは明白です。一方、証人は、横溝かおるを脅して関山益男さんの飲んだ毒物と同じ二種類の毒物を盗み出させ、関山さんが死亡する直前、笠松公園で彼と会っていました。さらには、彼が飲んだ毒入り缶ビールの缶を現場から持ち去りました。それでも、証人は、関山さんの死とは無関係だと主張しています。そうですね？」

朋子は要点を整理した。

「はい」

「では、証人の主張が正しいとしたら、証人は、被告人でも証人でもない誰が、どうやって、証人が横溝かおるに盗み出させたのと同一の二種類の毒物を手に入れ、関山さんに飲ませた、とお考えですか？」

「わかりません。そんなこと、私にわかるわけがありません」

美智代が答え終わるのと同時に朋子は裁判長に軽く頭を下げ、

「尋問を終わります」

と、告げた。

最後の質問は美智代の答えを聞きたかったわけではない。彼女以外に犯人はありえないことを強調しただけである。

朋子は、二人の検事の様子をちらっと窺《うかが》ってから視線を曽我と美香に移した。

今度は曽我だけでなく美香も朋子を見ていた。曽我の顔には朋子の労をねぎらっているような、美香の顔には朋子に感謝しているような表情が浮かんでいた。

朋子は満足して腰を下ろし、額、鼻の両脇とハンカチで汗を拭《ふ》いた。

梶と石田小百合が笑みを向けてきて、

「完璧《かんぺき》です」

梶が小声で言った。

朋子はうなずき返した。完璧とは言えないが、これで逆転勝訴は九十九パーセント間違いないだろうと思っていた。

「それでは、検察官、反対尋問をしてください」

と、裁判長が検事を促した。

4

裁判長に促され、検事の一人が立ち上がった。その動きは重い腰をやっと上げたといった感じで、曽我の目には何ともやる気がなさそうに映った。

曽我がこれまで傍聴した裁判でも、検事か弁護士が手ぐすね引いて待っていたとばかりに反対尋問に立ち上がる場合と、そうでない場合があったが、目の前の検事は後者の最たる例のように思えた。

検事の胸の内は、曽我にもわからないわけではない。証人である星野美智代は、弁護人の服部朋子の質問に答え、〈古屋かおるを脅して硫酸アトロピンと臭化水素酸スコポラミンを盗み出させた事実〉と〈事件の晩、笠松公園で関山益男と会った事実〉をすでに認めていた。この二点が、それをした本人の口から明らかにされた以上、被告人・関山夏美の無実は明白であり、いまさら検事が証人に何を言わせてもどうにもならない。

それでも検事はいくつかの点を簡単に質した後、事実確認の時間がほしいと裁判官に求め、抵抗した。事実を確認した後でもう一度星野美智代に対して反対尋問したい、というのである。

その請求は認められたので、次回第七回公判は検事の反対尋問が行なわれることになった。

星野美智代が法廷から出て行くと、次回公判は今月二十日に決まった。検事は最低一カ月の時間を要求したが、裁判長は、半月以上あるのだから充分でしょうと認めなかったのだ。これだけ明白な事実が明らかになったからには、早く決着をつけてしまいたかったのかもしれない。

この分なら、十月中旬頃には検察官、弁護人双方が最後の意見陳述をして結審、早ければ年内に判決、となる可能性があった。

判決は、原判決破棄となるのは九分九厘間違いない。その場合、高裁自らが無罪判決を出さず、つまり自判せず、東京地裁への差し戻しとなっても、夏美は釈放される。だから、もし年内に判決が出れば、美香は母親と一緒に新年を迎えられる。

曽我はそう思い、隣りの娘の横顔をちらっと見やった。

美香の顔は、開廷前の白磁のような肌には赤みが差していたものの、相変わらず硬く強《こわ》張《ば》っていた。彼女には、母親が自由の身になるとまだ確信できないのだろうか。それとも、目の前で展開された、彼女の知らなかった母親と父親の姿を暴き立てた裁判劇にショックを受け、そのショックから抜け出せないでいるのだろうか。

裁判長が閉廷を宣し、廷吏が「起立」と号令をかけた。

曽我たちは一斉に立ち上がった。

それより早く腰を上げていた三人の判事たちは、現われたときの雛壇左手から次々と消えた。

書記官、二人の検事と出て行き、朋子たち弁護人と話していた夏美に再び腰縄が付けられた。夏美は美香に微笑みかけたが、その顔からは出廷したときにはなかった安堵《あんど》と喜びの色が感じられた。彼女は、「守る会」の会員たちに深々と頭を下げ、それから曽我に一礼し、二人の刑務官に伴われて入ってきたときのドアから出て行った。

守る会の会員たちはちらちらと曽我と美香のほうを見て、話しかけたそうな素振りを見せた。だが、曽我はそれには取り合わず、どうぞお先にと言うように彼らに黙礼し、

「もう少し待っていよう」

と、美香に囁《ささや》いた。

朋子たち弁護士も廊下へ出て行き、法廷には曽我と美香、それに廷吏だけが残った。

廷吏は、いつまでも何をしているのだといった目を向けたが、出て行けとは言わなかった。
五、六分、曽我と美香が元の席に座りつづけていると、
「みんな帰ったわ」

朋子が言いながら、傍聴人入口から入ってきた。廊下で新聞記者の取材に応じていたらしい。

「じゃ、行こうか」

曽我は美香を促して立ち上がった。

「どうでした？」

二人の前まで来た朋子が聞いた。

「ほぼ確定ですね」

曽我は応じた。

「そう思いますか？」

朋子が嬉《うれ》しそうな顔をした。

「間違いないでしょう。前回の古屋かおるに対する証人尋問と合わせると、これで、関山さんを有罪にした証拠はことごとく覆ったわけですから。服部さんも自信を持っているんじゃないんですか？」

ええ、と朋子がうなずいた。

「美香さん、よかったね」

曽我は、傍らの娘に微笑みかけた。

美香はまだ緊張が解けきれない表情をしていたが、曽我と朋子の話を聞いて安心したのか、「はい」と前より明るい声で答えた。

曽我たちは合同庁舎を出て、地下鉄の霞ヶ関駅で別れた。曽我は丸ノ内線、朋子と美香は小田急線に乗り入れている千代田線に乗るために。美香は一人で帰れるからと言ったが、朋子は祖父母に約束したからだろう、自宅まで送って行ったのだ。

曽我は四ツ谷まで行き、中央線の快速電車に乗り換えた。夕方のラッシュまでにはまだ間があるのに、電車は結構込んでいた。

吊《つ》り革につかまって、見るともなく窓外に目を向けていると、胸の奥にわだかまっていたものが頭をもたげてきた。

今日の証人尋問によって、関山夏美が犯人でないことはほぼ百パーセントはっきりした。それは星野美智代である可能性が非常に高くなった。朋子は、美智代以外に犯人はありえないと考えているようだし、曽我だってその可能性が一番高いだろうとは思う。だが、美智代の犯行と見るにはいまひとつすっきりしないものを感じていたのだった。

美智代が犯行を否認したからではない。彼女の答弁に説得力があったというわけでもない。〝夏美は殺してやりたいほど憎かったが、自分と同じ被害者である益男を殺そうとするわけがない〟という弁明にしても、ありきたりのものだったし。ただ、それでいて、動機に引っ掛かるのである。

代替殺人の可能性を言ったのは曽我である。犯行動機は益男本人に対する恨みや当人に関わる利害関係によるものではなく、もしかしたら妻の夏美に関わるものではないか、と。曽我がそう話すのに前後して、朋子は、美香の話から夏美の不倫相手・星野一行を突き止め、彼の妻の美智代に目を向けた。三宅をつかって星野美智代について調べ、さらには古屋かおるを突き止めた。そして、かおるの持っていた録音テープから、彼女を脅して毒物を手に入れたのが美智代だと判明したとき、朋子は、美智代こそ関山益男を殺した犯人にちがいない、と考えた。

曽我も朋子の話を聞き、そのとおりだろうと思った。が、一方で、星野美智代の動機に引っ掛かった。自分が言い出した代替殺人にいまひとつ納得しきれないものを感じた。そしていま、美智代に対する朋子の尋問を聞いた後もすっきりしないのだった。

だが、星野美智代が犯人でないとすると、その犯人は、美智代が手に入れたのと同じ二種類の毒物をつかって関山益男を殺したことになる。しかも、美智代が益男を笠松公園へ呼び出して会った、まさにそのときに。

一方だけなら、可能性は低いが、まだ偶然の一致ということがありうるかもしれない。

いだろう。
しかし、こうした二重の偶然の一致があるだろうか。確率論的に見て、ほとんどゼロに近
といって、誰かが、星野美智代の行動を予測して、そのように仕組んだということはあ
りえない。古屋かおるを脅して二種類の毒物を手に入れたのが美智代だということは、脅
された当のかおるさえ知らなかったのだから。
そう考えると、美智代の動機にたとえすっきりしないものを感じたとしても、〈夏美に
復讐するために夫の益男を殺害し、彼女に強い悲しみと苦しみを与え、あわよくばその罪
を彼女に被《かぶ》せようとした〉と見る以外にないのだが……。
曽我はマンションへ帰ると、先に住まいのほうへ行った。
容子も子供たちもまだ帰宅していなかったので、水を飲んで着替えをし、すぐに仕事場
へ上がった。
それほどコーヒーが飲みたい気分ではなかったが、何もないと落ち着かないので、湯を
沸かしてコーヒーを淹《い》れてから机の前に座り、パソコンのスイッチを入れた。
しかし、仕事のつづきに取りかかろうとしても、なかなかうまく小説の世界へ入って行
けなかった。今日のように、現実の世界から強い刺激を受けた後は往々にしてそうなのだ。
白く強張った美香の顔が、手錠と腰縄を付けられた夏美の姿が、証言台の椅子に腰を下ろ

して朋子の尋問に答える美智代の後ろ姿が……頭に浮かんできた。

曽我は、事件の遠因を作った星野一行の姿を想像した。美香が一度だけ見たことがあるという大柄な男は、何となく自信に満ちた顔をしているように思えた。

一審のときは、夏美が彼の名を出さなかったため、だんまりを決め込んでいられたが、今度はそうはいかない。妻の美智代が、彼が副院長をしていた病院の薬局員を脅して、薬品保管庫から毒物を盗み出させた事実を認めたのだから。しかも、美智代はその毒物をつかって彼の不倫相手の夫を殺した疑いが濃いのだから。

いずれ美智代は逮捕され、起訴されるだろう。殺人罪での立件は難しかったとしても、窃盗の罪は明らかなのだから（古屋かおるを脅迫した罪もあるが、それは公訴の時効が成立しているらしい）。そうなれば、彼女を犯罪に走らせたのは夫の浮気だったと喧伝《けんでん》され、彼は院長をつづけるのは不可能になるにちがいない。つまり、美智代は、結果として、憎んでいた夏美だけでなく、夫の一行にも手痛い復讐を果たしたことになるのだった。

星野一行は部下の看護婦と軽い気持ちで浮気をしただけかもしれない。それにしては、支払わなければならない代償が大きすぎたと言えるだろう。

とはいえ、曽我の内に星野一行に対する同情の気持ちは起きなかった、
曽我は、星野一行がどういう人間か知らない。自信に満ちた顔をした……というのは想像で、会ったことも見たこともないのだから。が、星野は、夏美のアリバイに間接的に関

わっていながら、黙っていた。夏美が無実の罪で懲役十年の判決を受け、囚《とら》われの生活を送っているというのに、自分は副院長から院長に昇格し、家庭では妻と、それまでどおりの生活を送っていた。その利己的な〝選択〟に曽我は不信感を覚える。夏美が星野一行の名を出さなかった一番の理由は、彼は自分のアリバイに関係なく、彼との関係が露顕すれば夫殺害の動機にされて不利になる、とおそれたためらしい。だが、それは夏美の誤解だ、と朋子は言う。もし夏美が初めから星野一行と渋谷のホテルで会うはずだったと話し、星野がそれを裏付ける証言をしていれば、犯行時に渋谷にいたという彼女の主張は信憑性《しんぴょう》を増し、もしかしたら一審で無罪判決が出ていたかもしれない、と。星野にはそこまでは想像できなかったにしても、自分との密会が突然中止になったからといって夏美がその晩自宅近くの公園で夫を殺した、という話に首をかしげなかったとは思えない。変だ、おかしい、と感じたのではないか。とすれば、彼は夏美が無実かもしれないと思いながら、彼女が自分の名を出さないのをいいことに知らん顔を決め込んでいた、ということになる——。

そこまで考え、曽我はふと疑問を覚えた。一審で懲役十年の有罪判決を受けながら、夏美が最後の最後まで朋子に対しても星野一行の名を明かさなかったという点に。それは、星野との関係が露顕すれば夫殺害の動機にされて不利になる、という理由では説明がつかない。では、単に星野に迷惑をかけたくないと思ったからだろうか。どうもそれだけでは弱いような気がする。いや、星野に迷惑をかけたくない、彼を事件に巻き込みたくない、そう考えたのは間違いないかもしれない。他に夏美の態度を説明する理由は思いつかないから。とすると、問題は、どうしてそれほどまでに星野を巻き込みたくなかったのか、である。なぜだろう？　星野は保身からだんまりを決め込み、たぶん、平気で夏美など切り捨てていたのに。夏美とて、そうした星野の心に気づかないわけはないだろう。

いや、待てよ、と曽我は思った。もしかしたら、夏美は気づいていないのではないか。気づかないというより、それを認めるのを無意識のうちに拒否しているのではないか。なぜ？　恋に狂っているために――。分別盛りの四十女が恋に狂い、しかも、殺人罪で懲役十年の判決を受けても男の本心に気づかないでいる……。まさかと思うが、ありえないことではないだろう。その場合、夏美を狂わせているのが盲目的な一途《いちず》な恋情なのか、裏に何らかの打算を秘めた恋なのかはわからないが。

これは曽我の想像である。間違っているかもしれない。ただ、そう考えると、夏美と星野の関係が病院内の誰にも気づかれずにつづいていたらしい事実も説明できるような気がする。星野が〝秘密保持〟を厳命すれば、夏美は言われたとおりにしただろうから。

曽我があれこれ想像をめぐらしていると、電話が鳴った。

朋子だった。美香を祖父母の家に送り届け、小田急線の駅まで戻ったところだという。

「そう」

と、曽我は応じた。

「今日は傍聴に来てくださっただけでなく、美香さんのこと、ありがとうございました」

朋子が礼を言った。

「礼を言われるようなことなど、何もしていませんよ」

「そんなことありません。もし曽我さんが来てくださらなかったら、私、落ちついて尋問できませんでした」

「一緒に座っていただけですけどね」

「でも、曽我さんがそばにいてくれて、美香さん、どんなに心強かったか……。美香さんを誘い出した私に責任があるんですが、あんなに怯《おび》えるとは予想できなかったんです」

「それは仕方ありませんよ。美香さん本人だってわからなかったはずですから」

「なんでも、曽我さんは、美香さんの気持ちを励ますような話までしてくださったとか……」

朋子がどこかためらうような気配を窺《うかが》わせ、遠慮がちに言った。

何のことかわかったが、曽我は黙っていた。

「美香さんに本当かって尋ねられ、私は聞いていないって答えたんですけど、もちろん作り話ですよね？」

「いや、作り話じゃありません」

曽我は答えた。学生時代の曽我なら絶対に知られないようにしただろうが、いまなら、そして相手が朋子なら、話してもいい、と思った。

今度は朋子が黙った。

「いくら美香さんの怯えを軽くするためとはいっても、あんな嘘はつけませんよ。僕の両親の件なら、事実です」

朋子は何も言わない。どう言っていいのかわからないのだろう。

「驚いたでしょう?」

曽我は殊更に明るい調子で聞いた。

「え、ええ……」

と、朋子が戸惑ったように答えた。ショックと……それに曽我の心中を思ってか、いつもの歯切れのよさがない。

「関山夏美さんから手紙をもらったときには、僕も驚きました。そんなことはないだろうとすぐに思い返しましたが、一瞬、関山さんは僕の過去を知っていて手紙をよこしたのか、と疑いましたよ。服部さんから美香さんの話を聞いたときも、僕との符合に驚くと同時に、美香さんの苦しみがとても他人事《ひとごと》とは思えなかった。それで、今日、まるで彫像のように硬くなって座っている美香さんを見ていたら、隣りにいるおじさんもきみと同じだったんだよ、と言ってやりたくなったんです。そうすれば、彼女の気持ちが少しは楽になるかと思って」

「美香さん、半信半疑だったようですけど、すごく心強く思ったみたいでした。話し方から、そんな感じを受けました」

「それなら、よかった」

「でも、私たちは、曽我さんを辛《つら》い過去へ引き戻してしまったんですね。知らなかったとはいえ、ごめんなさい」

朋子が神妙な調子で謝った。

「謝る必要なんかないですよ。遠い昔の話なので、思い出したからって、もうどうっていうことはない」

曽我は嘘をついた。

「それならいいんですけど……」

「そっちはどうですか？　びっくりしたんじゃないですか？」

「ええ、驚きました。でも、曽我さんの話を伺ったら、いままで曽我さんについてよくわからなかったことが少しわかった感じがしています」

「暗い暗ぁい性格がいかに形成されたか、ですか？」

「べつにそういうことじゃないですけど」

朋子がちょっと慌てた感じで否定した。曽我の過去を知って気をつかっているのだろうか、やはりいつもと違うようだ。

「実際そうなんだから、そう思ってくれてかまいませんよ。小学校三年のとき、四年前の美香さんと同じ経験をしたんですから、明るく育てといっても無理な話です」

「小学校三年生というと、八歳か九歳？」

「三十九年前……八歳のときです」

「じゃ、中学二年生だった美香さんよりもずっと小さかったんですね？」

「それに、美香さんの場合は母親が生きていて、無罪判決が出る可能性が高くなったわけですが、僕の場合、母は留置場で自殺してしまった」

朋子の息を呑《の》んだ気配が伝わってきた。そこまでは美香に聞いていなかったらしい。

「しかも、母を自殺に追いやったのは、この僕だったんです」

これまで、高泰淳《コウテスン》にも、そして妻にも言わなかった事実――。曽我はそれを口にしていた。理由は自分にもよくわからないが、ほとんど抵抗なく。

電話の向こうからは声がない。

「もし聞きたかったら、話しますよ」

「いいえ、いいです」

朋子は答えたが、聞きたくないわけがないだろう。よく知っている人間のこんな謎めいた過去を。

「それじゃ、興味が湧いたら当時の新聞を読んでみてください。三十九年前の四月十七日に埼玉県の浦和で起きた事件ですから」

こんなことまでなぜ朋子に明かすのか――曽我は自分の気持ちがはっきりしないままつづけた。「僕の旧姓は菊村……菊の花の村なので、被害者の父も容疑者の母もその姓で出ているはずです」

「そう……」

「それから、当時捜査に当たった松田という元刑事が、今年、『犯罪捜査三十年』という本を出し、第三章〈夫殺しの裏にあったものは？〉で事件のことを書いています」

「ノンフィクションとして？」

「関係者の名前は変えてありますが、ほとんど事実です。僕もそこに神谷正典という名で登場しています。主人公と言ってもいいかもしれません」

「曽我さんが主人公？」

朋子が訝《いぶか》るような声を出した。

「その元刑事は、もしかしたら僕が真犯人だったんじゃないかと言っているんです」

朋子はまた息を呑んだようだ。

「興味を引かれたら、それも読んでみてください。事件の詳しい事情が書かれていますから。事件を報じた新聞などを僕はずっと避けてきたので、その本を読んで、へー、そういうことだったのか……といまにしてわかった点が少なくなかったんです。ただ、僕が犯人ではないかという推理だけは間違いですけどね。その本にも書かれているように、僕は母の犯行を裏付ける重要な証言をしているんですが、そこに嘘はありません」

「悪いんですが、私、全然、実感が湧きません。まるで、曽我さんの小説のさわりの部分を伺っているような感じで……」

「でも、これは小説なんかじゃない。現実に僕の身に起きたことなんです」

「そうですか。新聞と本、ぜひ読んでみたいと思います。ですから……もし曽我さんのお気が変わらなかったらですけど、その後で話してください」

「いいですよ」

「本のほう、出版社と著者のフルネームを教えていただけますか？」

曽我は、せせらぎ書房と松田猛の名を教えた。

朋子は余計な感慨、感想は述べず、ありがとうと言って電話を切った。

曽我は受話器を戻すと、急に疲れを感じた。三十九年間、誰にも話さなかった……というより話せなかった〈母を自殺に追いやったのは自分だ〉という事実を、なぜ朋子に明かしたのだろう、と思う。その内容まではまだ話してないが、なぜ話す気になったのだろう。

松田元刑事が、〝母が父を刺すのを見た〟と曽我が証言した事実を本に書いた、という事情も多少は関係していたかもしれない。秘密が秘密ではなくなってしまった、という事情が。しかし、それだけでは説明できない。曽我が黙っていれば朋子が『犯罪捜査三十年』

を読む可能性はほとんどなかっただろうし、たとえ読んでも曽我の両親の事件だと気づくおそれはなかったのだから。

考えてみると、関山事件に関わり始めてしばらくした頃から、いつかは朋子に自分の過去を話すことになるのではないかと思っていたような気がしないでもない。はっきりと意識していたわけではないが、自分の中にそんな予感に似た思いがあったような……。美香に漏らしたのも、それがあったからかもしれない。頭のどこかで、美香に話せば朋子に伝わるかもしれない、朋子に伝わってもいい、そう思っていたのかもしれない。それはたぶん、朋子を単なる友人としてではなく、弁護士として信頼していたからだろう。

翌日から、曽我は朋子の電話を待ちつづけた。曽我の過去を知った朋子がどう感じ、何を思ったか、を聞いてみたかったのだ。

しかし、十日経ち、半月過ぎても、朋子は何も言ってこなかった。

5

十八日の土曜日、朋子は朝から一度も笹塚《ささづか》の自宅マンションの部屋を出なかった。

時刻は午後四時。

朝、パンと目玉焼きとミニトマトを食べただけで昼食は摂らず、コーヒーばかり飲んでいた。

事務机を兼ねている大きめのダイニングテーブルに向かい、これまで何度、電話の子機に手を伸ばしただろう。だが、なかなか最後の決断がつかずにいるのだった。曽我に電話するための――。

明後日は関山事件の第七回公判だが、裁判に関しての不安はない。検事が星野美智代に対する反対尋問でいかなる言辞を引き出そうと、美智代自身、古屋かおるを脅して硫酸アトロピンと臭化水素酸スコポラミンを盗み出させた事実と、犯行当夜に笠松公園で関山益男と会った事実を認めているのだから、怖いものは何もなかった。

それと……ちょうど他に難しい訴訟を抱えていない事情もあって、ここ十日ほど、朋子は曽我の問題ばかり考えてきた。

図書館のマイクロフィルムで三十九年前の新聞記事を調べ、次いで、せせらぎ書房から取り寄せた『犯罪捜査三十年』を読んだ後、すぐにも彼に電話しようとした。が、はたと、い、、あることに気づき、

――これはよほど考えないといけない。軽々しく感想を述べるわけにはいかない。

と、思った。

その後、自宅と事務所に置いてあった記憶に関する本を読み直し、

――自分の想像はけっして絵空事ではない、充分にありうる。

と結論したのだが、その話が曽我に与える衝撃と影響を考えると、迷い、躊躇《ちゅうちょ》していたのだった。

朋子は時計を見て、気づいたからにはやはり彼に伝えるべきだ、と心を決めた。これまでも何度か同じ言葉を自分に言い聞かせてはいたのだが……。電話の子機を取り、手帳を見て、曽我の仕事場の番号を押した。

「曽我ですが……」

と、すぐに彼の声が出た。

「服部です」

朋子は名乗った。

電話の向こうから、う……というような緊張した声がかすかに伝わってきた。朋子がいかなる反応を示し、どのような感想を述べるか、曽我はずっと気掛かりだったにちがいない。

「教えていただいた三十九年前の新聞と『犯罪捜査三十年』という本、読みました」

朋子はできるだけ感情を交えないで言った。電話しようと決めたときからそのつもりだった。

「そう」

と、曽我が硬い声で応《こた》えた。

「感想を一言で言うと、とにかくびっくりしました」

朋子はつづけた。

「うん……」

「二点だけお聞きしていいですか？」

用意していた言葉を口にした。

「二点でも三点でも、どうぞ」

曽我の声の調子が少しやわらいだように感じられた。

「一つは、曽我さんがこの前、お母さんを自殺に追いやったのは自分だって言われたことに関係しているんですが……それは、お母さんが〝曽我さんの証言によって否認しきれなくなって絶望し、自殺した〟という警察の見方から、そう思ってらっしゃるんですか？」

「いえ、違います」

「では、どうしてそう思っておられるんでしょう？」

「同じ絶望でも、母は僕に裏切られ、絶望したんです。いくつかの動機があったかもしれませんが、一番の動機はそうです。間違いありません。母は、信じていた僕に裏切られ、生きていく意欲と望みを失ったんです」

朋子は、黙って曽我の説明のつづきを待った。

「父が母に対してひどい暴力をふるっていたことは、松田さんの本に書かれているので、わかったと思いますが？」

「ええ」

「いつもそれを見ていた僕は、父を憎んでいたんです。母を護《まも》ってやれない自分が情けなくて、悔しくて、仕方がなかったんです。でも、八歳の子供にとっては、酒を飲んで暴れる父は、まさに鬼のように恐ろしい存在だったんです。ですから、父が暴れ出すと、僕はたいてい部屋の隅で小さくなって震えていました。そして、いつか、いつか……と思っていたんです。早く大きくなりたい、早く大きくなって母を護ってやりたい、そしていつか父を殺してやる、って。それを母の前で口に出して言ったこともあります。すると、ふだんは優しい母がものすごく怖い顔をして、そんなことは二度と言っちゃいけないし、考えてもいけない、と僕を叱りました。でも、母は、心の内では嬉《うれ》しかったんだと思います。そして、僕だけは自分の味方だと信じていたんです。僕を信じ、犯行を否認しつづけていたんだと思います。それなのに、僕は自分の見たことを刑事に喋《しゃべ》ってしまった。刑事に聞かれても、ずっと口を噤《つぐ》み通していたんですが、最後に、〝母が父を刺すところを見た〟と話してしまった。それで、母は否認しきれなくなって犯行を自供し、絶望のあまり自殺してしまったんです」

曽我が一気に喋った。

電話でよかった、と朋子は思った。面と向かって話していたら、曽我がこれほど率直に自分について語ることはなかったのではないか。そして朋子も、辛くてこれ以上尋ねることができなかったかもしれない。

「曽我さんが、お母さんがお父さんを刺すところを見たというのは事実なんですか？」

肝腎《かんじん》の質問に入った。

「もちろん事実です」

当然だというように曽我が答えた。「三十九年も前の話ですから、もう忘れてしまったことが多いのですが、そのときの光景だけはいまだに僕の脳裏にくっきりと焼き付いています」

「実は、私、曽我さんのその記憶に関して疑問があるんです。曽我さんに尋ねたかった二点目というのはそのことです」

「僕の記憶に疑問？　じゃ、松田元刑事が考えたように、僕が父を刺したとでも……？」

「そんなふうには思いません。ただ、曽我さんが確信するほど、その記憶は確かなものかなって……。人の記憶、目撃証言がいかに当てにならないものかは、おわかりいただいていると思いますが」

「田部井教授の鑑定と証言について、服部さんから説明を伺ったので、わかっています」

「その後、鑑定の正しさは事実によって証明されました。笠松公園の入口で関山夏美さんを見たという二人の目撃証言は、星野美智代の話により間違っていたことが明らかになりましたから」

「ええ」

「同様に、曽我さんの記憶も間違っている可能性があるのではないかと……」

松田元刑事の『犯罪捜査三十年』に書かれた、正典少年が刑事に追い詰められて証言する部分——松田は自分たちが少年を追い詰めたとは書いてないが、そうとしか考えられない——を読んだ後で朋子がはたと気づいたのは、この点である。それから記憶に関する本を読み直し、〝ありうる〟という思いを強めたのだった。

「関山事件の目撃証言と僕の場合とでは、まったく違いますよ」

曽我が否定した。「関山事件の場合はいくつかの先入観というか予備知識というか、そういうものによって、目撃者が星野美智代を関山さんだと思い込んだ、人違いをした、そういうことだったわけですから。ところが、僕の場合は、母が包丁で父を刺すところをこの目ではっきりと見ているんです」

「その、はっきりと見た、というところが怪しいんじゃないでしょうか」

「そんなことはありえない！」

曽我が語調を強めた。

「私もずっとそう思っていました。でも、関山さんの事件を担当してから、目撃証言や記憶についての本を何冊も読みました。田部井先生にもお話を伺いました。それで、人の記憶がいかに誤りに満ちたものか、よくわかったんです。前にお話ししたエリザベス・ロフタス博士はこんなふうに言っています。言葉は多少違っているかもしれませんが……。記憶のフィルターを通して見ると、真実や現実は客観的な事実ではなく、主観的で解釈された現実である、それにもかかわらず、私たちは記憶したものを見たものや言ったことや行動したことと確信するようになる、記憶を構成している事実と虚構の混合をまったくの真実として知覚する、私たちは心の操作の無垢《むく》な被害者である——。同じような意味のことは、田部井先生や他の多くの心理学者も言っておられます」

「多くの専門家がそう言うんなら、一般的にはそうなんでしょう。でも、だからといって僕の記憶が間違いだとは言えない。間違っている記憶もあれば、当然、正しい記憶だってあるはずです」

「それはそうですね」

「僕の場合は後者なんです。なぜなら、僕の記憶には誤った事実などどこからも入り込みようがないんですから」

「三十九年も事実だと信じてきたことを、もしかしたら間違いかもしれないと言われ、曽我さんは戸惑って……というより怒ってらっしゃるかもしれませんけど……」

「怒ってなんかいませんよ」

「でしたら、私の話をもう少し聞いてくれませんか」

「聞くのはかまいません。なかなか面白そうな話だし……。ただ、どんな権威の説を拝聴しようと、事実は動かしようがないと思いますけどね」

「客観的に存在する事実でしたらね。でも、私たちが事実と言っている多くは、私たちによって事実と認識されたことにすぎないんじゃないでしょうか。それなら、その認識の過程で誤りが入り込む余地はあると思いますけど」

「それぐらいの理屈は、僕にだってわかります」

曽我が少しむっとしたように言い返した。「ただ、だからといって、人がこの目で見たことを軽々しく誤りかもしれないなどと言われたくないですね」

「ごめんなさい。べつに曽我さんがわかっていないと思ったわけではないのですが……」

「とにかく、一般的な話と個々の問題は違うということです」

曽我が結論づけた。「僕が見て記憶した過程に誤りはありません。もし僕の記憶が間違っていたら、つまり、もし母が父を刺していなかったら、犯人は僕しかいなくなってしまいます。しかし、僕は父を殺していない。いくら八歳の子供でも、自分で父親の胸に包丁を突き立てていたら忘れるわけがないし、第一、僕は自分の罪を母に被せたりはしない」

「それは私も信じています」

「えっ？」

と、曽我が小さな声を漏らした。「そ、それでは、父を殺した犯人は……？」戸惑ったように聞いた。

「別の人でしょうね」

朋子ははっきりと答えた。これは考えに考えたことだった。

「曽我さんの記憶が誤りで、お母さんがお父さんを刺していなかったら、お母さんでも曽我さんでもない犯人がいた、そうとしか考えられませんから」

朋子はつづけた。

曽我は応えない。頭の中が混乱しているのかもしれない。

「し、しかし、警察が捜査しても母以外の容疑者はまったく浮かばなかった」

彼がかすれた声で言った。

「関山夏美さんの場合と同じだと思います」

朋子は応じた。「警察は初めから、曽我さんのお母さんが犯人だという先入観を持って捜査に臨んだんです。当時の新聞を読むと、そう思われます。ですから、別の犯人の可能性を追求したといっても、そちらの捜査はおざなりだったはずです」

「そうかもしれないが……しかし、もし母が犯人でなかったら、母はどうして嘘の自白をし、自殺したのか、理解できない……」

朋子に対する反論と言うより、曽我は思考を追いながら疑問を口にしただけのようだ。

「それも説明がつくんです」

「まさか！」

曽我が朋子に意識を戻したようだ。「母は犯人だからこそ、信じていた息子の裏切りに遭って絶望し、自ら死を選んだ――そうとしか考えられない。もし犯人でなかったら、息子の裏切りに衝撃は受けても、無実の罪を着せられたまま自殺するはずがない」

「曽我さんのお母さんが嘘の自白をし、さらには自殺したのは、曽我さんの裏切りに絶望したからでも、もちろん逃げ切れないと観念したからでもないと思います」

「では、母は、どうして永久に殺人犯人とされてしまうような道を選んだんです？　もし犯人でなかったら、最後まで身の潔白を主張し、裁判で闘ったはずです」

「それは、ひとえに息子の曽我さんのことを思い、考えたからではないでしょうか」

「僕のことを？」

「ええ」

「わからないな……」

「曽我さんのお母さんは、曽我さんのお父さん、夫を殺していない――。だから、逮捕されて、どんなに刑事に厳しく追及されても、無実を主張していました。でも、無実を主張しながら、お母さんはおそれていたはずです。自分が犯人でなかったら、夫を刺したのは誰か、と考えて」

朋子はテーブルに置いてあったメモを取り、言葉を選んで説明を継いだ。「いくらなんでも息子ではないだろうと思いながらも、他に犯人になりそうな人間に心当たりがなかったからです。しかも、いま伺ったところでは、曽我さんはいつか自分の手でお父さんを殺してやると言ったこともある、というお話でした。八歳の少年でも、酔って寝ている父親を刺すのは不可能ではありません。それで、お母さんは怯えていたのです。もし息子がやったのなら、母親の自分がいつまでも無実を主張しつづけた場合、どうなるでしょう。いまは〝八歳の子供〟という死角に隠れている息子に、やがては警察の疑いの目が向けられるかもしれません。そう考えてお母さんがおそれていたとき、刑事から、『母が父を刺すところを見た』と息子の曽我さんが証言したと知らされたのです。私の想像ですが、そう思います。お母さんは文字通り腰をぬかさんばかりにびっくりされたはずです。息子がなぜそんな嘘をついたのか、わけがわからなかったからです。ですが、間もなく、これは自分が疑われそうになって怖くなったんだな、そして刑事に巧く誘導されたんだな、と考えたはずです。同時に、ああ、やはり息子だったのだ、息子が母親である自分を助けるために夫を刺したのだ、と。そう思ったとき、お母さんの心にはほとんど迷いがなかったと想像されます。自分のために父親を刺した息子……その息子の罪を代わりに被ってやることに。こうして、お母さんは自分が殺《や》ったと嘘の自白をし、さらには、一日も早く息子の曽我さんが事件のことを忘れて新しい生活に踏み出せるようにと、自ら命を絶ったんだと思います」

朋子が話し終わっても、電話の向こうから何も聞こえてこなかった。曽我が大きなショックを受けているだろうことは容易に想像がついたので、朋子も何も言わなかった。

しばらくして、曽我が、服部さんの推理はわかりました、と言った。感情を抑えた、素っ気ないぐらいの調子で。

「僕もよく考えてみますので、服部さんが読んだ記憶に関する本を紹介してくれませんか」

朋子は曽我の反応にひとまずほっとし、電話を切った後すぐに本のリストをファックスで送った。

6

曽我は八幡神社の階段を登った。角《かど》が欠けて丸くなった石段だ。七、八段はあったような気がしていたが、五段しかなかった。

石段のすぐ上には黒ずんだコンクリートの鳥居が立っていた。杉木立に囲まれた狭い境内は、剝《む》き出しの根を蛸《たこ》の脚のように伸ばした椎《しい》の巨木に空が見えないほどに覆われている。その奥の、緑青《ろくしょう》が吹いた銅板葺《ぶ》きの屋根を載せた、朽ちかけたような社殿。ここに立って、曽我はやっと、記憶の中におぼろげながら残っていたものに巡り会えた。

八歳のときに離れてから、これまで一度も来たことのなかった、かつて両親と住んでいた地、浦和市下川辺《しもかわべ》――。三十九年ぶりに訪れたその地は、大きく変貌《へんぼう》していた。曽我は、自分たちの住んでいた借家――それらしい平屋も、松田の本に「田中家」と書かれている隣家と思《おぼ》しい家もなかった――の建っていたあたりから、三年生の初めまで通った小学校の近く……と歩き回ったのだが、記憶を呼び覚ますものにはぶつからなかった。

昔、このあたり一帯は〝畑や水田の中に屋敷森が点在し、家が建っている〟といった感じだった。だが、いまは水田はほとんど見当たらず、残っている畑もわずか。戸建ての住宅やアパートがぎっしりと建ち並び、少し広い空間があるかと思うと、運送会社や物流センター、電機部品工場、製パン会社、医薬品会社などの敷地であった。

やはり畑だった小学校の周辺、上川辺地区も同様である。そばに団地ができ、曽我が通っていた頃は草の生えた小道から低い土手を越えれば校庭だったのに、現在は歩道との間に金網のフェンスが築かれていた。それでも、フェンスの内側にかつての面影を残しているものがあれば、ああ、ここだった……と思うのだが、曽我の記憶に誤りがないことを教えてくれたのは真新しい石の門柱に刻まれた、昔と変わらない「川辺小学校」の校名だけ。木造平屋建てだった校舎は三階建てのコンクリートの箱になり、大きな桜の木があった校庭から桜の木は消え、代わりに綺麗《きれい》に整えられた花壇や植え込み、池などが配されていた。

というように、バスを降りて四、五十分歩き回っても、曽我は記憶を喚起されるような風景にも物にも出会えなかったのだが、ここ八幡神社まで足を延ばし、やっとそれが叶《かな》ったのである。

曽我は社殿のすぐ前まで行ってみた。

階段も賽銭《さいせん》箱も欄干も、板はみな鬆《す》が入ったような白っぽい色をしていた。少し力を入れて押せば簡単に折れてしまいそうだ。以前どうだったか、覚えはないが、改築されていないらしい。

曽我は身体を回し、石段のほうを見やった。頭上を椎の枝と葉が覆っているので、鳥居の向こうだけが明るい。日が当たらないからだろう、地面が湿って黒ずんでいた。

三十九年前の四月十七日、曽我は夕方家を飛び出してこの神社へ来た。すでに暗くなっていた境内にかなり長い時間一人でいたはずだが、境内のどこで何をしていたのか、まったく記憶にない。

ただ、こうしてここに立ってみると、自分の運命を一変させた事件が起きたのは浦和市郊外のこの地だったのだ、と何となく実感された。

これまで曽我は、忌まわしい事件が起きた現場を二度と訪れようとは思わなかった。この地は曽我にとっていわば鬼門であり、ずっと足を向けるのを避けてきた。

そこに敢《あ》えて行こうと考え、実際に来たのには、当然理由《わけ》がある。

かつて自分の住んでいた、事件の起きた地へ行ってみれば、もしかしたら、これまで見落としていたものに気づくか、記憶の奥に眠っていたものを思い出すかもしれない、そう思ったのだ。

今日は十月一日だから、服部朋子の衝撃的な電話を受けてから二週間近く経つ。両親が死んで三十九年、曽我がこの目で見たと思い、これまで一度たりとも疑ったことのなかった記憶——。朋子の電話はその記憶を揺さぶり、曽我の確信に疑いの楔《くさび》を打ち込んだのだった。

といって、曽我は朋子の推理に納得したわけではない。彼の脳裏にくっきりと焼き付いている〝母が父を刺したときの光景〟——それが幻ではないか、と朋子は言うのだから、簡単に納得できるわけがない。

ただ、朋子の推理の第一段階とも言うべき《曽我の記憶》の問題をひとまず措《お》いて考えたとき、《母の自殺》について述べた第二段階はかなり説得力があった。

朋子の言うように、もし母が曽我のためを思って、息子が一日も早く事件のことを忘れて新しい生活に踏み出せるようにと自殺したのだとしたら、母の思い違いもはなはだしい。「殺人犯人」として母親に自殺された子供に、どうして事件のことを忘れ、新しい生活などできるだろうか。曽我がそうだったように、そしていまもってそうであるように、そんなことは不可能なのだ。

が、〝息子のため〟と考えたとき、母の想像力がそこまで及ばなかったとしても、責められない。曽我としては、思い違いをして死んでしまった母を残念には思うが、責めることはできない。

もちろん、これは、朋子の想像が当たっていた場合の話だが……。

いずれにしても、曽我は、朋子の言ったことを無視することはできなかった。

——母が無実だったかもしれない。

という推理が示されたのに、たとえそれがどんなに小さな可能性であったとしても、放置できるわけがない。

曽我は、自分なりに調べ、考えてみよう、と思った。

考えるといっても、段階がある。

もし曽我の三十九年前の記憶が誤りだった可能性がなければ、次へは進めない。

もしかしたら曽我の記憶は誤りだったかもしれない——となって、初めて母が犯人ではなかった可能性が生まれる。

そうして、次は、

《動機があり、しかも犯行が可能だった、母ではない犯人の存在する可能性》

を追求することになる。

もし、これら二つの壁をうまく越えられたなら、〝母は無実である〟という朋子の推理はぐんと現実へ近づくだろう。

曽我はそう考えると、まずは自分の記憶について検討するため、朋子に紹介された、記憶について書かれた単行本と雑誌に目を通した。

それらの本の中で、多くの心理学者が、

——人は簡単に、現実には起こらなかった出来事を起きたものとして信じることができる。

と述べていた。朋子が電話で言ったように、記憶とはそういうものだ、と。

それを示す例として、ワシントン大学教授のE・F・ロフタスが学生にやらせた次のような実験が載っていた。

二人の女子学生が駅の待合室に入り、一人がベンチの上に大きなバッグを載せた後、連れ立ってそこを離れた。二人の離れている間に男子学生が一人、人目を避けるようにして女子学生のバッグに近づき、中からある物を取り出して、自分のコートの下に隠し入れる振りをする。男子学生が離れた後、二人が戻り、年長の女子学生がバッグを調べて、「まあ、私のテープレコーダーがなくなっているわ」と叫ぶ。彼女は、主任教授がそのテープレコーダーを特別に貸してくれたこと、高価な機械であることなどを別の女子学生に泣きながら訴える。次に二人して、その場に居合わせた人たちに向かって事情を説明し、情報を求めた（ほとんどの目撃者は協力的で、自分の見たこと、気づいたことなどを教えたという）。それから年長の女子学生は、保険を請求することになるかもしれないからと言い、目撃者一人一人の電話番号を聞いてメモした。一週間後、別の学生の一人が「保険代理人」を名乗って目撃者たちに電話する。置き引き事件調査の一環であると言って、思い出せることはどんなことでも話してほしいと求め、最後に「テープレコーダーを見ましたか？」と尋ねた。

すると、バッグの中にテープレコーダーなどなかったにもかかわらず、目撃者の半数以上が見たと答え、そう答えた人のほとんど全員がどんなテープレコーダーだったかを詳しく描写してみせた。それも、色がグレーだったと言う者、黒だったと言う者、ケースに入っていたと言う者、入っていなかったと言う者、アンテナが付いていたと言う者、付いていなかったと言う者……と、みなまちまちに。

つまり、実験とは知らずに実験に協力した目撃者たちは、本当は見ていないテープレコーダーについての「記憶」を、実際に見たかのように、その色や形までリアルに語ったのだった。ロフタスによると、これは、「被害者」である女子学生の話、要するに目撃の後で加わった情報が、目撃者たちの記憶の中に誤って組み込まれた結果だ、という。

このように、人は容易に、見てもいないものを見たと信じることができる、というわけである。

この実験は、曽我の内にあった記憶に関する認識を覆すものだった。これまで、自分についても他人についても、しばしば思い違いといった程度の経験はしている。が、ここまで記憶が誤りやすく、しかもその誤った事実を真実の記憶として信じ込むことがあるとは考えなかった。〝人が覚えていること〟というのはもう少し正確なものだと漠然と考えていた。朋子から目撃証言の誤りやすさについて聞いた後でも同じだった。それが、ありもしないテープレコーダーについて、半数以上の人が見たと答えたとは……。それは意外であり、驚きだった。

といって、曽我は、父と母に関する自分の記憶が誤りだったかもしれないと考えたわけではない。自分の記憶はそんな実験とは違う、と思った。見てもいない光景がこれほどくっきりと脳裏に残っているわけがない。母が父を刺すところを自分はこの目ではっきりと見たのだ。

しかし、そう思う一方で、見もしないテープレコーダーの色や形まで語った人たちと自分との違いはどこにあるのだろう、とかすかな疑念も頭をもたげた。彼らも、自分の目でテープレコーダーを見たという点に関して絶対の自信を持っていたのではないか……。

自分の記憶に誤りがあるはずがない、という曽我の信念を揺るがしたのは、やはりロフタスが挙げていた実際の例だった、記憶は容易に〝作られうる〟という。一つはロサンジェルスの小学校で起きた銃の乱射事件に関わる話であり、もう一つはスイスの著名な心理学者ジャン・ピアジェの体験談である。

小学校における銃の乱射事件では、当日学校を休んだ少年が、後日、その日のことを自分が直接体験した出来事として鮮やかに思い出していた。また、ピアジェは回想録の中で次のように語っていた。

〈私の最も幼いときの記憶の一つは、もし本当だったら、二歳のときに起こっていたはずである。十五歳くらいになるまでは本当の出来事だったと信じていたある場面を、今でもはっきりと思い浮かべることができる。そのとき私は乳母の押す乳母車に乗ってシャンゼリゼ通りにいた。そこで私は男に誘拐されそうになったが、幸い乳母車の止め紐《ひも》が付けられていたし、勇敢な乳母が私を守ってくれて助かった。彼女は気の毒なことに、男と争ったため顔に少し傷を負った。そのうち人だかりがして、短いマントを着て白い警棒を持った警官が現われると男は慌てて逃げていった。私はいまだにその一部始終を思い出せるし、その場所が地下鉄の駅の近くだったこともはっきり分かっている〉——ところが、ピアジェが十五歳の頃、乳母からピアジェの両親宛に許《わ》びの手紙が届き、すべては乳母のでっち上げで、誘拐未遂事件など起きなかったことが明らかになる。つまり——〈私は子供のときに、この乳母を信じ切っていた両親から出来事の一部始終を聞いて、視覚的記憶として自分の過去経験の中に投入してしまっていたのである〉

曽我は、これらの実際の例を読んで、

——もしかしたら自分の記憶も間違っているかもしれない、少なくともその可能性はある。

と思い、冷静に検討してみようという気になったのだった。

ロフタスが学生たちをつかって行なった実験と彼女の挙げた実際の例――。もちろん、それらを曽我のケースにそのまま重ね合わすわけにはいかないが、共通している部分も少なくなかった。

そこで、曽我は、

――もし自分の記憶が誤っていたとしたら、その誤った記憶はどのようにして形成されたのか。

を、考えてみることにした。そうした誤った記憶の形成される可能性がどの程度あるのか、という問題はひとまず後回しにして。

曽我は、母が父を刺したときの光景をはっきりと思い出すことができる。

……父は母の右腕を背中にねじり上げ、母の手から包丁を奪い取ろうとしている、母はそれを奪われまいと必死になって抵抗している、苦痛に顔を歪《ゆが》める母、赤鬼のような父の顔、父が母を放し、殴りつけた、よろめく母、母が体勢を立てなおし、包丁を前に構えた、身体ごと父めがけてぶつかっていく、瞬間、驚愕《きょうがく》と恐怖のために大きく見開かれた父の目、包丁の刃先が父の胸に達した、それは一瞬のきらめきを残し、父の身体に埋まった、母が父に重なり、二人は一つになって倒れていった……。

こうした一連の光景は映画のシーンを見るように浮かんでくる。

しかし、曽我の記憶が誤っているなら、彼は、母が父を包丁で刺す場面など見ていないはずである。それなのに、どうしてこれほど鮮明な記憶として残っているのだろうか。

ロサンジェルスの小学生の場合、事件の翌日、現場の校庭を見て、その後、級友たちから繰り返し話を聞いているうちに自分も凶行の現場にいたように錯覚してしまった、と考えられる。また、ピアジェも、乳母のでっち上げた話を本物の話として両親から何度も聞かされているうちに、見てもいない誘拐未遂事件の現場——短いマントを着て白い警棒を持った警官が現われ、犯人の男が慌てて逃げて行く場面——をあたかも自分が見たかのように誤って記憶してしまった。

もし曽我の記憶が事実でないとしたら、彼にもロサンジェルスの少年やピアジェと似たようなことが起きたと想像される。

事件の前、曽我は、父が酔って母に乱暴するのを繰り返し見ていた。母が台所から包丁を取ってきて「自分を殺してくれ」と父に迫る姿を、さらには、「あんたを殺して自分も死ぬ」と父に包丁を突きつけるが、包丁を奪われてそれまで以上に痛めつけられるのを、何度か目にしていた。事件の日の夕方も、遊びに行っていた友達の家から帰ったとき、たぶん、母が包丁を手にし、それを奪おうとする父と争っているのを見た（玄関を開けて覗《のぞ》き、そんなところでこそこそしてないで入ってこいと父に怒鳴られないうちに逃げ出したのではないか）。ふだんはあまり行ったことのない八幡神社まで行き、真っ暗になってから帰宅すると、家の前に大勢の人がいて、どこへ行っていたのかと刑事に聞かれた。なぜか、一度帰宅してから逃げ出した事実を言わないほうがいいと思い、友達の家から直接八幡神社へ行ったと嘘をついた。その時点で、たぶん、父が殺されたと教えられた。隣家に預けられて間もなく、母がびしょ濡《ぬ》れになって戻り、母の口から父が死んだと聞かされた。翌日か翌々日、母が警察に連れて行かれ……その前だったか後だったか、また誰に聞いたのかははっきりしないが、「母が包丁で父を刺し殺したらしい」と知った。刑事が何度も事件が起きた夕方のことを曽我に聞きにきた。その刑事の態度や話、質問から、警察は母が犯人だとほぼ断定していること、曽我が両親の争いを目撃している可能性が高いと見ていること、などがわかった。

一部に想像が交じっているが、以上が事件に関係した曽我の事情である。

誤った記憶が形成される過程には、その人の経験や知識が影響していると言われているが、もっとも大きいのは事後情報らしい。

とすれば、曽我の場合も、事件の前の経験も多少関係していただろうが、事件の後で与えられた情報が誤った記憶を形成するのに大きな役割を果たしたのは疑いない。

それに、もう一点、

〈曽我が刑事に〝母が父を包丁で刺すのを見た〟と言うまで、事件から約二週間が経過していた〉

という事実が、重要な意味を持っていたのではないだろうか。

ロフタスが学生たちにさせた実験では、駅の待合室にいた目撃者たちに、一週間の時間が与えられている。保険代理人を名乗った学生が目撃者たちに電話したのは、出来事から一週間後である。

目撃者たちが、「テープレコーダーがなくなっている」という誤った情報を女子学生に与えられた直後、保険代理人を称する人物に同じ質問をされた場合、どうだっただろうか。テープレコーダーを見たと答えた者はいたかもしれないが、数が少なかったはずだし、色や形までリアルに答えた者はたぶんいなかったのではないかと思う。つまり、一週間という時間の経過により――その間に目撃者たちの脳内でいかなる物質の動きや化学変化があったのかはわからないが――実際に視覚でとらえた情報と、その直後に女子学生の言葉によって与えられた情報が混ざり合い、見てもいないテープレコーダーを見たという誤った記憶が形成されたものと考えられる（ロサンジェルスの小学生の場合も、子供たちの外傷的な記憶を調べる目的で面接調査が行なわれたのは事件の数週間後だった）。

曽我の場合は、出来事から証言まで二週間という時間があった。そして最初に〈母が包丁を手に父と争っていた〉という視覚情報があり、母が警察に逮捕された時点では、〈母は父を殺した犯人である〉という誤った情報を与えられた。曽我の場合、それだけではない。ロフタスの実験の目撃者たちは一週間放っておかれただけだが、

〈包丁で父を刺したのは母にちがいない〉

〈それをおまえは見ているはずだ〉

という情報と暗示を、半月の間、繰り返し刑事によって与えられつづけた。

そのため、曽我の中では、ロフタスの実験以上に、自らの視覚がとらえた情報とその後に与えられた情報が混ざり合い、誤った記憶が形成されやすかったのではないだろうか。

つまり、曽我が実際に見たのは〈包丁を持った母が父と争っている場面〉にすぎないのに、〈父が包丁で刺し殺されていた〉という厳然たる結果が存在し、それら二つの事実を渡るための橋さえ示された。しかも、少なからぬ研究者によると、おとなに比べて子供は非常に暗示にかかりやすいという。とすれば、八歳の子供だった曽我が何の疑いも抱かずに眼前の橋を渡ったのは、当然の成り行きだったのではないか。

そう考えると、信州まで訪ねてきた刑事に、お母さんがお父さんを刺すのを見たんだねと言われ、はいと答えたときには、曽我の脳裏にすでに〈母が父を刺す場面〉が浮かんでいた可能性が高い。その後、刑事の……おそらく誘導の交じった質問のままに答えているうちに、見てもいない情景は曽我の中でいよいよ鮮明になり、〝自分の見た記憶〟として定着した。あとは、長い年月の間に繰り返し想起されては記憶し直され、そのたびにより具体的に、より整合の取れたかたちに、再構成された（考えてみると、離れた場所から隠れて見ていたはずの曽我に、驚愕と恐怖のために大きく見開かれた父の目や、包丁の刃が父の身体に埋まったところまで見えたというのはおかしい)。そしてその記憶、光景は、やがて一点の疑いも差し挟む余地のない「事実」として確信されるようになった——。

曽我は以上のように考えた。

これは、

——もし、自分の記憶が誤りだったとしたら。

という仮定から出発したわけだが、このように考えてみると、充分にありうるように思えた。

とはいえ、これはまだ、そうだったかもしれないという可能性が出てきただけである。そうだったと決まったわけではない。

曽我が見たと信じていた光景が幻だったとしたら、母は父を殺していないから、父を包丁で刺し殺した別の人間がいたことになる。その犯人を特定するか、たとえ特定はできなくても母以外の犯人が存在したことを確信できなければ、曽我の記憶が誤っていたかもしれないというのはあくまでも一つの可能性にとどまる。

そこで、曽我は、

——母以外の犯人は存在しえたか?

という次の問題に考えを進めたのだった。

それには当時の捜査状況を知る必要があったので、まずは図書館へ行って三十九年前の新聞を読んだ。

朋子に教えておきながら、事件を報じた新聞を読んだのは初めてだった。ずっと避けてきたのだが、母は無実かもしれないという可能性が生まれ、それを追求する目的だったためか、抵抗はなかった。

記事は、概して、父の暴力に耐えきれなくなった母に同情的に書かれていた。だが、母以外の犯人がいた可能性についてはほとんど言及されていなかった。

それに関連した記事といえば、事件の翌日の第一報に、

――警察は、事件の前後に菊村さんの家の近くで不審な人物を見かけた者がいないか、近所の聞き込みをつづける一方、最近、被害者と何らかのトラブルがあった者がいないかどうかなど、動機の面からの調べも進めている。

といった記述があり、次の日、母の逮捕を伝える第二報に、

――被害者の交友関係を調べても、被害者を殺害するような動機を持った者は浮かんでこなかった。また、事件前後に被害者宅の近くで不審な人物を目撃したという者も見つからなかった。

という記述があっただけ。

以後は、母以外の犯人を念頭に置いた警察の捜査についてはまったく触れられていなかった。

一方、母については、

〈酔った被害者にいつも暴行を受けていた、事件の起きた日も同様で、あまりのひどさに台所から包丁を取ってきて、あなたを殺して自分も死ぬと被害者に突きつけた、初めは包丁など知らないと否認していた、包丁は被害者に奪われたと言っているが、その後、家を出て入水自殺をはかった、被害者の死んでいた茶の間に置かれていた財布はそのままだったし、盗《と》られた金品はない、事件前後に家に出入りした人間を見た者はいない〉

というように、状況は真っ黒。

警察でなくても、犯人は母しかいないという結論にならざるをえないようだった。

だが、曽我の目的は、その結論を突き崩すことである。

だから、彼は、母が家を飛び出した後、菊村家に出入りした者は本当にいなかったのだろうか、と考えた。もし母が犯人でないなら、必ずいたはずである。朋子も言ったように、警察が母を犯人と決めてかかっていれば、聞き込みはおざなりだった可能性が高い。

その人間は、父を殺す目的で菊村家を訪ねてきたのではないと思われる。日曜日の夕方、父が一人でいるとは予想できなかったはずだから。来たら、たまたま父が酔いつぶれて一人で寝ていた。そして、近くに包丁がころがっていた。それを見て、どういう動機からかはわからないが、手拭《てぬぐ》いかハンカチで包丁の柄をくるんで持ち——そのために柄が擦られて、母の指紋しか検出されなかったのだろう——父を刺して逃げた。そういうことだったのだろう。

曽我は、そうした行動を取った可能性がある者はいないか、と考えを進めた。そして、警察は近所の住人を見落としていたのではないかと思い至った。戦後は没落したが、父の生家は熊谷の旧家である。そこの長男に生まれた父は、跡取り息子として祖父母や両親に特別扱いされ、甘やかされて育ったらしく、かなり傲慢《ごうまん》で横柄な人間だったようだ。そんな父だから、それほど深い付き合いや利害関係はなくても、近所の住民の中に父を強く恨み、憎んでいた人がいたとしても不思議はない。そうした人がたまたま訪ねてきたら、まさに殺してくれといわんばかりの格好で父が寝ていた。そこで、その人は……というわけである。近所の住人なら、家を出入りするところさえ見られなければ、近くで誰かに出会ったとしても怪しまれなかっただろう。

日曜日の夕方、父に対する殺意を持たずに訪ねてきたにもかかわらず殺害した――ということになると、その可能性が高い。いや、それしかないように思えた。

一つの可能性が生まれたことで、曽我は、

――母、無実。

へ向かって一歩前進したのを感じた。

とはいえ、そこまでだった。彼の足はそこで止まってしまい、そこから前へは半歩たりとも進めなかった。離島や山奥の村ならともかく、浦和は戦後もっとも大きく様変わりした首都圏の都市である。三十九年前、近所にどういう人間が住んでいたのかを突き止める方法など浮かばなかった。ましてや、密かに父を恨み、憎んでいたかもしれない人など捜しようがない。もし手掛かりになるとしたら松田だが、早くから母に的を絞った警察の一員である彼がそうした人間に気づいていた可能性は高くない。それでも……と曽我は思い、松田に電話して自分の考えを話してみた。だが、と言うべきか、案の定と言うべきか、松田は、近所の住人については念入りに調べたが怪しい者はいなかったのだ、と答えた。

曽我は、どうしたら自分の推理の裏付けが得られるだろうか、と考えつづけた。もし母以外に犯人がいるとしたら、それしかないように思えたからだ。ただ、裏付けといっても、いまとなっては、誰もが認める証拠を手に入れるのは不可能かもしれない。それなら、自分さえ母の無実が信じられればいい、と曽我は思った。他人はどうあれ、〈母ではない犯人がいたにちがいない〉と自分さえ確信できるようなものが見つかれば――。

しかし、いくら考えても、結局何も見つからなかった。そこで彼は、三十九年間忌避しつづけた事件の現場へ行ってみよう、と決心したのである。どんなに大きく変貌《へんぼう》していようとも、その地に立ってみれば、もしかしたら記憶の底に眠っていたものが喚起され、新しい発見につながるかもしれない、そう期待して。

曽我は、八幡神社を出て、かつて住んでいた家のあったあたりまでもう一度戻った。考えながら、こちらの道、あちらの道と歩き回った。しかし、求めているような発見は何もなかった。

7

これ以上ここにいても同じだろうと思ったが、まだ三時前だった。曽我は諦《あきら》めきれずに、荒川の堤防まで足を延ばしてみた。

曽我には、堤防がどうなっていたかという記憶がほとんどないのだが、五、六百メートルの間隔をおいて二本並行しているのは昔と同じだった。このあたりはたびたび大洪水に見舞われ、戦後、いまのような堤防が築かれたと聞いたような気もする。

曽我は、外側の堤防を上流へ向かって歩いて行った。堤防の上はサイクリングロードと遊歩道として整備されていた。もちろん、そこからは母が自殺しようとした荒川の流れは見えない。左下、二本の堤防に挟まれた広い河川敷——建設省の看板があるから国有地らしい——には水田と葦原《あしはら》が広がり、ぽつりぽつりと屋敷森に囲まれた民家が建っているだけ。田圃《たんぼ》はほとんど刈入れがすんでいたが、まだ黄金色に染まっているところも少しあった。

曽我は反対側を見やった。堤防の近くには多少畑や空き地が残っているが、その先は神社か寺の境内と思《おぼ》しき小さな杜《もり》を残して建物ばかり。さらに向こうには、ところどころにひときわ高い超高層ビルの建つ街が広がっていた。浦和を通る鉄道といえば、かつては東北本線（高崎・上越・信越本線）だけだった。が、いまは、埼京線、武蔵野線が通り、停車はしないが、東北新幹線（上越・長野新幹線）も通っている。大宮、与野にまたがる埼玉新都心造りも進められているという大都会だった。

長い歴史から見ると、三十九年なんて星の瞬きほどに短いが、一人の人間の一生から見ると平均寿命のほぼ半分に当たる。その長い年月、曽我は誤っていたのかもしれないのだった。無実の母を、父を殺した犯人だと思い込んでいたのかもしれないのだった。もしそうなら、自分は母に対してなんてひどいことをしてしまったのだろう。

そう思うと、曽我は、何としても朋子の推理が正しいことを証明したかった。最低限、自分だけでも正しいと思える何かが欲しかった。だが、三十九年前の事件の現場に立ってみても、それは叶《かな》わなかったのである。もう、思い出せることはすべて思い出し、考えられることは考え尽くした、と思うのだが……。

曽我は、母と同じように夫殺しの罪に問われた関山夏美のことを思い浮かべた。

関山事件の第八回公判がいつに決まったのかはまだ聞いていないが、今月中旬頃にはあるだろう。朋子によれば、そこで結審になり、年末か来年早々には判決が出るだろう、という。九分九厘、原判決破棄の判決が。

夏美は四年間も夫殺しの汚名を着せられ、拘置所に繋《つな》がれてきた。その悔しさ、怒り、苦悩は余人には計り知れないが、それでも母に比べたらよかった、と曽我は思う。四年間、娘の美香も苦しんだだろうが、それでも自分に比べたらはるかにいい。無罪判決が出れば、夏美の汚名は雪《すす》がれ、美香も救われるのだから。

曽我は、これまでの三十九年間、救われることがなかった。そしてこれからも、死ぬまで同じ状態がつづく可能性が高い。

それにしても、事実、真実とは何だろう、と曽我は考える。

事実は確かに存在する。しかし、それが事実だと知るのは何と難しいことか。

この三十九年間、曽我は、

〈母が包丁で父を刺すところを見た〉

〈母は父を殺した〉

これが事実だと思っていた。自分の認識を一度も疑わなかった。

ところが、もしかしたらそれは事実ではないかもしれないのだ。

関山事件の場合は、〈関山夏美が夫の益男を殺した〉というのがずっと事実だと考えられてきた。が、今度の控訴審で逆転判決が出れば、それは事実ではないと判断され、逆に、これまで事実ではないと考えられてきた〈夏美は夫を殺していない〉が事実であると認定されることになる。正確には、〈夏美が夫を殺したと判断するだけの証拠はない〉ということだが、判決は有罪と無罪だけで、その中間はないから、実質はどちらかが事実と認定されたも同然なのである。

関山事件の裁判で判断されるのは、関山夏美が夫の益男を殺したか否か、という点だけである。夏美が犯人ではないと判断されても、誰が犯人かは示されない。

夏美に無罪判決が出れば、たぶん星野美智代が関山益男を殺した容疑で起訴されるだろう。しかし、古屋かおるを脅して硫酸アトロピンと臭化水素酸スコポラミンを盗み出した窃盗の罪では有罪になっても、殺人の罪で有罪になるとはかぎらない。彼女があくまでも、自分には益男を殺す動機がないと主張して犯行を否認した場合、無罪判決が出る可能性もある。殺人につかわれた毒物を手に入れていた点、益男が死亡したとき笠松公園で彼と会っていた点と、彼女の犯行を示す状況証拠はあっても、彼に毒物を飲ませたという直接の証拠はないからだ（夏美には毒物を手に入れたという証拠さえなかったのに一審で有罪になったのは、自白が証拠として採用されたからである）。

今度の控訴審か差し戻し裁判で夏美に無罪判決が下され、検察側が上訴を断念すれば、夏美の無罪が確定する。〈夏美は夫を殺していない〉が事実と認定される。それでいて、美智代についても無罪判決が出た場合、〈美智代も益男を殺していない〉が事実と認定されたことになる。

ところが、関山益男は殺された。これは、裁判官が認定しなくても、厳然と存在する事実である。

では、関山益男は誰に殺されたのか？

わからない。

要するに、裁判官が認定する「事実」とはそうしたもの――そうした程度のものと言ったほうが適切かもしれない――だった。

客観的な事実は存在する。存在しているのは確かに認識できる。だが、それを正しく認識するのは容易ではない……容易ではない場合が少なくない。そのため、人間社会は、その便宜的な認識、判断を裁判官に委《ゆだ》ねた、そういうことだろう。

刑事訴訟法には「事実の認定は証拠による」と規定されている。ところが、別のある事実を証明力を持った証拠として認定するかどうかは裁判官の判断なので、そこに誤りの入り込む余地が存在する。つまり、裁判官の認定した「事実」は本来の事実とは異なってい る場合があり、便宜的に事実と判断されたものにすぎない。ところが、裁判官によってひとたび「事実」と認定されると、正否にかかわらず絶大な力が付与される。そのため、後で本来の事実と思われるものが姿を現わしても、一片の検討もなしに、事実は一通りしかありえないからそれは偽物だ、と排斥される場合が少なくない。

曽我は、関山事件から自分の問題に思考を戻した。

——母に関しての「事実」の認定はいかなるものだったのだろうか。

と、考えてみた。

母は裁判さえ受けていない。警察に逮捕され、夫殺しの容疑を認めて自殺した——というのが、母は有罪であるという「事実」を決めたすべてだった。そして、母が〈容疑を認めた〉ことにも、〈自殺した〉ことにも、密接に関わっていたと思われるのが、〈母が父を刺すところを見た〉という曾我の証言だった。

いま、〈母が父を刺すところを見た〉という曾我の証言は、もしかしたら事実ではないのではないか、という疑いが生まれた。もしそれが事実でなかったとすれば、母が容疑を認めた根拠がなくなる。母は無実だった可能性が高くなる。しかし、たとえそうだったとしても、自殺してしまった母には、自白を取り消して無実を主張することはできない。自ら汚名を雪ぐ機会はない。

——母の汚名を雪ぐ……。

曾我は、脳裏に浮かんだ言葉に、つと足を止めた。

母が父を殺していなかった場合、母の名誉はどうなるのか。母がこの世にいないからといって、また三十九年も経って事件が風化してしまったからといって、誤った「事実」の認定をこのままにしていいのか。

——そうか！

曽我は気づいた。自分が己れのことしか考えていなかったことに。

彼はこれまで、もし母が無実なら自分さえそう確信できればいい、と思っていた。もちろん、できればそれを証明したいが、そこまではできなくても仕方がない、かまわない、と考えていた。しかし、冤罪《えんざい》であると証明できなかったら、母はどうなるのか。曽我の気持ちは安らいだとしても、世間に認知された母に関する誤った「事実」は消えない。母は未来永劫《えいごう》、夫を殺した殺人者だったということにされてしまう。

――しかし、だが、しかし……。

と、彼はさらに思う。〈母が無実である〉というのは、まだ可能性が五割程度の仮定なのである。残りは曽我の願望なのだ。そして、その可能性を六割に高めることさえできないでいるというのに、どうやったらそれが正しいと証明できるのか。どうやったら、三十九年間、一度も疑われることのなかった「事実」を覆せるのか……。

曽我は再び歩き出した。少し行ったところでもう一本の堤防へ移り、川の流れを見ながら暗くなるまで歩きつづけた。しかし、いくら考えても新しい発見はなかった。

バス、埼京線、中央線と乗り継いで帰宅したのは八時近くだった。

先に食事しているようにと容子に電話しておいたのだが、子供たちと一緒に待っていたので、有希と雅彦の兄弟喧嘩《げんか》と明るいお喋《しゃべ》りを聞きながら四人そろって夕食を摂った。どと、いかにも彼女らしい言い方で曽我を力づけてくれた。
年かけたっていいんじゃないかしら」
「でも、これまで三十九年間もわからなかったことでしょう。それなら、これから三十九
容子は、ほとんど言葉を挟まずに話を聞いていたが、最後に、
得られなかったのだ、と。
という自分の希望を容子に話した。しかし、半日歩きながら考えても、何の手掛かりも
――もし母が父を殺していないのなら、何としてもそれを立証し、公にしたい。
子と、
子供たちがそれぞれの部屋へ引き上げた後、曽我は、大きく変貌《へんぼう》していた事件の地の様
たか、についても説明してあった。
からだ。そのため、当然そのつづきとして、朋子の推理を聞かされた後で自分がどう考え
た事実を話した。朋子に話してもいいと思いながら妻に秘密にするのにこだわりがあった
誰にも明かさないつもりだった三十九年前に〝自分の見た光景〟と、それを刑事に証言し
罪捜査三十年』の第三章〈夫殺しの裏にあったものは？〉を読ませた。そして、死ぬまで
曽我は、美香に自分の過去を漏らし、朋子から本当かと電話をもらった晩、容子に『犯
我を慰め、励まそうとしたのかもしれない。
うだったかと電話で聞かれたとき、曽我が駄目だったと答えたから、容子はそれとなく曽

容子がテーブルを離れて洗い物を始めたので、曽我は仕事場へ上がった。今夜はパソコンのスイッチを入れる気はなかったが、週に二、三回しか開かない気紛れ日記帳に今日のことを書き留めておくために。

部屋へ入ると、赤い光の点滅が目に飛び込んできた。机の上に置かれた電話機の留守録表示だ。

曽我は立ったままボタンを押し、録音を再生した。

録音されていたメッセージは二件。一件は編集者からのものだが、一件はなんと高泰淳だった。

——曽我、元気か？　俺だ、高だ。長いこと連絡しないですまなかった。俺はいま韓国……ソウルに来ている。ソウルで誰に会ったと思う？　びっくりする人だ。商売のほうも何とか建て直しの目処《めど》がついた。二、三日したら日本へ帰るので、帰ったら電話する。

懐かしい高泰淳の元気そうな声に曽我は安堵《あんど》し、しばし今日の不首尾も忘れた。

8

関山事件の控訴審は十月十三日に結審し、判決の言い渡しは年内、十二月二十四日に行なわれることに決まった。

朋子は、夕方事務所へ帰ってから夏美の父親にそのことを知らせ、電話を代わった美香にはもうしばらくの辛抱だからと言った。

朋子は、検事の最後の意見陳述を聞いても、勝利の自信は揺らがなかった。原判決破棄を確信した。あとは願わくは一審差し戻しでなく高裁自らが無罪の判決を出してほしいが、それはどうなるかわからない。

朋子は早めに事務所を出ると、曽我と会うために新宿へ行った。判決言い渡しの日が決まったことを報告し、曽我からは、

――母が父を刺すところを見たという曽我の記憶は誤りではないか。

という朋子の推理について、彼がどう考えたかを聞くのだ。

朋子が曽我にその話をし、記憶について書かれた単行本と雑誌のリストをファックスで送ったのは先月十八日である。それから一週間ほどすると、朋子は気になり出した。曽我の感想あるいは考えを早く聞きたくて。しかし、朋子が毎日待っていたにもかかわらず、曽我からの電話はなかった。月が十月に替わっても、肯定的な答えであれ否定的な感想であれ、考えがまとまれば何か言ってくるはずだ。そう思っていたので、朋子は別の意味でも気になった。そんなことはあるまいと思いながらも、もしかしたら朋子の推理を無責任だと感じ、腹を立てているのだろうか、と。結局、我慢できなくなり、先週、第八回公判が十三日になったことを知らせるという口実で電話した。そして、今日の公判が終わった

後で会う約束をしたのである。

電話したとき、朋子は曽我の考えた結論だけでも聞きたかった。しかし、朋子が尋ねるより先に曽我のほうから、

――この前、服部さんの言われた件については会ったときに話します。できれば服部さんの力も借りたいし……。

と言われたため、何も聞けなかった。

ただ、その言い方から判断すると、曽我は怒っているわけでも朋子の推理をむげに排斥したわけでもなさそうだった。

朋子は新宿駅の東口に出ると、この五月、二十数年ぶりに曽我と再会したときの喫茶店へ向かった。今日の待ち合わせ時刻を決めるとき、曽我は、五時頃までならかまわないがそれ以後になるようなら後日にしたい、と言った。七時に御徒町で友人に会う約束になっているのだという。

朋子がビルの地下にある喫茶店へ降りて行くと、前のときと同様、曽我が先に来ていた。まだ五時まで六、七分あったし、テーブルに見えるのは水のコップだけだから、それほど前に来たわけではないようだ。

朋子は「こんにちは」と言いながら近づき、横にバッグを置いて曽我の前に掛けた。自分に向けられた彼の笑みに無理に作ったような硬さが感じられないので、少し気持ちが楽

になっていた。

「ご苦労さま」

と、曽我が朋子をねぎらった。

「曽我さんのおかげです。まだ終わったわけではないですけど、望んでいたような結果が出るのは間違いないと思います」

「僕は何もしていない。すべて、服部さんと弁護団の力ですよ」

「そんなことありません。何度も言っているように、曽我さんから代替殺人の可能性について伺っていなかったら、星野美智代に行き着けたかどうか怪しいんです」

「じゃ、そういうことにさせておいてもらいましょう」

ウェートレスが曽我のコーヒーと朋子の水を持ってきたので、朋子はミルクティを注文した。その後で、判決の言い渡しが十二月二十四日に決まったことを話し、朋子の報告は終わりだった。

曽我が、自分の記憶と両親の事件について話す前に関山事件に関して一つだけ聞いていいか、と言った。

どうぞ、と朋子は答えた。

「いま言った代替殺人に関係しているんですが、服部さんは当然、星野美智代が犯人だと考えているわけですね？」

ええ、と朋子は肯定し、曽我の質問の意味を訝《いぶか》りながら、

「何か疑問でも？」

と、聞いた。

「自分で代替殺人云々と言い出しておきながら、星野美智代の動機に引っ掛かっているんです。いくら関山夏美さんが憎いからといって彼女の夫を殺すだろうか、と。その点、服部さんはどう考えているんですか？」

「自分と夏美さんの夫とは同じ被害者同士、殺すわけがない——という彼女の言葉が気になっておられるわけですね」

「口ではどうでも言えますから、その言葉に……というわけではないんです。彼女の答弁を聞く前から気になっていたんです」

「動機という点だけ取り出してみれば、私も多少疑問を感じないわけじゃありません」

朋子は正直に言った。「でも、星野美智代には、証人尋問で私が追及したように、古屋かおるを脅して硫酸アトロピンと臭化水素酸スコポラミンを盗み出させたという事実、関山益男さんが笠松公園で死亡したとき彼と会っていたという事実、があります。毒物が入っていたビールの缶を持ち去ったという状況証拠もありますが、その点については、慌てて何がなんだかわからずに……という彼女の言い分を認めたとしても、二つの事実だけは偶然の符合では説明がつきません。つかないと思います」

「そうなんですね。それで、僕も、やはり星野美智代しかいないのか……と思ってはいるのですが」

曽我が、まだすっきりしないような顔をして言った。

「もし星野美智代が犯人でなかったとしたら、その犯人は、星野美智代が古屋かおるに盗み出させたのと同じ硫酸アトロピンと臭化水素酸スコポラミンを手に入れ、関山益男さんが彼女と会ったときに、関山さんに飲ませた、ということになります」

「そんなことができた者は、どう考えたっていそうにありませんね」

「ええ」

「わかりました。じゃ、これはもういいです。服部さんがどう考えているのか、聞いてきたかっただけですから」

朋子のミルクティが運ばれてきたのを機に、曽我がその話題を終わらせ、コーヒーを飲んだ。

朋子は頭が少し疲れていたので、砂糖を多めに入れてミルクティを啜《すす》った。

「それじゃ、今度は僕のほうの話をしますが……」

と、朋子がカップを皿に戻すのを待って、曽我が朋子を見た。「実は、こっちは服部さんのおかげで大変なことになった……」

彼は口元に微苦笑をにじませ、冗談ぽく言ったが、目には固い光があった。

いよいよ待っていた曽我の感想、考えが聞ける、そう思うと朋子は緊張した。

「なにしろ、三十九年間、一度も疑ったことのなかった〝事実〟がひっくり返る可能性が出てきたんですからね」

曽我がつづけた。

「そ、それじゃ……！」

朋子は生唾《なまつば》を呑《の》み込んだ。

「服部さんの言われた可能性……母が父を刺すところを見たという僕の記憶は誤りで、母は父を殺していない可能性がある、と僕も思ったんです」

「そう……」

「ただ、これはあくまでも可能性が生まれたというだけで、まだひっくり返ったわけじゃありません。ひっくり返すには、母ではない犯人が存在したことを立証するしかないように思われるのですが、いまのところどうにもならない感じです」

「難しそうですね」

「その難問を僕に課したのは服部さんですよ」

「すみません」

「いや、恨んで言っているわけじゃありません。服部さんには感謝しています。たとえ証明はできなかったとしても……」

曽我の言葉に嘘はないだろう。だが、このままでは、曽我の宙ぶらりんな気持ちは生涯つづくことになる。

「とにかく初めから話すと、僕はまず、服部さんに勧められた記憶に関する本を読んでみました。それを読んで――」

と、曽我は、三十九年間一度も疑ったことのなかった記憶がもしかしたら誤りだったかもしれないと思い至った経緯から説明した。次いで、もしそれが誤りだとしたら、どうしたらその裏付けが得られるかと考え、松田元刑事に問い合わせたり、浦和市の現場周辺を歩き回ったりしたことを。

「しかし、結局、僕の記憶が誤りだったこと、つまり母ではない犯人がいたことを立証する方法なんて見つからなかったんです。密《ひそ》かに父を恨んでいた近所の人がたまたま父が酔って一人で寝ているところへ来て犯行に及び、巧く死角に隠れてしまった――これが一番可能性が高いと考えたんですが、そうした人間がいたかどうかなど、いまさら調べようがありませんし」

「そうですか……」

「それで、どうにもならず、電話で言ったように、服部さんの力を借りられないかと思ったんです」

「関山事件では曽我さんに助けていただいたので、できればお手伝いしたいのですが、いまのところどこからどう考えたらいいのか、私にも見当がつきません」

朋子は正直に言った。

「それはそうですね。いま現在の事件でも真相を突き止めるのは容易ではないのに、三十九年も前の事件の真相なんて、気が遠くなるような話ですからね」

「当時のことをよく知っている身近な方はいないんですか？　例えばおじさんとかおばさんとか……。もしいらっしゃれば、考えるヒントになる話が聞けるかもしれません」

「なるほど……」

「いらっしゃるんですね」

「父の姉である伯母《おば》と弟である叔父《おじ》がいますが、ただ二人とも無理ですね。事件当時、伯母は結婚して離れたところに住んでいたので、二、三年に一度顔を合わすかどうかといった付き合いでしたし、浦和の家へも父の葬式のときに初めて来たんです。参考になるような事実を知っているとはとても思えません。一方、独身で大宮に住んでいた叔父はしょっちゅう家《うち》へ来ていたので、松田さんたち警察が知らないようなことも知っていたかもしれません。ですが、残念ながら、叔父は痴呆《ちほう》が進んでしまっているんです。僕の親代わりと言ってもいい人なので、月に一度は老人ホームへ面会に行っているんですが、こちらの質問にきちんと答えることはできません」

「そうですか」

「まあ、そういうわけで、いまさら母以外の犯人が存在したことを立証するなんて、どうやったって無理なんです。実は、僕はそう思っているんです。さっきは、いまのところは……と言いましたが、いくら考えたって、同じなんです。そんな方法などあるはずがないんです。ないものを捜したって見つかるわけがありません。ですから、服部さんも忘れてください。服部さんの力を借りられないか……と言っておいて失礼ですが、時間の無駄ですから」

曽我が話の決着をつけるように言った。本心ではないだろう。一応、朋子の意見を聞いてみたものの、何も出てこないとわかり、朋子に時間と気持ちの負担をかけまいとしたにちがいない。

しかし、朋子には、そうした配慮は無用というより不満だった。

「でも、曽我さんは本当にこのままでいいんですか？」

少し突っかかるように聞いた。

「仕方ないということですね」

曽我が、半ば自分に言い聞かせるように答えた。

「仕方ないかどうか、まだわからないじゃないですか」

「僕にはわかったんです」

「なんだか曽我さんらしくありません」

何が曽我らしく、何が曽我らしくないのかよくわからなかったが、朋子は言った。

「そんなことありませんよ。それに、仕方ないといっても、何も出てこなかったわけじゃない。服部さんのおかげで、僕はこれまでの誤りを正すことができたんです」

「でも、それは、まだ可能性が生まれただけだと……」

「そう言ったけど、僕は信じているんです。証明はできなくても、僕だけは母の無実を信じられるようになったんです。ですから、これでいいんです」

本当だろうか。信じているのではなく、そう信じたいという願望ではないのだろうか。

「たとえ曽我さんが信じても、それだけでは不充分です。公にされた誤った判断はやはり公にきちんと正される必要がある、私はそう考えています」

「公の判断といっても、母の場合は、関山さんのように、裁判で有罪の判決が下されたわけじゃありません」

「同じです。いえ、警察が有罪の判断を下して、世間はそれを認めてしまったんですから、もっと悪いと思います。三十年経とうと五十年経とうと、誤りははっきりと正す必要があります……少なくとも、そのために全力を尽くす必要があります」

「全力を尽くしたが、駄目だったんです」

曽我の目に反撥《はんぱつ》の色が浮かんだ。

「そうでしょうか？」

「ええ」

と曽我は答えたが、朋子は首を横に振った。どう考えても曽我の出した結論は受け入れられない。

「曽我さんは、本当にこのままで平気なんですか？　自分さえお母さんの無実が確信できれば、本当にいいんですか？　曽我さんのお母さんは、三十九年間も、やってもいない夫殺しの犯人にされてきたのかもしれないんですよ。そして、ここで曽我さんが何もしなければ、この状態はこれからもずっとつづくんですよ。それでも、曽我さんは平気でいられるんですか？」

曽我が苦しげな顔をした。彼が平気であるわけがない。朋子にはそれがわかっていた。

しかし、彼女はつづけた。

「お母さんは、逮捕されてからだって、ずっと否認していたんでしょう。それなのに、警察は耳を貸さず、犯人だという思い込みで責めつづけたんです。そして、八歳の曽我さんから引き出した証言……誤っていたかもしれない証言を突きつけ、お母さんを自白に追い込んだんです。この前、電話で言ったように、お母さんは、曽我さんの証言に絶望して自殺したと考えるより、自分の命を捨てて曽我さんを護《まも》ろうとした、曽我さんを犯人だと思い、代わりにその罪を被《かぶ》って自殺された……その可能性が高い、私はそう思います。それでも、曽我さんは、自分だけお母さんの無実を信じられればいいんですか？　こんなひどいことが、誰にも知られずに埋もれてしまっていいんですか？」

曽我だっていいはずがない。だから、彼はもし母親が冤罪《えんざい》なら……と考え、それを立証しようと努力したのだろう。しかし、どうにもならなかった。それで、〝仕方がない、俺だけ信じてやればいい〟と自分の気持ちを無理やり納得させ、鎮めようとしている。朋子にだって、それぐらいの想像はつく。だが、ひとりでに口が動き、言葉が飛び出してしまうのだ。

「曽我さんの誤った記憶だって……まだ誤りだと証明されたわけではないですけど、私はそう思います……曽我さんご自身が考えられたように、半分以上は警察によって作られたんじゃないですか？　警察がお母さんを犯人だと決めつけて逮捕し、その前提のもとに曽我さんに当たったこと……それらが、曽我さんの頭に誤った情報を注ぎ入れ、曽我さんに暗示を与え、曽我さんの中に見てもいない光景の記憶を作り上げたんじゃないですか？

それなのに、もういいなんて……」

「そりゃ、僕だって諦《あきら》めたくない」

曽我が口を開いた。声にかすかな怒気が含まれていた。

「でしたら……」

「できれば、僕だって、母が冤罪ならそれを世間にはっきりと示したい」

曽我が朋子の言葉を遮ってつづけた。「しかし、無理だとわかったんです。考えに考え抜いたにもかかわらず、どうにもならなかったんです。服部さんは、僕が全力を尽くしていないと思っているようですが、服部さんから電話をもらってから、ほとんど仕事をしていません。今月一日に浦和へ行った後は、パソコンのスイッチさえ入れていません。何か見落としがあるのではないかと、弱い頭がパンクするぐらい考えました。それでも駄目だったんです」

「ごめんなさい」

と、朋子は謝った。「曽我さんが全力を尽くしていないかのように言ったのはお詫《わ》びします。けっしてそう思っているわけではなかったのですが、つい……。すみませんでした」

「いや……」

「ただ、私は、諦めるのはまだ早いんじゃないかと思ったんです。もっと考えてみたっていいんじゃないかと思ったんです。三十九年間を思えば、一年や二年ぐらい……。もちろん、長く考えたからといって、お母さんの冤罪を証明するもの、あるいはそれを晴らす方法が見つかるという保証はありません。でも……それでも、もうしばらくは。たとえ、その間、全然仕事が手につかなくても……。ごめんなさい。無責任な言い方をして」

朋子は最後にまた頭を下げた。

と、曽我が意外にも、いや、ありがとう、と礼を返した。

「ありがとう」

曽我が繰り返した。「服部さんの言われたとおりです。もしかしたら三十九年間もつづいている母の汚名を雪《すす》ぐために、たった三、四週間考えて何も見つからなかったからといって、仕方ないだの諦めるだのと弱音を吐き、恥ずかしいかぎりでした。もうじき五十に手が届こうという男が、穴があったら入りたいぐらいです。でも、おかげで、もうしばらく……いや、たとえ一生でも、この問題に関わっていく覚悟のようなものができました。服部さんと話した甲斐《かい》がありました」

「そんなふうに言っていただき、私のほうこそ恐縮してしまいます」

朋子は嬉《うれ》しかった。「それでしたら、たいした力にはなりませんが、私にも一緒に考えさせてください」

「優秀な弁護士にそう言っていただければ、百人力です」

曽我が笑みを浮かべて言い、ありがとう、ともう一度礼を述べた。

朋子は、山手線で御徒町まで行くという曽我と別れ、陸橋を越えて京王線の乗り口へ行った。

朋子が住んでいる笹塚は特急と準特急以外なら何でも停まるが、ホームに入っていた後発の各駅停車に乗った。まだ空腹を覚えなかったし、このところ外食が多かったので、駅を降りてから野菜や豆腐を買い、久しぶりに自分で夕食を作るつもりだった。

座席に腰を下ろし、バッグを膝《ひざ》に載せて目を閉じた。曽我から聞いた話が頭の中に浮かんでくる。〈母親が父親を包丁で刺すところを見た〉という、三十九年間、曽我が一度も疑ったことがなかったという記憶、もしかしたらこの記憶が誤りだったのではないかという結論に至った、曽我の分析と推理……。が、問題はその先だった。それが正しいと立証するには、曽我の母親が父親を刺していない、つまり彼の母親が無実であることを示さなければならない。しかし、三十九年前の事件の容疑者、しかも死亡してしまった容疑者が無実であることを証明するものなど、あるだろうか。曽我にはそんなに簡単に諦められるのか、それで平気か、などと言ったものの、どこからどう考えていいのか、まるで見当がつかない。

もしかしたら、自分は無責任なことを言ってしまったのだろうか。せっかく曽我が自分の気持ちに決着をつけようとしていたのに、その気持ちを乱してしまったのだろうか……。いや、違う。曽我には、そう簡単に結着などつけられるわけがない。口ではああ言ったが、自分の意見にかかわらず、彼はずっとこだわり、考えつづけたにちがいない。ということは、自分は彼の後押しをしてやったにすぎない。だから、彼は「ありがとう」と礼を言ったのだ。

朋子はそう思い、曽我に悪いことをしてしまったのではないかという思いは吹っ切ったものの、どうしたらいいのかは浮かばなかった。

それにしても、事実の証明というのはなんて難しくて厄介なんだろう、と思う。弁護士の朋子にはよくわかっていたはずだったが、あらためてそう感じた。その点では、関山事件は非常に幸運な、そして希有《けう》な例と言えそうだった。古屋かおるの証言が得られただけでなく、星野美智代がかおるを脅迫した電話のやり取りまで残っていたのだから。

朋子はふと、曽我が最初に言ったことを思い出した。

——星野美智代はいくら関山夏美が憎いからといって彼女の夫を殺すだろうか？

という疑問である。

朋子とて、その動機に多少引っ掛からないではない。しかし、曽我にも言ったように、揺るぎない事実が星野美智代が犯人であることを指し示している。

一つは、古屋かおるを脅して硫酸アトロピンと臭化水素酸スコポラミンを盗み出させたという事実、そしてもう一つは、関山益男が笠松公園で死亡したとき彼と会っていたという事実、だ。

アトロピン、スコポラミンは、青酸カリや砒素《ひそ》のようなポピュラーな毒物ではない。ましてや、それらの製剤である硫酸アトロピン、臭化水素酸スコポラミンは、一般にはほとんど知られていない。知っているのは医学か薬学の関係者にかぎられると言ってもいいだろう。だが、美智代の場合は、夫の星野一行がアトロピンとスコポラミンを含んだチョウセンアサガオの毒性研究で学位を取得したという特別な事情があったので、それらを知っていたし、詳しい性質なども簡単に調べられた。だから、彼女は古屋かおるにそれらの毒物を盗み出させたのである。

仮に美智代以外に犯人がいたとすると、その犯人はそうした特別の毒物――どちらか一種類で事足りるのに二種類の毒物――を手に入れ、犯行に及んだことになる。美智代がそれらの毒物を手に入れたのに前後して、同じ毒物を手に入れ、美智代が関山益男と会ったときを狙って、彼にそれらの毒物を混入したビールを飲ませたことになる。ということは、その犯人は自分の罪を美智代に着せようとしたとしか考えられない。

ところが、病院から実際に硫酸アトロピンと臭化水素酸スコポラミンを盗み出した古屋かおるでさえ、自分を脅迫した者が誰かわからなかった。つまり、美智代の行動に気づいていた者はいないのである。そう断定して間違いないだろう。それなのに、誰が、彼女に罪を被せようと画策できるだろうか。

犯人が手に入れた毒物と美智代が手に入れた毒物が二種類とも偶然一致した。犯人が関山益男を殺そうとしたとき、益男が偶然美智代に呼び出されて会った。

そうした、二つの偶然の重なりはありえないと見ていい。

とすれば、多少動機に疑問が残っても、犯人は美智代しかいないのである。

朋子はそう結論した。

そもそも、星野美智代が真犯人か否かを考え、議論するのは、関山事件の弁護団である自分たちの仕事ではない。自分たちの役割は関山夏美の冤罪を晴らすことであり、まだ結果は出ていないが、その役割は充分に果たしたと考えていいだろう。それなら、自分たちは次の走者に襷《たすき》を渡し、引っ込めばいい。

と思ったとき、朋子の意識に何かが引っ掛かってきた。

朋子はその実体を見極めようと思考を凝らした。

つかわれた毒物が硫酸アトロピンと臭化水素酸スコポラミンの二種類だったという点のようだ。正確には、アストロピンとスコポラミンである。液体クロマトグラフ法によって検出できるのは、そして実際に死者である関山益男の胃の内容物と血液から検出されたのは、そうした化合物ではなく、アトロピン、スコポラミンいう単体だから。ところが、夏美の勤めていた市川台中央病院の薬品保管庫から、それらの製剤である硫酸アトロピンと臭化水素酸スコポラミンが紛失していた――この事実が判明するに及んで、使用された毒物は病院から盗まれたそれらの薬剤にちがいない、と断定されたのである。そして、毒物を盗み出したのが関山夏美ではなく、古屋かおるを脅した星野美智代だったとわかっても、朋子たちは、殺人につかわれたのは同じ毒物だと思っていた。

同じ毒物がつかわれたのは間違いない。美智代が犯人であるかぎりは――。

だが、美智代は、二種類の毒物を盗み出した事実は認めても、それらを使用しなかったと言っているのだ。

もちろん、信じられない。二つの根拠から、朋子はそれは嘘だと考えている。

ところが、いま、〝二種類の毒物の一致〟という星野美智代以外に犯人はありえないと考えた根拠の一つが、朋子の意識に注意を促す信号を伝えてきたのだった。

関山益男の体内から検出されたのはアトロピンとスコポラミンだったのだから、殺人につかわれたのが、美智代の盗み出した硫酸アトロピンと臭化水素酸スコポラミンと同じだったとはかぎらない。そう、アトロピンとスコポラミンを含んだ植物だったかもしれないのだ。毒物が硫酸アトロピンと臭化水素酸スコポラミンであると断定される前に考えられていた、野山に生えているヨウシュチョウセンアサガオやハシリドコロである。

これなら、ある人間が犯人だった場合にかぎり、非常に小さい可能性ながら、〝二種類の毒物が偶然に一致した〟可能性がないではない。

ある人間――美智代と同様に星野一行に強い関心を持ち、彼の学位論文についても知っていたと思われる関山夏美だ。

夏美は犯人ではない。犯人ではないが、ただ夏美なら、近くの野山から採取してきたヨウシュチョウセンアサガオの葉かハシリドコロの根を煎《せん》じ詰め、毒液を作っていた可能性が、あるのではないか……。

朋子は首を振った。

自分は何を馬鹿なことを考えているのか、と思う。一歩……いや百歩譲って、夏美がそうやって毒液を作っていたとしても、どうやって益男に飲ませたのか。

益男は笠松公園で美智代と会っているとき、アトロピン・スコポラミン入りのビールを飲んで死亡した。その頃、夏美が渋谷にいたのは間違いない。また、夏美には、その晩美智代が益男に電話してきて二人が会うと予測するのは不可能だった。それなのに、どうやったらそれほどタイミングよく益男に毒入りのビールを飲ませられたのか。

飲ませられるわけがない。

ということは、当然ながら、夏美は犯人ではありえないし、美智代以外に犯人はいないのである。

朋子がそう結論して、少しほっとしたとき、電車が停まり、ドアが開いた。

大勢の乗客が降りて行く。

朋子は上体をひねり、どこだろうとホームに目を走らせた。

新宿を発車したのは知っているが、あとは停・発車に気づかなかった。

——明大前。

朋子はバッグを抱えて慌てて立ち上がった。「すみません、降ります」と言いながら乗ってくる人を押しのけ、閉まる寸前のドアから飛び出した。

ホームに降り立ち、肩で大きく息を吐いた。もう一駅乗り越したところで、たいした問題ではなかったのに……。と思うと、自分の慌てようが恥ずかしくなり、顔を上げずにその場から離れた。

笹塚まで戻るために上りホームに移ると、すぐに急行が来た。明大前は井の頭線との乗換え駅なので大勢降りたが、同じぐらいの人が乗った。朋子も押されて乗り込んだ。

ドアが閉まり、電車が走り出した。

そのとき、朋子は不意に頭と顔から血が引いていくような感覚に襲われた。

もし夏美が毒物入りの缶ビールを準備してあった場合、益男が美智代と会ったときにそれを飲んでもおかしくない状況が閃《ひらめ》いたのだ。

もちろん、それはあくまでも一つの可能性であって、そうだったということを示しているわけではなかったが……。

9

曽我は朋子と別れると、外回りの山手線で御徒町へ向かった。中央線の快速電車で神田まで行って内回りの山手線に乗り換えたほうが早いが、高泰淳と会う約束をした七時までにはまだ時間があったからだ。
二、三日のうちに日本へ帰るので帰ったら電話する――。留守電のメッセージにあったとおり、高は先週の火曜日に韓国から帰り、曽我に電話してきた。そして今日、焼肉店で会う約束をしたのである。

目白で前の座席が空いたので、曽我は腰を下ろした。朋子とのやり取りを頭の中で反芻《はんすう》してみる。自分の甘さを見抜かれたようで、恥ずかしさに顔が少し熱くなったが、心のどこかで朋子があぁ言ってくれるのを望んでいたような気がした。

この一日《ついたち》、曽我は荒川の堤防の上を歩きながら、もし母が父を殺していなかったのならどんなことをしてでも母の汚名を雪ぎたい、と思った。自分さえ母の無実を確信できればいいというのは自分本位の考えだと気づいて。

しかし、それからまったく進展はなかった。

——これまで三十九年間もわからなかったことなら、これから三十九年かけたっていいではないか。

と容子に言われたときは、なるほど、焦らずに気長にいくか……とも思ったのだが、翌日一人になるとそんな気持ちは吹き飛んでしまった。気になって仕事が手につかなかった。立ったり座ったり、動物園の熊のように部屋の中をうろうろするだけで。井の頭公園を隅から隅まで歩き回り、玉川上水を小金井《こがねい》の先まで遡《さかのぼ》ったりして、頭をひねりつづけた。ここ十日余り、そうやって一行の原稿も書けずに過ごした。にもかかわらず、これといった閃《ひらめ》きはなく、自分は存在しないものを捜し、無駄な時間を費やしているのではないか、と思い始めていた。諦《あきら》めたわけではないが、朋子が「そうですか、仕方ありませんね」と同調していれば、諦めていたかもしれない。いや、たぶん諦めるに諦めきれず、かといって自分のしていることに自信が持てず、もやもやとしたこだわりを抱えて生きていくことになっただろう。ところが、朋子は同調しなかった。それでいいのか、平気なのか、と問い返した。

――もしあなたの母親が無実だったとすれば、謂《いわ》れなき汚名を三十九年間も着せられつづけているというのに、たった半月ぐらい考えてそれを雪ぐ方法が見つからなかったからといって、その甘ったれた言は何だ！

と、暗に彼を叱りとばした。意味合いは全然違うが、妻の容子と同じことを言って。おかげで、曽我は、可能性があるかぎり死ぬまで追求してみよう、そう腹を据えることができたのだった。

御徒町駅に降りたのは六時四十五分。

構内を出ると、すぐに春日通りを渡った。

アメ横を抜けて上野まで通じている狭い道は、いつもながらごった返していた。

あれは事件の翌年だったろうか、と曽我はここへ来るたびに思い出す。春休み、幸二叔父に連れられて伯母の家へ遊びに行く途中、初めて立ち寄ったのだ。あのときは、人の多さにびっくりするというよりは怖かった。こんなところで迷子になったらどうなるのだろうと、叔父の上着の裾《すそ》をぎゅっと握りしめていたのを覚えている。それと、上野で列車――まだSLだった――に乗る前に食べさせてもらった餃子《ギョーザ》とチャーシューメンの味を。

焼肉店には四、五分で着いた。

春に来たときよりは遅い時刻なので客がいたが、それでも一階のテーブル席は半分ぐらい空《あ》いていた。

曽我は二階に通じる狭い階段を上《のぼ》って行った。二階の板敷きの席は下よりさらに客が少なく、数組だけ。自分のほうが先だろうと思っていたのに、右手奥の席に高泰淳の姿があった。

高はすぐに曽我に気づき、相変わらず黒い顔の中に真っ白い歯を覗《のぞ》かせ、

「ヨォ!」

と、片手を挙げた。

「やぁ……」

曽我は曖昧《あいまい》に応《こた》えてから靴を脱ぎ、高の前まで行った。

「元気そうだな」

高があぐらをかいたまま曽我を見上げ、にこにこと笑いかける。

曽我は、無事な再会にちょっと胸が詰まり、

「きみのほうも……」

と、やっと言った。

「俺はいつだって元気さ。それより、ぽけっと立ってないで、座れよ」

「ああ」

と答えて、曽我は模様なのか脂の染みなのかわからなくなった座布団の上に腰を落とした。

「久しぶりに会えたっていうのに、なんだよ、むっつりして」

「そんなことないさ」

「だったら、もう少し嬉《うれ》しそうな顔をしたって罰は当たらないだろう」

「これが俺の嬉しそうな顔だよ」

「何だか、泣きべそをかいてるみたいじゃないか」

「悪いか。きみこそ、さんざん人に心配かけさせておいて、よく馬鹿みたいに笑っていられるな」

「馬鹿みたいはひどいが……心配かけて、すまなかった」

高が顔から笑みを消し、頭を下げた。「曽我には助けてもらい、感謝している」

「感謝なんて必要ない。それより、会社の再興、目処《めど》が立って、よかったな」

「曽我のおかげだよ」

「高泰淳も苦労して、お世辞が言えるようになったたか」

「これはお世辞なんかじゃない」

高が真顔で語調を強めた。

「ところで、〝ソウルで会ったびっくりする人〟というのは誰なんだ？　もったいぶらずに教えろよ」

そう留守電のメッセージに入っていたので、先週、高から電話があったとき、曽我は聞いた。が、高は、会ったときのお楽しみ、と教えなかったのだ。その後、曽我の中には一つの想像が生まれていたが……。

「伯父貴《おじき》だよ」

高が、曽我の想像していたとおりの答えを口にした。

「そうか、そりゃ、よかったな！」

やはり……と思いながらも、曽我は思わず声を高めた。我がことのように嬉しかった。高の父親が死ぬ直前まで会いたがっていたというたった一人の兄、そして高がずっと捜していた伯父。その伯父に巡り会えたとは……。

「ありがとう」

高が神妙な顔で礼を言った。「実は、会社再興の目処が立ったのも伯父に会えたからなんだ」

「えっ、そうなのか……？」

「うん。だから、曽我には二重に感謝している。曽我の貸してくれた金がなかったら、俺はたぶん韓国へ行かなかった。日本でぐずぐずしていた。そうなれば、当然、伯父を見つけ出せなかったわけだし、伯父に会えなかったら、会社の再興なんて五年後になったか、十年後になったか……いや、一生できずに終わったかもしれない」

「伯父さんは金持ちだったわけだ」

「実業家として成功していた。それで、俺たち……俺と弟を援助してくれることになったんだ」

伯父は苦労の末、十数年前に家電の安売り会社を興し、成功したのだ、と高が言った。

新顔の女店員が注文を取りに来た。

高が曽我の希望を聞いて、生ビールと料理を適当に注文し、

「というわけで、俺にとっては生まれて初めての幸運にぶつかり、救われたんだが……」

と、曽我に顔を戻して話を継いだ。「すまないが、借りた金、もうしばらく待ってくれないか」

「いつだって、かまわないよ。すぐにつかう金じゃないから」

返ってこなくてもいいと半ば覚悟していた金なので、返ってくるだけで充分だった。

「ありがとう。奥さんにも礼と詫《わ》びを言っておいてくれ」

「ああ」

と、曽我は答えたが、容子には高の会社が倒産したと言っていない。だから、高から電話があった晩、「うちで融通した金が役に立ち、高の会社は大きな収益を上げたらしい」と話した。もう少ししたら、五百万円は返ってくる、俺が言ったとおり、安全だっただろう、と。それに対して容子は、「そうね、よかったわね」と嬉しそうに、どこか意味ありげに笑っていたから、もしかしたら曽我の胸の内に気づいていたのかもしれないが。

女店員が生ビールを先に運んできた。

曽我たちはそれぞれのジョッキを上げ、再会を祝して乾杯した。

「この前、伯父さんは七十八だって聞いたと思うけど?」

ジョッキを置いて、曽我は言った。

「先月、七十九になった」

高もジョッキを置いた。

「元気なのか?」

「矍鑠《かくしゃく》としている」

「甥《おい》に会えて、喜んでくれたわけだ」

「こっちが戸惑うぐらい喜んでくれた。俺のほうは見たこともない伯父に会ったところでどうってことないだろうと思っていたんだが、この人が親父があんなに会いたがっていた兄、俺の伯父か……と思ったら、やはりジンときたよ」

「よかったな」

曽我はつくづくそう思った。

「ただ、親父がソウルオリンピックの前々年に死んだと話すと、アイゴー、アイゴー……ともう手放しで泣いてな。見ているのが辛《つら》かった。親父も兄の安否をずっと気づかっていたが、伯父も同じだったらしい。それに、喧嘩《けんか》別れしたままだったから、ずっとそれが引っ掛かっていたらしく、生きているうちに会って一言謝りたかった、弟にはすまないことをした、すまないことをした……と何度も何度も繰り返していた」

「そういえば、親父さんも酔うと伯父さんの話をして涙ぐんでいたな。売り言葉に買い言葉で喧嘩して飛び出したが、ああ、喧嘩なんかしなければよかった、兄と一緒に帰国すればよかった、って言いながら」

「うん」

高の父親が兄と別れたのは半世紀以上も昔の話である。兄は祖国へ帰り、弟は日本に残って。それから間もなく朝鮮半島は大韓民国、朝鮮民主主義人民共和国と二つの国に分かれてしまい、ずっと緊張状態がつづいた。そのため、高の父親は……経済的な事情もあって、生きているうちに祖国へ行って兄を捜すことができなかったのだった。

「伯父さんの家族は?」

「奥さんを数年前に亡くしたが、娘が二人いて、いまは長女の家族と暮らしている」

「まだ現役で頑張っているわけだ」

「社長は娘婿に譲ったが、会長として毎日出社しているらしい。従姉《いとこ》は、そろそろ引退してほしい口振りだったがね」

「従姉や婿さんは、伯父さんがきみたちの援助をすることに反対しなかったのか？」

「内心はどうか知らないが、表立っては文句をつけなかったようだ。というより、伯父の力はまだ絶対らしい」

「よかったな、伯父さんが引退した後でなくて」

「ああ。それから、これは親父のおかげでもあるんだ」

「親父さんのおかげ？」

「伯父と親父が喧嘩別れしたおかげとでも言ったほうがいいかな。伯父は、親父が家を飛び出した後で自分だけ祖国へ帰ってしまったのをずっと後悔してきたらしい。どうして弟が戻ってくるまで待って、一緒に連れてこなかったのか、と自分を責めつづけてきたらしい。自分のほうが兄なのに、と。そうした気持ちがあったので、弟が死んでしまったんなら、せめて弟の子供たち……俺と弟のために力になってやろう、そう思ったらしい」

「そうか」

「理由はどうあれ、まったくありがたい話だよ。ヨーロッパの映画なんかに、見も知らぬ伯父が死んで突然莫大《ばくだい》な遺産が転がり込んでくる、なんて話が時々あるだろう。莫大な遺産とまではいかないが、それに似たような幸運がまさか俺に起きるとは夢にも想像しなかった」

野菜と肉の皿が来た。

高がカルビ、レバー、ロース……と無造作に網の上に載せた。

それからビールをひと飲みして、話に戻った。

「今度はそっちの話を聞かせてくれ。叔父さんは元気か？」

「ま、元気だ」

と、曽我は答えた。

「そうか、そりゃよかったな」

「うん」

「何だか変だぞ。叔父さんに何かあったのか？」

「叔父には何もないが、俺に天地のひっくり返るようなことがあった」

「なんだ！　いったい何があったんだ？」

高が身を乗り出し、真剣な目を当ててきた。

「三十九年間、事実だと思い込んできたことが事実じゃないかもしれない可能性が出てきた」

「三十九年間というと、曽我の両親の事件に関係した何か、か？」

「ああ」

「どういうことだ？」

「お袋は親父を殺していないかもしれない」

「ということは、おふくろさんは無実だった？」

「うん。まだ可能性だが……」

「三十九年も経って、どうしてそんなことがわかったんだ？ ……ああ、その前に焼けている肉だけ食っちまおう。炭にしたんじゃもったいない」

高は言うと、網の上でジージー音を立てている肉をごっそり取ってサンチュに包み、頬張った。これから闘いに行く戦士のような目をして。

曽我も高にならって肉と野菜を食べた。彼の場合はもうさんざん考え、容子と朋子に話していたので、高のように緊張したり興奮することはなかった。

曽我は、口の中のものをビールで胃の中へ流し込んでから話し出した。まず、関山事件に関わるようになった発端、服部朋子と再会した事情、関山夏美の娘・美香と知り合った経緯から。そして、八歳のときに刑事に証言して以来、三十九年間、誰にも明かせなかった〈母が父を刺すところを見た〉という自分の記憶について。

高は食べることも飲むことも忘れ、怖いような顔をじっと曽我に向けていた。おまえは俺にも話せなかったそんな苦悩を抱えてきたのか……と驚愕《きょうがく》しているようだった。

実は、その記憶が問題だったのだ、と曽我は説明を継ぎ、人間の記憶は非常に当てにならないものであると朋子に指摘され、推理した内容を話した。

「しかし、〈俺の記憶が間違っていて、お袋が無実である〉というのはまだ可能性であって、事実であるという証拠はない。もしそれが正しいなら、何としてもお袋の汚名を雪《すす》いでやりたいと思うが、なにしろ三十九年も前の話だからな。仕事そっちのけで考えていても、何も出てこない」

曽我が話を締めくくると、高が「そうか」とだけ応《こた》えた。突然聞かされた意外な話にどう感想を述べたらいいのかわからないのだろう、懸命に考えているようだ。

曽我は半分炭になった肉を食べ、ビールを飲んだ。

それでも、高は何も言わなかった。

曽我は、ナムルやキムチをつまみ、残っていたビールをちびちびやりながら、高が口を開くのを待った。

「そうか……」

高が同じ言葉をつぶやき、ようやく目の焦点が曽我の顔に合わされた。

「どう思う?」

曽我は聞いた。

「とにかく驚いた。曽我のお袋さんが無実である証拠……何か見つかればいいんだが

「……」

「うん」

「事件当時のことをよく知っている人はいないのか？」

「いるかもしれないが、どこにいるかわからない」

「叔父さんからそうした話を聞くのは、どうしても無理か」

「無理だな」

「曽我には、伯母さんもいたんじゃなかったっけ？　まだ健在ならの話だが」

曽我は、伯母は健在だが、事件当時はほとんど往き来がなかったのだ、と朋子にしたのと同じ説明をした。

「そうか……」

「この話はもうやめよう。もし進展があったら、また聞いてもらうから」

うんと答えたものの、高はまだ焦点の合わない目を宙に向けて考えていた。

曽我は肉を網に載せながら、叔父が高の伯父さんのようだったらな、と詮無《せんな》いことを想像した。そうしたら、手掛かりになる話が聞けたかもしれないのに……。

と思ったとき、曽我の頭の中をかすかに電流のようなものが走った。

弟が生きているうちに会って一言謝りたかった、弟にすまないことをした、と泣きながら何度も繰り返していたという高の伯父の話が頭に残っていたからかもしれない。

曽我は箸《はし》を持った手を止めた。

――あのとき、叔父は、母に何を詫びていたのだろう?

この六月、病院のベッドで、〈姉さん、許してください、許してください〉と泣きながら母に許しを請うていたときのことだ。

市役所の喫茶室で従兄《いとこ》の重雄からその話を聞いたときは、〈叔父は、自分が意気地がないばかりに兄の暴力を止められず、義姉を殺人者にしてしまい、さらには死なせてしまった、そう思い、ずっと自分を責めつづけていたのではないか〉と曽我は考えた。それが熱と薬に冒された頭から出てきたのではないか、と。

しかし、いま、その想像に疑義を差し挟む声が耳の奥でしたのである。

――では、それが間違っていたとしたら、叔父は母に何の許しを請うていたのか?

曽我の頭には、すでに一つの解答が生まれていた。あのとき、叔父は何を母に詫びていたのか、と自問した時点で。といっても、初めは漠としたものだったが、次第にそれは鮮明な輪郭を見せ始めた。

曽我は息苦しくなった。

「おい、どうした! 気分が悪いのか?」

高の半ば怒鳴るような声。

曽我の目に、前に突き出された高の心配そうな顔が映った。

曽我は現実に還《かえ》り、

「いや、何でもない」

と答えた。

「大丈夫か？」

「うん」

「急に青い顔をして動かなくなったんで、びっくりしたよ。どうしたんだ？」

曽我は、ああ……と曖昧《あいまい》に応じながら、たったいま考えたことを高に話すべきかどうか、迷った。もう一度落ちついて検討してからのほうがいいかどうか……。

「何か心配事でも思い出したのか？」

「心配事じゃないが、きみの伯父さんの話から、これまで思ってもみなかったことを考えた」

曽我は高に話し、彼の意見を聞いてみよう、と心を決めた。

「俺の伯父の話から？」

高の目に訝《いぶか》しげな色が浮かんだ。

「といって、きみの伯父さんのことじゃない。俺の叔父に関する話だ」

曽我は話し出した。

10

曽我は、叔父が昼寝から覚めるのを待ち、車椅子を押して中庭へ出た。フェンスで囲まれた中庭には杖《つえ》をついた男性と車椅子の女性がそれぞれ散歩していた。曽我は二人から離れるように芝生の先端まで行き、ベンチのそばに車椅子を止めた。

焼肉店で高と話した翌々日の午後である。表向きはいつもの面会と変わらなかったものの、曽我は胸に重要な目的を秘め、叔父を訪ねたのだった。

曽我が病院に見舞って間もない六月の中旬、叔父は退院し、ここ明光園へ戻った。その後は軽い風邪をひいただけで夏を乗り切り、現在は非常に体調が安定している、という職員の話であった。

曽我はブレーキを掛けて車椅子から離れた。緊張をほぐすために軽く深呼吸し、フェンスの外へ目をやった。丘の下には、いまやすっかり取り入れの終わった白茶けた田圃が広がっていた。

十月の半ばだが、日射しが結構強い。風がないので、日向にいると胸や脇の下がじっとりと汗ばんできた。

だが、痩《や》せて脂肪の落ちた叔父の身体には、これぐらいの気温がちょうどいいようだ。

柔らかい布で作られたつば広帽子の下の顔は心地《ここち》好げで、曽我が少し話しかけないでいると目が閉じられ、覚めたばかりの午睡に戻っていってしまいそうだった。

いつもの曽我なら、叔父の状態のままに任せるのだが、今日はそうはいかない。どうしても叔父に質《ただ》したい件があって訪れ、目を覚ますのを待っていたのだから。叔父に聞いたところで、叔父が曽我の質問の意味をどこまで理解し、きちんと答えられるか、は疑問である。曽我の知りたいことなど何も聞けない可能性が高い。そう思いながらも、とにかく叔父に当たってみないではいられなかったのだ。

曽我が一、二分景色を見ている間にも、叔父はとろとろしかけていた。

曽我は叔父の前のベンチに腰を下ろし、叔父の顔を見上げるようにして、

「叔父さん」

と、呼びかけた。

叔父がゆっくりと目を開けた。

「叔父さん、まだ眠い？」

「うん、少し……」

と、叔父が答えた。

「英紀……英坊が来て、叔父さんと一緒に散歩しているんだよ。わかる？」

「英坊……」

「そう、俺、英坊だよ。さっき、一緒に昼飯を食べただろう？　それから、叔父さんが昼寝をしている間、待ってたんだよ」

叔父が戸惑ったような目をした。はっきりしないようだ。

「英紀……英坊はわかる？」

曽我は叔父の目の前に自分の顔を近づけ、鼻のあたりを指差した。

叔父が「うん」とうなずいた。が、相変わらず戸惑ったような表情のままだ。目に、あ……と諒解《りょうかい》したような色は現われない。そのため、本当にわかっているのかどうか、はっきりしなかった。

曽我は、できることなら、叔父の脳が少しでもよく働いているときを選び、質問したかった。だが、そうしたときがいつ訪れるのか、予測するのは難しい。日によって、時間によって、その時々のコンディションによって、訪れ方が違う。夜、熟睡できた翌日は比較的意識が鮮明なようだと看護婦は言っていたし、昼寝をする前よりは後のほうが受け答えのしっかりしているときが多い。だから、曽我は、昼食の後すぐにも散歩に連れ出したかったのだが、テーブルの上の食器が片付けられないうちに舟を漕《こ》ぎ始めた叔父が午睡から覚めるまで、四十分ほど待っていたのだった。

「叔父さん、顔を拭《ふ》いてやるから、よく目を覚まして、俺の話を聞いてくれないか」

曽我は言うと、水で濡《ぬ》らして絞ってきたタオルをビニール袋から取り出した。それで叔父の顔を拭いてやった。目やにでくっつきそうになる目の縁は特に念入りに。

「どう、すっきりした？」

叔父が返事の代わりに目をしばたたいた。

曽我は、ビニール袋に戻したタオルをベンチに置き、

「叔父さんに聞きたいのはね」

と、叔父の顔を見つめた。「三十九年前に死んだ俺の親父と母さんのことなんだ」

叔父は戸惑ったような表情をしているだけ。誰のことかわからないようだ。

「叔父さんの兄の恒……それと、叔父さんの義理の姉、マチ子だよ」

実の兄の名には何の反応も示さなかったのに、マチ子という名を聞いて、叔父の顔にかすかな反応が見られた。その名が記憶を司《つかさど》る脳のどこかに触れたようだ。

「英坊の母親……マチ子義姉《ねえ》さん」

曽我は言い換えた。

「ねえさん……」

叔父が、遠くを見るような目をしてつぶやいた。

「そう、義姉さん。俺の……英紀の母親だけど、思い出した？」

「義姉さんは英坊の母さんだよ」

「だから、俺が英紀、英坊だよ」

叔父がまじまじと曽我を見ているが、反応はない。

「英坊が大きくなったんだよ、わかる？」

「俺、馬鹿になっちゃったから」

叔父の顔に困惑したような色が浮かんだ。

曽我は、この分ではやはり無理か……と少しがっかりしながらも、行けるところまで行ってみようと思い、言った。

「叔父さん、馬鹿になんかなってないよ。義姉さんを思い出したじゃないか」

「……うん」

と、叔父がうなずいたかと思うと、今度は急に口元を歪《ゆが》めて泣き出しそうな表情になった。

「叔父さん、どうしたの？」

曽我は、下から叔父の顔を覗《のぞ》き込んだ。「大丈夫？」

「俺……俺、なんだか義姉さんに悪いことをしたみたいなんだ」

「悪いことって、何？」

曽我は胸が震えた。思わぬところから話がいきなり曽我の求めていた核心に触れ出したからだ。

「わからない。わからないけど、俺、義姉さんに……」

「何？　義姉さんに何をしたの？」

「わからないよ」

叔父の苦しげな、困惑しきった顔。

「叔父さん、何とか……何とか思い出してくれないか」

「思い出せない、思い出せないよ！」

叔父は子供が嫌々をするように首を横に振り、低い悲鳴のような声を漏らした。

頭に詰まった、こんがらかった糸玉。叔父は何とかそれをほぐしたいのだが、どこに糸口があるのかわからない。いや、叔父には糸口を見つければいいということさえわからない。そして糸玉はいじればいじるほどますます複雑に絡み合うばかり。そのもどかしさ、焦り、苦しみ……。

そんな叔父の状況が想像できるだけに、曽我は、自分が叔父を責めているような気持ちになった。

しかし、ここで引くわけにはいかなかった。叔父の〝記憶〟には、事件の後の三十九年間が関わっているだけではない。これから曽我が死ぬまでの半生と、何よりも母の名誉がかかっているのだから。

「叔父さん」

と、曽我はもう一度呼びかけた。「叔父さんが義姉さんにした悪いことというのは、叔父さんの兄さん……義姉さんの夫に関係していたんじゃないか？」

「兄さん……？」

叔父の怪訝《けげん》な表情。兄嫁と甥《おい》は覚えているのに、実の兄は忘れてしまったのだろうか。

救急車で病院へ運ばれた晩、熱と薬に浮かされ、「兄貴、やめろ！　兄貴、やめろ！」と泣きながら叫んでいたというのに。

「叔父さんの兄貴……たった一人の男兄弟である恒兄さんだよ」

叔父は考えているのだろうが、表情は変わらない。

「英坊の父親……。覚えてない？」

「俺、頭が馬鹿になっちゃったから」

「じゃ、その兄さん……叔父さんの兄貴が、義姉さんを殴ったり蹴《け》ったりしていたことは？」

叔父の目に、意外なことを聞かされたような、驚いたような色が浮かぶ。思い出せないようだ。

「叔父さんは、兄さんの暴力を何度も止めようとしたんだろう？　何度も『兄貴、やめろ！』と叫ぼうとしたんだろう？　でも、子供の頃から叔父さんを家来みたいに思って威張っていた兄さんが怖くて、何も言えなかったんだろう？」

叔父は、相変わらず困惑したような顔をしているだけ。

これだけ言っても、叔父の頭に何も甦《よみがえ》らせられないとしたら、あとは核心の事実をぶつける以外にない。

曽我はそう思ったが、たとえそうしたところで結果は同じかもしれない。叔父の脳は、兄がいた事実さえはっきりしなくなっているのだ。その脳に肝腎《かんじん》の記憶を呼び起こせるかどうかは、はなはだ怪しかった。

だが、曽我は心を決めた。一昨日、彼は、高の伯父の話の連想から一つの推理に行き着いた。その正否を叔父の口から確かめられないか、もしかしたら確かめられるかもしれない……そう考えて、今日ここへ来たのだから。叔父の脳に賭《か》けるつもりで。


一昨夜、高泰淳と別れて家へ帰る頃には曽我の推理はかなり整理されていた。高に話し、彼の意見も聞いていたし。

それでも昨日一日、曽我は初めから検討しなおした。そして、充分ありうると結論し、今日叔父を訪ねようと決めたのである。

曽我の推理の発端は、熱と薬に浮かされた叔父が〈姉さん、許してください、許してください〉と泣きながら許しを請うていたという事実に、それまでとは別の解釈が可能だ、と気づいたことだった。

同じ夜、叔父は、〈兄貴、やめろ！　兄貴、やめろ！〉とも叫んでいた。これは、前に想像したとおり、母に暴力をふるう父に対する言葉だったのだろう。父が母に暴力をふるっても、曽我が何も言えずに部屋の隅で震えていたように、叔父も父が怖くて何も言えずにいた。〈兄貴、やめろ!……〉というのは、そうしたときの叔父の心の叫びだったのだろう。

だが、〈姉さん、許してください……〉というのは、これまで考えていた意味ではなかったのではないか、これは、自分が意気地がなかったばかりに義姉を殺人者にし、さらには自殺させてしまったことを詫びる言葉ではなく、己れの殺人の罪を義姉に被《かぶ》せてしまったことを詫びる言葉ではなかったか、曽我はそう考えたのである。つまり、

——父を包丁で刺し殺した犯人は、叔父ではなかったか。

と。

もし曽我の想像が正しければ、見舞いに行った彼に、目を覚ましたばかりの叔父が言った〈義姉さんが泣いてた〉〈俺が謝ったら、義姉さんがいいよって言った〉〈義姉さんは良い人だから、いいよいいよって言った〉という言葉も、母に対する父の暴力を制止できなかったことに関係していたわけではなく、兄を殺した己れの罪を義姉に被せたことに関係していた可能性が高い。

曽我の中に叔父に対する疑いを生じさせたのは、〈姉さん、許してください……〉という言葉だけではない。その言葉に新たな解釈が可能だと気づくのとほぼ同時に、父が殺さ

れたときの状況が頭に浮かび、叔父なら犯人になりえたのではないか、と思ったのである。というか、母以外の犯人の可能性を追求しつづけていた曽我の頭には、常に〝父が殺されたときの状況〟があったために、〈姉さん、許してください……〉という叔父の言葉に引っ掛かり、叔父に対する疑いが生まれた、そう言ったほうが正確かもしれない。いずれにせよ、それまでの曽我は、もし母が犯人でないなら、密《ひそ》かに父に恨みを抱いていた近所の人間の犯行ではないか、と考えていたのだが……。

――叔父が犯人かもしれない。

曽我の中に生まれた疑惑――。できることなら、曽我はそれを否定したかった。

だが、そう考えると、多くの事柄が合理的に説明できた。

まず、叔父なら、日曜日の夕方ふらりと菊村家を訪ねてきても不思議はない。また、叔父なら、家の中の勝手はもとより周辺の様子もよく知っているから、訪ねてきたときさえ偶然の幸運に助けられれば、出て行くとき誰にも見られないようにするのも、人と出会わないような暗い道を選んで別の路線のバス停まで歩くのも、それほど難しくはなかった。叔父は兄嫁である母が好きだったらしく、父の暴力を受ける母に強く同情していた。ところが、警察には、叔父に実の兄を殺す動機が見いだせなかったはずだから、叔父は最初から捜査圏外に置かれ、犯行時の所在などは詳しく調べられなかったと思われる。

事件の晩、曽我が八幡神社まで逃げ、母が家を飛び出した後、父は酔いつぶれて眠り込んだ。

そこに、叔父は来合わせた——。

としたら、叔父はどうしただろうか。

呼んでも、義姉と甥はいないし、兄は目を覚まさない。兄の寝ているそばには卓袱台《ちゃぶだい》がひっくり返り、包丁がころがっている。兄が義姉に激しい乱暴を加える様子が目に見えるようだ。叔父は、子供の頃から暴君のように自分を支配していた兄が怖く、義姉に乱暴しても何も言えなかった。が、目の前の兄は無防備に眠りこけていた。

いまなら、兄を殺せる。いまなら、兄の暴力から義姉を救い出せる。

叔父の胸に、そうした思いが生まれたとしても不思議はない。

といって、叔父はすぐに包丁を手に取ったわけではなかっただろう。一度は心を決めて、庖丁の柄にハンカチか手拭《てぬぐ》いを巻き付けても、迷いと葛藤《かっとう》がつづいたかもしれない。実の兄を殺すのだから。恐ろしくもあっただろう。だが、いまやらなければ、義姉は一生、兄にいたぶられつづけなければならない。

叔父はそう思い、両手で握った包丁を兄の胸に突き立てたのではないだろうか。

叔父を最後の行動に踏み切らせた動機として……叔父自身は気づいていなかったとしても、長い間自分を抑えつけ、支配してきた兄に対する憎しみもあった可能性がある。それと、兄を排除して、自分も兄から自由になりたいという無意識の願望が。

ただ、たとえそうしたものがあったとしても、叔父の意識の大部分を占めていたのは〝義姉〟だった、と思われる。叔父は義姉のために兄を刺したのだ。そして、誰も来ないうちにと慌てて逃げ出した。気が動転していたはずだが、それでも包丁の柄に巻いたハンカチか手拭いを取り、外に誰もいないのを確かめて。

その後、叔父は苦しんだだろう。苦しまないわけがない。義姉を助けるために兄を殺したのに、その容疑が義姉にかかり、義姉は逮捕されてしまったのだから。休日に自宅で酔いつぶれている男を包丁で刺せば、妻に疑いが向くだろうということぐらい、落ちついて考えれば誰にもわかる。が、酔って眠りこけている兄の姿と包丁を目にしたとき、叔父の頭には、〝いまなら義姉を救い出せる、いましかない〟という思いしかなかったのではないだろうか。

叔父は苦悩し、葛藤しつづけた。何度も、自分が殺《や》ったと警察に名乗り出ようとしたのではないか。曽我はそう信じたい。しかし、叔父は名乗り出なかった。出られなかった。たぶん怖くて。

一方、曽我の母は、朋子が言ったように、〝もしかしたら息子が犯人ではないか〟と思っていた。だから、「母が父を刺すところを見た」と息子が証言したと聞かされ、ああ、やはり自分の想像していたとおりだったか、と確信する。息子は怖くて刑事に嘘をついたらしいが、そもそもは母親の自分を助けようとして父親を刺したのだ、そう思い、息子の罪を永遠に背負ってやるために嘘の自白をし、自殺した——。

犯人である叔父には、義姉がどうして嘘の自白をし、自殺したのかわからない。わからないが、心のどこかでほっとしたにちがいない。これで自分の罪が暴かれることはない、と。叔父は無実の義姉を死に追いやった自分を責め、その後も苦しんだだろう。が、結局、自分が一番大事だったのか、自首して義姉の汚名を雪《すす》ぐことはなかった。

代わりに、叔父は生涯結婚せず、曽我を我が子のように可愛がった。自分の名を隠して、学資まで出してくれた。曽我はずっと叔父に感謝してきたし、いまでもその気持ちは変わらない。いや、変わらないつもりだが、自分の想像が当たっていた場合は複雑だった。なぜなら、叔父が父を殺したのは許せても、母の無実を知りながら、母の冤罪《えんざい》を晴らすために何もしなかったのは許せないから。また、曽我に対する好意にしても、曽我のためというよりは叔父自身のため……つまり、少しでも罪の意識を軽くし、良心の呵責《かしゃく》から逃れるためではなかったか、と思われるから。

以上は曽我の想像であり、推理である。叔父がなぜ結婚しなかったのかという点など、これまでいまひとつよくわからなかったことがすっきりしたものの、事実であるという証拠はない。もし誤りだったら、想像とはいえ、大恩を受けた叔父に対してひどい報いをしたことになる。

曽我は、自分の推理が当たっているかどうか、確かめる方法はないかと考えた。

だが、曽我の考えたことが事実なら、それは叔父が誰にも明かさずにあの世まで持って行こうとしていた叔父だけの秘密のはずである。叔父以外の人間が知っているとは思えなかった。

――叔父の口から聞き出す以外にない。

曽我はそう考え、叔父の脳に賭けてみるつもりで今日ここへ来たのである。

11

核心の事実を生のかたちでぶつけたところで、叔父の脳に肝腎の記憶を呼び起こせるかどうかはわからない。

が、曽我はもう他に道はないと思った。

心を決めると、胸がざわめきだした。

曽我は、それを鎮めるために、さりげなく深呼吸した。

それから叔父に視線を戻し、瞳《ひとみ》の中を覗き込むようにして言った。

「叔父さん、よく聞いてくれないか」

叔父が目をぱちくりさせた。

曽我の真剣な様子が伝わったのか、どことなく緊張したような顔つきになった……そう見えなくもなかった。

「もしかしたら……」

曽我は言いかけ、声がかすれそうになったので言葉を切った。

口が渇き、舌がひっつきそうだった。

唾《つば》を出そうとしたが、出てこない。ごくりと空気だけ呑《の》み込んだ。

「これは、あくまで……あくまでも、もしかしたら、の話だけど――」

曽我は、一語一語はっきりと区切るようにして言葉を口から押し出した。「俺の親父……英坊の父親、つまり叔父さんの兄さんを、包丁で刺したのは、叔父さんじゃなかったのかな?」

叔父はじっと曽我を見ている。これといった表情の変化は見られない。叔父の脳は耳から入ってきた言葉の意味をとらえられないようだ。

「叔父さんの義姉さんが叔父さんの兄貴を包丁で刺した――そう言われた事件だよ」

曽我は説明を加えた。

「義姉さん……」

叔父がつぶやき、何かを思い出そうとするような目をした。

「そう、義姉さんだよ」

曽我は言葉に力を込めた。叔父の記憶を喚起するキーワードは〝義姉さん〟なのか、と思いながら。

「その事件で叔父さんの兄貴は死に、義姉さんは警察に捕まっただろう。そして義姉さんは自殺しただろう？」

「義姉さんが、自殺……」

叔父の口元が歪み、泣き出しそうな顔になった。さっき、義姉さんに何か悪いことをしたみたいだと言ったときのように。

「そう、義姉さんは警察の留置場で自殺したんだよ。覚えてない？」

「俺、馬鹿になっちゃったから」

「叔父さん、馬鹿になんかなってないよ。ちょっと忘れているだけだよ。義姉さんは、叔父さんの兄貴を殺した犯人だと思われ、自殺したけど、犯人じゃなかったかもしれないんだ。叔父さんは、義姉さんのことはよく覚えているんだろう？」

「うん」

と、叔父がうなずいた。

「叔父さんはさっき『俺、義姉さんに何か悪いことをしたみたいなんだ』と言ったよね？」

叔父は思い出せないのか、戸惑ったような目で曽我を見ている。

「そう言ったんだよ。それから、この前、熱を出して寝ていたとき、『義姉さん、許してください、許してください』って何度も謝ってたよ。きっと義姉さんの夢を見ていたんだと思うけど」

叔父の顔がまた泣き出しそうに歪んだ。曽我の母に関わる記憶が気持ちを揺さぶり出したらしい。

「叔父さんは、義姉さんに何をしたんだろう？」

叔父が苦しげな顔をして、わからないと言うように首を振った。

「でも、何か、義姉さんに悪いことをしたんだね？」

叔父がうなずいた。そこまでは思い出したのだ。

「それは、義姉さんに叔父さんの罪を被せたことじゃないのかな？」

叔父はきょとんとした目をしている。言われたことの意味が理解できないようだ。

「義姉さんは、叔父さんの兄貴を殺していなかった」

曽我はつづけた。「兄貴を包丁で刺して殺したのは叔父さんだった。でも、叔父さんはそれを言い出せずにいた。そうしたら、義姉さんは自殺してしまった。そういうことじゃないかな？」

叔父は答えない。ただ困惑したような顔をしている。

「義姉さんは、いつも、叔父さんの兄貴に乱暴されていた。叔父さんは、そんな義姉さんが可哀想で見ていられなかった。助けたかった。何とかして義姉さんを助けたかった。それで、寝ていた兄貴を包丁で……」

「わからない、わからないよー」

叔父が、泣きそうな声で曽我の言葉を遮った。

「何とか……何とか思い出して」

「思い出せないよ」

「包丁だよ、包丁。包丁で兄貴の胸を刺した――。覚えてない？」

叔父が嫌々をするように首を振った。何も思い出せないからか、それとも、包丁で兄貴の胸を刺したという言葉に対する拒否反応なのか……。

「叔父さん、義姉さんは叔父さんの罪を被って死んだんじゃないのかい？」

曽我はかまわずに押した。こうなったら、行けるところまで行ってみる以外にない。

「たとえそうだったとしても、義姉さんは良い人だから、きっと、『いいよ』って許してくれるよ。俺だって……英坊だって、叔父さんを責めているわけじゃない。本当のことが知りたいだけなんだ」

本当のことが知りたいだけ――。

これは半ばは事実だが、半ばは曽我自身にもはっきりしない。自分の中に本当に叔父を責める気持ちがないかどうか。叔父が父を殺し、母に罪を被せた犯人だったとしても、叔父を許せるかどうか。三十九年前、叔父が名乗り出てくれていたら、母はもとより自分もどんなに救われたか、そう思うと叔父が恨めしい。だから、叔父を許せないかもしれない。

が、たとえ許せなくても、叔父に対する怒りや憎しみまでは湧かないような気がする。そうした気持ちを覚えるには、事件からあまりにも長い年月が経ち過ぎていた。

「叔父さんは、義姉さんのことはよく覚えていただろう。そして、義姉さんに何か悪いことをしたというところまでは思い出したじゃないか。もう一息だよ。もう一息で、きっと思い出せるよ。だから……だから、よく考えて」

曽我は叔父を励ますように言葉を継いだ。

「わからない……」

叔父が苦しげに答えた。「俺の頭、馬鹿になっちゃって、わからないんだ」

曽我は、叔父が巧妙な演技をしているのではないかと疑いたくなった。そんなことはありえない、痴呆《ちほう》の進んだ叔父に演技などできるわけがない、とわかっていながら。

ただ、こんなことはないだろうか。叔父にとって不都合な事柄、思い出したくない過去は、無意識のうちに記憶の奥深くにしまい込まれているため、思い出そうとしても出てこない――。

そうした〝抑圧された記憶〟の存在については議論のあるところらしいが、もしそうなら、カウンセラーか精神科医の力を借りれば、痴呆症の叔父からでも記憶を引き出せるかもしれない。たとえその可能性があったとしても、曽我はそこまでする気はなかったが。

叔父の悲しげな顔。思い出せないことを曽我に責められている、と感じているのかもしれない。

曽我はふと、痴呆は叔父を苦悩から解放するためのものだったのではないか、と思った。正気で抱え込むには重すぎる記憶から自由になるために、叔父の脳はそれを意識しないでいられる世界へ逃げ込んだのではないか……。

「わかった、もういいよ。無理なことを要求して、悪かったね」

曽我は言った。これ以上追及して叔父を苦しめたところで、結果は同じだろうから。

叔父の顔に、ほっとしたような色がひろがった。

その幼子に還《かえ》ったような顔を見て、この叔父が、と曽我はあらためて思う。意図はどうあれ、結果として、母に殺人犯の汚名を着せて死に追いやり、自分の一生をめちゃめちゃにした人間なのだろうか。

そう考えると、憎しみは湧かなくても、曽我の思いは複雑だった。これまでのような気持ちで叔父に会いに来ることはできないかもしれない。

「帰ろうか」

曽我はベンチから腰を上げた。

叔父の後ろへ回って車椅子のブレーキを解き、向きを変えて押し始めた。

芝生の中に造られた小径《こみち》をバルコニーのほうへ戻りながら、これからどうすべきかと考えた。〝叔父の証言〟という道が塞《ふさ》がれたいま、三十九年前の真相に通じている道など他

にあるだろうか。もしなければ、

――母が父を刺すところを見たという自分の記憶は間違っていたのではないか、母は犯人ではなかったのではないか。

という推理の正否は判別不能のままになるのである。母が無実だったとしても、汚名を雪《すす》ぐことはできないのである。

そう考えると、このまま帰るのは何とも心残りだった。

叔父の記憶を喚起する巧い方法があるのではないか。諦《あきら》めて帰るのは早いのではないか
……そんなふうに思い、曽我は何度も車椅子を止めて考えた。しかし、核心の事実をぶつけ、「義姉さん」というキーワードをつかって聞いても、叔父の記憶を引き出すことは叶《かな》わなかったのである。これ以上の方法は思い浮かばなかった。

曽我は、さっきは退けた〈叔父をカウンセラーか精神科医のもとへ連れて行き、叔父の脳の奥深くに閉じ込められているかもしれない記憶を呼び覚ましてもらう方法〉も検討した。

だが、曽我の推理以外に何の根拠もないのに、叔父の人権を無視するそんな方法が許されるはずはなかった。

結局、これといった妙案は思いつかず、曽我は車椅子を押してホールへ戻った。

間もなくお茶の時間らしく、ホールでは職員たちが小皿に載せたカステラを配っていた。

そのうちの一人、茶髪の若い女性が曽我たちに目をとめ、

「菊村さん、お帰りなさい」

と、腰を落として叔父の顔を覗き込んだ。

すると、叔父が小さな声ながら、「ただいま」と応《こた》える。

「お散歩、楽しかった？」

今度は叔父は何も答えない。

女性が身体を起こし、

「きっと楽しかったんですよ」

と、曽我に微笑みかけた。

曽我には、叔父が楽しかったとは思えないが、「それならいいんですが……」と曖昧《あいまい》に笑い返した。

ワゴンを押して回ってきた別の職員が、叔父の前のテーブルに茶を置いた。

曽我は、叔父の手にその湯飲みを取ってやり、

「じゃ、俺は帰るけど、元気でね」

ちょっと屈《かが》んで言った。自分では意識しなかったが、どことなくおざなりな調子に響いた。

叔父が寂しげな、悲しそうな顔をして曽我を見返した。別れ際にいつも見せる顔である。

だが、曽我は、叔父の目の奥にいつもと違った悲しみの色があるように感じた。

曽我は叔父の顔を見やりながら、ふと思う。三十九年前、叔父が自首していたら（もちろん叔父が犯人だった場合の話だが）、その後の叔父の半生はどうなっていただろうか、と。そのほうが、叔父にとってもはるかに幸せな生活が……少なくとも心穏やかな日々が待っていたのではないだろうか。当然、何年間かは刑務所で暮らさなければならなかったはずだが、その期間も含めて。

「また来るよ。また来るからね」

曽我は叔父を安心させるように笑いかけ、腿《もも》を軽くぽんぽんと叩《たた》いた。

叔父の表情の中に安堵《あんど》の色がひろがるのがわかった。

叔父が犯人だったとしても、憎しみはない。そう思いながらも、自分の中には叔父を憎む気持ちが潜んでいるのだろうか。

そうだったとしても、理性の力ではどうにもならなかった。

「じゃね」

曽我はもう一度叔父に微笑みかけ、屈んでいた腰を伸ばして車椅子から離れた。

終章

私は裁判長に促されて立ち上がり、被告人席から証言台に移った。

全身が硬いゴムと化してしまったかのように緊張していた。

「それでは判決を言い渡します」

と、裁判長が私に話しかけるように言った。

私は小さく黙礼した。

すべての物音が消え、法廷は深海の底のように静まりかえった。

私は勝利を確信している。間違いない、と服部弁護士にも言われていたし。それでいながら、昨夜は一睡もできなかった。いよいよ自由の身になれる、拘置所の冷たい布団で寝るのも今夜かぎりだ、という喜びと興奮もあったが、

──もし、万一……。

という不安のほうが大きかった。

裁判長が判決文を読み始めた。私の本籍、住所、氏名、生年月日、そして「右の者に対する殺人、窃盗被告事件について……次のとおり判決する」という前文、と。

その後、ちょっと言葉を切り、「主文」とわずかに声を高めた。

私は一瞬、身震いした。

「──原判決を破棄し、被告人を無罪とする」

間違いない。裁判長は無罪と言った。無罪、と……。

それでも、私は不安になり、弁護団員四人が全員そろった弁護人席のほうを見た。

服部弁護士が顔中を笑みにして、二度、三度と大きくうなずき返した。

ああ……と、私は大きく息を吐いた。体中の力が抜け落ちていくようだった。

服部弁護士によると、一審判決が破棄され、事実上、無罪の判決が出ても、裁判は地方裁判所へ差し戻されるのが通例らしい。だが、今度のように、控訴審裁判所が自ら判決する場合──「破棄自判」と言うらしい──もあるのだという。

「それでは、これから判決理由を述べるので、被告人は自分の席に戻りなさい」

裁判長に指示され、私は身体を回した。

傍聴席にはこれまでになく大勢の人がいた。全員が私を注視している。その中には父の顔や服部弁護士に教えられた曽我の顔もあった。母と美香は判決を聞くのが怖いと言って来ていなかったが、いまごろは廊下へ飛び出して行った「守る会」の会員から電話がいっているだろう。

私は、まだ何もよく考えられないまま被告人席へ戻り、腰を下ろした。

「被告人、いいですか？」

裁判長が私に問いかけた。以前と比べ、その言い方が心持ち優しく感じられた。

はい、と私もこれまでと違った明るい声で答えた。

裁判長が書面に目を戻し、

「理由――。本件控訴の趣旨は、弁護人、梶正継、石田小百合、寺久保奈緒、及び服部朋子が連名で作成提出した控訴趣意書、及び、被告人本人が作成提出した控訴趣意書に……」

と、判決文のつづきを読み始めた。

しかし、私はあまり聞いていなかった。無罪の判断が下されたからには、理由は明らかだったし、検察側が上告するおそれはほとんどなかったからだ。

それより、これからのこと……未来のことを考えていた。明日から始まる、四年二カ月ぶりの自由な生活について考えていた。自由。ああ、自由……。私はもうどこへ行こうと、何をしようと自由なのだ。誰も、何も、私を縛り付けることはできない。自由に、美香と両親が待っている家へ帰れるし、あの人にだって会える。会えるだけじゃない。すぐには無理でも、いつか一緒に暮らせるかもしれない。事件が起きる前、あの人は、将来奥さんと別れて私と結婚してもいい、と約束した。ただ、そのためには二人の関係を絶対に奥さんに感づかれてはならない、と言った。自分には子供がいないから、結婚したら美香を引き取ろう、とも言ってくれた。だから、私は、あの人との関係を気づかれないように職場で細心の注意を払ってきたし、事件が起きて逮捕されてからも、誰にも……弁護士にさえ話さないでいたのだ。もちろん、あの人の奥さんが事件に関係しているなんて夢にも想像しなかったし、初めは、あの人との関係を警察に知られたら、私の犯行の強い動機にされると思ったからだが。ああ、あの人と一緒に暮らせるかもしれない。美香と三人で……。

そうした思いが、ようやく実感として胸にひろがるのを感じた。

なら、もう過去はいい。さんざんな目に遭わされた過去など沢山だ。早く忘れてしまいたい。

夫が笠松公園で死んだ夜、私は渋谷にいた。街で出会った男と渋谷のラブホテルにいた。だから、私は夫を殺していない。夫を殺したのはあの人の奥さん、星野美智代なのだ。美智代が、横溝かおるを脅して市川台中央病院から硫酸アトロピンと臭化水素酸スコポラミンを盗み出させ、それをつかって夫を殺したのだ。服部弁護士も言っていたように。それに間違いない。

私も夫を殺そうと考えたことはある。夫さえいなければ、びくびくしないでもっとあの人に会えるし、将来あの人が奥さんと別れたらすぐにもあの人のもとへ行ける、と思ったときに。働く意欲をなくし、重荷でしかなくなった夫、酒を飲んでは私に暴力をふるうアルコール依存症の夫、猜疑心《さいぎ》だけが強くなり、私の浮気を疑い出した夫、そんな夫がいなくなれば、どんなに清々することか。しかも、夫が死ねば、夫がまだ私と美香のことを心配していた頃に入った生命保険の保険金三千万円も入る。

そう考えたものの、発覚したときのことを思うと、容易には決断できなかった。

ただ、決断は後回しにして、夫殺しの方法を考え始めたとき、あの人から聞いていた、あの人が学位を取った研究に関する話が頭に浮かんできた。チョウセンアサガオやヨウシュチョウセンアサガオの葉、根、種にはアトロピン、スコポラミンという猛毒が含まれているという話だ。植物図鑑や毒草事典で調べたところ――あの人も言っていたが――チョウセンアサガオは現在の日本にはほとんどないが、ヨウシュチョウセンアサガオなら野生化したものが都市近郊の野山や荒地に生えているという。それを読んだとき、私は、夫を自宅から離れた知らない土地へ呼び出し、ビールに混入したその毒を飲ませたらどうか、と考えた。ヨウシュチョウセンアサガオの根を牛蒡《ごぼう》と誤って食べた事故の例はあっても、それをつかった犯罪例はないようなので、警察は事故死と判断するのではないだろうか。たとえ殺人を疑って、私に疑いの目を向けたとしても、アトロピン、スコポラミンといった毒物の特定は非常に難しいというし、万一検出、特定されても、私がそんな毒物を手に入れたという証拠はどこにもない。わたしが否認すれば、どうにもならないだろう。

私は密《ひそ》かに準備を始めた。深夜勤務の明けた日に植物図鑑を持って何度か房総の山へ行き、ヨウシュチョウセンアサガオが生えているところをまず捜した。それと並行して、ヨウシュチョウセンアサガオの実際の中毒例について詳しく調べ、薬毒物化学の専門書を何冊か読んだ。私はまだ迷いながらも、致死量の四、五倍のアトロピン・スコポラミンを含むヨウシュチョウセンアサガオの葉を採ってきた。電子レンジで乾燥させ、数百ccの水が二、三ccになるまで煎《せん》じ詰めて濃い薬液を作った。しばらく冷凍庫に保管したのち、夫と娘が不在のとき、凍る寸前まで冷やした缶ビールの底に小さな孔《あな》を開け、溶かした薬液を注射器で注入。孔は透明な接着剤で固く塞《ふさ》いでおいた。よほど注意して缶の底を見ないかぎり、孔の跡はわからない。私はまだ最後の決断がつかないまま、その缶ビールをビニール袋と紙袋で二重に包み、冷蔵庫の一番奥の隅に入れておいた。間違っても、夫が手前にある缶ビールを取らずにそれを取り出すことはないだろうし、料理嫌いで炊事など手伝ったことのない娘……漫画と友達と音楽以外には関心のない美香も、牛乳、ジュース、果物、ケーキといった自分が飲んだり食べたりするもの以外に手を触れることはない。だから、安心して。

ところが、あの夜――夫が死んだ夜――私が渋谷から帰ると、冷蔵庫は綺麗《きれい》に掃除され、缶ビールは袋ごとなくなっていた。祖父母の家へ泊まりに行っていた美香に後で聞くと、出かける前に冷蔵庫の掃除をしたのだという。家庭科の授業で、〝冷蔵庫はカビの温床だから、時々庫内をアルコールで拭《ふ》いたほうがよい〟と教えられ、「お母さんが忙しかったら、あなたたちがしてあげなさい」と言われたとかで。それで娘は気を利かせ……ふだんは洗い物一つ手伝ったことがないのに何という気紛れか……流し台の下にあった消毒用アルコールをつかって庫内の大掃除をしたのだった。ビニール手袋をはめて庫内のものを全部外に出し、洗えるものは水洗いし、洗えないものは綺麗に乾拭《からぶ》きして、アルコールで拭いた庫内に戻したらしい。常に冷蔵庫に何本か入れてある缶ビールとは別に、二重の袋に入れて一番奥に置かれていた缶ビール。美香はそれについて何も言わなかったし、怪しんだ様子は見られなかった。実は、私は内心びくびくしていたのだが、夫が毒入りのビールを飲んで死んだとわかった後も、美香にはその缶ビールを気にしているような様子は窺《うかが》えなかった。だから、私も何も聞かなかったが、美香はきっと処分したにちがいない。私は孔をきっちりと塞いだつもりだったが、封の仕方が不充分で、液体が漏れ出して内側のビニール袋を汚し、嫌な臭いでも発していたのではないか。そのため、美香は缶の中身を流しに捨て、空き缶は処分したにちがいない。瓶や缶に入っていた古そうなソースやドレッシングは全部捨てたわよ、と言っていたから。そう、きっとそうだ。そうにちがいない。あれは、あの人の奥さん、星野美智代が夫を殺そうと用意してきて夫に飲ませたものなのだ。

だから、私は夫の死とは無関係なのだ。夫の飲んだビールとは何の関わりもない。

裁判官だって――美智代を裁く裁判ではないので断定はしていないものの――そう考えたから、私に無罪の判決を下したのだろう。万一……万々一、美香があのビールを捨てずに他のビールと一緒に置いて、それを夫が持ち出して飲んだとしても、私が殺したわけではない。事故にすぎない。拘置所の中で勉強した刑法の本によると、殺人予備罪というのはあるが、私は夫を殺す決断さえつけていなかったのだから。

もういい。そんなことはどうだっていい。夫の死が星野美智代の殺人であろうとなかろうと。また、星野美智代がこれからどうなろうと。私が夫を殺した罪で裁かれていたとき、彼女が何もしなかったように、私も何もする気はない。

いま、私にとって大事なことはただ一つ、私が冤罪《えんざい》の被害者であると裁判官がはっきりと認めた、という事実である。これまで四年も、私は、触れてもいない硫酸アトロピンと臭化水素酸スコポラミンを病院の薬品保管庫から盗み出し、行ってもいない笠松公園で夫にそれを飲ませた、とされてきた。それが事実だとされてきた。私が「違う！」とどんなに叫ぼうと、刑事と検察官だけでなく、マスコミも世間の大多数の人も耳を貸そうとしなかった。しかし、いま、東京高等裁判所はそれは誤りだったと認定した。同じ無罪判決でも、疑わしきは罰せずといった消極的な理由からの判決もあるが、今回は違う。裁判長は、一審の東京地方裁判所の判断がいかに間違っていたかを逐一指摘して、「私の無実は明白だ」と断定し、保証してくれたのだ。つまり、私は、無実の罪で四年も自由を奪われていた被害者である、と。

それこそが唯一の事実であり、真実である。世間にとっても、私にとっても。

そう確定したからは、私の準備したビールがどうなったかということなど考える必要はない。私はもう後ろを見ない。過去は振り返らない。間もなく新しい千年紀《ミレニアム》が始まり、一年後には二十一世紀もやってくる。私は前だけ向いて……未来にだけ目を向けて、生きていくつもりだ。きっとまた始まるにちがいないあの人との関係だって、これからのこと。

私は、あの人の奥さんに勝ったのだから……。

＊

二〇〇二年春——。

曽我は、初めてのノンフィクション『母——その愛と死、42年目の真実』を上梓《じょうし》した。

『冤罪39年——「浦和・夫殺し事件」の真相』という題で一年半前に書き上げてあったのだが、ある事情から出版を控えていた作品である。

曽我にこのノンフィクションを書かせるきっかけになった関山事件は、三年前の暮れに東京高裁で無罪判決が出た。検察側が上告しなかったので関山夏美の無罪が確定し、現在、彼女は川崎の実家で娘と両親と暮らし、市内の病院に勤めている。美香はというと、母親が戻ってから引き籠《こ》もり傾向が次第に軽くなり、去年の四月には定時制高校に復学し、近くの生花店でアルバイトをするまでになったらしい。

夏美に代わって、殺人と窃盗の罪で起訴された星野美智代の裁判は、現在、東京地裁で進行中だった。美智代は、古屋かおるを脅して市川台中央病院から硫酸アトロピンと臭化水素酸スコポラミンを盗み出させた窃盗については認めたものの、殺人に関しては一貫して容疑を否認していた。関山事件の証人尋問のときに述べたのと同じ主張を繰り返しているらしい。それに関して、朋子は何か考えていることがあるようだった。迷い、苦しんでいるようにも見えた。ただ、曽我が尋ねても、彼女は、もう少しひとりで考えてみるわと言って何も話さなかった。曽我は気にならないではなかったが、いずれ朋子が自分で結論を出すか相談してくるだろうと思い、しばらく黙って様子を見守ることにした。

曽我の両親の事件は真相が判明した。その真相究明の過程を描いたのが、『母――その愛と死、42年目の真実』である。

曽我が考えたとおり、父を殺した犯人は幸二叔父《おじ》だった。結局、叔父の口からそれを聞き出すことはできなかったが、別の人間の証言により、明らかになったのだ。

別の人間とは伯母《おば》の八重だ。

もし叔父が犯人なら、伯母が真相を知っているのではないか、と言い出したのは高泰淳《コウテスン》である。三年前の十月中旬、曽我が明光園に叔父を訪ね、「父を殺したのは叔父さんではないか」とぶつけて半月ほどした頃だ。高には叔父に面会した結果を電話で話してあったから、どうしたら三十九年前の真相がわかるだろうか、と彼も考えてくれたのだった。

立川まで仕事で来たという高泰淳とは吉祥寺駅前の喫茶店で会った。

そのとき、高は、叔父は姉である八重伯母に相談していた可能性があるのではないか、と言ったのだ。曽我の家とあまり交流がなかった伯母は、事件の前後の事情を直接は何も知らなかったかもしれない。だが、もし叔父が犯人で、曽我の想像したような事情だったとしたら、叔父は、曽我の母親が逮捕された後か、自殺した後、たった一人の身内である姉に相談したのではないか。少なくともその可能性はある、と思う。兄を殺し、その罪を結果として義姉に被《かぶ》せてしまった、というあまりにも重すぎる秘密を、自分一人では背負いきれなくなって——。

曽我は高の話にうなずき、伯母にぶつかってみる決心をした。

伯母は何も知らないかもしれないし、知っていても話さないかもしれない。そのどちらかの可能性が高いだろう。しかし、叔父が犯人である場合、それを確かめられる可能性があるとしたらいまや伯母の口しかない……なさそうだった。それなら、その可能性がたとえ低くても、また、これまでの伯母や従兄弟《いとこ》たちとの関係が壊れようとも、当たってみなければならない。

そう考え、伯母に電話して、叔父に関する内密の話があるので重雄夫婦には知られないように会ってほしい、と言った。

それから数日後、伯母とはJR成西駅前に建つホテルのロビーで待ち合わせた。高血圧ぎみの伯母は月に二回通院しているとかで、病院の帰りにタクシーで回った。

曽我は、約束の午後三時より三十分以上前に行って待ち、伯母が現われると、予約しておいたツインの部屋へ誘った。

伯母は怪訝《けげん》な顔をしたが、他人に聞かれたくない話だからと言うと、「そう」と目に少し緊張の色を浮かべただけだった。

伯母は家にいるときや叔父を見舞うときはズボンにブラウス、あるいはセーターといった格好だが、その日は焦げ茶色の着物を着て草履をはいていた。和服では診察を受けるとき面倒だろうと思うが、病院へ来るときはいつもそうなのだという。

テーブルを挟んで座ると、曽我は部屋に置かれていたティーバッグとポットで茶を淹《い》れた。ホテルの部屋に甥《おい》と二人だけになったのなど初めての経験だからだろう、伯母は落ちつかなげだった。ソファの上で何度も腰を動かしていた。

「電話でも言ったように、叔父さんのことなんです」

曽我は茶を勧めてから言った。

伯母がうなずいた。

「三十九年前、親父が殺された事件の後、伯母さんは叔父さんから相談を受けませんでしたか？」

曽我は単刀直入に聞いた。

伯母の目に驚愕《きょうがく》の色が浮かんだ。

曽我がそう思わせるように仕向けたのだが、伯母は現在の叔父に関する話だと考えていたにちがいない。

だから、驚いただけなら不思議はないが、伯母の顔には不安そうな表情がひろがった。

それを見て、高泰淳の想像が当たっていたのかもしれないと曽我は思った。胸が震えた。

「事件の真相に関係した重大な相談です」

曽我は、伯母から目を逸《そ》らさずに言葉を継いだ。

伯母は答えなかった。もし心当たりがなければ、否定するはずなのに。

「教えてくれませんか」

「幸二が何か言ったのかい？」

伯母が答える代わりに聞いた。

「ええ、まあ……」

曽我は嘘をついた。少し胸の痛みを感じたが、伯母から本当のことを聞き出すためにはやむをえない。

「幸二は何て言ったんだい？」

「俺のお袋……義姉さんにすまなかった、って」

〝姉さん、許してください〟を言い換えれば、そうなるだろう。

「そう……」

と、伯母が遠くを見るような目をして、小さくうなずいた。

曽我は、自分の推理と高の想像が的中したのを確信した。動悸《どうき》が激しく肋骨《ろっこつ》を打ち始め、口の中がからからに渇いた。

「それから、夢の中にお袋が現われたらしく、〝俺が謝ったら、義姉さんは良い人だから許してくれた〟そんなふうにも」

「そうかい。呆《ぼ》けてまでそんなことを言うなんて、幸二はずっと苦しんできたんだね」

伯母が、叔父から相談を受けていたことを事実上認めた。

「俺の親父を殺したのはお袋ではなく、幸二叔父さんだったんですね？」

曽我は核心の質問をした。

伯母は答えなかった。が、曽我から目を逸らさず、どこか戸惑ったような悲しげな顔をして、じっと曽我を見ていた。

「叔父さんはその罪の意識に耐えきれず、たった一人の肉親である伯母さんに打ち明けたんじゃないんですか？　そして、どうしたらいいか相談したんじゃないんですか？」

「……そうだね」

と、伯母が静かに答えた。

その伯母の一言により、三十九年間、曽我が事実だと信じ、世間でもそう信じられてきた〈母による父の殺害〉が誤りだった、と証明されたのだった。

曽我はさりげなく深呼吸して胸の動悸を鎮め、それから具体的な質問に移った。

「叔父さんが伯母さんに、自分が兄……俺の親父を殺した、と打ち明けたのはいつですか？」

「マチ子さんが自殺して、お葬式もすんで、十日ほどした頃だったかね」

と、伯母が記憶を探るような目をして答えた。「どうしても今夜中に聞いてもらいたいことがあるって、夕方電話してきて……。あの頃はまだうちに電話がなかったから、ご近所の酒屋さんの呼び出しだった。それで、家の近くの暗い道で会ったんだけど、兄貴を殺したのは俺だって泣きながら打ち明けられたときは、もう息がつけないぐらいびっくりしたのを覚えているよ」

「お袋が生きているときじゃなかったんですか？」

「違うよ」

伯母が首を横に振った。「もしマチ子さんが生きていたら、私だって幸二の言うとおりにさせていたからね」

「叔父さんの言うとおりに？」

「幸二は、これから警察に行って本当のことを話すつもりだと言ったんだよ。マチ子さんが警察に捕まってから、幸二は自分が犯人だと名乗り出ようと思って、何度も警察署の前まで行ったらしいんだけど、結局、勇気が出なかったんだね。そのうちにマチ子さんが自殺してしまい、幸二はいっそう苦しみ……それでもしばらくぐずぐずしていて、もう我慢できなくなって、私のところへ来たんだよ。あんたは私に相談に来たんじゃないかって言ったけど、幸二はもう決めていた。今度こそ警察へ行って本当のことを話すって決めていた。だから、私に別れを言いに来たんだよ」

「つまり、叔父さんは自首する決心をして、伯母さんに別れを言いに来た。でも、伯母さんがそれを止めた？」

「そう」

伯母が、ためらいの色を見せずに認めた。

「どうしてですか？」

「マチ子さんにはすまないけど、死んでしまった後じゃ、幸二がわざわざ名乗り出ても、どうにもならないからね」

伯母が曽我から目を逸らした。

マチ子さんにはすまない――。

言葉数が多ければいいというわけではないが、わずか一言。伯母にとっては、その程度の問題だったのか。

曽我は、これまでずっと感謝してきた伯母に怒りを覚えた。叔父には感じなかった怒りと憎しみ……かすかにではあったが、憎しみの感情さえ胸に萌《きざ》した。

「確かに、叔父さんが名乗り出ても、死んだお袋は帰ってこなかったけど、無実の罪は晴らせたはずです」

曽我は自分の感情を抑えて言った。「死んでから四十年近くも殺人犯の汚名を着せられつづけることはなかったはずです」

そして俺だって、と思う。殺人犯人の子供だと言われずにすんだはずだった。

「だから、マチ子さんにはすまなかったと思っているよ。でも、あのとき、幸二が警察に名乗り出ても、亡くなったマチ子さんは喜ばなかったんじゃないかね」

「叔父さんが自首しても、死んだお袋は喜ばなかった？　どうして、そんなことが言えるんですか？」

「マチ子さんは幸二が犯人だとわかっていて、幸二を庇《かば》ったんじゃないかい？　私はそう思うからだよ」

「違います。お袋は俺を庇ったんです。お袋は、俺が親父を刺したと思い、それで俺の罪を被《かぶ》って自殺したんです」

「あんたが恒を刺した！」

伯母が、驚いたような顔をしてまじまじと曽我を見た。が、すぐにその表情を崩して、つづけた。

「いくらなんでも小学校三、四年生の子供が自分の父親を刺し殺したなんて、誰も思わないよ」

「普通はそうかもしれないけど、お袋の場合はそう思っても不思議じゃないんです。理由があるんです」

「どんな理由だい？」

「俺は、お袋が親父を刺すところを見たって刑事に言ったんです」

「あんたが！　どうしてそんな……？」

「刑事に見たはずだと何度も言われているうちに、見たような気になったんです。お袋が親父を刺したのは間違いないと言われていたし、俺もそう思っていたから。ついこの前まで、俺はずっと……三十九年間も、そう信じていたんです。それはともかく、お袋は、お袋が親父を刺すのを見たと俺が言ったと刑事に聞かされ、俺が犯人だと思ったんです。お袋には俺が間違ってそんなふうに思い込んでいるなんてわからないから、怖くて自分が父親を殺したと言えずに嘘をついた、と思ったんです。それで、ものすごくショックを受けながらも、俺を護《まも》らなければならないと思い、自分がやったと言ったんです、そして自殺したんです」

「マチ子さんが死ぬ前にあんたにそう言ったのかい？」

「会ってないから聞いてはいないけど、わかります。俺は、大きくなったら親父を殺してやるってお袋に言ったことがあったし、お袋が犯人じゃなかったら、あとは俺しかいないから」

「そうじゃないね」

と、伯母が断定的に言った。「マチ子さんは、警察に捕まってから……すぐにじゃないかもしれないけど、幸二が恒を殺したってわかったんだよ。幸二は兄嫁のマチ子さんが好きで、マチ子さんが恒に殴られたり蹴られたりするのが可哀想でたまらなかったらしいから。それで、あんたの家を訪ねた幸二が酔っぱらって寝ていた恒を刺して逃げた、マチ子さんはそう気づいたんだよ。でも……そりゃ迷っただろうけど、自分のために実の兄を殺してしまった幸二を庇い、幸二のために身代わりになってやろうと思ったんだよ」

曽我は納得できなかった。そんなことはありえないと思う。叔父がいかなる理由から父を殺そうと、母が叔父を庇い、殺人者の汚名を着て自殺するなんて。母が自分の命を犠牲にできたとしたら、それは一人息子の曽我のため以外には考えられない。母は、息子を救うためだと信じたからこそ、殺人者の汚名を着て自ら命を絶ったのだ。母が無実と判明したいまや、これは間違いない。だいたい、ひとりこの世に遺《のこ》す息子のことを考えたら、どこの母親が義弟の代わりに殺人者の汚名を着て死ぬだろうか。

しかし、曽我がそう言ったところで、伯母は認めないだろう。

「だから、幸二が犯人だと名乗り出ても、亡くなったマチ子さんは喜ばない……というより、かえって悲しむんじゃないかと思ったんだよ。それで、私は止めたんだよ」

伯母が言葉を継いだ。

初め、伯母は、叔父の自首を止めたという罪の意識から逃れ、自分の気持ちを軽くするために、意識的にそう思おうとした可能性が高い。が、三十年を越す長い年月の間にそんなことは忘れ、いまでは本当にそう思い込み、信じているのかもしれない。

そもそも、自首しようとした叔父を止めた伯母の理由は、死んだ母のことを考えたからなんかではないだろう。実の弟である叔父のことは考えたかもしれないが、それも一番の理由ではないだろう。最大の理由は自分のためであり、自分の家族を守るためだった——曽我はそう思う。もし叔父が自首すれば、伯母は、犯人と被害者の姉ということになる。婚家でどれほど辛《つら》い立場に立たされるかわからない。最悪の場合は、子供を残しての離婚ということになるかもしれない。そう考えたとき、伯母は、何としても叔父に自首を思いとどまらせなければならないと思い、死に物狂いで説得したにちがいない。そのとき考えたのが〝おまえが名乗り出てもマチ子さんは喜ばない、むしろ悲しむのではないか〟という「理由」だったのではないか。

こうして、伯母は、〝殺し合った兄弟の姉〟という一生背負っていかなければならなかったはずの十字架から逃れた。そのとき、伯母には、自分の背中から外された十字架が少し形を変えて甥の背中に移るだろうという認識はあっただろうか。なかった、と曽我は思う。生涯、殺人者の子として生きていかなければならない甥の存在など、伯母の脳裏をかすめもしなかったのではないか……。

しかし、いまさらそんなことを言い立てても、何にもならない。伯母の（いまではたぶん無意識の）自己正当化を打ち砕き、三十九年前の伯母の行為を咎《とが》め、責めたところで、何も生まれない。それよりは、伯母が証言してくれたという事実に目を向けよう、と曽我は思った。おかげで、母は父を殺した犯人ではない、と証明されたのだから。

しかし、そう思いながらも、これまで叔父と伯母が自分に示してくれた好意と心配りはどこから出たものだったのだろうと考えると、寂しかった。二人で力を合わせて、兄弟の妻である曽我の母親に殺人者の汚名を着せた罪の意識――。それを少しでも軽くするための贖罪《しょくざい》だったのだろうか。

それだけではない、と曽我は信じたかった。叔父はもとより、伯母の場合もそればかりではなかったはずだ、と。

伯母の話を聞いてしばらくしてから、曽我は『冤罪39年――「浦和・夫殺し事件」の真相』を書き始めた。自分が調べ、到達した事実を公にし、長い間、母が着せられていた汚名を雪《すす》ぐために。伯母や伯母の家族、叔父の周囲の人たちが曽我の書いた本を読んでどう思おうと、感じようと、かまわない、事情はどうあれ、叔父と伯母は母に無実の罪を被せ、四十年も口を噤《つぐ》んで生きてきたのだから、そう考えて。

しかし、十カ月ほどかけて七百枚近い原稿を書き上げたとき、何もわからない叔父はともかく伯母を晒《さら》し者にするのだけは酷だな、と思い直した。そして、事件からすでに四十年も経っているのだから、ここで数年遅れたところで変わらないと考え、出版を見送った。

それから一年余り経った去年の秋、伯母が心臓発作で他界。さらに、伯母の死から三月《みつき》もしない今年の正月、叔父も姉の後を追うように死んだ。

結果として、曽我は二人の死を待っていたようになったが、叔父の葬儀がすんでから、彼は従兄《いとこ》の重雄に詳しい事情を記した手紙を送った。重雄がどういう反応を示そうと、曽我の気持ちは決まっていたが、闇討ちのようなまねはしたくなかったからだ。

重雄は、曽我の決意の固さを感じ取ったのか、

――事実ならやむをえない、諒解《りょうかい》した。

と、短い返事をよこした。

曽我は、原稿に『母――その愛と死、42年目の真実』と新しい題を付け、編集者に渡した。

本作品を書くに当たり、『目撃者の証言』（E・F・ロフタス著、西本武彦訳、誠信書房）、『目撃証言』（エリザベス・ロフタス　キャサリン・ケッチャム著、厳島行雄訳、岩波書店）、『抑圧された記憶の神話』（E・F・ロフタス＋K・ケッチャム著、仲真紀子訳、誠信書房）、『ウソの記憶と真実の記憶』（中島節夫著、河出書房新社）、『痴呆老人からみた世界』（小澤勲著、岩崎学術出版社）他、多くの書籍、雑誌、新聞、インターネットのホームページ等を参考にさせていただきました。また、複数の方から貴重なご助言、ご教示を賜わりました。深く感謝いたします。

なお、本文中に現在は使われていない表現が出てきますが、初刊時の時代背景に合わせてそのままとしました。ご了承ください。

著者

解説　深谷式・二重交叉

野崎六助

本書『目撃』のタイトルには、二重の、重層的な意味がかかっている。一の事件（四年前）の被疑者関山夏美を現場近くで見たという目撃証言。二の事件（三十九年前）以来ずっと曽我英紀に刻みこまれてきた目撃記憶。時空を異にする二つの事件は、単純に並列されるのでも、縦軸と横軸といったふうに整理されるのでもなく、次第にその全貌《ぜんぼう》を顕《あら》わしてくる。最初は「一」が主であり、「二」はそれを照らし出す「窓口」であるような印象だ。だが両者の照応関係が単純に割り切れるものではないことが暴かれてくる。

二つの焦点が突如として交叉《こうさ》し、不可思議な火花を散らす。一見なんの関連もない二つの事件の深層が魔法のような論理によって結びつけられ、解明される。――これはミステリに備わり他の小説にはない独自の効用だが、とりわけ深谷忠記のミステリに特徴的な魅力である。

『目撃』の作品解説に入る前に、あまりだれも指摘しないようなので、この作家の全体像について軽くスケッチしてみよう。

二つの焦点の交叉・照応。これが深谷ミステリのキーワードだ。
証明① 旅情ミステリの人気シリーズと重厚長大なノンシリーズを書き分けてきた、というのが従来の作家イメージ。しかし「アリバイ崩し」のA深谷と、重厚長大のG深谷と、二つの顔が別々にあるわけではない。作者の顔は単一だが、こちらの都合で分類がなされているにすぎない。両者は互いに入り組んで交叉し、照応し合っている。交叉点をとりあえず記号で表わすと、「・」になる。これは深谷旅情ミステリのほとんど全編に共通する、地名と地名とをつなぐあの「・」と同じマークなのだ。
証明② 深谷旅情ミステリの系列は、「殺人ライン」「逆転」「プラスマイナスの交叉」「殺人交点」などの違いはあっても、タイトルのアタマに必ず「・」マーク付きの二つの地名が冠される。なぜ二つか、なぜ「・」か。ここに作者のこだわりとプライドはあますところなく示される。旅情こそ交叉する——これが深谷式の基本。
ミステリにおけるアリバイ・トリックは「点と線」の考察だ。二点間を結ぶ線は算術的には豊かなイメージをもたらさない。ミステリの想像力によって初めて二点を結ぶ「線」の複雑さが見えてくる。とりわけ深谷ミステリは点と点が交叉する「・」に独特の設計図を書きつづけてきた。
証明③ 初期作品の『成田・青梅殺人ライン』では、物理学の不確定性原理の導入によってアリバイ破りがなされるのだった。二地点を結ぶゆるやかな曲線が二本引かれる。「輪」ができる。そしてその「輪」をひとひねりすると——そこに現われるのは交叉点「・」なのだ。二つの地点の謎がそこで解明される。位置が確定すれば時間は不確定、時間が確定すれば位置が不確定なのだ。肝腎な事件は一地点ではなく別の地点で起こっていた。見せかけの交差は、影の交差——影の「・」なのだ。交点の発見は、以降の深谷作品においても、一貫してアリバイ崩しの原理となっている。
証明④　しかし作者の二つの顔の使い分けは明らかではないか、という感想もあるだろう。最新作『審判』はG深谷、その前作の『十和田・田沢湖殺人ライン』はA深谷。Gのほうは本も分厚いし、タイトルも素っ気ないし、難しそうだ、と。素朴な感想まで否定するわけにはいかないが、少し待っていただきたい。私見では、作者の一つの転機は、『人麻呂の悲劇』あたりに訪れている。これは歴史推理もののシリーズ四作目でもあるが、大胆な野心作でもある。作者自身も「ミステリの枠からはみ出しすぎたのではないか」とあとがきに記しているほど、構成的な冒険が試みられている。だが古代史のミステリと現代の謎を重層的に交叉させる方法は、いつもの深谷式。それはここでも見事に貫かれ、成功をおさめた。G深谷とA深谷とが分岐してくる以前に、作者は自分のなかの交叉「・」を発見したのである。サブタイトルは「『人麻呂・赤人同一人説』殺人事件」——そう、ここにも「・」マークがある！

『目撃』の一方の主人公は、曽我というミステリ作家。「寡作で売れない」という点を別にすれば、作者と重なってくる性格を付されている。最初の仕掛けは、彼の目から四年前の、主婦によるアルコール依存症夫の毒殺というありふれた事件が再構成されてくる、というものだ。曽我のもとに、その主婦夏美から手紙がくる。彼の冤罪《えんざい》事件をあつかった作品『蒼《あお》の構図』(これは作者自身の『自白の風景』に対応する)を読んだ。力添えしてほしい、というものだ。曽我が事件を少し調べてみると、担当弁護士服部朋子は彼の大学時代の文学仲間だった。

しかし一審は終わり十年の判決がなされている。控訴審にとりくんでいるところだが、これといった新しい証言も証人も出てきていない状況だ。彼らのゲームはかなりスコアの悪いところから開始されてくるわけだ。

曽我には、少年期の忌まわしい記憶があるのだが、ここに照明が当てられてくるのは、物語の中盤以降だ。控訴審に協力する曽我は事件について重要な示唆を語る。だが弁護士はその場では失望をみせるだけだった。この伏線が効いてくるのは、ずっと後のことだ。

構成は三部立て。第二部の後半にかかるあたりから、曽我の過去の事件が大きなウェイトを占めてくる。夏美の事件を照らし出す便宜的な観点を与えるにとどまらず、メインの物語に躍り出てくるのだ。二つの目撃譚《たん》は、思わぬところで交叉し、また互いに照応し合う。

二つの事件は、同一構造、同一の盲点を持っていた。それは一つの事件を単独に追うことでは見つけられない盲点だった。

八歳のときに彼が目撃した真実はいかなる逆転を呈するのか。

第一部の裁判場面で、記憶の仕組みに関する長々しい専門的記述があるが、これは後半に生きてくる一種の伏線といえるだろう。題材は、曽我を中心に置くと、トラウマ・サスペンス（このほうが昨今の流行《はや》りだろう）を予想させるが、深谷ミステリにおいては、あくまで論理的に記憶メカニズムは解明されていく。これは作者の人間観というより、ミステリ観からくるものだろう。また毒薬についても、わずらわしいくらいに繰り返し詳述されるが、これも逆転への布石なのである。

場所と時間を隔てた二つの目撃と記憶の物語。それらが深い一貫した深谷式交叉を達成していることに読者は驚くだろう。

なるほど『目撃』はＧ深谷の典型をなす作品だ。初めての読者にはとっつきの悪さが先立つかもしれない。ここには「０・０９６の逆転」「48秒の逆転」「１８０秒の逆転」「３Ｓの逆転」などはない。美男美女の探偵コンビがいつゴールインするかとやきもきさせながら謎解きに挑む快さもない。時刻表片手に観光地を訪れたくなるようなサービスもない。

だが先に書いたように、形式的な区別は無用だ。面白さはこれまでの深谷作品同様、保証できる。「・」マークは目に見えないだけで到るところにばらまかれているし、逆転の連続技ももちろん期待してよろしい。

『目撃』は法廷ミステリに分類されるが、この形式は作者としては二作目となる。先行するのは『房総・武蔵野殺人ライン』。じつに周到な構成と考え抜かれた叙述法を備えた秀作である。「明白この上ない犯人」を裁判シーンにおいて引っくり返してみせ、その後さらに別の逆転劇を繰り出してくる手際の鮮やかさは本作にも通じる。『房総・武蔵野殺人ライン』はタイトルからして旅情シリーズのあつかいで紛らわしいけれど、(あえて二分法にこだわる言い方をすれば)A深谷時代(初期)に隠されたG深谷作品である。

つけ加えておけば、初期の三作品は作者の後の航跡をたどる上で興味深い。『成田・青梅殺人ライン』は、トリック作法の原理をナマなかたちで示す。『0・096逆転の殺人』は大技トリックを景気よくぎゅう詰めにし、まさに「青春ミステリ」そのものを感じさせる。『信州・奥多摩殺人ライン』は、トリックのイメージ豊かさが黒江壮・美緒の探偵コンビのデビューにふさわしい。

最後に、深谷ミステリ・ベスト5を。

『目撃』

『審判』

『房総・武蔵野殺人ライン』
『人麻呂の悲劇』
『自白の風景』

（二〇〇五年十月刊・角川文庫版より再録）

本書は2005年10月角川文庫として刊行されました。
なお、本作品はフィクションであり実在の個人・団体などとは一切関係がありません。

徳間文庫

目《もく》撃《げき》

2020年12月15日 初刷
著者 深《ふか》谷《や》忠《ただ》記《き》
発行者 小宮英行
発行所 株式会社徳間書店
東京都品川区上大崎三−一−一 〒141−8202
目黒セントラルスクエア
電話 編集〇三(五四〇三)四三四九
販売〇四九(二九三)五五二一
振替 〇〇一四〇−〇−四四三九二
印刷 大日本印刷株式会社
製本

ISBN978-4-19-894609-8 (乱丁、落丁本はお取りかえいたします)

徳間文庫の好評既刊

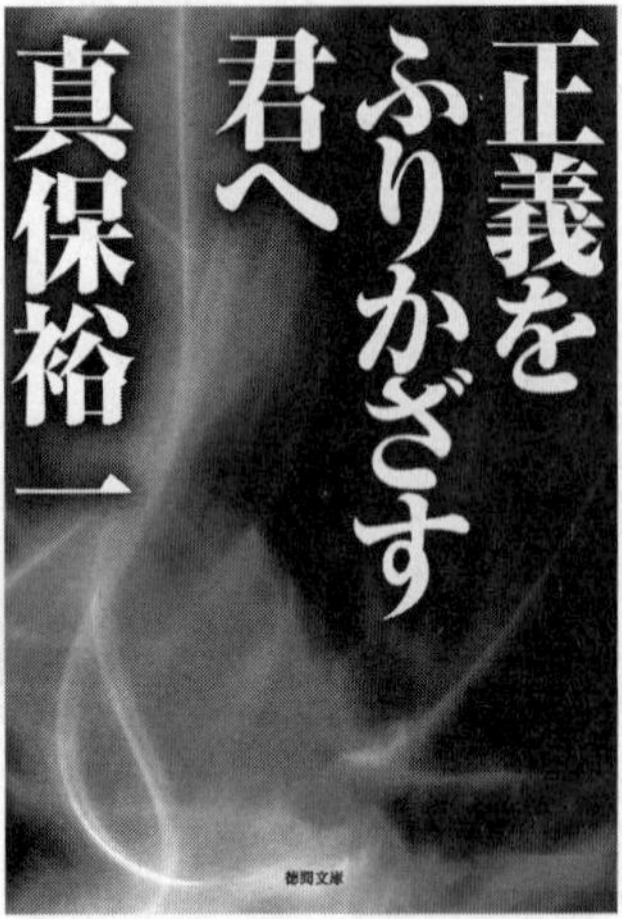

正義をふりかざす君へ

真保裕一

元妻の依頼で、不《ふ》破《わ》勝《かつ》彦《ひこ》は故郷・棚《たな》尾《お》市へ久々に戻った。不倫の証拠写真を撮った者を調べてほしいという。不破はかつて義父のホテル業を手伝うために地元紙・信央日報を退職した。しかし食中毒事件で義父は失脚、妻との不仲もあって、彼は故郷から逃げ出したのだ。七年ぶりに戻った不破は、ホテルが古巣の信央グループに買収されていたことを知る。そして、何者かが彼を襲撃する！